HEYNE BÜCHER

SCIENCE FICTION

Herausgegeben
von Wolfgang Jeschke

Von Barry B. Longyear erschien als Heyne Taschenbuch in der ALLGEMEINEN REIHE:

Enemy Mine – Geliebter Feind · 01/6677

In der Reihe
HEYNE SCIENCE FICTION & FANTASY:

Sie kommen aus Schenectady · 06/4589

BARRY B. LONGYEAR

SIE KOMMEN AUS SCHENECTADY

Erzählungen

Deutsche Erstausgabe

Science Fiction

WILHELM HEYNE VERLAG
MÜNCHEN

HEYNE SCIENCE FICTION & FANTASY
Band 06/4598

Titel der amerikanischen Originalausgabe
IT CAME FROM SCHENECTADY
Deutsche Übersetzungen von Biggy Winter, Ronald M. Hahn,
Joachim Körber und Jürgen Langowski
Das Umschlagbild schuf Richard Hescock

Redaktion: Wolfgang Jeschke

Printed in Germany 1989
Umschlaggestaltung: Atelier Ingrid Schütz, München
Satz: Schaber, Wels
Druck und Bindung: Ebner Ulm

ISBN 3-453-03464-3

Inhalt

Vorwort

Ich habe es schon so oft erlebt! Bei allen Signierstunden oder auf Science Fiction-Kongressen geben die SF-Autoren in aller Unschuld ihr Bestes, um die Fragen ahnungsloser Interviewer zu beantworten. Meist haben die Interviewer noch nie zuvor Science Fiction gelesen. Doch eins steht ganz sicher fest – der beinharte Korrespondent vom *Milltown Daily Thunderclap* hat noch nie im Leben etwas von dem Autor gelesen, den er interviewen will. Gewappnet mit dieser Ignoranz und der Annahme, daß wir ›Sci-Fi-Schreiber‹ – so nennen uns die federschwingenden Trolle – sowieso alle das gleiche auf dieselbe Art tun, gibt sich der Interviewer alle Mühe, dem Befragten ein paar informative Dinge zu entlocken, die er unter Umständen in einigen Spalten für seine Leserschaft verbraten kann.

Der Autor sitzt in trunkener Erwartung da, der Interviewer öffnet selbstsicher den Mund – und dann kommt der Augenblick beiderseitiger großäugiger Stille, denn dem Interviewer wird schlagartig klar, daß er gar nicht weiß, was er fragen soll. Dem Autor wiederum wird angesichts des gelähmten Blickes auf dem Gesicht des Interviewers betäubt klar, daß er schon *wieder* eine dieser Erfahrungen machen wird. Und er schaltet auf Leerlauf. Der Autor weiß, was jetzt kommt. Mit der Unausweichlichkeit der schlußendlichen Einäscherung der Erde durch Sols abnehmenden Gasangriff stellt diese Kreatur die Frage …

»Woher haben Sie eigentlich diese Ideen?«

Ich habe erwachsene Männer weinen sehen, als ihnen diese Frage gestellt wurde. Ich habe schon früh beschlossen, keiner von ihnen zu werden.

Die erste Möglichkeit, diesen Beschluß zu üben, hatte ich auf dem Chattacon, einem Science Fiction-Kongreß in Chattanooga, Tennessee. Ich war gerade in aller Unschuld damit beschäftigt, mich um meine eigenen Angelegenheiten zu kümmern, als einer der Kongreßveranstalter mich fragte, ob ich etwas dagegen hätte, vom Fernsehen interviewt zu werden.

Ich erwiderte, meiner Meinung nach sei ein Sessel sicher bequemer.

Da er meine diesbezügliche Bemerkung mißverstand, verfrachtete mich das Komiteemitglied auf ein Sofa und gab dem elektronischen Hinterhalt das Stichwort. Das nächste, was ich mitbekam, war ein 650-Kilowatt-Scheinwerfer, der meine Retinae mikrowellenerhitzte, während irgendeine Frau sich bemühte, mir einen langen Knüppel in den Hals zu schieben, an dessen Spitze sich ein grauer Golfball befand. Vielleicht haben sie schon von Spannungsverzögerung gehört. Da saß ich nun, von grellem Licht geblendet, und wurde mit einem stumpfen Instrument bedroht, während eine geschmeidige weibliche Stimme mich verhörte.

»Mr. Longyear, um was geht es bei dieser Tagung?«

Die Scheinwerfer! Ich konnte nur an die Scheinwerfer denken!

»Name, Dienstgrad und Personenkennziffer ist alles, was ihr aus mir rauskriegt, ihr Typen!«

»Wie bitte?«

»Ho Chi Minhs Mutter geht in Saigon für zwanzig Piaster auf den Strich!«

Die Scheinwerfer gingen aus, und eine Frau, die einen verwirrten Blick zur Schau trug, starrte mich an. Der Golfball am Ende des Knüppels erwies sich als Mikrofon. »Tut mir leid«, sagte ich, »können Sie die Frage wiederholen?«

Die Frau nickte einem anderen Menschen zu, und die Scheinwerfer flammten erneut auf. Bevor das Licht mich traf, schob ich flugs eine echte Harlan Ellison-Sonnenbrille zwischen mich und die sich nähernden Photonen. Lassen Sie sich bloß nicht einreden, Überlichtflug sei unmöglich.

Jedenfalls ging das Interview weiter. Die Frau lächelte mich süß an; sie wollte mich ganz offensichtlich beruhigen. »Mr. Longyear ... Sie *sind* doch Mr. Longyear?«

Ihre neue Strategie bestand offenbar darin, mich mit einfachen Fragen aufzutauen, also mit Dingen, die ich leichter bewältigen konnte.

Ich dachte sorgfältig nach, dann antwortete ich. »Ja. Bin ich.«

Sie wirkte irgendwie erleichtert. Dann ging sie zu den härteren Fragen über. »Sind Sie ein Sci-Fi-Autor?«

»Ich habe in meinem ganzen Leben noch nie Sci-Fi geschrieben.«

Sie sah verwirrt aus. »Ist das hier nicht eine Sci-Fi-Tagung?«

»Ich wußte gar nicht, daß Sci-Fis Tagungen abhalten.«

Ein dunkler Umriß hinter dem Gestaltengewaber der Scheinwerfer beugte sich vor und flüsterte der Interviewerin etwas ins Ohr. Als der dunkle Umriß wieder weg war und vom Hintergrund verschluckt wurde, musterte die Interviewerin mich erneut und fing noch einmal an. Ihr Gesicht wirkte noch verwirrter, falls das überhaupt möglich ist. »Mögen Sie den Ausdruck ›Sci-Fi‹ nicht?«

Ich dachte kurz darüber nach, dann zuckte ich die Achseln. »Im Grunde ist es mir wurscht. Ich habe nichts gegen ›Sci-Fi‹. – Interface.«

»Was?«

»Interface! Also, *das* ist ein Wort, das ich wirklich nicht ausstehen kann. ›Interface‹ und ›lebensfähig‹. Und ›Parameter‹. Also, *das* ist ein Wort, da könnte ich Anfälle kriegen. Zum Henker mit allen Parametern!«

Während die Interviewerin mit einer weiteren dunklen Gestalt hinter den Scheinwerfern konferierte, streichelte parfümierte Luft meine Wange. Weiche Lippen näherten sich meinem Ohr, und eine sexy klingende Stimme flüsterte: »Wenn du nicht aufhörst, hier den

Kasper zu spielen, Fettsack, kannst du heute nacht woanders schlafen.« Ich schaute mich um; es war Jean, meine Gattin.

Sie tauchte in einer Meute von Science Fiction-Fans unter, und da auf SF-Kongressen das Übernachten in Hotelhallen ein Widerspruch in sich ist, beschloß ich, dem sonderbaren Interview mit der Ernsthaftigkeit zu begegnen, die es verdiente. Die Interviewerin beendete ihr Gespräch mit dem Schatten, dann lächelte sie und ... stellte mir *die* Frage!

»Mr. Longyear, woher haben Sie diese Ideen?«

Ich weigerte mich, loszuschluchzen. Ich schaute mich um, weil ich sichergehen wollte, daß Jean außer Hör- und Sichtweite war, dann wandte ich mich der Interviewerin wieder zu. »Die Mitglieder der Science Fiction Writers of America sind verpflichtet, auf diese Frage mit einer Postfachnummer in Schenectady zu antworten. Man schickt zwei Dollar und einen rückadressierten, frankierten Briefumschlag an dieses Postfach, dann kriegt man eine Idee zugeschickt.«

Die Interviewerin glotzte mich an. »Schenectady?«

»Schenectady.«

Die Interviewerin lächelte. »Ach so.«

»Roger Zelazny sagt, er stellt jeden Abend ein Glas Milch und ein Tellerchen mit Gebäck auf seine Veranda. Am nächsten Morgen sind die Milch und das Gebäck nicht mehr da. Dann liegt auf dem Tellerchen ein Zettel mit einer Idee.«

Die Interviewerin sah allmählich so aus, als wolle sie mich erwürgen. »Wie schön! Wer ist Roger Zelazny?«

Ich verschluckte meine Pfeife. »Sie wissen nicht, wer Roger Zelazny ist?«

Sie schüttelte den Kopf. »Nein.«

Ich zog eine andere Pfeife hervor, stopfte sie, und dachte, als ich ihren Inhalt in Brand steckte: Diese Frau kommt von einem anderen Planeten. »Roger Zelazny«, sagte ich, »reitet ein Sci-Fi auf dem Sci-Fi-Rodeo.«

»Ich glaube, jetzt komme ich nicht mehr mit«, sagte die Dame.

Ich nickte. »Aber was all die Leute hier angeht ...« – ich breitete die Arme aus, um alle intelligenten Lebewesen des bekannten Universums einzuschließen – »... von ihnen weiß ich, woher sie ihre Ideen beziehen. Sie kriegen sie aus der gleichen Quelle, aus der ich die meinen kriege.«

»Und welche Quelle ist das?«

»Die Fernsehwerbung.«

Die Interviewerin runzelte die Stirn. »Soll das heißen, Science Fiction-Autoren kriegen ihre Ideen aus der Fernsehwerbung?«

»Nicht nur Science Fiction-Autoren. Auch Fantasy-, Horror- und Okkult-Autoren benutzen die Fernsehwerbung als Inspirationsquelle. Okkult-Autoren können jeden Werbespot der Prudential-Versicherung aus dem Gedächtnis aufsagen.«

»Wie? Was?«

»Garantiert. Denken Sie mal nach. Sie schalten den Apparat ein – und sehen irgendein armes Schwein, das entweder gerade einen Hydranten umfährt, einen Auffahrunfall verursacht hat, aus Versehen das Haus des Nachbarn in die Luft jagt oder sich den Zorn einer Motorradbande zuzieht, weil es ihre Maschinen zu Schrott gefahren hat. Oder ihm ist bei einem Sturm das eigene Haus auf den Kopf gefallen. Und was sehen Sie dann? Er nimmt den Telefonhörer ab und sagt: ›Ist dort die Prudential‹?«

Die Interviewerin schüttelte den Kopf. »Und was hat das mit Okkultismus zu tun?«

»Das ist doch offensichtlich: Wer versichert denn all diese katastrophenanfälligen Seelen? Die Prudential – die Versicherung der Verfluchten. – Und denken Sie mal an die Fantasy-Ideen! Sie kennen doch den Spot mit dem aggressiven Antialkoholiker, der jede Party und jede Kneipe sprengt, sobald jemand eine Flasche

Schlitz-Malzbier aufmacht, um dann loszuziehen, um Wertpapiere und Versicherungen der Firma Merrill Lynch zu verkaufen?«

Die Interviewerin hüstelte. »Mr. Longyear ...«

»Sogar Porno-Autoren profitieren von der TV-Werbung. Denken Sie nur an den Werbespot für Hämorrhoiden-Vorbeugung. Da sagt ein Typ zu einem Drogisten: ›Hör mal, Ben, ich hab da so'n Jucken, und ich weiß nicht, was ich dagegen tun kann.‹ Und jetzt kommt's: Der Drogist erwidert, ein Mittel namens H-Vorbeugung könne ihm Erleichterung verschaffen. Und *außerdem* gäbe es das Zeug in Zäpfchenform *und* als handlichen Einspritzer. – Und was sagt der Typ daraufhin? ›He, Ben, wenn das so ist, nehme ich doch gleich *beide* Ausführungen!‹ Denken Sie mal drüber nach! Wozu braucht er wohl den handlichen Einspritzer? – Und was ist mit den ganzen Sado-Masochisten in der Rasierwasserwerbung, die sich zuerst ohrfeigen und dann sagen: ›Mann, das war genau das, was mir gefehlt hat.‹ Yeah, ich gehe jede Wette ein, daß ihnen *das* gefehlt hat!«

Die Interviewerin zuckte leicht zusammen.

Ich machte weiter. »Die Fantasy-Autoren haben's am besten. Eine Fernsehwerbung hat uns allen den wahren Gott enthüllt. *›Das elfte Gebot:* Wenn der Abfluß frei sein soll, nimm Drano!‹ – Versuchen Sie mal, sich das vorzustellen: Ein Universum, in dem das allwissende, allmächtige, oberste Wesen seinen Lebensunterhalt bestreitet, indem es Drano verkauft. Da fragt man sich doch glatt, welchen Ursprung der Baptismus hat, wie?«

Die Interviewerin saß nur noch da; ihr Gesichtsausdruck überzeugte mich, daß ihr jemand mit einem Holzhammer ins Kreuz gehauen hatte. Dann wurde ihr Blick etwas weniger glasig. »Mr. Longyear, was ... was hat das alles mit Science Fiction zu tun?«

Ich lachte. »Glauben Sie nicht, daß Science Fiction-Autoren schon mal Ideen aus dem Budweiser-Universum klauen? Stellen Sie sich doch mal intelligente Geschmacksnerven vor. Ich meine ... Tausende intelligenter Lebewesen, die auf ihrer Zunge leben und wissen, wie ihre Fahne riecht ...«

Die Interviewerin ließ das Mikrofon fallen und verdünnisierte sich auf die Damentoilette. Die Kamera lief weiter, also schnappte ich mir das Mikro und fuhr mit meinem Vortrag fort.

»Man braucht sich nur die soziokulturellen Mechanismen vorzustellen, die eine Kultur hervorbringen, in der Dispute geregelt werden, indem man sich mit Spezi-Flaschen aus Plastik duelliert. Wissen Sie noch, vergangene Weihnachten – als der Teufel im Fernsehen Milton-Bradley-Spiele verkauft hat? Und was hat Gott dazu gesagt? ›Ich möchte mitspielen.‹ Denken Sie da mal drüber nach: Gott als Wargame-Spieler! Das könnte eine Menge Dinge erklären, nicht wahr?«

Tja, an dieser Stelle hatte der Kameramann sich wieder soweit im Griff, daß er die Kamera abstellen konnte. Als die Interviewerin zurückkehrte, begann sie das Spiel mit starrem Gesicht aufs neue. Die Kamera lief, sie nahm mir das Mikro aus der Hand und fragte: »Mr. Longyear, könnten Sie uns bitte ein präzises Beispiel dafür geben, wie Ihnen eine Idee durch einen Werbespot kam, die sie dann in einer Erzählung verarbeitet haben?«

»Gewiß.«

»Was war das für ein Werbespot?«

»Ich glaube, es ging um den sogenannten ›lebendigen‹ Playtex-Büstenhalter.«

Die Kinnlade der Interviewerin klappte herunter, also machte ich weiter. »Ich hatte schon seit geraumer Zeit über lebendige Büstenhalter nachgedacht, und ich versuchte, mir vorzustellen, unter welchen Umweltbedingungen sich eine solche Lebensform wohl entwickeln könnte. Und so kam ich auf den Planeten Doppelmops.«

»Doppelmops?«

»Ja. Die herrschende Lebensform auf Doppelmops – die Doppelmöpse – sehen nämlich genau wie zwei zusammenhängende Grapefruits aus. Sie kommen in sechs Größen vor: A, B, C, D – ›Super‹ und ›Mückenstich‹.

Aber das ist noch nicht das Ungewöhnliche. Das Ungewöhnliche ist, daß die Doppelmöpse von einem gefräßigen Parasiten angegriffen werden. Die Parasiten waren deswegen so effektiv, weil sie sich genau an die Form der Doppelmöpse anpaßten, deswegen gab es keine Verteidigung. Sie erreichten zwar nur ein Lebensalter von achtzehn Stunden, doch sie konnten sich in dieser Zeit fortpflanzen. Dann hinterließen sie den Wirtskörper schlaff und verschrumpelt.

Tja, nach und nach entdeckten die Doppelmöpse, daß man die Parasiten durch Feuer vernichten konnte. Es kam zu einer Bewegung, und bald rissen die Doppelmöpse sich die Parasiten in Massen vom Körper und warfen sie in die Flammen. Endlich waren die Doppelmöpse wieder frei!

Doch einigen Parasiten gelang die Flucht. Sie flohen vom Planeten Doppelmops, versetzten sich in Tiefschlaf, trieben Jahrtausende durch die Galaxis, und suchten eine passende Umgebung, um wieder ins Leben zurückzukehren. Schließlich erreichten sie einen blauen Planeten namens Erde – ein Land voller nahrhafter Waschmittel, Weiß- und Weichmacher, der auch über die geeigneten Wirtskörper verfügte. Sie verteilten sich über das Antlitz der Erde und suchten auf den Landstraßen und in den städtischen Gassen nach menschlichen ...«

An dieser Stelle unterbrach mich die Interviewerin. »Mr. Longyear, Sie nehmen doch wohl nicht an, ich glaube, daß Sie diese Geschichte wirklich geschrieben haben?«

»Aber natürlich«, sagte ich.

Sie sah mich ausdruckslos an. »Und sie wurde veröffentlicht?«

»Ja.«

»Ich kann mich nicht erinnern, je etwas so Bizarres gehört zu haben.«

Ich zuckte die Achseln. »Tja, ich nehme an, daß Sie auch nicht alles gelesen haben, was so geschrieben wird.«

»Wie heißt die Geschichte?«

»Der Originaltitel lautete ›Der Riesenmops‹. Aber der Film hatte einen anderen Titel.«

»Die Geschichte wurde auch verfilmt?«

»Ja.«

»Unter welchem Titel?«

»Bestimmt haben Sie schon von der *Invasion der Tittenkneter* gehört?«

Nun ja, damit war das Interview zu Ende.

Verstehen Sie mich aber nicht falsch. Ich lasse mich gern interviewen. Ich stehe am liebsten im Mittelpunkt, und Reklame ist nun mal günstig für den Umsatz. Außerdem bin ich zufällig der Meinung, daß es wirklich interessant ist, woher *diese* oder *jene* Idee kommt. Wenn mir also ein Interviewer, der seine Hausaufgabe gemacht hat, die Frage stellt, »wie ist Ihnen das Alien für *Enemy Mine* eingefallen?«, freue ich mich ebenso wie ein Piranha in einem überfüllten Swimmingpool.

Und das ist halt die Entschuldigung für diesen Erzählungsband, der *Sie kommen aus Schenectady* heißt.

Er enthält eine Reihe von Geschichten, die mir besonders gefallen, dazu ein paar Informationen über die unterschiedlichen Gegenden, in denen mir die Ideen dazu kamen (es gibt kein Zentrallager). Zu diesen Geschichten gehört jene, die mir die liebste ist; eine andere, die für den HUGO nominiert wurde; ein Experiment, ein Witz, und eine Geschichte, die ich schrieb, weil mir die Dinosaurier zum Hals heraushingen.

Abgesehen von einem Sitz im Kongreß kann ich mir keinen Beruf außer dem des Science Fiction-Autors vorstellen, in dem man das Risiko eingehen kann, daß einem die Dinosaurier zum Halse raushängen – und wo man trotzdem dafür bezahlt wird.

Die erste Geschichte, ›Sammlerstück‹, ist mein persönlicher Favorit. Die ursprüngliche Idee kam mir vor ein paar Jahren, als eine Freundin mich bat, ihren Schülern, die in der sechsten Klasse waren, im Englischunterricht etwas über das Schreiben zu erzählen. Seither habe ich in ihren Klassen immer wieder Auftritte gegeben, und – jedenfalls kommt es mir so vor – ungefähr eine Million Stories über die unterschiedlichsten Themen gelesen und kritisiert. Dabei ist mir aufgefallen, daß viele Kinder die Aufsatzstunde als Chance nutzen, um über Probleme nachzudenken, sich von einer Last zu befreien, zu entfliehen oder Kontakt zu suchen. Viele ihrer Arbeiten waren in Wirklichkeit nichts anderes als Briefe der Art ›Liebes Tagebuch ...‹ an die Lehrerin.

Nachdem ich dies ein paar Monate lang getan hatte, lernte ich einige der Kinder, ohne sie persönlich zu treffen, kennen – durch das, was sie schrieben. Ich erfuhr ihre Standpunkte, ihre Situation, ihre Hoffnungen, Ziele, Phantasien und Ängste. Ich konnte zusehen, wie sie sich veränderten, und ich sah auch die Richtung, in die sie sich entwickelten. Diese Kommunikationsversuche – ihr Mechanismus – nahmen mich gefangen. Doch was es auch war, das, was mich gefangennahm, verschwand in meinem Unterbewußtsein, bis Stanley Schmidt, der Redakteur des SF-Magazins »Analog«, *meine Frau und mich zum Essen einlud und mich um eine Story bat. Während des Essens kamen wir auf das Thema Bildung und Erziehung zu sprechen (Stanley hat seinerzeit selbst den einen oder anderen Schüler-Hosenboden strammgezogen), und er schlug vor, ich solle doch mal eine Story schreiben, die genau damit zu tun hat.*

Damals klang sein Vorschlag ungefähr so interessant wie ein Abend, den man damit zubringt, dem Erodieren eines Grenzsteins aus Granit zuzusehen. Doch dann knallten diverse Explosionen aus der Vergangenheit in meinem Bewußtsein – Grund dafür waren einige Fernsehsendungen, die Nachrichten, und ein paar Leute, die ich kannte. Die Folgen der Machtausübung meiner Generation in internationalen Angelegenheiten füllten Rehabilitationszentren, Gefängnisse und Arbeitsämter, und sie führten zur Bildung von Selbsthilfegruppen, die versuchten, Vietnam auf irgendeine Weise zu erklären, um die geistige Gesundheit zu erhalten. Und als ich mich an meinen alten Wortprozessor setzte und seine Tasten bediente, sprangen meine Erfahrungen mit den Kindern und ihren Aufsätzen wie von selbst auf den Bildschirm.

Übrigens ist ›Sammlerstück‹ eine der beiden in diesem Buch enthaltenen Geschichten (die andere ist ›Das Wenn-Haus‹), die ich ohne Wortprozessor nie hätte schreiben können. Wenn Sie selbst mit einem Wortprozessor arbeiten, wissen Sie wahrscheinlich, warum; falls nicht, kann ich's Ihnen auch nicht besser erklären, als ich einem von Geburt an Blinden erklären könnte, was Farbe ist. Dennoch, der Wortprozessor fügt dem Schreibprozeß eine Dimension hinzu, die ich brauchte, um die Geschichte zu schreiben.

Sammlerstück

Wie es sein letzter Wille vorsah, schaute ich die Hinterlassenschaft meines Vaters durch, und es war nun in der Tat ein erbärmlich kleines Erbe für die Früchte eines ganzen Menschenlebens. Obwohl er Englischlehrer gewesen war, hatte er nicht viele Bücher zusammenbekommen. Er liebte Bücher, daher hatte er sich auch dieses kleine Zimmer über dem Süßigkeitenladen gemietet, direkt gegenüber von der Bibliothek. Die wenigen Bücher, die er besaß, waren auf der staubigen Kommode aufgestapelt. Darunter befanden sich: Colemans *Relativity For The Layman,* Einstein/Infelds *The Evolving of Physics* und eine dieser Barnes & Noble Collegeausgaben, Bennets *College Physics.*

Es waren sämtlich Taschenbücher, und alle waren nur halb gelesen. Ich lächelte, während ich mich fragte, welche Grille meinen Vater zur Physik gebracht haben mochte – ausgerechnet Physik. Mein Vater hatte nicht ins zwanzigste Jahrhundert gepaßt. Er wäre glücklich in dem Glauben gewesen, daß die Sonne die Erde umkreist und daß doppelt so schwere Gegenstände auch doppelt so schnell fallen. Er hatte sein Englisch, mit dem er glänzen konnte. Das war alles, was er in der Welt je gebraucht, gewollt oder gehabt hatte. Die halbgelesenen Bücher schienen darauf hinzuweisen, daß er entweder das Gesuchte gefunden oder aber eingesehen hatte, daß er es, sollte er es finden, sowieso nicht verstehen würde.

Ein paar dunkle Fotos und eine oder zwei Zeichnungen hingen an den Wänden. Sein Schrank enthielt zwei fadenscheinige Anzüge und mehrere, gleichermaßen fadenscheinige Oberhemden und Hausanzüge. Während ein teuflischer Regenschauer an die Fenster pochte, begab ich mich zum Schreibtisch meines Vaters.

Der Donner verzog sich, daher schaltete ich die Schreibtischlampe ein. Es war immer noch früher Nachmittag, aber finster. Ich setzte mich in den Sessel und betrachtete den Terminkalender – eines von diesen Dingen, wo jeder Tag eine Seite hat. Ich las: Mittwoch, 2. Juli 1980. Das war der Tag, an dem er gegenüber, in der Bücherei, gestorben war. Ansonsten war das Blatt leer. Abwesend blätterte ich weiter, bis ich beim 30. Juli 1980 angekommen war, dem Tag, an dem sein Sohn endlich, den Anweisungen eines Anwalts folgend, angekommen war, um das Erbe von Nathan B. Hall zu begutachten. Auch dieses Blatt war leer.

Auf dem Schreibtisch stand ein Telefon, und ich nahm den Hörer ab, um herauszufinden, ob man die Leitung gesperrt hatte. Das Freizeichen. Der Mann ist tot, aber sein tägliches Einerlei existiert weiter. Ich wählte die Nummer des Anwalts und wartete. »Wayne and Bowman, Rechtsanwälte. Kann ich Ihnen helfen?«

»Ja. Hier spricht Jay Hall. Ich hätte gerne Mr. Bowman gesprochen.«

»Er ist gerade außer Haus. Darf ich ihm eine Nachricht hinterlassen, Mr. Hall?«

»Hören Sie, ich soll die Hinterlassenschaften meines Vaters zusammensuchen. Wegen des Testaments, wissen Sie. Aber hier gibt es nichts, was man zusammensuchen könnte.« Ich befingerte eine gerahmte Münze, die auf dem Schreibtisch stand. Es war ein gewöhnlicher Vierteldollar aus Washington. Prägejahr 1978. Ein echtes Sammlerstück. »Die Möbel sind gemietet, und alles andere ist Ramsch. Und nicht mal besonders viel.«

»Einen Augenblick, Mr. Hall.« Ich hörte endloses Papiergeraschel im Hintergrund. »Nur eine Formalität, Mr. Hall. Der letzte Wille Ihres Vaters verlangt ausdrücklich, daß Sie seine Arbeiten untersuchen. Nur durchsehen, ob etwas von Wert dabei ist. Vielleicht etwas von persönlichem Wert.«

Ich zuckte die Achseln. »Danke.«

»Soll Mr. Bowman Sie zurückrufen?«

»Nein. Vielen Dank.« Ich legte den Hörer wieder auf und betrachtete den Vierteldollar in dem billigen Trödlerrahmen. Der Rahmen mußte mehr gekostet haben als die Münze wert war.

Ich rieb mir die Augen und bedauerte es ein wenig, daß mein Vater ein solches Geheimnis für mich war. Sämtliche alten Klischees fielen mir ein: Man vermißt sie erst, wenn sie nicht mehr da sind, und so weiter. Er war kein geheimnisvoller Mensch. Ich hatte mir einfach nie die Mühe gemacht, ihn kennenzulernen. Er war ein eingestaubter, verknöcherter alter Mann, der ein eingestaubtes, verknöchertes Fach unterrichtet hatte. Er war im Englisch der sechsten Klasse aufgegangen. Ich konnte damit weder in dieser, noch in einer anderen Klasse etwas anfangen. Mich interessierte Geologie, aber als ich versuchte, meinen Vater dafür zu interessieren, indem ich ihm erzählte, wie die Berge um Pennsylvania aus dem Meer aufgestiegen und dann gewandert waren, hatte er lediglich den Kopf geschüttelt und gesagt: »Jay, davon möchte ich lieber nichts hören.« Es besorgte ihn zu wissen, daß diese Berge einst unter Wasser gewesen waren und eine Zeit kommen würde, wo sie überhaupt nicht mehr existierten. Die Erde meines Vaters war eine solide, unveränderliche Einheit, und so sollte es für ihn auch bleiben.

Ich hatte über ihn gelacht. Mein Vater war das Musterbeispiel des Pioniers, der ein Grundstück nur betritt und damit verkündet: »Dieser Teil des Universums gehört mir – für immer.« Und ich hatte versucht, ihm zu erklären, was die gewöhnliche Geotechnik seinem »für immer« antat. Er hatte nichts davon hören wollen.

Während ich nun, achtunddreißig Jahre alt, den Vierteldollar ansah, verstand ich etwas mehr von der Unbehaglichkeit meines Vaters angesichts geologischer Veränderungen. Fortwährende soziale Umbrüche gingen über die Welt dahin, Mt. St. Helens entfesselte immer noch die Hölle im Süden des Staates Washington, während die Russen immer noch die Hölle in Afghanistan entfesselten. Aus den Tausenden kubanischer Flüchtlinge wurde Dutzende schließlich aussortiert, doch Rassenunruhen sorgten wieder für eine Polizistenjagd im Stile der sechziger Jahre in Miami und Chattanooga. Die Kambodschaner, die Rezession, der Wahnsinn politischer Parteitage ... der Schah war am Tag zuvor gestorben, doch der *Imam* hielt immer noch amerikanische Geiseln fest. Ich spielte immer noch russisches Roulette, indem ich rauchte, obwohl mein Herzinfarkt noch kein Jahr zurücklag. Niemand weiß etwas vom einen auf den anderen Tag mit Bestimmtheit. Soweit verstand ich meinen Vater jetzt. Ich hätte auch die Sicherheit von ein wenig Beständigkeit vertragen können.

Ich sah zur Kommode, wo die drei Taschenbücher immer noch obenauf lagen. Ich war gut in Physik gewesen. Er hätte mir seine Frage stellen können, wäre er der Meinung gewesen, sein Sohn würde sich auch nur einen Deut dafür interessieren.

Plötzlich verspürte ich einen überwältigenden Wunsch, seinen Charakter zu kennen – teilzuhaben an dem, was er gedacht, geliebt und gewußt hatte, worauf er gehofft hatte. Aber was kann man aus einem Bündel abgetragener Kleider, ein paar halbgelesenen Büchern und einem Vierteldollar von 1978 schon erfahren?

Ich öffnete die oberste Schublade des Schreibtischs und fand allerlei Gerümpel darin. Papierschnipsel, Gummibänder, eine halbvolle Schachtel Kreide. Ich lächelte angesichts der Kreide. Er war schon seit mehr als neun Jahren pensioniert gewesen, trotzdem hob er die Kreide auf. Pfeifenreiniger. Er hatte nicht mehr geraucht, seit man vor sechs Jahren Lungenkrebs diagnostiziert hatte, trotzdem hob er die Pfeifenreiniger auf. In der Schublade waren immer noch Tabakkrümel. Ich schloß sie wieder.

Die linke obere Schublade enthielt blanke Papiere und Briefumschläge. Einige davon waren benutzt worden, was zeigte, daß der alte Mann noch mit irgend jemandem in Kontakt gestanden hatte. Ich öffnete die rechte obere Schublade. Sie quoll über vor Akten. Ich holte eine heraus und las das Deckblatt: Anderson, Mary – 1954/55. Ich schüttelte den Kopf. Wer sollte das sein, Mary Anderson? Hörte sich ganz nach Andy Hardys erstem Rendezvous an.

In der Akte fand ich kindliches Gekritzel auf dreigelochtem, liniertem Papier. »Was ich letzten Sommer erlebt habe« von Mary Anderson, 6. Klasse, Zimmer 4B, Mr. Hall. Und was hatte Mary im Sommer 1954 getan?

»Im letzten Sommer fuhr ich zur Jagdhütte meines Vaters in den Catskill Mountains. Wir jagten und angelten und brieten die Fische und Kartoffeln über einem Holzfeuer, weil mich die Käfer nicht stören. Dann fuhren wir heim. Es war schön, wieder daheim zu sein, weil meine Freunde da sind. Der Wald ist sehr schön, wenn man ihn mag ...«

Kopfschüttelnd schloß ich die Akte. »Was bist du heute, Mary? Vielleicht eine Umweltschützerin?« Ich blätterte den Rest der Akte durch. »Mein Lieblingstraum« oder »Wie ich die Zukunft sehe«, »Was ich mir wünsche«, »Mein geheimer Freund«, »Worüber ich nachdenke«. Die Themen, die mein Vater vergeben hatte, waren etwa genauso phantasievoll wie der Schmant, mit dem ich mich in der sechsten Klasse hatte herumschlagen müssen. Ich legte die Akte auf den Schreibtisch und holte eine andere hervor.

Ich betrachtete das Deckblatt. »Nun, Randy Deever, aus dem Jahr 1954/55, was hast du über dich zu sagen?« Nicht viel. Im letzten Sommer hatte er nicht viel getan. Stand morgens auf, aß, spielte, aß, spielte wieder, aß, sah fern, dann ging er zu Bett. Ich blätterte den Ordner durch, bis ich auf eine kurze Zeitungsmeldung stieß. Leutnant Randolph Deever, 1st Air Cavalry, U.S.A., vermißt bei einem Scharmützel bei Buon-bu-n'jang, Vietnam.

Ich blätterte noch einmal durch Mary Andersons Ordner, diesmal sorgfältiger. Ich fand mehrere Klappentexte aus Büchern und Zeitungsmeldungen über eine Schriftstellerin namens Joy Frank. Und Mary Anderson ist Joy Frank, Romanautorin.

Ein anderer Ordner. Stienmetz, Willy, 1954/55. Im Sommer 1954 wurde seine Mutter begraben. Im Sommer 1969 wurde er bei einer Anti-Kriegs-Demonstration getötet. Zu diesem Zeitpunkt hatte er bereits einen Doktortitel in Romanistik.

Ich öffnete die Schublade ganz. Sie enthielt etwa fünfzehn Ordner. Aufzeichnungen über wenige von den etwa achtzig bis hundert Schülern, die er jährlich während seiner vierzigjährigen Unterrichtstätigkeit hatte. Ich lehnte mich zurück und dachte nach. Mein Vater hatte im Leben von etwa drei- bis viertausend Personen eine Rolle gespielt. Vierzig Jahre Unterricht, und doch hatte er nur die Aufzeichnungen einiger weniger behalten. Ich überflog alle Ordner und sortierte seine Kontoauszüge, Karten, Briefe, seine Unterrichtsunterlagen und Diplome heraus. Übrig blieben die Ordner von fünf

Schülern. Mary Anderson, Randy Deever, Willy Stienmetz, Tommy-Sue Robertson und Paul Nolan. Alle aus der sechsten Klasse des Jahres 1954/55.

Ein rascher Blick informierte mich darüber, daß Tommy-Sue ihren Vornamen abgelegt hatte und zu Susan Robertson geworden war; sie hatte in Physik und Mathematik promoviert. Eine Notiz in der fast unleserlichen Handschrift meines Vaters besagte, daß Paul Nolan an der Brown University aufgenommen worden war. Ich nahm aus Paul Nolans Ordner das auf einer Seite ausgearbeitete Thema »Mein Lieblingstraum« heraus.

Ich habe keinen Lieblingstraum. Ich träume überhaupt nicht oft. Aber wenn ich träume, dann ist es schrecklich. Von einem Mann – er ist von Schmutz und Blut und schwarzem Zeug bedeckt, als ob er sich wirklich schlimm verbrannt hätte. Er spricht zu mir, aber er ist nicht nett, wenn er zu mir spricht. Er gebraucht schlimme Wörter und er schreit mich an. Manchmal weint er. Sogar wenn ich aufwache, kann ich noch den Rauch riechen. Der Traum ist sehr rauchig. Wenn ich dann wieder einschlafe, ist der Mann wieder da und sitzt und raucht und spricht. Er redet viel, dann schreit er, als ob er wirklich verrückt wäre, und dann verschwindet er wieder im Rauch. Ich weiß nicht was er sagt, weil ich ihn in meinem Traum nicht gut verstehe. Ich glaube deshalb ist der Mann so zornig.

Tommy-Sue Robertsons »Traum«:

Es ist kein schöner Traum, wie der über meine Freundinnen und die Pyjama-Party oder über meine Freunde. Manchmal träume ich davon, und dann verändert der Mann meinen Traum. Er ist schrecklich und schmutzig. Sein Gesicht ist ganz rot und er schreit mich an und bringt mich zum Weinen. Er gibt mir schreckliche Namen. Einmal nannte er mich eine dumme kleine H ... e. Ich weiß, ich sollte das nicht schreiben, Mr. Hall, aber so hat er mich genannt. Manchmal, wenn er nicht schreit, versucht er, sich mit mir zu unterhalten, aber ich fürchte mich so, daß ich ihn nicht verstehen kann. Dann wird er wieder zornig und verschwindet im Rauch. Der Rauch bleibt noch lange Zeit da und ich kann ihn riechen, wenn ich erwache.

Ich dachte einen Augenblick nach. Eine bemerkenswerte Koinzidenz? Oder der Beweis eines bemerkenswerten Geschicks beim Abschreiben? Ja, Virginia, es gab sogar schon 1954 Schüler, die abschrieben. Damals, 1954, waren wir die wilde, unerziehbare Generation und unsere Eltern die Heiligen. Ich öffnete Willys Ordner und las seinen Lieblingstraum.

Ich habe nur einen Traum und das ist kein schöner Traum, sondern ein Alptraum. Er ist ein Soldat der in einer Menge Rauch steht. Er ist schwer verletzt und sein Gesicht sieht wirklich verrückt aus. Er droht mir mit den Fäusten. Ich sehe wie sein Mund mir etwas zuruft aber ich kann ihn nicht verstehen. Daß er ein Soldat ist weiß ich wegen seiner Uniform, obwohl sie wirklich schmutzig und überall zerrissen ist. Einmal hat er sich hingekniet und mit mir gesprochen aber ich konnte trotzdem nichts verstehen, was er gesagt hat. Ich wünschte, ich könnte ihn hören. Das wünscht er sich wirklich sehr.

Dann las ich Randy Reevers Traum:

Dieser Mann kommt in meinem Traum zu mir. Überall ist Rauch. Er steht nur da und schaut mich an. Ich frage ihn wer bist du aber er schüttelt nur den Kopf und verschwindet im Rauch. Das ist alles. Es ist der einzige Traum, den ich jemals habe.

Und Mary Andersons Traum:

Mein Lieblingstraum ist immer der von dem Engel, der mich nach Oz bringt, um den Zauberer, Dorothy und Glinda, die Munchkins und all die anderen netten Leute dort zu sehen. Ich gehe zur Smaragdstadt und betrachte alle Straßen und Geschäfte dort. Aber vor zwei Nächten traf ich zum ersten Mal den Zauberer. Über dem Stadttor stand das Wort TURKU. Ich fragte den blechernen Holsfäller, was das bedeutet und er sagte das ist der Name der Stadt. Der Saal des Zauberers war voller Rauch und er überragte mich wie ein Turm. Sein Gesicht war rot wütend. Der feige Löwe rannte weg und die Vogelscheuche verbrannte. Der Zauberer öffnete den Mund und schrie mich an, aber ich konnte ihn nicht verstehen. Ich fragte den blechernen Holsfäller was der Zauberer sagte, aber der konnte ihn auch nicht hören. Dann verschwand alles und ich konnte den Schatten eines Mannes sehen, der im Rauch weglief. Der Rauch blieb. Auf dem Boden lag ein verbranntes Holzschild. Darauf stand TURKU. Am nächsten Tag sah ich in der Bücherei nach. Turku ist eine Stadt in einem Land, das man Finnland nennt.

Ich dachte einen Augenblick nach, dann nahm ich alle Aufsätze aus den Ordnern und sortierte sie neu nach Titeln, in der Reihenfolge, wie sie geschrieben worden waren. »Mein Lieblingstraum« stammte vom 1. November 1954. Das nächste Datum war Mittwoch, der 10. Dezember. Thema: »Wie ich die Zukunft sehe.« Paul Nolans Zukunft:

In der Zukunft werde ich ein professioneller Footballspieler sein. Mehr will ich nicht. Ich bin jetzt in der Schule in der zweiten Mannschaft, aber Mrs. Yates sagt, nächstes Jahr werde ich in der ersten Mannschaft sein. Da war ein Mann, der nach dem Spiel am vergangenen Sonntag mit mir sprach und sagte, es gibt mehr in der Welt als Football. Für mich nicht.

Tommy-Sue Robertsons Zukunft:

Ich sehe die Zukunft als eine Zeit wo alles gut ist. Es wird keine Armut mehr geben, keinen Hunger und keine Krankheiten oder Kriege oder Verbrechen. So sehe ich die Zukunft. Mein neuer Freund sagt, wenn ich das will, dann muß ich es so machen. Er sagt von selbst wird das nie geschehen. Er ist eine sehr traurige Person, aber sehr nett.

Willy Stienmetz' Zukunft:

Die Zukunft wird ein schrecklicher Ort sein. Das sagt der Mann, mit dem ich letzten Montag gesprochen habe. Er hat sogahr Bilder. Es stimmt. Ich habe sogahr das Datum auf der Rückseite der Bilder sehen können. Alles ist verbrannt und vernichtet. Überall sind kranke und tote Menschen. Die hungrigen Leute haben kein Essen. Er sagte, die Zukunft muß nicht so sein. Aber ich verstehe nicht wie jemand sie ändern kann. Er hatte sogahr Bilder. Er wollte, daß ich die Bilder behalte, aber ich bin weggelaufen. Sie machen mich krank, wenn ich sie ansehe.

Randy Deevers Zukunft:

Ich sehe überhaupt keine Zukunft. Ich will aber eine. Ich will eine planen. Ich bin sehr gut im Zeichnen. Das gefällt mir gut. (Englisch gefällt mir auch gut.) Mein Freund sagt zeichnen ist sehr wichtig. Aber es gibt auch noch andere wichtige Dinge. Mein Freund ist ein Soldat. Er ist ein Major und so nenne ich ihn auch. Ich glaube nicht, daß ich ein Soldat werden will.

Mary Andersons Zukunft:

Niemand kann die Zukunft sehen. Ich stelle mir am liebsten vor, daß sie sehr schön ist. Ich will keine Kriege. Mein Vater war in Korea bei der Infanterie und er sagt schlimme Sachen über den Krieg, die ich nicht schreiben soll. Mein Onkel Rich war zu jung zum in den Krieg gehen und er sagt immer, ich wollte ich hätte dabeisein können. Mein Vater sagt Onkel Rich er ist ein schlimmes Wort. Mama sagt ich darf dieses Wort nicht gebrauchen. Major sagt, die Zukunft wird das sein, was wir aus ihr machen. Sie kann sehr gut oder sehr schlecht sein. Ich hoffe sie wird sehr schön.

Das nächste Thema, vom Montag, dem 20. Dezember 1954, war: »Was ich mir wünsche.« Ich runzelte die Stirn. Mein Vater schien seine Aufsatzthemen nur auf diese fünf Schüler zugeschnitten zu haben. Als ich in der sechsten Klasse war, mußten wir auch kurz vor Weihnachten über das Thema »Was ich mir wünsche« schreiben. Bei uns wurden daraus Einkaufslisten mit Spielzeug oder sirupöse »Und Friede auf Erden«-Stükke. Bei diesen fünf sah es ein wenig anders aus.

Paul Nolans Wünsche:
Ich dachte immer, ich wünsche mir nichts anderes, als ein professioneller Sportler zu werden. Ich bin gut in Sport und es macht mir Spaß. Aber es gibt mehr in der Welt als das. Es gibt verschiedene Dinge, die ich mir für Weihnacht wünschen würde, aber ich denke nicht so oft darüber nach. Dieser Mann, den ich beim Footballspielen kennengelernt habe, trifft sich hier und da mit mir und er hat mich mit in die Bücherei hier in der Stadt genommen. Er hat mir viele Dinge gezeigt, die ganzen Zivilisationen zugestoßen sind und dann zeigte er mir wie diese Menschen alles hätten verändern können, wenn sie nur gewußt hätten, was ihnen zustoßen würde. Ich denke oft darüber nach. Ich habe Geschichte immer gehaßt. Aber jetzt denke ich oft darüber nach.

Tommy-Sue Robertsons Wünsche:
Ich wünschte, es könnte immerzu Weihnacht sein. Ich meine nicht die Geschenke, obwohl ich gerne schenke und Geschenke bekomme. Ich meine, wie nett die Leute sind. Ich mag die Musik, die überall gespielt wird und wie die Leute nett zueinander sind. Mein trauriger Freund sagt, daß viele Menschen eine Entschuldigung – er nennt das offizielle Autorisierung – brauchen, um nett zueinander zu sein. Und klug zu sein. Und vernünftig zu sein. Ich weiß nicht genau, was er damit meint, aber ich glaube, ich fühle es. Ich würde ihn gerne zum Essen an Weihnachten einladen, aber er kann nicht kommen.

Willy Stienmetz' Wünsche:
Ich wünschte, meine Mammi wäre am Leben. Das wird mein erstes Weihnachtsfest ohne sie sein. Wir hatten nie Ge-

schenke. Ich meine richtige Geschenke, die man in einem Laden kauft. Aber Mammi hat Sachen gemacht. Für meine Schwester hat sie diese kleinen Puppen gemacht, aus getrockneten Äpfeln. Sie hatten Kleider und Haare und Schals. Einmal hat Mammi mir eine Steppdecke gemacht, die ich immer noch habe. Ich wünsche mir, sie wäre an Weihnachten am Leben. Mein Freund sagt, die Leute sterben und wir sollten uns an das Gute erinnern und nicht zu traurig sein. Er sagt in der Zukunft werden noch mehr Leute sterben. Er sagt, wir sollten sicher sein, daß sie den Leuten nur Gutes hinterlassen. Er wird nicht zum Essen zu uns kommen, das ist wahrscheinlich auch besser so, weil wir uns keinen zusätzlichen Platz am Tisch mehr leisten können, sagt Papa.

Randy Deevers Wünsche:

Ich möchte Bilder von glücklichen Leuten an glücklichen Orten malen. Ich hoffe ich bekomme die Farben, um die ich gebeten habe. Mama sagte zu Paps etwas, Farben wären schmutzig, aber ich weiß wie man auf Farben achtgeben muß. Außerdem, was sind schon ein paar Flecken im Teppich, wenn man dafür ein schönes Bild bekommt? Der Major sagt, um glückliche Menschen und Orte malen zu können, muß man glücklich sein. Zuerst muß das Glück da sein, dann kann man es malen. Der Major sagt, man muß viele Dinge tun, wenn man glücklich sein will. Man kann es nicht malen, wenn es nicht da ist. Ich weiß nichts von ihm. Er sagt mir immer, ich soll etwas anderes machen. Aber ich will nur malen. Das ist mein Wunsch. Ich wünschte, ich könnte den Rest meines Lebens mit Malen verbringen.

Mary Andersons Wünsche:

Ich denke oft an das Märchen, in dem die Fee einer Person drei Wünsche gewährt. Wenn ich drei Wünsche hätte, würde ich mir zu allererst wünschen, daß in der Welt alles perfekt ist. Zweitens würde ich mir wünschen, daß der Major glücklich wird. Er ist so traurig. Ich glaube, wenn sich mein erster Wunsch erfüllen würde, würde der zweite das von ganz allein tun. Den dritten Wunsch hebe ich auf, falls mit den beiden ersten etwas schiefgeht.

Am 4. Januar 1955 wurde das Thema »Mein geheimer Freund« gegeben. Mein Vater scheint diesem rätselhaften Gefährten der fünf Kinder nachgespürt zu haben. Sie halfen ihm selbst dabei.

Paul Nolans geheimer Freund:

Mein geheimer Freund ist ein großer Mann. Er weiß mehr als jeder andere auf der Welt. Manchmal hilft er mir bei den Hausaufgaben. Ich rede mit ihm und er mit mir, aber wenn Mama und Paps ins Zimmer kommen um nachzusehen, mit wem ich mich unterhalte, können sie niemanden sehen. Ich fragte Paps einmal danach und er sagte, ich soll mir keine Sorgen machen. Er sagte, er hätte als kleiner Junge auch einen geheimen Freund gehabt, den nur er sehen konnte, sonst niemand. Aber mein geheimer Freund spielt nicht mit mir. Er ist immer hinterher, daß ich arbeite, lerne und studiere. Er sagt die Zukunft ist wie ein Klumpen Ton, und die, die ihn formen, sind entweder Künstler oder Idioten. Er sagt, es gibt viele Künstler. Er ist groß, blond und sehr traurig.

Tommy-Sue Robertsons geheimer Freund:

Niemand kann meinen geheimen Freund sehen. Er weiß alles über Zahlen und warum Dinge so funktionieren, wie sie es tun. Er zeigt mir das alles, und es ist nicht wie Mathe oder Wissenschaft in der Schule. Er erklärt mir den Einfluß von Zahlen und Gesetzen auf die Menschen und zukünftige Ereignisse. Ich erzählte meinem Vater von meinem geheimen Freund, er wurde sehr zornig und schickte mich zu einem Doktor. Der Doktor sprach mit mir, dann sagte er meinem Vater, ich würde darüber hinauswachsen. Ich habe das meinem Freund erzählt. Er lachte. Sein Name ist Major. Er sagte, er werde immer bei mir bleiben.

Willy Stienmetz' geheimer Freund:

Mein geheimer Freund heißt Major. Das ist ein seltsamer Name, aber er ist auch seltsam. Ich fühle mich nicht wohl bei ihm. Er erzählt mir schreckliche Geschichten von kommenden Dingen. Ich habe mich mit meinem Vater über Major unterhalten. Er hat gesagt ich soll verschwinden und meine Hausaufgaben machen. Major spricht oft über das, was falsch und was richtig ist. Ich glaube, er will etwas von mir, aber ich soll von selbst draufkommen. Er ist groß, blond und sieht sehr traurig aus. Denise Jordan sagte mir, ihre geheime Freundin heißt Anette. Anette ist so alt wie sie und spielt mit ihr. Major ist ein alter Mann.

Randy Deevers geheimer Freund:

Ich weiß nicht, ob ich den Major einen Freund nennen kann. Er ist immer da und er hilft mir bei den Hausaufgaben. Aber er ist nicht freundlich wie ein Freund. Der Major zwingt mich dauernd, Geschichte zu lernen. Ich muß mich um Kriege, Politik und solche Sachen kümmern, die überhaupt nichts mit Malen zu tun haben. Er sagt, man muß das Glück schaffen, wenn man es malen will. Aber ich kann mir auch Drachen vorstellen, obwohl es keine Drachen gibt. Warum sollte es mit dem Glück anders sein? Wenn ich Bilder des Glücks male, ohne daß Glück da ist, ist das anders, als würde ich Drachen malen, obwohl es keine gibt?

Mary Andersons geheimer Freund:

Mein geheimer Freund ist der Major. Er ist groß, blond, stattlich und sehr traurig. Er zeigt mir wie man schreibt. Niemand außer mir kann ihn sehen, aber mein Vater sagt, jeder hat als Kind einen geheimen Freund. Aber für mich ist der Major wirklich. Ich habe ihn berührt, mit ihm gelacht, habe ihn weinen gesehen. Ich will, daß meine Eltern den Major auch sehen, aber das können sie nicht, auch dann nicht, wenn er neben mir steht. Der Major sagt, darüber soll ich mir keine Gedanken machen. Vor mir liegt die Zukunft, über die könnte ich mir noch genügend den Kopf zerbrechen. Die Gegenwart ist nur ein Augenblick, sagt er. Die Zukunft ist die Ewigkeit.

Am 27. Januar 1955 stand »Worüber ich nachdenke« auf dem Programm. Mein Vater bei einem weiteren Fischzug.

Paul Nolan:

Ich denke über viele Dinge nach. 1955 sind viele Dinge schön, aber wie wird das in ein paar Jahren sein? Keiner meiner Freunde macht sich jemals Gedanken darüber, was in zehn, zwanzig oder dreißig Jahren sein wird. Der Major sagt, ich soll über so etwas nachdenken. Er sagte, es würde nicht schaden, wenn Sie das auch tun würden. Ich meine damit nichts, Mr. Hall. Der Major hat das gesagt.

Tommy-Sue Robertson:

Ich denke über den Unterschied zwischen Gutsein und Glücklichsein nach und ob es überhaupt einen Unterschied gibt. Und wenn es Unterschiede gibt, sollte das so sein? Seit der Major zu mir gekommen ist, denke ich über vieles nach, worüber ich früher nie nachgedacht habe. Ich glaube ich will Wissenschaftler werden und herausfinden, wie alles funktioniert. Der Major hilft mir bei meinen Aufsätzen, besonders beim Buchstabieren. Er kann sehr schön buchstabieren. So sage ich das. Er sagt, es müßte heißen, er kann sehr gut buchstabieren. Mir ist das egal. Er sagte mir auch, ich solle Ihnen sagen, das Thema müßte lauten »Probleme, über die ich nachdenke« und nicht »Worüber ich nachdenke«.

Willy Stienmetz:

Ich denke über Major nach. Ich weiß nicht viel über ihn, aber er weiß alles über mich. Wenn er mir bei den Hausaufgaben hilft, scheint ihm das ungeheuer wichtig, aber mir scheint es überhaupt nicht so wichtig. Aber er bringt mich dazu, zu lernen. Es gibt schreckliche Dinge. Gestern hat er mich mit ins Kino genommen. Der Film hatte einen komischen Namen und der Major ist nicht da, damit ich ihn richtig buchstabieren kann, geben Sie mir also bitte keine schlechte Note, wenn er falsch geschrieben ist. Er hieß Appocolips Now. Der Film hat mir Angst gemacht. Ich weiß nicht, was es für eine Geschichte war, aber ich denke oft darüber nach.

Aber was, fragte ich mich, soll das nun? Der erwähnte Film war erst 1980 in den Kinos gezeigt worden. Ich schüttelte den Kopf und las weiter:

Randy Deever:

Ich denke über den geheimen Freund nach, den ich hatte. Ich sehe ihn jetzt nicht mehr. Jedesmal, wenn er sich vorher mit mir getroffen hatte, hat er geweint. Er sagte, ich sollte ihn nie vergessen und alles tun, was er verlangt hat. Ich soll Soldat werden. Er sagt, ich kann auch malen, aber ich muß Soldat werden. Er sagt, wenn die Zeit gekommen ist, werde ich wissen warum. Er sagt, wenn ich älter bin, wird er wieder zu mir kommen. Das ist sein Bild.

Ich betrachtete das Bild. Für einen Sechstkläßler war es eine gute Zeichnung. Dann wandte ich mich Mary Anderson zu.

Mary Anderson:

Ich denke über all das nach, worüber ich gerne schreiben würde. Es gibt so viele Geschichten und so viele Dinge, die man mit Geschichten versuchen kann. Ich glaube, was mir der Major erzählt, würde ich gerne in meinen Geschichten verwenden. Er liebt seinen Vater sehr, aber das sagte er ihm niemals. Er erzählt etwas von einem schrecklichen Krieg, der nicht stattfinden muß. Major sagt, es gibt Lektionen, die die Leute lernen müssen, um den Krieg zu vermeiden. Er sagt, Geschichten können den Leuten helfen, solche Sachen besser zu verstehen.

Kopfschüttelnd legte ich die Ordner auf den Schreibtisch. Was auch immer der Major versucht hatte, den Krieg hatte er nicht verhindern können. Ich lachte, als ich daran dachte. Ich war in Vietnam nicht bei einer kämpfenden Einheit gewesen, aber der Vietnamkrieg hatte stattgefunden. Und nach Jahrzehnten des Kampfes gegen Japaner, Franzosen und Amerikaner hatte Vietnam in dem kurzen Augenblick des Friedens tief Atem geholt, um dann, als ersten außenpolitischen Akt, die Invasion Kambodschas durchzuführen. Dann marschierte China in Vietnam ein, verbrannte sich die Finger und zog wieder ab. Die Russen saßen trotz afghanischer Rebellen in Afghanistan über ihren Samowars, der Iran …

Ich betrachtete den kleinen Aufsatzstapel. Was, um alles in der Welt, hatte das zu bedeuten? In Mary Andersons Traum hatte der Major von einem Holocaust, ausgehend von einer Stadt in Finnland, gesprochen. Turku. Nun, wenigstens kämpften wir nicht in Finnland. Ich griff wieder in die Schublade meines Vaters und nahm die Briefmappe heraus. Ich fand einen Brief von ihm, der an eine Münzanstalt in Illinois gerichtet war. Die Antwort der Gesellschaft war auf den Brief meines Vaters gekritzelt.

> … Als ich das Essensgeld der Schüler einsammelte, fand ich diese Münze darunter. Können Sie mir etwas darüber sagen? Hochachtungsvoll …
>
> *Mr. Hall, es scheint sich um eine exzellente Fälschung zu handeln, wenn ich mir auch nicht vorstellen kann, wieso jemand einen 1978er Vierteldollar aus Washington fälschen sollte. Solche Datumsveränderungen sind möglich. Zum Beispiel kann ein Vierteldollar von 1950 verändert werden, indem man die 50 silberlötet, poliert und dann 78 daraus macht. Solche Versuche sind normalerweise ersichtlich, wenn ich auch schwören könnte, daß diese Prägung hier echt ist. Doch leider ver-*

schleiern die vielen Kratzer und Abnutzungserscheinungen die üblichen Erkennungsmerkmale. Es ist ein bemerkenswertes Stück, aber leider kein Sammlerstück.

Ich betrachtete den Vierteldollar in seinem Rahmen. Ich griff danach, löste die Rückwand des Rahmens. Ich löste sie und ließ die Münze in meine Handfläche fallen. Ein Vierteldollar aus Washington, Prägejahr 1978. Ich blätterte die wenigen anderen Briefe in der Mappe meines Vaters durch. Da war ein Brief vom FBI, in dem man wissen wollte, weshalb mein Vater versuchte, mit einer Susan Robertson in Kontakt zu kommen. Ein weiterer vom Innenministerium, wo man sich weigerte zuzugeben, daß dort ein gewisser Paul Nolan arbeitete, sich aber gleichzeitig erkundigte, warum mein Vater das wissen wollte. Ein Brief von Willy Stienmetz' Mutter über den tragischen Tod ihres Sohnes bei einer Demonstration. Ein weiterer Brief vom FBI. Man wollte wissen, in welchen Beziehungen mein Vater, wenn überhaupt, zu Willy Stienmetz gestanden habe. Ein Brief von Mary Anderson:

Lieber Mr. Hall,

Vielen Dank für die freundlichen Worte über mein neuestes Buch. Ich hoffe, daß ihm die Bedeutung zukommt, die es Ihrer Meinung nach verdient.

Ja, ich erinnere mich, daß Willy Stienmetz mir erzählte, er habe etwas Geld von dem Mann bekommen, den wir den Major nannten. Er war sehr arm, wissen Sie. Er erzählte mir an der Hochschule vom Major. Ich bin sehr traurig über seinen Tod.

Ich glaube, in gewisser Weise ist der Major immer noch bei mir. Durch seine Ideen in meinem Kopf. Ich höre sie immer noch, kann mich aber nicht mehr daran erinnern, wie er aussah ...

Ein Brief von Randy Deever:

Lieber Mr. Hall,

Tut mir leid, daß meine Antwort so lange auf sich warten läßt, aber die Post funktioniert hier nicht so gut. Der Alptraum wird in seiner Regelmäßigkeit schon fast monoton, aber er ist nichts im Vergleich mit dem, den wir vermeiden. Ja, der Major ist immer noch bei mir. Er ist bei allen Unternehmungen an meiner Seite und hat mein Versteck schon mehr als einmal beschützt. Würde ich jemand anders vom Major erzählen, man hielte mich für verrückt, was vielleicht nicht das Schlechteste wäre. Dann hätte ich wenigstens ein Zuhause. Aber der Major sagt, wir hätten noch eine einzige Mission auszuführen. Wir werden sie gemeinsam durchführen – allein.

Hier ist das Bild, um das Sie gebeten haben. Major Hall hat sich nicht sehr verändert ...

Ich schnellte in die Höhe. *Major Hall!* Ich blätterte die restlichen Briefe durch, dann die anderen Papiere. Kein Bild. Ich sah mich im Zimmer um und sah die Bilder, die an den Wänden hingen. Ich stand auf, ging zur Tür und schaltete die Deckenlampe an. Die Fotos zeigten meine Mutter, meine beiden Schwestern, fünf Vergrößerungen von Klassenbildern. Sie trugen keine Namen, doch es war unschwer vorstellbar, wen sie zeigten. Und dann war da noch die Zeichnung. Randy Deever hatte sich wirklich zum Künstler entwickelt, bevor er auf diese letzte Mission ging. Ich nahm das Bild von der Wand, ging zum Schrank und blickte in den staubigen Ankleidespiegel. Ich hielt das Bild neben mein Gesicht. Die Ähnlichkeit war unübersehbar. Ich sah eine Schrift unter dem Bild, daher wandte ich mich um und las sie.

Lieber Paps, wenn sie hieraus lernen können, ist der Preis gerechtfertigt; wenn sie nichts daraus lernen können, ist es erst der Anfang. Ich liebe Dich, Jay.

Ich kann nichts beweisen. Die Unterlagen könnten alle als Fälschungen ausgelegt werden. Daß Finnland heute, 1980, noch nicht in einen alles vernichtenden Krieg verwickelt worden ist, ist auch kein Beweis. Auch Süddakota nicht. Der Major hatte einen Vierteldollar von 1978, aber alle Amerikaner des Jahres 1980 haben Vierteldollarmünzen von 1978. Auch die von 1990, wenn es 1990 überhaupt noch Menschen gibt. Aber ich glaube, der Major hat erreicht, was er hatte erreichen wollen. Etwas hat sich verändert. Ich weiß nicht, was das für eine Bedeutung hat, aber der 1978er Vierteldollar, den ich bei mir habe, ist keine dieser Kupfer-Nickel-Münzen. Mein 1978er Vierteldollar ist aus Silber.

Ich nehme an, daß die Idee für ›Träume‹ ebenso meinem Unvermögen entstammt, den Mund zu halten, wie einer Magenverstimmung, einer nicht zu meinen Gunsten ausfallenden Buchkritik und einer nicht verwendeten Illustration von Alex Schomburg.

Ich war in Philadelphia und besuchte George H. Scithers, den damaligen Redakteur von »Isaac Asimov's Science Fiction Magazine«. *Nachdem wir uns eine Weile unterhalten hatten, schaute ich mich in seinem Büro um und entdeckte auf einem Tisch eine Farbillustration. Sie sah aus wie der Umschlag eines SF-Magazins aus den dreißiger Jahren, der hier sein Asyl gefunden hatte. Ich erblickte den Planeten Mars, wie man ihn sich damals vorgestellt hatte – mit diversen Fliegenden Untertassen vor dem Hintergrund einiger Monde und einem leuchtendroten Nebel. Vor dem Planeten befand sich ein silberner Roboter, der mit Antennen, Blinklichtern, Röhren, Schläuchen, einem Gurt voller eigenartiger Werkzeuge und grellroten Augen versehen war. Der Roboter hielt den linken Arm ausgestreckt wie ein Polizist, der einen Verkehrsstrom zum Anhalten bringt.*

Die Illustration kam mir drollig vor, und so sagte ich lauthals, ohne irgend jemanden direkt anzusprechen: »Da steckt 'ne Story drin!«

Georges Stimme sagte vom anderen Ende des Büros: »Dann schreib sie doch!«

Ich bin zwar nicht der Meinung, daß ich aus jedem alten Heuler eine Story machen kann, aber manche Leute sind da anderer Meinung. Und damals waren halt die Zeiten, in denen es sehr wichtig für mich war, die unrealistischen Erwartungen anderer zu erfüllen – speziell die von Honoraren zahlenden Redakteuren.

Es handelte sich um eine überzählige Farbskizze zu einer Artikelserie von James Gunn, die unter dem Titel ›The Road to Science Fiction‹ in »Asimov's« *erschienen war. Ich nahm eine Kopie der Illustration mit nach Maine und pappte sie an die Wand. Dann verbrachten der Roboter und ich die nächsten Wochen damit, uns gegenseitig anzustarren. Ich sah nun doch keine Story mehr in dem Ding. Es gelang mir zwar, mir eine zweitausend Worte lange Geschichte abzuquälen, aber sie war nicht lang genug, um als Titelgeschichte anzukommen. Schließlich veröffentlichte ich sie in einer Anthologie. Anschließend saß ich immer noch mit dem verdammten Roboter da, der mich anstarrte.*

Ungefähr zu dieser Zeit las ich die erste Besprechung meines ersten Buches. Während ich sie las, konnte ich über ganz Nordamerika die Bomben fallen hören. Ich wußte nicht, ob ich mich vor den nächsten Lastwagen werfen oder einen professionellen Killer anheuern sollte. Inzwischen weiß ich, daß der betreffende Kritiker alles zur Schnecke macht, was auch nur im Entferntesten nach Science Fiction riecht. Damals, als ich seine Besprechung las, wußte ich es noch nicht. Ich war stinkwütend.

Noch mehr gegen den Strich ging mir ein Vordruck-Briefchen von George, der darum bat, ich solle mich den Lesern seines Magazins mit ein paar Sätzen vorstellen. Texte dieser Art werden bei »Asimov's« *den Stories vorangestellt, damit das Publikum erfährt, was die Autoren gerade so machen. Es gefiel mir nicht, sowas zu schreiben. Ich kann es noch immer nicht ausstehen.*

In dieser Nacht – in meinem Magen war die Hölle los, weil ich zu scharf gegessen hatte – hatte ich einen teuflischen Alptraum. Da ich nicht wieder einschlafen konnte, ging ich in mein Büro und versuchte, meinen Alptraum zu Papier zu bringen. Manchmal benutze ich das Schreiben auch als therapeutisches Werkzeug, um meinen Bestand an Teufeln zu verringern. So führte eins zum anderen, und das, was ich zu schreiben anfing, erschien im August 1979 unter dem Titel ›Träume‹ in »Isaac Asimov's Science Fiction Magazine« *und hatte auch den verdammten Roboter auf dem Umschlag. Vergessen Sie nicht, in welcher Zeitschrift die Geschichte zuerst erschien: Es ist wichtig!*

Träume

Manche halten mich für geisteskrank. Schön, wenn meine Probleme so leicht zu erklären wären. Manche Leute, die ich kenne, halten mich zwar für geisteskrank, werden aber nicht müde, darauf hinzuweisen, daß ich von meinem Irrsinn gut leben kann.

Die Leute haben keine Ahnung. Ich schreibe nicht des Geldes wegen, obwohl das Geld mich am Leben erhält. Nein, es fließt ganz einfach aus mir heraus; ich versuche die Ereignisse auf die Reihe zu kriegen; ich versuche, den lausigen, mir noch verbliebenen Faden aufrechtzuerhalten, der mich mit der Realität verbindet.

Und nun sitze ich hier und schaue mir den verdammten Formbrief an – eine bekloppte, halbgebildete Anfrage nach Einzelheiten meines persönlichen und beruflichen Lebens, damit man mich den Lesern vorstellen kann. Aber ich schreibe nicht aus Spaß. Ich schreibe noch weniger aus Spaß als wegen des Geldes, und ich schreibe ganz gewiß nicht deswegen, um die Neugier irgendeines Menschen zu befriedigen, der eineinviertel Dollar übrig hat und ein paar Minuten Zeit totschlagen muß. Aber ... Ich schaue mir die Anfrage nach meiner Biografie immer wieder an. Ich kann mich nicht vor ihr verstecken, und wegwerfen kann ich sie auch nicht. Was ist mit dir, fragt sie, und das, was ich fühle, wallt in mir auf und reckt sich der Freiheit entgegen – es besteht die Aussicht eines absonderlichen Lebens aus Druckfarbe auf Papier.

Ich blättere eine alte Ausgabe durch, um mir die Biografien anderer Autoren anzusehen – und lache. Zwanzig Artikelchen von je dreißig Worten – über trokkene Ereignisse, die versuchen, mit Hilfe lahmen Humors amüsant zu wirken. Ich habe schon jetzt über zweihundert geschrieben, und ich habe kaum angefangen.

Aber wenn die Begrenzung auf dreißig Worte eine Regel ist, kann ich sie auch ebenso gut brechen. Ich habe fast jede andere Schreibregel gebrochen. Ich lese nicht viel, ich habe nie viel gelesen. Ich plane nichts, ich revidiere nichts, und es schert mich einen Dreck. Ich werde jetzt auf der Stelle noch eine Regel brechen, indem ich Ihnen das Ende dieser Erzählung verrate – im Grunde sind es gleich zwei Regeln, denn es geht hier um ein Ende, das *verboten* ist. Den Satz ›Es war alles nur ein Traum‹ hält man bei einer Erzählung allgemein für ein billiges Ende. Lewis Carroll kann Alices Kekse zwar so aus dem Wunderland herausziehen, aber von uns anderen wird erwartet, daß wir uns den Ausweg mit Tricks, Pointen, Gerissenheit oder Vernunft erkämpfen. *Vernunft?* Welch ein Lachschlager. Was für ein schenkelklopfender, tränenerzeugender *Lachschlager.*

Ich werde Ihnen die Einzelheiten der Regel, die ich breche, auseinanderlegen. Die Träume, die ich habe, sind zwar Träume ... aber auch noch etwas anderes. Sie sind Orte, an denen ich gewesen bin, sie sind die Erfahrungen, von denen ich beim Schreiben zehre, sie sind die Alpträume der *n*-ten Macht, die mich allen Schrekken begegnen lassen, die jeder von euch mit der Morgensonne verlacht, die ihr versucht, den gelangweilten Zuhörern am Frühstückstisch zu beschreiben.

Es sind Träume, dessen bin ich mir sicher; aber ob sie *nichts anderes* als Träume sind, kann ich nicht sagen. Niemand kann es.

Lassen Sie mich erzählen, wie alles anfing. Es war vor drei Jahren. (Mein Gott, fast hätte ich gesagt, es war eine finstere und stürmische Nacht! Nun ja, das war es auch.) Ich war gegen drei Uhr morgens ins Bett gewankt. Mein Kopf rauchte von zu vielen Zigaretten, mein Magen zuckte wegen der Chiliportion, die ich gegen Mitternacht gegessen hatte, und mein Geist war leicht vernebelt von einigen Bierchen, die ich bei dem Versuch gekippt hatte, das Chili zu löschen. Es war der letzte Versuch gewesen, einen vierzigtausend Worte langen Romananfang zu retten, was mich so lange wachgehalten hatte. Kurz nachdem dem Roman die Luft ausging, ging sie auch mir aus.

Helen hatte sich die Decke über den Kopf gezogen und war mit ihrem zweiten Klafter Holz beinahe fertig. Schnarchen bringt mich in der Regel zur Verzweiflung, aber in dieser Nacht schlief ich schon, bevor mein Kopf das Kissen auch nur berührte. Ich habe *wirklich* fest geschlafen.

Normalerweise ist der Schlaf für mich ein unstetes Stadium des Halbdösens, in dem ich geistig durch Plot- und Dialogfetzen blättere, die Ereignisse des Tages verdaue oder besonders erniedrigende Episoden aus meiner Jugend Revue passieren lasse. Wenn ich auf diese Weise ›schlafe‹, kommt es sehr oft vor, daß ich hellwach werde und eine Story-Idee habe. Und dann wird wieder eine Nacht durchgemacht, um sie zu Papier zu bringen, weil ich sie nicht vergessen will. Doch als ich mich in jener Nacht ausstreckte, war ich interesselos.

Dann fing es an.

Wer meine Träume auch inszenieren mag, er ist bei Orson Welles in die Schule gegangen. Spannende Aspekte, verblüffende Kontraste und dunkle Schatten.

Ich befand mich in einem runden Raum mit einer durchgehenden Wand. In der Wand zeigten sich Türen, die nur wenige Zentimeter voneinander entfernt waren, und wirbelnde, schwarze Nebel dienten ihnen als Vorhänge. Im Mittelpunkt des Raumes bildete sich aus einem schwarzen Nebel eine unregelmäßig geformte Säule, die ihre Augen öffnete. Die Säule war von oben bis unten mit Augen bedeckt. Es waren grauenhafte, rot-irisierte Dinger. »Welche Tür?« fragte die Säule.

Normalerweise weiß ich im Traum, daß ich träume. Sehr oft, wenn mir die Umstände gefallen, spiele ich aus reinem Spaß an der Sache einfach mit. Wenn ich keine Lust zum Mitspielen habe, zwinge ich mich aufzuwachen.

»Na schön. Aufwachen!«

Eine Anzahl der Augen rückten auf meiner Seite der schwarzen Säule zusammen. »Wir sind wach. Welche Tür?«

Ohne die Beine zu bewegen, wirbelte ich plötzlich an der Wand entlang; die Türen rasten verschwommen an mir vorbei. »Aufwachen! Aufwachen!«

»Wir sind wach, denn wir schlafen nie. Welche Tür?« Ich wirbelte noch zwei weitere Male durch den Raum und hörte, daß die Säule etwas wie ›Zufallsdimension‹ sagte; und dann spazierte ich in der Nacht über eine hölzerne Strandpromenade auf Coney Island. Nirgendwo waren Lichter; der Ort bot ein Bild der Verwüstung. Die Fenster waren zugenagelt, Papierfetzen flatterten über verlassene Gehwege. Ich erinnere mich zwar nicht an den Ozean, aber ich habe Musik gehört – ein unzusammenhängendes Gedudel, für das mir jegliches Verständnis fehlt. Ich ging ein kleines Stück weiter, und die feuchte Nachtluft machte mein Gesicht klamm; dann sah ich vor mir ein Licht.

Ich legte eine Hand auf meine Wange, ertastete die Feuchtigkeit darauf und blieb stehen. Es war zu real, um ein Traum zu sein. Wenn ich träume, sind die von mir erzeugten Bilder, und die Dinge, die ich erlebe, außerordentlich detaillos. Daß ich Luftfeuchtigkeit auf der Haut spüre, gehört zu jenen Details, die ich niemals empfinde. Ich bückte mich und betastete die Bretter unter meinen Füßen. Sie waren abgetreten, und unter meinen Fingerkuppen waren Sandkörner. Ich zog mir einen Splitter in die Hand, riß die Hand hoch und saugte an meinem Finger.

Als ich auf der Strandpromenade hockte und einen Versuch machte, den Splitter mit den Zähnen herauszuziehen, fragte ich mich fortwährend: »Wieso Coney Island?« Ich war seit meiner Kindheit nicht mehr dort gewesen – es war fünfundzwanzig Jahre her, wenn nicht sogar mehr. Der verpfuschte Roman, mit dem ich kämpfte, hatte mit Coney Island nichts zu tun, und meine Chili-Träume enthalten normalerweise glotzäugige Typen, die im Rudel auf Schlangen reiten und hinter mir her sind. Ich sah mir noch einmal das Licht an, dann stand ich auf und ging darauf zu, während das blecherne Jazzgedudel lauter wurde.

Ich blieb in einem offenen Hauseingang stehen; eine einzelne nackte Glühbirne beleuchtete die Schwelle eines Ladens, der wie eine Kaschemme aussah. ›Hinter dem Tresen stand ein dicker Mann in grober Kleidung und kaute an einem Zigarrenstummel. Er sah mich an. »Willste dein Glück versuchen?«

Ich trat ein Stück von der Tür zurück, dann fing ich an, über den Handlungswechsel nachzudenken. Im Traum werde ich in der Regel von Umständen getrieben, die mir keinen freien Willen lassen. Wenn ich aussteigen – mich befreien – will, lande ich in den Flammen, in einer Katastrophe; falle von hohen Gebäuden und dergleichen. Aber angesichts des dicken, zigarrenkauenden Mannes wußte ich, daß ich die Wahl hatte. Wenn ich wollte, konnte ich mich umdrehen und fortgehen. Das irritierte mich, denn in meinen Träumen reflektiere ich nie – ich erlebe sie nur. Ich sah den dicken Mann noch einmal an und trat dann über die Schwelle. Er lächelte, ohne die Zigarre aus dem Mund zu nehmen, dann zog er eine Eintrittskarte von einem großen Rad. »Macht fünfzig Dollar.«

»Fünfzig Dollar? Sie haben Sie wohl nicht alle!« Irgend etwas zwang mich, in meine Taschen zu fassen, um nachzusehen, wieviel Geld ich bei mir hatte. Geld gehört auch zu den Dingen, über die ich im Traum nie verfüge. Ich langte in meine rechte Seitentasche, und meine Finger schlossen sich um eine Handvoll Papier. Ich nahm es heraus und zählte die Scheine. »Ich habe nur siebenunddreißig Dollar.«

»Was'n Pech.«

»Waaa ...« Der Boden verschwand unter meinen Füßen und ließ mich zuerst in die Dunkelheit sinken; dann, als ich auf eine große, hölzerne Rutschbahn auftraf, befand ich mich in einem spiralförmigen Schacht mit roten, gelben und grünen Lampen. Ich fiel langsam zur Seite und streckte den Arm aus, um mich aufzurichten, doch dann zog ich ihn zurück, da die Reibungshitze meine Handfläche verbrannte. Ich machte eine Rolle über die Schulter und sagte mir, daß die Zeit nun reif war: Ich fing an zu schreien. Dies war meine todsichere Methode, aus einem Traum zu erwachen: Wenn mein eigener Lärm mich nicht weckte, würde er zumindest Helen wecken. Und dann würde sie mich rütteln, bis es vorbei war.

Mein Geschrei folgte mir durch die Riesenspirale, bis die Neigung zu einer Ebene wurde und ich in einer riesigen hölzernen Schale landete. Ich hielt an, holte ein paarmal tief Luft und sah mich um. In der Schale saßen noch sieben weitere. Einer von ihnen stand auf und kam zu mir herüber. »Sie sind der achte. Ich schätze, jetzt fängt es an.«

»Der achte *Was?* Und was fängt an?« Ich setzte mich hin und zog mich hoch.

Der Mann, der vor mir stand, trug einen grauen Anzug. Er zuckte die Achseln. »Das Spiel. Mehr weiß ich auch nicht über die Sache.«

Ich gab einen Schuß ins Blaue ab. »Haben Sie das schwarze Ding gesehen – das mit den roten Augen?«

Der Mann runzelte die Stirn, dann schüttelte er den Kopf. »Ich würde mir darüber keine Sorgen machen. Sie wissen doch, daß es ein Traum ist, oder nicht?«

»Ja, klar.« Ich nickte. Dann lächelte ich. »Ja. Aber es ist ein gutes Gefühl, es jemanden aussprechen zu hören.«

»ANFANGEN!« Beim Dröhnen des Signals sprangen wir alle auf die Beine. Der Mann, mit dem ich gesprochen hatte, sah zu den bunten Lampen hinauf.

»Womit anfangen?«

Schwerter, Keulen und Äxte tauchten in unseren Händen auf. Die Axt, die ich in der Hand hielt, erschreckte mich so, daß ich sie fallen ließ. Ich schaute zu den Lichtern hinauf. »Was, zum Teufel, soll das?«

»ANFANGEN!«

Über den Lichtern ertönte ein Gepolter, dann konnten wir alle einen herabsinkenden Umriß erkennen, die Außenseiten einer Schale. Eine Frau, die ein Schwert in der Hand hielt, sah den Umriß an und musterte mich dann mit einem wilden Blick. »Man wird uns zerschmettern! Man wird uns zerschmettern, wenn wir die Sache nicht auskämpfen!«

Sie hob das Schwert mit beiden Händen über den Kopf und griff mich an. Sie ließ die Klinge herabsausen, doch ich trat zur Seite. Das Gewicht der schweren Waffe riß sie von den Beinen; sie stürzte in ihr Schwert und blieb still liegen. »SIEBEN!«

Ich schaute zu dem Schalenumriß hinauf. Er hatte sich etwas verlangsamt. Als ich wieder nach unten sah, waren die beiden nächsten Paare schon dabei, es miteinander auszutragen. Und zwei Männer kamen auf mich zu – einer mit einer Axt, der andere mit einer Keule. »Wacht auf, ihr beiden! Es ist doch nur ein Traum!«

Der Mann zu meiner Linken hob seine Axt. »Dann spielt es auch keine Rolle, was wir tun.«

Ich hob meine Waffe. »Na schön, dann eben nicht!«

»SECHS!«

Am anderen Ende der Schale sah ich einen Körper stürzen. Eine Frau ließ ihr Schwert fallen und schrie auf, als ein Mann sie mit einer Axt angriff. Ich wandte mich meinen beiden Gegenspielern zu und fragte mich, warum sie sich gegen mich zusammentaten. Früher oder später würden sie es gegeneinander austragen müssen.

»FÜNF!«

Der Mann mit der Keule bedachte mich mit einem von unten nach oben geführten Schlag, doch ich wich ihm aus und verpaßte ihm einen horizontalen Schwinger in die Nieren. Sein Aufschrei übertönte fast die Stimme des Schiedsrichters.

»VIER!«

Der Bursche mit der Axt kam näher, und ich will verdammt sein, wenn ich ihn nicht erkannt habe. Roman Sowieso ... Roman Janeway. Ja! Roman Janeway. Der schleimige, ignorante, opportunistische ... und erst die anderen! Ich erkannte sie alle. Martin, Wertzle, Simmons – es waren alles Literaturkritiker. Ich sah Janeway an. »Janeway, erkennen Sie mich nicht? Ich bin's!«

Janeway schwang seine Axt. »Natürlich erkenne ich Sie. Was glauben Sie, wofür ich das hier habe?«

Ich haute ihm die Axt ins Gesicht.

»DREI!«

Ich knallte mit dem Kopf gegen etwas und fiel auf den Boden der Schale. Als ich aufblickte, konnte ich erkennen, daß die andere Schale nur noch einen Meter von uns entfernt war. Sie würde uns zerquetschen – die, die noch übrig waren.

»ZWEI!«

Ich sah eine Gestalt fallen – ich glaube, es war Van Zandt von der *Times* –, dann kam eine zweite, die noch immer auf den Beinen war, auf mich zu. Der Mann kniete sich hin, um nicht mit dem Kopf gegen den Umriß zu stoßen. Ich verzog das Gesicht und nahm Janeways Axt. Der Mann, der auf mich zukam, war Bettnor von der *News*, und ich wußte aus Erfahrung, daß es keine Möglichkeit gab, mit ihm zu reden – nicht nach der Besprechung, die er meinem ersten Roman hatte zuteil werden lassen! Ich ging in die Knie und näherte mich ihm, doch dann rutschte ich in einer Blutpfütze aus. »Hah!« Er kam schnell näher und schwang seine Axt. Ich machte eine Rolle, als Bettnors Klinge in den Holzboden krachte. Dann schwang ich meine Axt in Richtung auf seinen Kopf.

»DER SIEGAH!«

Und wieder befand ich mich in dem kreisrunden Raum und sah die schwarze Säule mit den roten Augäpfeln. »Welche Tür?«

»Raus! Ich will nach Hause!«

».. . nach Hause!«

»Wach auf! Na, komm schon, wach auf!«

Ich öffnete die Augen und sah Helen, die auf mich herabsah. Sie hockte auf den Knien und schüttelte meinen Arm. »Helen ... Helen ...«

»Das war die letzte Portion Chili, die du gekriegt hast, Alter.« Sie zeigte mit dem Daumen auf sich. »Ich kann es mir nicht leisten, wie du den ganzen Tag hier rumzuliegen. Ich habe einen Zeitplan, und den muß ich einhalten. Jetzt schlaf wieder ein – und hör um Himmels willen auf, dich vollzufressen, bevor du ins Bett gehst!«

Sie legte sich hin und drehte sich auf die Seite; kurz darauf sägte sie weiter. Mein Schlafanzug war schweißnaß, deswegen stand ich auf, um einen anderen anzuziehen. Nachdem ich mir einen neuen aus dem Schrank geholt hatte, ging ich ins Bad und schaltete das Licht an. Abgesehen von meinem wirren Blick, sah mein Spiegelbild wie immer aus. Ich warf den nassen Schlafanzug in die Wäsche und schlüpfte in die Hose des neuen. Als ich den Arm durch den rechten Ärmel des Oberteils schob, spürte ich etwas an meinem Finger. Der Splitter von der Strandpromenade fiel mir wieder ein. Ich schluckte und schaute mir meine rechte Handfläche an. Meine Handkante wies eine Reibungsverbrennung auf. Ich verbrachte den Rest der Nacht mit Kaffeetrinken.

Haben Sie schon mal versucht, einem anderen einen Traum zu erzählen? Man wacht auf, ist sich darüber im klaren, daß man gerade eine Erfahrung von unglaublicher Wichtigkeit gemacht hat, und versucht dann, einem anderen die Wucht dieser Erfahrung zu vermitteln. »Ganz nett – aber du solltest erst mal den Traum hören, den *ich* kürzlich hatte.« Und alles verflüchtigt sich in Unwichtigkeit. Helen war sogar noch weniger mitfühlend.

»Siehst du die Säcke unter meinen Augen? Genau das hatte ich von deinem verdammten Traum!« Sie deutete auf den Treteimer. »Da sind sämtliche Chili-Dosen drin!«

»Was ist, wenn ich sie einfach wieder raushole?«

»Ich habe sie vorher *aufgemacht.* Guten Appetit!«

Ich schob ein Stück Speck auf meinem Teller hin und her. »Helen, was wäre, wenn ich mal zum Psychiater ginge?«

»Du willst doch nur, daß dich jemand aufmuntert. Hör zu! Jeder weiß, daß du verrückt bist. Wenn du möchtest, daß dich jemand für fünfzig Dollar pro Stunde aufmuntert, kannst du mich engagieren. Ich kann dich auch aufmuntern.«

Helen war zur Arbeit gegangen; wie üblich hatte sie den Wagen mitgenommen. »Du schreibst doch *nur*. Wozu brauchst du ein Auto?«

»Was ist, wenn ... Was ist, wenn ich jemanden besuchen möchte?«

»Einen Psychiater zum Beispiel?«

»Yeah, zum Beispiel einen Psychiater.«

Sie beugte sich vor und küßte mich auf die Nase. »Ich kann dir auch alles sagen, was dir ein Psychiater sagen kann, und zwar umsonst. Du hast sie wohl nicht alle. Jetzt gehst du brav in dein Büro, Schnucki, und schreibst einen neuen Bestseller. Um den Rest kümmert sich dann Mammi.«

Ich gewann allmählich den Eindruck, daß ich nicht mehr sehr ernst genommen wurde. Ich schlurfte in mein Büro, ließ mich auf den Sessel fallen und nahm die Zeitung. Als ich sie aufschlug, fiel mein Blick aus irgendeinem Grund auf die Schlagzeile: SIEBEN KRITIKER BRUTAL ERMORDET.

War es Descartes, der nicht gewußt hatte, ob er wachte oder träumte? Ich erinnere mich, etwas in dieser Art in meinem Philosophiejahr gelernt zu haben. Ich war davon ausgegangen, daß ich geträumt hatte – allerdings bevor ich entdeckt hatte, daß all diese Kritiker aus ihren Träumen erwacht waren, um festzustellen, daß sie tot waren. Es ging mir nicht mehr aus dem Kopf. Was war, wenn ich die Verantwortung für den Tod Bettnors, Janeways und des anderen trug? Alle hatte ich sie nicht getötet. Schrecklich. Was für eine Verteidigung: Tja, Euer Ehren, ich habe nur Janeway, Bettnor und den anderen getötet. Mit dem Rest hab' ich nichts zu tun.

Ich mußte mit jemandem reden. Wenn man zu Hause in La Suburbia schreibt, ist das Schlimme der Mangel an Zuhörern, die in einem Umkreis wohnen, den man zu Fuß abstecken kann. Sogar die Hausfrauen sind immer weniger geworden, seit sie entdeckt haben, daß das Leben aus mehr besteht als dem Produzieren von Babies und dem Reinigen verstopfter Toiletten. Die Praxis von Gary Wertzle, meinem Zahnarzt, war zwar nur zwei Blocks entfernt, aber er war teurer als ein Psychiater. Außerdem hatte er seine Hände wahrscheinlich gerade in einer Goldmine. Claudia Fenner, das einzige noch existierende Exemplar der aussterbenden Hausfrauen-Spezies, wohnte nur einen Block entfernt; aber ich konnte mich nicht überwinden, mir noch einen Vortrag zum Thema ›Mein Sohn, der Rechtsanwalt‹ anzuhören. Wenn ich zu bestimmen hätte, würde ihr Sohn, der Rechtsanwalt, eher ›ihr Sohn, der Knastbruder‹ sein.

David Ross würde erst gegen halb vier aus der Schule kommen. In den seltenen Augenblicken, in denen er nicht damit beschäftigt war, seine Mitesser auszudrükken, bemühte er sich, SF-Autor zu werden, und er hatte mich zu seinem Mentor auserkoren. Diese große Ehre ist mir zuteil geworden, weil ich in Gehnähe zu seinem Haus wohne und ›keiner der anderen Typen meine Briefe beantwortet hat‹. Unsere Beziehung war gereift –

ich könnte sogar sagen, erblüht –, nachdem ich herausgefunden hatte, daß David ein Recherchier-As (Recherche ist etwas, das ich nicht ausstehen kann) und eine wandelnde Sekundärbibliothek zum Thema Science Fiction war. Ich lese dieses Zeug nie. – Von welchem Nutzen er für mich war? Einst hatte ich ihm mal erzählt, ich brauchte für eine Geschichte einen Überlicht-Antrieb. Nach einer Woche hatte er, in einer Sprache, die ich verstehen konnte, sämtliche gegenwärtig aktuellen Argumente zusammengestellt, die einen Überlicht-Antrieb für unmöglich halten – und dazu Analysen jedes Überlicht-Antriebs, den sich meine Kollegen seit den vierziger Jahren ausgetüftelt haben. Ich dachte schon daran, ihn zu adoptieren.

Während ich noch über die geringe Zahl meiner Möglichkeiten nachdachte, klingelte es an der Haustür. Da ich annahm, es sei der Postbote, blieb ich an meinem Schreibtisch sitzen und wartete darauf, daß dieser Lumpenhund wieder verschwand. Zu Weihnachten hatte er mir eine bunt verzierte Erpressernotiz geschickt, die den Eindruck erweckte, ich stünde wegen der Postmengen, die ich kriege, in seiner Schuld. Nachdem ich ihm gesagt hatte, was er mit seiner Weihnachtskarte tun sollte, erreichten mich meine Manuskripte und die sonstige Post nur noch in zerfetztem Zustand, patschnaß oder mit verdächtigen Fußabdrücken versehen. Es läutete noch zweimal, dann stand ich auf und sah aus dem Fenster neben der Tür.

Das Ding, das dort stand, trug einen knöchellangen Überzieher und hatte sich eine braune Baskenmütze über die Ohren gezogen. Büschel schwarzen Haars lugten zwischen Hut und Kragen hervor. Unter dem linken Arm des Dings befand sich ein verdächtig aussehender Papierstapel.

»Könnten Sie sich mal meine Story ansehen und mir sagen, was an ihr nicht stimmt? Es wird Sie möglicherweise langweilen, aber ich wüßte es zu schätzen.«

»Warum sollte ich mich langweilen lassen, Sie Anfänger?«

»Ich weiß genau, daß Sie sich nicht langweilen werden. Aber könnten Sie mir sagen, warum die Geschichte langweilig ist?«

»Wahrscheinlich deswegen, weil Sie nicht schreiben können ...«

Manchmal denke ich mir solche Gespräche aus, denn ich wünsche mir, ich könnte sie. Sie helfen einem, die Zeit totzuschlagen. Erneut ertönte die Klingel. Ich ging zur Tür und öffnete sie.

»Was ist?«

»Ich bin Mitzi Sommer.«

»Schwitzi Sommer? Wollen Sie mich verarschen?«

»*Mitzi.* Mitzi Sommer. Sie haben gesagt, Sie würden sich gern mal das Manuskript ansehen, das auf der multi-dimensionalen Idee basiert, von denen ich Ihnen erzählt habe.«

»Habe ich das?« Ich runzelte die Stirn und musterte das Papierbündel. Himmelherrgott, es würde mich einen ganzen Tag kosten, durch dieses Meer zu waten. »Ist 'n bißchen lang, finden Sie nicht?«

Das Wesen lächelte. »Ach, es sind mehrere Fassungen – für den Fall, daß Sie sehen wollen, wie sich die Sache entwickelt hat. Ich habe die Geschichte zwölfmal überarbeitet.«

Der Druck, der auf meinem Magen lag, wich; dann kam mir ein Erinnerungsfunke. »Mitzi ... Sie sind die ... die Psychologiestudentin, die ich auf der Tagung in ... in ...«

»Washington.«

Ich nickte. Urplötzlich wurde ›das Wesen‹ zu einem qualifizierten Zuhörer – zumindest war sie so qualifiziert wie alles andere, das sich in meiner Nähe aufhielt. »Kommen Sie rein, kommen Sie rein!«

Mitzi Sommer trat ein, legte Mütze und Mantel ab und verwandelte sich in eine Sie. Ich nahm ihre Mütze und ihren Mantel, warf sie über die Rückenlehne eines Sessels und gab Mitzi mit einer Geste zu verstehen, sie möge mir ins Büro folgen. Im Büroeingang blieb sie stehen, riß die Augen auf und ließ die Kinnlade herabsakken. »Oh, es ist genau so, wie ich es mir vorgestellt habe!«

Ich setzte mich hinter den Schreibtisch. »Was haben Sie sich wie vorgestellt?«

»Das Büro.« Sie sah mich an. »Ich bin schon lange ein Fan von Ihnen.« Sie deutete auf einen Stuhl. »Darf ich mich setzen?« Ich nickte, dann streckte ich die Hand nach ihrem Manuskript aus.

»Nur die letzte Fassung.«

Sie zog ein paar Blätter heraus und gab sie mir. Die Geschichte hieß ›Dimensionaut‹. Glocken schrillten, Erinnerungen tosten durch meinen Geist. Ich hatte die Idee eines Reisenden zwischen den Dimensionen im Kopf gehabt, als Mitzi mir auf der Tagung begegnet war und von ihrer Story-Idee erzählt hatte. Das vierzigtausend Worte lange Desaster war das Ergebnis meiner Arbeit gewesen, und nun hatte ich Mitzis Versuch vor mir. Sie hatte mir etwas erzählt ... Es ging um einen Traum, den sie gehabt hatte. Schwarze Nebel, rote Augen. Ja! Damals war mir die Sache kaum vertraut erschienen, aber jetzt, nach meinem Trip und dem Hacki-Hacki-Spiel mit den Kritikern ... Ich hatte kaum die ersten drei Worte des Manuskripts gelesen, als Mitzi sich über den Schreibtisch beugte. »Was halten Sie davon?«

»Mitzi, joggen Sie?«

Sie runzelte die Stirn. »Ja, ich jogge.«

»Dann joggen Sie ein paar Runden um den Block. Ich kann nicht lesen, wenn Sie wie eine Glucke über mir aufragen.«

Sie lächelte. »Verzeihung.« Sie stand auf und verließ den Raum. Ich lehnte mich in den Sessel zurück, legte die Füße auf den Tisch und fing an zu lesen. Als ich das Manuskript niederlegte, war ich in Schweiß gebadet.

Mitzis Erlebnis bestand aus einem Trip durch das Land der Blumen, mit goldenen Buben und silbernen Mädchen, die zu den Klängen von ›Tiptoe through the Tulips‹ herumstolzierten. Um es offen zu sagen: Ihr Trip war als Story völlig ungeeignet. Mein Schwitzen setzte ein, als er endete, als sie sich in einem runden Raum mit einer schwarzen Gassäule wiederfand, die sie mit roten Augen ansah. Mitzi kam keuchend und schnaufend in mein Büro und ließ sich gleich in einen Sessel fallen. Sie war *wirklich* draußen gewesen; sie war mehrmals um den Block gerannt.

»Nun ... Was meinen Sie?«

Ich tippte mit einem Finger auf das Manuskript. »Hat ein Traum Sie dazu inspiriert?«

»Größtenteils. Die Sache am Ende, wo der Regisseur die Leute in verschiedene Dimensionen schickt, ist aber mehr oder weniger erfunden. Etwas in der Art ist zwar auch in meinem Traum vorgekommen, aber ich erinnere mich nur ganz vage daran. Warum fragen Sie?«

Ich zuckte die Achseln. »Nur so ... Haben Sie den Regisseur in Ihrem Traum am Anfang des Trips gesehen?«

Mitzi schüttelte den Kopf. »Mein Traum fing zwischen den Blumen an. Was ist nun mit der Story? Hat sie irgendeinen Wert?«

Ich zuckte die Achseln, dann gab ich ihr das Manuskript zurück. »Sie müssen einen Konflikt in die Geschichte einbauen. Sally Sowieso taucht im Land des Glücks auf und hat ihr Späßchen daran, dann findet sie heraus, daß sie in eine andere Dimension gereist ist. Sie hat nicht zu kämpfen brauchen, um irgend etwas zu erreichen. Die Story braucht einen Bösewicht – irgend etwas in dieser Art.«

Mitzi stand auf, riß mir das Manuskript aus der Hand und marschierte zur Tür. »Leben Sie wohl!«

Ich sprang auf und rannte um den Schreibtisch herum. »He, warten Sie! Es war doch nur ...« Die Tür knallte ins Schloß, und Mitzi Sommer war weg. Als ich wieder am Schreibtisch saß, kramte ich meinen Vierzigtausend-Worte-Flop hervor. Ich blätterte die Seiten durch, dann klappte ich das Ding wieder zu und dachte nach. Der Roman ging von der Voraussetzung aus, daß das, was man träumte, in Wahrheit Erlebnisse waren, die in anderen Dimensionen stattfanden. Die meisten Menschen schlafen ein, erleben eine lange Periode, in der nichts geschieht, und wachen dann in einer anderen Dimension wieder auf. Der Held meines Romans hatte den Trick durchschaut und erkannt, daß er durch ein Verbleiben in einem Zustand des Halbschlafes dem Ding begegnen konnte, das die Show inszenierte.

Mein Regisseur war eine überdimensionale Ameise am Ende eines magischen Tunnels – beides waren absolute Erfindungen. Aber Mitzi hatte den wahren Regisseur gesehen; und ich nun auch. Es konnte kein bloßer Zufall sein.

Ich nickte. Ich hatte schwer an dem Manuskript gearbeitet, bevor ich mein Büro verlassen und mich aufs Ohr gelegt hatte. Ich schaute mir meinen Finger an und drückte auf den Splitter. Er drückte sich, zusammen mit einem Eiterklümpchen, durch die Haut. Ich nickte erneut, dann fing ich an, jene Romanszene zu studieren, in der mein Held dem Regisseur begegnete. Beim nächsten Mal würde ich eine Tür wählen und Old Rotauge ein bis zwei Fragen stellen.

Die schwarze Säule öffnete die Augen. »Welche Tür?«

Ich leckte mir die Lippen. »Ich wähle schon noch. Aber zuerst etwas anderes.«

»Was?«

»Hören Sie, ich kann niemanden dazu bewegen, mir diese Sache zu glauben. Jeder nimmt an, daß ich träume.«

»Alle bezeichnen es als träumen.«

»Hören Sie, beim letzten Mal habe ich mir einen Splitter eingezogen. Ich weiß zwar, wo ich ihn herhabe, aber Helen sagt, ich hätte ihn mir bei der Reparatur des Küchenschranks geholt. Es bedeutet also, daß ich Dinge mit mir nehmen kann.«

»Wir müssen uns beeilen. Sie halten die Reisenden auf. Was wollen Sie?«

»Geben Sie mir etwas – irgend etwas –, das ich mit nach Hause nehmen kann, um zu beweisen, wo ich war.«

Die schwarze Säule streckte einen Tentakel aus. Er schoß auf mein Gesicht zu und traf meine linke Wange. »Autsch!« Ich öffnete die Augen; Helen saß neben mir und sah mich an.

»Schon wieder? Heißt das, wir haben wieder eine Nacht vor uns, in der du dich zum Affen machst?«

Ich legte die Hand auf meine Wange und ertastete eine leicht geschwollene Stelle. Helen hatte sich wieder umgedreht, und ich schüttelte ihre Schulter, als ich die Bettlampe anknipste. »Schau mal! Sieh dir das an!«

Sie wandte sich halb um und kniff wegen des Lichts die Augen zusammen. »Was hast du mit deiner Wange gemacht?«

»Ich habe den Regisseur – den Burschen in meinem Traum – gebeten, mich mit etwas zu versehen, das ich mit nach Hause nehmen kann. Nun? Glaubst du mir jetzt?«

Helen schüttelte den Kopf; dann zog sie die Decke über die Schulter und drehte sich um. »Du bist krank. Wie kannst du dich nur selbst verbrennen, um so etwas sagen zu können! Du hast sie ja nicht alle. Und jetzt gute Nacht. Und halt die Klappe!« Sie streckte den Arm aus und löschte das Licht.

Ich stand auf, ging ins Badezimmer, schaltete das Licht an und sah in den Spiegel. Meine Wange war knallrot, in der Mitte befand sich ein zehncentgroßer Fleck. Ich schaltete das Licht aus und ging wieder zu Bett. Als ich dort lag und nachdachte, faßte ich den

Plan, etwas mit nach Hause zu bringen, das man nicht mit einer Erklärung abtun konnte. Ich döste und konzentrierte mich darauf, erneut vor den Regisseur zu treten.

Die Zeit verging, dann öffnete er die Augen. »Welche Tür?«

»Mars. Ich möchte zum Mars.«

»Ihr solltet jetzt lieber zur *Eagle VII* runtergehen.«

Ich wandte mich von dem Bullauge ab, hinter dem der rote Planet zu sehen war und nickte dem Orbiter-Piloten zu. »Klar, Skip.« Ich sah meinen *Eagle*-Copiloten an. »Gehen wir, Hap!«

Ich wandte mich den Gurten zu und schnallte mich von der Andruckwanne los. In dieser Dimension war ich Astronaut; ich kannte meine beiden Gefährten und wußte genau, was ich tat. Hier gab es kein panisches Herumtasten im Nebel oder langzahnige Dinger, die mir auf den Fersen waren, auch nicht die peinliche Stille, in der alle von mir erwarteten, daß ich etwas tat, von dem im Gegensatz zu mir jeder wußte, daß ich es tun würde. Ich schlug auf die Lehnen der Andruckwanne. Diesmal war der Traum verdammt solide und real.

Ich stieß mich von der Andruckwanne ab, begab mich zur Heckschleuse und zog mich in die *Eagle* hinein. Als ich an Bord war und mich umdrehte, kam Hap herein und schloß beide Schleusen hinter sich. Als ich mich auf dem Schwenksitz festschnallte, zog Hap sich herunter und nahm seine Gurte ebenfalls in Angriff. Als er fertig war, hatte ich zwei Drittel der Trennungsüberprüfung hinter mir.

Hap beendete seinen Teil, dann lehnten wir uns beide zurück, und der Countdown begann. Er schaute zu mir herüber; er sah ein bißchen nervös aus. »Es ist wie ein Traum, nicht?«

Ich nickte lächelnd. »Allemal.«

»Ich meine, es ist wie ein *Traum.*«

Ich runzelte die Stirn. »Möchtest du mir irgend etwas sagen, Hap?«

Hap zuckte die Achseln, dann rieb er sich die Augen. »Ich weiß nicht. Jetzt ist es sowieso zu spät, die Mission abzublasen, also kann ich auch Klartext reden.« Er sah mich an. »Bist du gerade in einer anderen Dimension?«

Es mußte ein Trick sein; schon wieder ein Spiel von Old Rotauge. »Ich weiß nicht, ob ich dich verstehe.«

Hap musterte mein Gesicht, bis ich mich abwandte. »Du verstehst genau, was ich sage! Wie bist du hierhergekommen?«

Ich drehte Däumchen, dann warf ich ihm einen Blick zu. »Ich habe darum gebeten, zum Mars zu fliegen.« Das war eine sichere Aussage. Wenn es zum Schlimmsten kam, konnte ich immer noch behaupten, damit gemeint zu haben, ich hätte mich freiwillig für den Marsflug gemeldet.

Hap nickte. »Klar, das hast du getan. Was machst du in deiner Heimatdimension?«

Er rückte mir wirklich auf die Pelle. War er auch ein Dimensionaut? Versuchte er, den Sinn hinter all den bizarren Dingen zu erkennen, die hier passierten? Ich ging das Risiko ein. »Ich bin Schriftsteller. Und du?«

»Ich habe einen kleinen Andenkenladen in Miami Beach. So das Übliche – Korallen, Muscheln und solche Sachen.«

»Du verkaufst Muscheln am Strand?«

Hap sah mich finster an. »Das ist nicht der richtige Zeitpunkt für lahme Witze, Kumpel.«

»Verzeihung.« Ich schaute auf die Uhr, die die abgelaufene Zeit anzeigte. »Seid ihr alle fertig? Wir gehen gleich runter.«

Er streckte einen Arm aus. »Hast du irgendeine Vorstellung, auf was wir uns hier einlassen?«

»Ich habe keine Ahnung. Aber eins weiß ich: Ich werde auf dem Mars spazierengehen und etwas von dort mit nach Hause nehmen.«

»Aber was gibt es denn dort unten? Diese Realität entstammt doch unserer Phantasie.«

»Wovon redest du? Der Mars ist der Mars.« Ich schüttelte den Kopf. »Glaubst du nicht auch, daß du dich völlig grundlos aufregst, Hap?«

»Es gibt von Dimension zu Dimension Unterschiede. Der Verkehrspolizist ... Wie nennst du das Ding mit den vielen Augen?«

»Regisseur.«

Hap nickte. »Yeah. Nun, es gibt Milliarden ... Trillionen Türen. Und mehr. Vielleicht eine unendliche Anzahl. Jede von ihnen ist eine vorstellbare Wirklichkeit. So kriegen wir diese Träume oder Dimensionen: Irgend etwas in uns *wünscht* sie sich.«

»Hap, mir fallen aus dem Stegreif ungefähr tausend Träume ein, die ich lieber nicht gehabt hätte.«

»Oder nur ein Teil deines Ichs. Ein anderer Teil möchte eine bestimmte Dimension erforschen – eine Dimension, in der dein eigener Geist das Sagen hat.« Hap musterte die Instrumente, dann drehte er sich wieder zu mir um. »Ich bin Amateurastronom. Der Mars hat mich zwar schon immer interessiert – aber nur als Astronom. Du hast gesagt, du bist Schriftsteller. Woher kommt dein Interesse an diesem Planeten? Was schreibst du für Sachen?«

Ich zuckte die Achseln. »Ich schreibe ein bißchen Science Fic ...«

»Science Fiction? Glotzaugenmonster und sowas in der Art?« Hap schüttelte den Kopf. »Verdammt.« Er drückte einen Knopf auf seiner Handkonsole. »Skip, liest du Science Fiction?«

Eine lange Stille. »Yeah.« Noch eine lange Stille. »Und ihr?«

Hap schloß die Augen und nickte mir zu. Ich drückte meinen Knopf, um einen Kanal zum Steuermodul zu öffnen. »Hap liest das Zeug; ich schreibe es.«

Wieder eine sehr lange Stille. »Ich gehe das Risiko

mal ein.« Skip schien seine Worte abzuwägen. »Redet ihr beide gerade über … Reisen zwischen den Dimensionen?«

»Ja. Es gibt ein gemeinsames Sehnen, das jeden von uns in diese Dimension versetzt hat. Das ist das, was Hap annimmt. Daß wir alle in die gleiche Dimension wollten. Was wissen wir über den Mars?«

Hap schüttelte den Kopf, dann sagte er: »Es geht nicht um das, was wir wissen; es geht um das, was wir uns wünschen – wie wir uns den Mars wünschen.« Hap sah mich an. »Wie sieht's bei dir aus? Wie möchtest du … den Mars gern haben?«

Ich schüttelte den Kopf. »Ich weiß nicht. Ich habe zum Regisseur gesagt ›Ich möchte zum Mars‹. Mehr nicht.« Ich biß mir auf die Unterlippe und sah Hap an. »Aber tief in meinem Innern frage ich mich: Wie sieht der Mars aus, um den ich gebeten habe?«

Hap drückte seinen Knopf. »Skip, gibt es eine Möglichkeit, die Mission abzubrechen?«

Während ich auf Skips Antwort wartete, fing ich an, mich loszuschnallen. Als ich fertig war, stieß ich mich in Richtung Schleuse ab und unternahm einen Versuch, sie zu öffnen. »Nichts! Sie ist bombenfest!«

Ich hörte Skips Stimme durch das System der *Eagle.* »Nichts zu machen! Die Mission untersteht der Computerkontrolle, und die kann ich nicht anhalten! Trennung in zwanzig Sekunden!«

Ich stieß mich in Richtung Andruckwanne ab und schnallte mich wieder an. Hap schüttelte den Kopf. »Mein Gott, auf was lassen wir uns da ein?«

Ich streckte den Arm aus und knuffte ihm in die Rippen. »Hör zu, solange wir nicht in Panik verfallen, stehen wir unter Kontrolle.«

»Gott, wenn ich nur an die Ungeheuer denke, von denen ich gelesen habe …«

»Hör auf dam …« Ich wurde unterbrochen, als die *Eagle* schlingerte und dann mit dem Eintrittsbrennen anfing. Ich wechselte zum Funkgerät. »Skip? Hörst du mich? Skip?« Ich warf einen Blick durch mein Sichtfenster, konnte aber nichts sehen. Als ich uns auf die Position der *Eagle* abgestimmt hatte, waren wir eine weite Strecke vom Steuermodul entfernt. »Skip, hörst du mich?« Aus der Richtung des Planeten kamen drei weiße Streifen und fuhren am Steuermodul vorbei; dann erfüllte ein heller Blitz den Himmel. »Skip!«

Hap brabbelte: »Skip ist tot. Der arme Skip. Gütiger Gott! Was ist passiert?«

Ich renkte mir fast den Hals aus, um hinter den Streifen herzusehen; der Schweiß lief mir in die Augen. »Ich würde mich an deiner Stelle lieber fragen, was passiert, wenn die Streifen hinter uns herkommen, Hap.«

Mein Kommentar sollte zwar dazu dienen, meinen Gefährten zu beruhigen, aber er hatte genau den entgegengesetzten Effekt. Hap ruderte mit den Armen und schrie, als wir uns der Marsatmosphäre näherten. Dann klammerte er sich an seine Hälfte der dualen Landekontrollen und erstarrte. Durch das Sichtfenster konnte ich Syrtis Major auf uns zurasen sehen. Ich streckte eine Hand aus und packte Haps Arm. Wenn es mir nicht gelang, ihn dazu zu bewegen, die Kontrollen loszulassen, bevor das Computerprogramm endete und den Flug an uns übergab, waren wir im Arsch. »Hap? Hap, läßt du bitte los? Hap?« Er starrte weiterhin geradeaus; seine Arme waren starr. Ich beugte mich hinüber und versetzte ihm eine Ohrfeige.

»Au!« Er ließ die Kontrollen los und faßte sich mit der Hand an den Kopf. »Warum hast du das getan?«

»Du hast wie eine Salzsäule an den Kontrollen gesessen, du Idiot. Wir landen.«

Der Computer sagte, bis zur Landung würden noch dreißig Sekunden vergehen, aber der Antwortsender zeigte bei unserem Tempo zweieinhalb Minuten an. Ich übernahm die Kontrollen, der Computer ließ los. Sollte ich meinen Augen oder dem Antwortsender glauben? Ich übernahm die Instrumente, und wir stürzten auf Syrtis Major zu.

»Wir werden zerschellen! Geh mit der Geschwindigkeit runter!«

»Sieh dir den Antwortsender an. Wir sind noch immer in zwanzig Kilometern Höhe.«

»Hast du noch nie gehört, daß Instrumente versagen können? Geh mit dem Tempo runter!«

»Wenn ich den Treibstoff dazu verschwende, zehn Kilometer vor der Oberfläche zu landen, stürzen wir den Rest der Strecke ab. Ein Sturz aus zehn Kilometern Höhe ist nicht mal bei dieser Schwerkraft schön.«

»Aber ... Was ist, wenn der Antwortsender sich irrt? Dann werden wir zu Matsch!«

»Warum sollte ich mir einen defekten Antwortsender ausdenken? Teufel noch mal, bevor ich in diese Dimension kam, wußte ich nicht mal, was ein Antwortsender ist! Hast du eine geheime Antipathie gegen Antwortsender?«

Hap fing wieder an zu brabbeln. »Was hat das überhaupt mit der Sache zu tun?«

»Dies hier ist ein Traum, Hap. Spiel mit und warte ab, was passiert.«

»Oh, Gott. Gott, Gott, Gott ...«

Ich wandte mich wieder der Arbeit zu und hielt die Luft an, als die Oberfläche auf uns zuschoß. Wir durchstießen sie, und Hap wurde ohnmächtig.

Der Boden unter uns war grün, das Wasser blau. Wir sanken durch einen blauen Himmel mit mollig-weißen Wattewölkchen, die überall verteilt waren. Die Entfernung zum Boden nahm ab, und ich steuerte ein gepflügtes Feld an, das inmitten der Bäume zu sehen war. *Bäume?* Als wir uns dem Boden näherten, maß ich die Entfernung zur *Eagle* und verlangsamte, um etwa fünf Meter über dem Boden in der Schwebe zu bleiben, dann war der Treibstoff alle. Wir fielen wie ein Stein und klatschten auf das Feld.

Ich schüttelte den Kopf, bis ich wieder klar war, dann schaute ich aus dem Sichtfenster – und hätte schwören können, daß das, was ich sah, eine ländliche Szenerie wie in Virginia zeigte. Ich packte Haps Schulter. »Hap! Hap! Wach auf!«

»Waaa ...« Er sah aus seinem Sichtfenster, dann blickte er mich an. »Das versteh ich nicht.«

Ich dachte kurz nach. »Hap, du hattest recht, was die geheimen Wünsche angeht. Ich weiß noch, wie die Berichte von der *Viking* hereinkamen – wie enttäuscht ich darüber war, daß es auf dem Mars kein Leben gab. Doch in dieser Dimension gibt es Leben auf dem Mars!« Ich schnallte mich los. »Komm mit, wir gehen raus!«

Hap löste seine Gurte. »Was ist mit unseren Druckanzügen?«

»Bäume, Gras, gepflügte Felder ... Sieh dir mal die Atmosphärenwerte an, falls du dich dann besser fühlst.«

»Worauf du dich verlassen kannst.« Hap sah sich die Werte an, dann nickte er. »Wir haben Luft, und zwar genug; und auch von der richtigen Sorte.« Er runzelte die Stirn. »Warum sind wir eigentlich nicht mit der Mission Control in Kontakt gewesen?«

Ich zuckte die Achseln. »Vielleicht war der Orbiter dafür ausgerüstet? Jedenfalls brauchen wir in diesem Universum keine Mission Control. Du und ich sind auf einem Mars, der voller Leben ist.« Ich langte zur Schleuse und öffnete sie. Der Duft frisch umgegrabener Erde – ähem, umgegrabenen Marses – erfüllte die Eagle. Ich kletterte hinaus, stieg die Trittleiter hinab und blieb auf dem Feld stehen. Hap schob den Kopf durch die Schleuse. Ich winkte ihm zu. »Komm runter; wir sehen uns ein bißchen um!«

Hap stieg aus, dann blieb er neben mir stehen. »Hast du beim Landeanflug irgendwelche Gebäude gesehen? Siedlungen?«

»Ist mir nicht aufgefallen.« Ich deutete zwischen den

Bäumen am Rande des Feldes auf eine Kluft. »Schau mal. Ich glaube, da hinten ist eine Straße. Gehen wir doch mal hin.«

Wir arbeiteten uns durch die Ackerfurchen, und als wir die Bäume am Rande des Feldes erreichten, brüllte etwas über uns dahin, und wir verzogen uns beide ins Unterholz.

»Schau!«

Hap deutete mit einem Finger in die Luft. Ich schaute in die Richtung, in die er zeigte, und sah untertassenförmige Maschinen, die in geneigter Formation auf die *Eagle* zuflogen. Als sie über das Feld hinwegrasten, verschwand die *Eagle* in einem hellen Blitz. Die Maschinen brüllten über uns hinweg, dann wendeten sie und kamen erneut über das Feld. Zwei von ihnen zischten weiter, eine dritte landete. Die Seite der Maschine klaffte auf, und eine lange Rampe schob sich aus der Öffnung. Hap sah mich an und sprang mir an die Kehle. »Was hast du nur für krankhafte Phantasien? Was sind das für welche?«

Ich versetzte ihm noch eine Ohrfeige.

»Au!«

»Hör auf damit! Laß uns sehen, was sie wollen.«

»Nachdem sie Skip umgebracht und die *Eagle* zerblastert haben, ist es, glaube ich, ziemlich klar, was sie wollen!«

»Halt die Klappe!«

Die Geschöpfe schwärmten aus und suchten die Baumgrenze ab. Es waren Roboter, daran war kein Zweifel. Sie sahen fast so aus wie die Maschinen in den alten Schundheften. Ich runzelte die Stirn und durchforschte meinen Geist nach einem Hinweis. Ich weiß nicht, wie viele Stories ich geschrieben habe, deren Ende ich erst erfuhr, wenn es auf dem Papier stand. Wenn diese wandelnden Mülltonnen Schöpfungen meiner Phantasie waren – welches Ende hatte sich meine kranke Phantasie dann für den Pechvogel Hap und mich ausgedacht? Ich wandte mich von ihnen ab und blickte durch den Windbruch zu einem dahinterliegenden Feld. Ich sah ein Bauernhaus. Ich klopfte Hap auf die Schulter. »Gehen wir!«

Wir arbeiteten uns durch das Gestrüpp, bis wir das Feld erreicht hatten, dann liefen wir auf das Haus zu. Es hatte ein schindelgedecktes Giebeldach und brauchte dringend einen neuen Anstrich. »Was für eine Behausung ist das ... für einen Marsianer?«

Ich holte Luft und schüttelte den Kopf. »Weiß ich auch nicht.« Ich warf einen Blick über die Schulter, um die wandelnde Schrottarmee zu prüfen. Die Roboter stocherten immer noch in dem Feld herum, das wir verlassen hatten. Ich stolperte über etwas und landete auf allen vieren im Dreck.

Hap packte meinen Arm und zog mich wieder auf die Beine. »Los, weiter! Bevor sie unsere Spur aufnehmen!«

Wir rannten weiter, und ich winselte jedesmal, wenn mein rechter Fuß den Boden traf. Ich hatte mir den Knöchel verstaucht. Wir erreichten das Haus und umrundeten es im Laufschritt, damit man uns vom Feld aus nicht mehr sehen konnte. Hap lehnte sich an die Wand, während ich zu einer mit einem Fliegengitter versehenen Hintertür ging. Ich klopfte an, und kurz darauf trat ein gelbes, schmalköpfiges Ding mit Fingerkuppensaugern an die Tür. Es trug Drillich-Latzhosen und lutschte an einem Strohhalm. »Jau? Was kann ich für Sie tun, junger Mann?«

Ich spürte, daß meine Oberlippe sich kräuselte und meine Stirn sich runzelte. »Hören Sie mit der Walter Brennan-Imitation auf, ja? Sie müssen uns verstecken. Eine Roboterarmee ist hinter uns her.«

Das Geschöpf klemmte die Daumen unter die Träger seiner Latzhose und nickte. »Jau. Wir zahln auch 'ne Menge Steuern für die Roboter, Sonny.«

Hap stieß sich von der Wand ab und trat neben mich.

Er musterte das Geschöpf, dann schüttelte er den Kopf. »Wozu dienen die Roboter überhaupt?«

Das Geschöpf lutschte noch eine Weile an seinem Strohhalm, dann wippte es mit den Zehen auf und ab. »Tja, wir ham gesehen, was ihr so mit eurem Planeten angestellt habt, Sonny. Uns gefallen die Dinge allerdings so, wie sie sind. Die Roboter – und auch die Schiffe und das Projektionssystem – sorgen dafür, daß ihr Typen nur 'n toten Planeten zu sehen kriegt. Es ist 'n Jammer, daß es euch gelungen ist, hier zu landen. Jetzt müssen die Roboter euch nämlich umbringen.«

Hap grapschte nach meinem Arm. »Lauf! Wir müssen weg!«

Ich machte ein paar Schritte hinter ihm her, doch ich hatte noch eine Frage, die ihrer Antwort harrte. Ich drehte mich um. »Was ist mit den *Viking*-Sonden? Wieso haben Sie nur Bilder zur Erde gefunkt, die ...«

Das Geschöpf drehte sich um und trat vor die Tür. »Hab keine Ahnung nich von *Viking*-Sonden, Sonny.«

Ich hörte ein Scheppern, fegte um die Hausecke und sah, daß eine Roboterschwadron sich dem Bauernhof näherte. Ich drehte mich um und jagte hinter Hap her, dem Wald entgegen. Doch ich konnte weder ihn noch seine Spur ausmachen. »Hap! Hap!«

Ich rannte zwischen den Bäumen umher, scharfe Zweige peitschten mein Gesicht, und ich rief immer wieder seinen Namen. Dann hörte ich hinter mir ein Brausen und Krachen. Einen Meter links von mir löste sich ein Streifen des Waldes auf. Ich wandte mich abrupt nach rechts, und knallte – Bumsti-Klatsch – mit einem Roboter zusammen. Ich schaute vom Boden aus hoch, in meinem Kopf drehte sich alles, und ich sah zwei Augen wie glühende Kohlen, die unter einem silbernen Helm hervorstarrten. Er streckte eine Hand nach mir aus, und ich fiel in Ohnmacht!

»Welche Tür?« Es war wieder Old Rotauge.

»Ist Hap hier durchgekommen?«

»Welche Tür?«

Ich seufzte, dann ließ ich den Kopf hängen. »Nach Hause.«

Ich öffnete in dem dunklen Zimmer die Augen und hörte Helen schnarchen. Ich setzte mich hin und schaltete die Bettlampe ein. Meine Hände waren völlig zerkratzt, und auf meinem Kopf konnte ich eine Beule ertasten. Meine Handflächen waren verkrustet und noch feucht und schmutzig. Das Schnarchen hörte auf; Helen drehte sich herum und machte die Augen auf. »Mein Gott, Hirni, was hast du jetzt schon wieder angestellt?«

Ich sah sie an. »Du würdest es mir ja doch nicht glauben. Aber diesmal ...« – ich musterte den Schmutz an meinen Händen – »diesmal kann ich es beweisen!«

Am nächsten Nachmittag saß ich vor meinem Schreibtisch und betrachtete mit Abscheu den Umschlag mit dem Schmutz, den ich mir von den Händen gekratzt hatte. Das Zeug wimmelte von organischem Leben, hatte der Landwirtschaftschemiker gesagt. Und was den Ort anbetraf, von dem es stammte, konnte er den Mars hundertprozentig ausschließen. Ich warf den Umschlag in den Papierkorb und beugte mich vor, um das Frühstück zu beenden, das Helen mir gemacht hatte. Das war etwas ganz Neues – denn Helen machte mir nie ein Frühstück. Ich sah meine Post an: Rechnungen, ein Brief von einem Fan; ein dicker Umschlag von einem Verleger.

Ich machte den dicken Umschlag auf und entnahm ihm einen Stapel Korrekturfahnen für eine meiner Geschichten.

Gottverdammich, das Leben muß ja weitergehen. Man muß doch leben. Ich nahm den Rotstift und las die Korrektur. Mir fiel etwas auf, das *nie und nimmer* auf meinem Mist gewachsen sein konnte: Ich vermeide das Wort ›sagte‹ in meinen Stories ebenso wie jede andere der fünfhunderttausend albernen Alternativen, es sei denn, daß es nicht anders geht. Wenn ich der Meinung bin, ich müßte ein Wort dieser Art verwenden, um dem Leser verständlich zu machen, wer gerade spricht, schreibe ich die Geschichte lieber um, bevor ich mit Formulierungen wie ›sagte er‹, ›erwiderte sie‹, ›meinte er‹, ›klagte sie‹, ›murmelte er‹, ›stritt sie ab‹, ›spekulierte er‹, ›räumte sie ein‹ und so weiter loslege.

Ich griff zum Telefon. Ich hatte schon die halbe Nummer meines Redakteurs gewählt, als ich den Hörer wieder auflegte. Ich starrte eine volle Minute auf meinen Aktenschrank, dann stand ich auf, ging auf ihn zu und zog das Manuskript der Geschichte heraus, deren Korrekturfahnen ich gerade prüfte.

Und da stand es, schwarz auf weiß: ›sagte er‹, ›versprach sie‹, ›bat er‹, ›schmeichelte sie‹ ... Die verdammte Story war voll davon! Ich ging zum Sessel und nahm Platz.

Na schön. Vielleicht gibt es keine Regeln, die unveränderlich sind – besonders dann nicht, wenn man über multidimensionale Reisen, Träume und dergleichen redet. Aber *das* da war etwas, das ich *niemals* tue. *Niemals.* Es ist mir wurscht, welcher Art die Dimension ist oder welchen Stil man auf ihr pflegt – das kann sich jeder selbst zusammenfummeln. Aber das ging mir nun doch über die Hutschnur!

Die Türklingel schrillte, und ich sprang aus dem Sessel. Nach ein paar tiefen Atemzügen ging ich zur Tür und machte auf. Ein Mann mit Überzieher und einem wilden Blick schob sich herein. Es war Hap!

»Hap!« rief ich.

»Ich dachte schon, ich würde dich nie finden«, erwiderte er.

»Dann bin ich also doch nicht verrückt geworden«, stieß ich hervor.

»Nein«, bestätigte er. »Können wir uns irgendwo unterhalten?« regte er an.

»In meinem Büro«, schlug ich vor. »Was ist mit dir passiert?« wollte ich wissen.

Wir gingen in mein Büro, und Hap ließ sich in einen Sessel fallen. Ich ging um den Schreibtisch herum und nahm Platz. »Ich bin gelaufen«, jammerte er, »ich bin gelaufen, bis ich nicht mehr konnte. Dann bin ich hingefallen. Ich schätze, ich bin eingeschlafen«, schloß er.

»Ich habe mir Sorgen gemacht«, gestand ich. »Aber dann hast du wieder vor Rotauge gestanden«, mutmaßte ich.

»Ja«, stimmte Hap mir zu. »Ich war in einem solchen Zustand, daß ich nicht mehr darüber nachdenken konnte, welche Dimension sich mein Bewußtsein als ›Heimat‹ aussuchen würde. Also habe ich dem Regisseur gesagt, er soll mich dahin schicken, wo du hingegangen bist«, sagte er frei heraus.

»Hmmm«, murmelte ich. »Und was jetzt?« wollte ich wissen.

»Ich bringe den Regisseur um«, fauchte er. »Wenn ich das nächstemal in den kleinen runden Raum komme, nehme ich mir die verdammte Augensäule vor!« brabbelte er.

»Warum erzählst du mir das?« schwatzte ich.

Er sah mich an. »Weil ich es dir schuldig bin. Ich wollte dir die Chance geben, in eine Dimension überzuwechseln, die dir gefällt, bevor ich der Sache ein für allemal ein Ende mache«, erklärte er.

Ich nickte. »Ich glaube, so wie ich in dieser Dimension schreibe, könnte mir eine andere guttun«, erklärte ich. »Aber wenn du den Regisseur umbringst ... Läßt dich das nicht in der Schwebe zwischen den Dimensionen zurück?« wollte ich wissen.

»Das ist mir wurscht«, brüllte er. »Als ich diesmal nach Hause kam, habe ich meine Frau in den Armen eines anderen vorgefunden«, klagte er.

»Aber doch nur in dieser Dimension«, tröstete ich ihn. »In einer anderen wird sie treu sein.«

»Das ist mir egal«, knurrte er. »Ich könnte es nicht ertragen, ihr jetzt noch in die Augen zu sehen«, schluchzte er. »Vergiß es nicht«, ermahnte er mich. »Sorge dafür, daß du heute nacht als erstes die Dimension wechselst. Ich warte bis elf Uhr, dann lege ich mich schlafen.«

Den Rest des Tages verbrachte ich damit, eine Liste aller Dinge zu erstellen, die es in meiner Dimension geben sollte. Am Abend ging ich dazu über, sie auswendig zu lernen. Wenn ich ›nach Hause‹ sagte, wollte ich genau wissen, was ich damit meinte. Rotauge tat mir fast leid. Immerhin tat er nur seine Arbeit. Aber so spielt nun mal das Leben: Jetzt bin ich hier. Meine neue Helen schnarcht nicht, und wenn ich Lust habe, die ganze Nacht über aufzubleiben und zu arbeiten, bleibt auch sie wach. Sie kocht Kaffee für mich und bringt mir große Schüsseln voll Chili. Im Moment bin ich zwar noch nicht besonders bekannt, aber auf meiner Liste steht auch die glückliche Zukunft meiner Schreiberei. Irgendwann wird man mich in einem Atemzug mit den Science Fiction-Größen der Gegenwart nennen: mit Robert O. Heinlein, Frederik Pole und Isaac Karamasov – dem Namensgeber des SF-Magazins, das allen anderen haushoch überlegen ist.

Aus dem Amerikanischen übersetzt von Ronald M. Hahn

Ich hatte schon immer einen Horror vor Gefängnissen. Der totale Verlust der Freiheit, die Bevormundung und die Gefängnisbrutalität sind zwar schon furchteinflößend genug, aber es steckt noch mehr dahinter. Seit ich mich erinnern kann, haben mich Bücher und Filme über Gefängnisse und ihre Insassen wie magnetisch angezogen. Ich habe den Grund dafür nie erfahren. Ich wollte ihn auch nie wissen, denn ich nahm an, daß meine Faszination schon fast an der Grenze zum Ghoulhaften lag. Es gelang mir, diesen sonderbaren Geist zu beschwichtigen, indem ich ›Das Wenn-Haus‹ schrieb.

Die nachfolgende Geschichte, jedes ihrer sechzehntausend Worte, ist in einer einzigen, vierundzwanzigstündigen Sitzung entstanden. Ich nahm sie in Angriff, nachdem ich den Brief eines Lesers erhalten hatte. Er kam von einem Häftling, der in einem Bundesgefängnis einsaß, und er äußerte sich sehr schmeichelhaft über eine meiner Erzählung.

Ich korrespondiere mit zahllosen Lesern, und eine gewisse Anzahl davon sitzt gerade im Knast. Doch der Brief dieses einen Menschen führte dazu, daß ich erneut darüber nachdachte, worauf das zurückzuführen ist, was ich für eine krankhafte Faszination des Themas Gefängnis hielt.

Ich schrieb spontan eine kurze Geschichte (ihr Titel fällt mir nicht mehr ein), deren Gag aus einem Gerät bestand, das den Verurteilten in einen Traumzustand versetzt. Im Traum findet er sich in einem Gefängnis wieder, in dem die Zeit anders verläuft als im Wachzustand. Die Story handelte von einem kleinen Dieb, dem ersten Menschen, an dem diese Art der Bestrafung durchgeführt wird.

Die Kosten eines solchen Verfahrens lägen ungefähr bei Null, und am Ende kam raus, daß der Dieb eine langjährige Strafe antritt, die aufgrund der Zeitverzerrung nur wenige Minuten dauert. Und es gab keine Fluchtmöglichkeit und keine Berufung. Das Grauenhafte an diesem Vorgehen schien mir Grund genug zu sein, eine Geschichte zu schreiben, aber George Scithers schickte sie mit der Bemerkung zurück ›Jetzt hast du zwar einen Apparat, aber was fängst du mit ihm an?‹

Offensichtlich war das Grauen, das ich empfand, nicht auf

George übergesprungen. Ich sah die Sache auf meine persönliche Weise. Warum empfand ich so, und nicht anders? Ich stellte mir die Frage fortwährend, dann fing ich an, auf meinem Wortprozessor herumzutippen. Zwanzig Stunden später schickte ich ›Das Wenn-Haus‹ an George ab.

Wie schon in der Einführung zu ›Sammlerstück‹ erwähnt, ist ›Das Wenn-Haus‹ die zweite Geschichte dieses Bandes, die nur durch die zusätzliche Dimension eines Wortprozessors möglich war. Mit einer Schreibmaschine kann man Geschichten nur jeweils an einer Stelle schreiben. Um ›Das Wenn-Haus‹ zu schreiben, mußte ich in der Lage sein, sämtliche Teile der Geschichte gleichzeitig zu sehen.

Das Wenn-Haus

... ein nebelhaftes Verschwimmen farbloser Mauern. Die Schatten von Gittern – und doch keine Tür, keine Fenster, keine Gitter. Nur ihre Schatten. Der Klang von Schritten, doch kein Boden, keine Stiefel, keine Füße – dennoch das Geräusch. Ich versuchte, die Hände in mein Blickfeld zu heben. Ich streckte die Arme aus, reckte mich, strengte mich an: aber da waren keine Handgelenke, keine Finger, keine Hände – ich reckte ein Phantom in die Leere. Ich machte den Mund auf, um zu schreien, aber nur Stille kam heraus ...

Ich *wachte schlagartig auf,* meine Augen waren immer noch geschlossen. Ich lag auf dem Rücken, auf einer harten, kalten Oberfläche; mein Herz klopfte noch von dem Alptraum. Der Alptraum: Ein Teil meines Ichs, oder ein Teil von Krenmyers Zelle? Ich betastete den Boden unter mir mit den Fingerspitzen. Er war glatt. Ich öffnete die Augen, und im matten, quellenlosen Licht konnte ich vier graue, nichtssagende Wände sehen. Sie waren gerade soweit entfernt, wie ich brauchte, um mich in voller Länge auf dem Boden auszustrecken. Die Decke reichte bis in die Unendlichkeit. Ich lachte.

»Krenmyer! Krenmyer, hören Sie mich? Ich hoffe, daß Sie mich hören können; Sie haben's nämlich schon wieder versaut. Ich hoffe auch, daß das Publikum mich hören kann. Das hier ist kein Gefängnis. Ich erkenne es wieder. Es ist mein geheimes Eckchen – mein Kindheitsversteck. Hören Sie mich, Krenmyer?«

Ich lauschte. Stille. Ich setzte mich hin, dann richtete ich mich auf. »Krenmyer, können Sie mich hören?« Ich lauschte erneut. Nichts. Ich kicherte, trat an die Wand und tastete ihre Oberfläche ab. Glatt. Keine Erhebung; keine einzige Ritze. Es war eine Wand, na schön. Mein Gefängnis. Mein imaginäres Gefängnis – der Werkzeugschuppen hinter dem Haus. In ein paar Minuten würde Tante Pam mich zum Mittagessen rufen. Und dann würde ich sie verfluchen, weil sie meine Phantasie-Seifenblase zum Platzen gebracht hatte.

Ich trat von der Wand zurück, als mich ein eisiger Atem streifte. Die Wände des Werkzeugschuppens bestanden aus grob zugesägten Brettern. Die glatten, undurchdringlichen Wände waren Ausgeburten meiner kindlichen Phantasie. Ich ging an den Wänden vorbei und berührte sie. Ich untersuchte alle vier. Ich sah in die endlose Höhe hinauf und schloß die Augen. Klein-Marty Colter schleicht sich in den Werkzeugschuppen: Jeans- und Jerseystoff verwandeln sich in Gefängnisgrau, der Schuppen in eine unmögliche Zelle; der Junge wird zu einer tragischen Gestalt. Verdammt in alle Ewigkeit. Ich ließ den Kopf hängen, spürte Tränen auf meinen Wangen, und flüsterte:

»Seien Sie verflucht, Krenmyer! Es müßte verboten werden, daß ein Mensch so viel über einen anderen weiß.«

Ich lehnte mich mit dem Rücken gegen die Wand und rutschte hinab, bis ich auf dem Boden saß. Ich rieb mir die Augen, dann musterte ich erneut die Wände. Dies war also schon damals – für einen Zehnjährigen – meine Abstraktion für das Wort ›Gefängnis‹ gewesen. Ich fing an zu lachen, aber ich kam nicht weit. Es war kein gewöhnliches Gefängnis: Klein-Marty Colter pflegte seinerzeit in einem *ausbruchsicheren* Gefängnis zu brummen. In einem Knast ohne Türen, ohne Fenster, ohne bestechliche Wärter, ohne Ausgang. Hier konnte man nichts anderes tun, als seine Zeit abzubrummen.

»Aber ich muß immer noch essen, Krenmyer! Wie wird das Essen reingebracht?« Ich verschränkte die Arme, streckte die Beine aus, kreuzte sie und pfiff die Marseillaise. Irgendwie mußte das Essen zu mir hereinkommen. Durch einen eintretenden Wächter, eine Maschinerie, durch *irgendeine* Öffnung. Das war der Schlüssel zu meinem Entkommen aus Carcel Ultima in Coahuila: Kommt Essen rein, können auch Botschaften raus; dann gibt es auch Träume, Reize und Visionen von Reichtum für unterbezahlte Wachen. Bestechungsgelder. Dann war Martin Colter auf der anderen Seite der Mauer, und *mucho* Jobs gingen *el Toileto* hinunter.

Ich schaute nach oben. Vielleicht warf man das Essen herab oder ließ es zu mir herunter. Ich stellte mein Gepfeife ein und schritt zur Aktion: Strategieplanung. Es gab ein schlechtes Bild für einen Ausbruchexperten ab, wenn es ihm nicht gelang, die Phantasie eines Zehnjährigen auszutricksen. Vielleicht warteten sie, bis ich schlief, um mir das Essen zu bringen. Ich lehnte den Kopf gegen die Wand, schloß die Augen und richtete mein Gehör auf das kleinste Geräusch.

Nach einigen Minuten öffnete ich die Augen, denn ein Gedanke durchzuckte meinen Hinterkopf. Aufgrund seiner Unwissenheit hatte Klein-Marty Colter etwas zustandegebracht, das Krenmyer und sämtliche Knastwärter der Welt nicht zustandebringen konnten: Er hatte ein ausbruchsicheres Gefängnis ersonnen. Es würde kein Essen geben. Klein-Marty bekam nur dann zu essen, wenn Tante Pam rief und seine Phantasie beendete. Sein Gefängnis verfügte über keine Vorrichtungen, die den Insassen ernährten; dazu gab es auch keinen Grund.

Ich schloß die Augen und nickte. Deswegen gab es auch keinen Grund, mich zu ernähren. Denn ich würde ja nur fünf Minuten hier drinbleiben. *Fünf Minuten. Fünfundzwanzig Jahre.*

Das kalte Grauen.

»Krenmyer! Krenmyer, Sie sadistischer Schweinehund! *Krenmyer!*« Ich stand auf, rannte zur gegenüberliegenden Wand und schlug mit den Fäusten auf sie ein.

»Krenmyer! Schalten Sie ab! Lassen Sie mich hier raus!«

Ich prügelte auf die Wand ein, bis ich keuchte und meine Arme schwer wurden. Ich sank weinend zu Boden. Als ich die Umrisse des Traumes verspürte, der auf mich wartete, kämpfte ich den Schlaf nieder. Eine unwiderstehliche Müdigkeit verschlang mich.

Logische Zusammenhänge erzeugen kein Gefängnis, und ein System von Schaltkreisen keinen Käfig. Omegon Maximum – war das erst gestern nacht gewesen? Ich hatte Krenmyers neueste ›ausbruchsichere‹ Anlage in Rekordzeit geknackt. Krenmyers einzigartiges Genie hatte ein paar erstaunliche tote Punkte, doch der Fehler im Omegon-System war lächerlich gewesen. Ich mußte so heftig lachen, daß ich mir die Flucht aus dem Omegon Maximum-Gefängnis fast selbst versaut hätte.

Es war *wirklich* komisch. Die Tore öffneten sich, der Robotwärter, mit dem ich mein Psychotronikbild getauscht hatte, flitzte hinaus, verfolgt von der Psychotronikarmee des Besserungsministeriums der Nordamerikanischen Union. Sie folgte ihm in einer hupenden, pfeifenden Stampede blitzender Lichter. Ich hätte mich auf dem Weg zum Personalparkplatz beinahe naß gemacht, als der vom Pech verfolgte Blechhaufen einem Verfolger zubrüllte: »Duuu ... duuu dreckigäh Rattäh! Mich kriegste nich lebendich, Bulläääh!« Als die Psychotroniken im Wert von achtzig Millionen Credits die Sau rausließen, gab es ein wunderschönes Feuerwerk. Die Sprüche, die ich in das robotische Funksystem eingegeben hatte, waren nur ein kleines Späßchen, der meinen Sinn für Humor dokumentierte; die von mir hinterlassene Visitenkarte.

Nachdem ich mir den Gleiter des Direktors ausgeliehen hatte, bahnte ich mir einen Weg durch die in aller Eile improvisierten Vektorenblocks der Wachmannschaft, begab mich in die Stadt und checkte im Baltograd Inn ein. Ich machte eine Runde durch die Läden, dann nahm ich, neu eingekleidet und nach einem aufwendigen Mahl, an einer Aufführung der musikalischen Bühnenproduktion *Die tausendste Nacht* teil – alles auf Kosten meines Hotelbons, der auf Rechnung des Besserungsministeriums lief.

Die Theaterkritiker – besonders jene, die die 2009-Aufführung der *Tausendsten Nacht* als ›stümperhaft‹ und ›abendliche Zerstreuung für Hirnlose‹ gebrandmarkt hatten – wären sicher irritiert gewesen, hätten sie bemerkt, mit welchen Augen ich die listige Scheherazade sah, die ihre Exekution aufschob, indem sie König Schahryar in der ersten bekannten Serie der Welt auf die Folter spannte. Mein begeistertes Interesse hatte nichts mit der unterdurchschnittlichen Vorstellung der Theatergruppe zu tun; ich absorbierte die Technik – die Strategie. Ich lebte das Thema. Als König Schahryar seinem Plan entsagte, Scheherazade zu exekutieren, und der Vorhang undurchsichtig wurde, übertönte mein lebhaftes »Bravo! Bravo!« auffallend den gleichgültigen Applaus des restlichen Publikums. *Macht nichts. Die anderen Zuschauer haben ein schlechtes Musical gesehen; ich bin Zeuge einer Flucht geworden.*

Ich *erwachte* auf dem Rücken. Ich zog mich hoch und lehnte mich mit dem Rücken gegen die Wand. Ein tiefer Atemzug; ich öffnete die Augen. Nichts hatte sich verändert. Das unmögliche Gefängnis. Die Mauer. Ich sah hinter mich und untersuchte die Wand, an der ich lehnte. Wie konnte ich eine Mauer von der anderen unterscheiden? Sie waren identisch. Das matte Licht erhellte alle gleich. Ich griff in meine Taschen. Es mußte etwas geben, womit ich sie markieren konnte. Meine Hände glitten über glatte Beinkleider, dann tatschten sie dort herum, wo die Hemdtaschen hätten sein sollen. Es gab keine Taschen in Klein-Martys Gefängnis. »Mein Gott.« Ich schüttelte den Kopf, dann sprang ich auf.

»Es ist ein einfaches Problem, Krenmyer, mit einer einfachen Lösung.«

Ich schob die Kuppe des rechten Zeigefingers zwischen meine Zähne, biß zu und riß an meinem Fleisch. Ich sah mir das Blut an und lachte, dann trat ich an die erste Wand und markierte sie mit einem einzelnen roten Punkt. Die nächste Wand zur Rechten: zwei Punkte. An der übernächsten drei. An der letzten vier. Eins, zwei, drei, vier. Orientierung.

»Und jetzt, Krenmyer.« Zeit. Wie lang war ich schon hier? Wie sollte ich die Zeit messen? Geistige Zeit. Sekunden. »Eintausend, zweitausend, dreitausend, vier ...« Mein Puls! Ich packte mein Handgelenk und suchte den Puls. Das sanfte, gleichmäßige Pulsieren an meinem Finger. Der Herzschlag ändert sich – je nach Aktivität, nach dem emotionalen Zustand, nach der Gesundheit. Aber wenn ich gelassen bleibe ... Nein. Mein Handgelenk – *mein* Handgelenk – befand sich nicht in meinem *Geist.* Auch mein Finger nicht. Ich musterte meinen rechten Zeigefinger und stellte fest, daß die Wunde, die ich mir zugefügt hatte, verheilt war. Keine Spur mehr. Ich schaute auf die Wände; die Blutmarkierungen waren verschwunden.

Ich setzte mich im Schneidersitz in den Mittelpunkt des Raumes, legte die Ellbogen auf die Knie und ließ mein Gesicht auf beiden Händen ruhen.

»Du bist ein knallharter Wärter, Klein-Marty Colter.«

Warum? Warum habe ich als Kind so etwas gespielt? Es ist so lange her …

»Macht doch, was ihr wollt! Mich kann das nicht jucken!«

Die Stimme war hoch, eigenartig, blechern. Ich öffnete die Augen … In der Ecke saß ein Kind. Ein Junge, in Gefängnisgrau gekleidet. Er schaute zur nichtexistenten Decke hinauf. Schoben mir Krenmyers Maschinchen etwas unter? »Du. – Du, Junge!«

Der Junge sah mich an. Seine Augen waren schmal vor unterdrücktem Schmerz. »Was ist?«

Ich leckte mir die Lippen. »Wer bist du?«

Der Junge schloß die Augen und lehnte den Kopf an die Wand. »Ich will mich nicht unterhalten.«

Ich musterte ihn: Er hatte ungekämmtes schwarzes Haar, war muskulös; sein Gesicht war hart an der Grenze zur Häßlichkeit … Ich rutschte zu ihm hinüber, streckte eine Hand aus und packte seinen linken Arm. »Du bist … *Marty Colter!*«

Der Junge machte seinen Arm frei. »Und wenn schon.«

Ich hockte mich auf die Fersen und musterte ihn eingehend. Mein Puls und mein Finger mochten sich zwar nicht in meinem Geist befinden, aber Klein-Marty sehr wohl. »Ich bin Martin Colter.«

»Ich weiß.« Der Junge hob erneut den Kopf.

»Warum spielst du dieses Spiel? Sag es mir!«

Der Junge sah mich an, seine Augen waren vor Überraschung geweitet. »Spiel? Das ist doch kein Spiel. Du *weißt* doch, daß es kein Spiel ist.«

Ich deutete mit dem Finger auf ihn. »Du *weißt,* daß es ein Spiel ist! Ich erinnere mich an alles. Dies hier ist der Werkzeugschuppen …«

Der Junge lachte. »Spiel? Fragen Sie doch Dr. Krenmyer, ob es ein Spiel ist. Fragen Sie Krenmyer, Mr. Martin Colter. Er wird's Ihnen sagen.«

Ich runzelte die Stirn. »Du weißt doch gar nichts über … Krenmyer. Das Spiel … Es war anders – lustig.«

Die Augen des Jungen sahen mich unverändert an. »Ich weiß von ihm, weil Sie von ihm wissen. Und ich weiß alles über *Sie.*«

»Ich weiß aber nichts über *dich.* Was soll das Spiel? Warum spielst du es? Warum spielst du es?«

Der Junge ließ den Kopf hängen, dann zuckte er die Achseln. »Ich kenne die Worte nicht.« Er sah mich an. »Ich konnte sie nie aussprechen. Aber Sie sind erwachsen; Sie können sie sagen.«

Ich ging in die entgegengesetzte Ecke, setzte mich hin und sah den Jungen an. Er schaute zur Decke und rief: »Ich werde mit allem fertig – was ihr auch macht! Mich kriegt ihr nicht klein!«

»Mich kriegt ihr nicht klein«, wiederholte ich und sah den Jungen an. Ich schaute in die Unendlichkeit hinauf und sah durch die Augen des Jungen – *durch meine Augen.* Ich ließ mich in das Bild hineinfließen: Anblick, Gedanken, Gefühle, Zeit. *Trotz.* Trotz, der sich gegen unsichtbare Peiniger richtete. Eingeschlossen und weggesperrt; sicher. Schrei deinen Trotz im Werkzeugschuppen heraus, Marty. Außer deinen erfundenen Bewachern wird dich niemand hören. Aber mache sie *real!* Und mache das Gefängnis real! Sonst bist du einfach nur blöd. Aber schrei auch nicht zu laut! Deine *realen* Peiniger könnten dich hören. Tante Pam, Onkel Bill; Sean, ihr ungeschlachter, grausamer Sohn. Für sie ... für sie ist Verachtung noch viel zu wenig. Du wirst mißhandelt – gedemütigt; tu dies, tu jenes; was bist du doch für ein Blödmann; warum kannst du nicht so sein wie Sean; wie der dicke, grausame, dämliche Sean? Du schreist deine Verachtung nicht wegen kleiner, unwichtiger Dinge heraus – das merkst du dir alles für später. Wenn ich schon leiden muß, muß es sich auch lohnen; dann müssen die Gründe schon wichtig sein. Von mir aus schwarz und weiß. Es muß sich schon lohnen; erst *dann* beziehe ich Stellung. Ich schrie dem Nichts über mir zu: »Ihr Schweine! Mich kriegt ihr nicht klein!«

Ich schaute nach unten und sah den Erwachsenen Martin Colter – den sogenannten Erwachsenen. Sein Gesicht zeigte Verwirrung. Was hatte er sich da ausgedacht, daß er selbst so irritiert war? Marty Colter kannte die Wahrheit. »Das war genau die Sache, die du nicht gebracht hast, Martin Colter: Du könntest es *doch* nicht ertragen.« Ich richtete die Arme auf die Wände. »Aber hier ist dein schwarzweißer Zusammenhang; hier bist du der Unterdrückte, und sie sind die Unterdrücker. Hier ist die Sachlage klar, es gibt keine klammheimlichen Zweifel. Hier *darfst* du schreien. Du wirst zwar leiden, aber tragische Helden leiden doch immer, oder? Und hier, wo es wichtig ist – hier in dieser Fiktion –, kannst du tapfer sein. Das Spiel war nie lustig, Martin Colter; es war *wichtig*. Es stand zwischen dir und dem Wissen deiner Feigheit.«

Der Mann stand vor mir und winkte. Er richtete einen zitternden Finger auf mich. »Du hättest die Dinge *sehen* sollen, die ich getan habe. Die *wirklichen* Dinge in *echten* Gefängnissen!« Ich hielt die Luft an. Ich war wieder da – und sah den Jungen an. Das, was er gesagt hatte – was *ich* gesagt hatte ... »Du weißt doch ... du weißt doch *gar nicht,* wovon du redest! Du hast doch gar keine *Ahnung!*«

Der Junge lachte mich aus. »Ich weiß. Ich weiß. Ich weiß ...«

Ich sank zu Boden und spürte, daß ich die Besinnung verlor. Das Bild des Jungen verblaßte. Es wurde schwarz; ich hatte das Gefühl, es kam auf mich zu ... ein weiterer Traum innerhalb des Alptraums.

Nach dem Ausbruch aus Omegon ... Am nächsten Morgen. Das Gebäude des Besserungsministeriums. Ich wurde sofort ins Büro des Ministers geleitet. Der glaswandige, farbenfroh ausgestattete Raum war eine ironische Umgebung für einen Menschen, dessen Aufgabe darin bestand, ungefähr drei Millionen Menschen bei lebendigem Leibe einzusargen. Es war das Büro des Einschlußministers; des Chefs der Verzweiflung; des Ministers für Schmerzen und Abfall.

Als ich meinen Platz am Konferenztisch einnahm und die drei Gesichter in Augenschein nahm, die um ihn herumsaßen, fiel mir eine Bemerkung meines alten Freundes Mark Twain ein – daß der Mensch das einzige Tier ist, das erröten kann. Beziehungsweise allen Grund dazu hat.

Die gewaltige Röte zeigte sich auf dem schmalen Gesicht des kahl werdenden Dr. Krenmyer, des Chefs der Psychotronik-Forschung des Ministeriums. Das Omegon-Experiment war sein dritter Versuch gewesen, die Psychotronik dem schändlichen Ziel anzupassen, Menschen aus der Gesellschaft ihrer eigenen Spezies auszuschließen. Omegon war aber auch Krenmyers dritter Fehlschlag, den Martin Colter, der professionelle Quertreiber herbeigeführt hatte. Wenn die Blicke von Onkel Doktor hätten töten können, wäre die Nachricht von *meinem* Tod bestimmt nicht gewaltig übertrieben gewesen.

Als ich die Beine übereinanderschlug und mich in meinen Stuhl zurücklehnte, musterte Krenmyer seine verschränkten Arme und konzentrierte sich auf die echte Walnußholz-Tischplatte des Ministers. Es tut mir immer gut, wenn ich einen Burschen treffe, der Edelhölzer zu schätzen weiß.

Minister Epps – zurechtgeputzt und affig, mit transplantiertem Haar – räusperte sich und nickte mir zu. »Ich nehme an, Mr. Colter, man kann Ihnen für Ihr Entkommen gratulieren.«

Ich zuckte lächelnd die Achseln. »Das war doch nichts.«

Omegons schweinefetter Direktor warf mir einen finsteren Blick zu, dann tat er sich mit Dr. Krenmyer zusammen, um ebenfalls die Tischplatte zu bewundern. Die Stimme des Direktors klang, als sei gerade ein Würger aus der Hog Street an seinem Hals zugange. »Ihr ›Das war doch nichts‹ kostet den Steuerzahler ungefähr hundert Millionen Credits, Colter.«

Ich zog die Mundwinkel herab und schüttelte den Kopf. »Achtzig Millionen – höchstens.« Ein Lächeln an dieser Stelle konnte nur dazu beitragen, die Sache noch mehr zu verdeutlichen, also lächelte ich. »Mein Erfolg könnte freilich ein paar Arbeitsplätze kosten.« Ich zuckte erneut die Achseln. »Als mich das Ministerium vor drei Jahren als Berater für das Omegon-Projekt engagiert hat, habe ich gesagt, daß das System nicht funktionieren würde. Jetzt wissen Sie natürlich, warum.« Ich sah Krenmyer an. »Ich bin enttäuscht, Doktor. Sie haben mir versprochen, ich würde etwas kriegen, an dem ich mir die Zähne ausbeißen kann.« Ich rieb mir übers Kinn und musterte nachdenklich die Leuchtriegel an der Decke. »Mal sehen ... Ich brauchte genau ...«

»Siebenunddreißig Stunden, neunzehn Minuten und acht Sekunden«, vervollständigte Krenmyer.

»Ja. Danke, Doktor.« Ich sah den Minister an und hob die Brauen. »Wenn das alles war, meine Herren, bin ich schon wieder unterwegs.« Ich stand auf. Krenmyer rang mit irgend etwas. Er wollte etwas sagen, doch dann hielt er die Klappe. Ich deutete auf ihn. »Ich habe Ihnen schon vor drei Jahren prophezeit, wie es ausgehen würde, Krenmyer. Jedes starre Regelsystem, ob es nun elektronisch oder sonstwie funktioniert, kann überlistet werden. Man braucht nur herauszufinden, nach welchen Regeln es funktioniert, dann erstellt man einen Plan, der über ihr Fassungsvermögen hinausgeht.«

Krenmyers Halsvenen traten hervor. »Colter, es gab keine *starren* Regeln! Alles war idiotensicher. Das Omegon-System wurde von einem Zufallsprogramm gesteuert.«

Ich schüttelte den Kopf. »Doktor, Doktor ... Idiotensicher bedeutet, daß es sicher gegen Idioten ist. Häftlinge sind zwar vielleicht nicht gerade moralische Riesen, aber sie sind auch keine geistigen Zwerge. So etwas wie Zufallsprogramme gibt es nicht. Das, was man so nennt, *weist* ein Muster auf. Die Erfinder kennen diese Muster zwar nicht, aber sie bleiben trotzdem Muster.«

Krenmyer wurde noch roter; in seinen Augen blitzte Mord. Ich spielte mit ihm, und er wußte es. »Die Programmauswertung hat ergeben, daß sich innerhalb von sechs Quadrillionen Zahlen kein erkennbares Muster zeigt. Bei sechsminütigen Operationsprogrammen wäre das Universum schon zu Staub zerfallen, noch ehe Sie genug gesehen hätten, um ein Muster zu erkennen!«

»Das war schon mal eine starre Regel, Krenmyer: Einen alle sechs Minuten erfolgenden Programmwechsel. Es war nicht mal nötig, mehr Muster zu entdecken als dieses. Der Aufbau der Anlage, die Struktur des Gefängnisses, war eine zweite starre Regel. Die nächste starre Regel ist mein persönliches Neuralmuster ...« – ich nickte dem Vater der Psychotronik zu – »... beziehungsweise meine psychotronischen Matrix, wenn Sie den Ausdruck lieber hören – also die Frage, wie mich das System identifiziert; so wie ähnliche Muster für das System andere Häftlinge und die Roboteinheiten identifizieren ... Soll ich weitermachen?«

Minister Epps lehnte sich in seinen Sessel zurück. »Mr. Colter, ich glaube, daß Sie es uns angesichts dessen, was wir in Sie investiert haben, schuldig sind.«

Ich lachte leise. »So unbeabsichtigt, wie die Investition eventuell auch war.« Ich nickte. »Na schön. Die vierte starre Regel – der Schlüssel zu allem – war die eine halbe Sekunde Zeitverzögerung zwischen den Programmwechseln. Da Sie und die Maschinerie nie wußten, welches Programm als nächstes gefahren wurde, und da sich jedes neue Programm unter Umständen einer völlig anderen Art von Haftsituation gegenübersehen konnte, haben Sie eine Halbsekunden-Verzögerung eingebaut, um dem System zu gestatten, die gerade gültigen Bedingungen vor Inbetriebnahme des neuen Programms zu bewerten und doppelt zu prüfen.«

Krenmyer deutete auf mich. »Dies lag im Interesse der Anlagensicherheit und der Sicherheit der Einsitzenden.«

Ich hob die Brauen. »Wie rührend. Aber es führte dazu, Krenmyer, daß das System buchstäblich alle sechs Minuten für eine halbe Sekunde stillgelegt war. Ich entwickelte einen Zusammenhang, der eine Wachsektions-Einheit während jedes Programmwechsels in meine Reichweite brachte, und dann habe ich meine psychotronische Matrix mit der der Wache getauscht. Verlangen Sie noch technische Einzelheiten?«

Krenmyer sah Epps an. »Colter hat die Identitätskarte aus der Wacheinheit gezogen, hat dann ihren Detektor übersprungen und dem Speicher-Identitätsnetz seine eigene Matrix angedreht.«

»Ganz recht, Doktor. Ich habe mir sozusagen die Uniform eines Wärters angezogen und bin zum Vordereingang hinausspaziert.« Ich brachte meinen besten Bühnenseufzer. »Ich hatte wirklich *gehofft,* ich könnte Ihnen etwas weniger Alltägliches zeigen, aber ich hatte es *eilig.* Ich bin nämlich heute abend in einer Talk Show zu Gast, um mein neues Buch vorzustellen.« Ich schob die Hände in die Manteltasche und wippte auf den Füßen auf und ab. »Was ich nicht verstehe, ist, warum die Wacheinheiten nicht bewaffnet waren. Jeder Zehnjährige könnte diese Roboter in ihre Bestandteile zerlegen; er brauchte nur genug Zeit und eine Stecknadel.«

Krenmyer schnaubte, dann feuerte er einen kurzen Blick auf Minister Epps ab. Epps hüstelte und tat so, als bewunderte er seine Tischplatte. Dann zuckte er die Achseln und sah mich an. »Da es sich um Roboter handelt – oder handelte –, hat man es nicht für nötig gehalten, zu solchen Extremen zu greifen, um sie zu schützen. Es wäre auch nicht kosteneffektiv gewesen.«

Krenmyer schnaubte erneut. »Kosteneffektiv! Ich

frage mich, für wie kosteneffektiv das Ministerialkomitee achtzig Millionen Schrott-Credits halten wird!«

Ich kicherte. »Verzeihen Sie, wenn ich in einer alten Wunde herumstochere, Doktor. Aber Sie brauchen sich nicht aufzuregen. Die Bewaffnung der Wacheinheiten hätte die Sache zwar ein bißchen verzögert, aber im Endeffekt wäre das Ergebnis nicht anders ausgefallen.«

Krenmyer schlug mit der flachen Hand auf den Tisch. »Verdammt noch mal, Colter!« Er ballte die gleiche Hand zur Faust, dann zeigte er mit dem Finger auf mich. »Sie haben ... die Arbeit von *zwanzig* Jahren kaputtgemacht! Können Sie sich überhaupt vorstellen, was das der Psychotronik als Wissenschaft antun kann? Und dies war ihr erster Schritt. Die Beiträge, die die Psychotronik auf anderem Gebiet hätte leisten können ...«

Mein Lächeln schwand. »Doktor, *ich* habe das Einsperren von Menschen nicht zur ersten Nutzanwendung Ihres wissenschaftlichen Kindes gemacht; das sind *Sie* gewesen.«

Krenmyer stand abrupt auf. »Das Besserungsministerium hat meine Forschungen finanziert!«

»Vielleicht hätten Sie in Hinsicht auf das, wozu Sie das Geld gebraucht haben, etwas wählerischer sein sollen, Doktor. Wie sagt man doch so schön: Der Unterschied zwischen Huren und Hausfrauen besteht nicht darin, woher sie ihr Geld beziehen; er besteht in dem, was sie dafür tun.«

Krenmyers Gesichtsausdruck, als er sich wieder in den Sessel setzte, war schon allein den Preis der Reise wert. Der Gefängnisdirektor wandte sich an Epps. »Herr Minister, können wir Colter nicht für *irgendeinen* Schaden haftbar machen? Er ist reich, und er wird aufgrund dieser Sache noch viel mehr Geld machen. Wenn das Ministerialkomitee zusammentritt ...«

Der Minister hob die Hand. »Wenn das Komitee zusammentritt, Bruddick, wird es uns zur Schnecke machen. Der Vertrag, den wir mit Mr. Colter geschlossen haben, enthebt uns jeder Verantwortung für den Fall, daß ihm etwas zustößt oder daß er bei einem Fluchtversuch umkommt; aber er enthebt *ihn* auch von jeglicher Verantwortung bei der Beschädigung von Regierungseigentum und für den Fall, daß Regierungspersonal verletzt wird oder zu Tode kommt. Mr. Colter hat ein System getestet. Er hat sämtliche seiner Verpflichtungen erfüllt.«

Bruddick stierte mich an. Er brachte den Ansatz eines Lächelns zustande, dann sagte er zu Epps: »Herr Minister, wir *könnten* ihn nach dem Gesetz für öffentliche Information und Sicherheit für eine unbestimmte Zeitspanne festsetzen ...«

Ich lachte kurz und hart. Mein unfreiwilliger Ausbruch unterbrach den Direktor. »In was denn, Bruddick? In *was* wollen Sie mich festsetzen?« Ich sah Epps an. »Wissen Sie, ob das Ministerium zwei solche Peinlichkeiten gleichzeitig verkraften kann?«

Krenmyer sah wieder so aus, als wolle er etwas sagen, aber er schwieg und sah mich weiterhin an. Sein Blick erzeugte ein eigenartiges Gefühl in mir, doch ich tat ihn ab. Unverhohlener Haß erzeugt natürlich in jedem ein eigenartiges Gefühl.

Der Minister sah Direktor Bruddick an. Er trommelte mit den Fingerkuppen auf den Tisch und verschränkte dann die Arme. »Ich nehme an, Mr. Colter, Sie werden die Geschichte heute abend in der Armand Starks-Show bekanntgeben.«

Ich grinste. »Natürlich. Jeder schlägt sich so durch, wie er es am besten kann.«

Direktor Bruddick machte einen Buckel. »Und natürlich setzen Sie uns alle in das schlechtestmögliche Licht.«

»Mein lieber Direktor Bruddick – dazu besteht kein Anlaß. Das haben Sie *selbst* schon getan. *Ich* erzähle nur die Geschichte.«

Bruddick sah zuerst den Minister an, dann mich.

»Was ist mit meinem Gleiter? Er ist mein persönlicher Besitz. Er gehört nicht der Regierung.«

»Er ist so gut wie neu und befindet sich im Baltograd-Parkturm – zusammen mit der Hotelrechnung. – Guten Tag, meine Herren.«

Ich verbeugte mich, verließ den Raum und schloß die Tür hinter mir. Mit der Hand auf der Türklinke blieb ich still im Vorzimmer stehen. Es war gutgegangen, aber nicht gut genug. Es war niemals gut genug.

»Kann ich Ihnen helfen, Sir?«

Ich warf einen Blick nach links und sah das höfliche Gesicht des jungen Mannes, der Minister Epps als Empfangsdame diente. *Ich schnaubte und marschierte aus dem Büro, und dabei spürte ich, wie sich mein Gesicht vor Zorn verdunkelte.*

Ich *erwachte auf dem Rücken* und schaute zur endlosen Decke hinauf. Ich ließ das Gefühl des Traums noch etwas in mir verweilen. »Natürlich war es niemals gut genug.« Ein Problem, das mir recht gut bekannt war. Ich mußte eintausend Kinder und Jugendliche behandelt haben, deren unstetes, selbstzerstörerisches Verhalten die simple Manifestation unausgedrückten Schmerzes war; unterdrückte Frustration. Sie richten ihren Haß auf Dinge, die sie sich einbilden und gestehen nie die Wahrheit ein – der wirkliche Haß wird nie zugegeben. All die Kinder – all die frustrierenden Stunden, in denen man versucht, durch das Offensichtliche zu dringen, um an die Wahrheit heranzukommen. Aber es gab auch andere.

Ich setzte mich hin. Klaubruder Yokosuji, mein Zellenkumpan, bevor ich aus Taiyaku Jima entwischte, war ein klassischer Fall. Ich schaute auf, und die Wand vor mir wurde zum rissigen Weiß der Taiyaku Jima-Zelle. Klaubruders hübsches Gesicht sah mich an; eine einzelne Locke seines dichten schwarzen Haars hing vor seiner Stirn.

»Erst ich machen Tür auf, ganz leise. Dann ich schieben Tische und Stühle weg. Um Weg an Tür zu machen frei, falls ich muß rennen. Wenn *Papasan* aufwachen, Klaubruder muß rennen.«

Schon wieder eine maschinelle Einbildung, dachte ich. Dann verblaßte das Bild. »Nein!« Ich schloß die Augen und *glaubte* daran. Taiyaku Jima ... Klaubruder. Ich bin in Taiyaku Jima, dachte ich. Wenn ich die Bilder ... kontrollieren kann, wenn es *meine* Bilder sind, und ich sie kontrollieren kann ... Aber, Taiyaku Jima: Ich kann von hier *entkommen!* Ich hörte das scharfe Klicken von Stein auf Holz. »Du am Zug, Colter.«

Ich öffnete die Augen. Klaubruder grinste mich an. Er deutete auf das Go-Brett. Es zeigte da und dort schwarze und weiße Spielsteine aus Marmor. Er war, wie immer, im Begriff, das Spiel zu gewinnen. Ich machte eine Handbewegung in Richtung auf das Brett. »Ich hab's satt.«

Klaubruder warf den Kopf in den Nacken und lachte. »Colter, du *immer* satt, wenn du verlieren.«

»Ich werde hier rauskommen.«

Klaubruder zuckte die Achseln. »Vielleicht.« Er streckte sich auf seiner Koje aus, steckte sich eine Zigarette an und blies eine Rauchwolke auf die in einem Drahtkäfig befindliche Zellenlampe. Die Decke war vier Meter über mir – *das ist Taiyaku Jima.*

Ich stand auf und ging an die als Zellentür dienende Gitterwand. »Ich bin schon an schlimmeren Orten gewesen.« Ich sah Klaubruder an. »Weißt du was?«

»Was?«

»Du bist unheimlich blöd.«

Er sah mich an, dann lachte er. »Colter, du dich *selbst* lassen in Gefängnis stecken – und *ich* sein blöd?« Er lachte wieder.

Ich deutete auf ihn. »Die Häuser, die du ausräumst. Du machst nie den großen Wurf, du steigst immer nachts ein, wenn die Leute zu Hause sind. Und immer im gleichen Bezirk. Tust du es, weil du den Kitzel brauchst? Riskierst du das alles für nichts? Warum steigst du nicht wenigstens in die Häuser ein, deren Bewohner gerade nicht da oder im Urlaub sind?«

Klaubruder zuckte die Achseln und blies noch mehr Rauch an die Decke. Seine schwarzen Augen musterten die Decke einen Moment lang, und dann

lächelte ich und schaute den komischen Colter mit den runden Augen an. »Macht kein Spaß.«

Colter hockte sich neben meine Koje. »Klaubruder, du bist doch ein heller und gewitzter Junge.«

»Du vorhin sagen, ich blöd.« Ich machte eine Geste mit der Hand und drehte mich zur Wand.

Colter seufzte. »Weil du dein Leben ruinierst, wenn du so weitermachst.«

Ich drehte mich wieder um und höhnte: »Du werden Mönch und reden mit Buddha.«

Colter schürzte die Lippen. »Hör mal, es könnte dir besser gehen – sogar als Krimineller.«

Ich setzte mich hin und deutete mit einem Finger auf seine runden Augen. »Ich Volksheld. Ich.« Ich klopfte mir auf die Brust. »Über mich Leute schreiben Geschichten. Auf der Straße mich alle grüßen mit Respekt. Auch die, die ich raube aus. Es sein fast Ehre, wenn Klaubruder einen raubt aus.«

Colter schüttelte den Kopf. »Es muß doch einen Grund geben, weshalb du das tust. Wenn du nicht herausfindest ...«

»Du, Colter. Du machen das gleiche. Du machen gleiche Sache ...«

Ich ... Ich sah Klaubruder wieder an. »Du machen das gleiche. Und du sagen mir, ich anders machen.« Er machte eine angewiderte Geste und streckte sich wieder aus. »Du nicht normal, Colter.«

Ich zuckte die Achseln und ging an die Zellentür. Es war sein Leben; sollte er es doch selbst verpfuschen, wenn es ihm Spaß machte. In ein paar Minuten bringt der Kalfaktor das Essen – und den Gitterspreizer. In ein paar Minuten bin ich draußen – hatte wieder eine Geschichte zu erzählen – konnte wieder ein Gefängnis blamieren – wieder eine Runde Applaus für Martin Colter einheimsen ... den Volkshelden. Ich spürte, wie die Müdigkeit mich überkam, aber ich kämpfte darum, wachzubleiben. Ich hatte den *Gitterspreizer* eingesetzt. Er war ein Teil meines Ausbruchs aus Taiyaku Jima. Ich muß wachbleiben ...

Klaubruders Stimme, als ich davontrieb ... »Du machen gleiche Sache, Colter. Was dein Motiv?«

... Abend in meiner Garderobe im UBC-Studio Baton Rouge: ein Maskenbildner fiel mit Cremes und Puder über mein Gesicht her, während meine Agentin Jane Towzawi sich zu meinem Ohr herabbeugte. »Bleib heute abend gelassen, Marty, klar? Sack jedes Lob ein, das du kriegst, weil du Omegon geschlagen hast, aber laß die Gemeinheiten außen vor. Wir sind hier, um für dein Buch zu werben, nicht damit du deine private Axt schwingst.«

Die Hand des Maskenbildners fuhr zurück und gab mir wieder freie Sicht. Ich richtete ein frisch geschminktes Auge auf Jane. Sie war einfach zu hübsch, um als wandelnde Angstneurose aufzutreten.

»Jane, das haben wir doch schon tausendmal durchgekaut. Wenn ich auf einen Idioten stoße, nenne ich ihn auch so. Aus diesem Grund kaufen die Leute auch meine Bücher.«

Der Maskenbildner beendete seine schwierige Aufgabe, nahm mir die Serviette vom Hals und ging hinaus. Ich sah mein Spiegelbild an. Ein Gorilla, mit einer frischen Schicht kosmetischer Gelbsucht eingerieben. Dann sah ich Jane wieder an. »Mein Aussehen verkauft garantiert keine Bücher.«

»*Oder* deine Persönlichkeit.« Jane schürzte die Lippen und warf einen Blick auf den Fernsehmonitor. Der Bildschirm war leer. »Bleib nur ruhig, Marty! Drei verschiedene Verwaltungsbezirke haben einstweilige Verfügungen gegen dein Buch angekündigt.«

Ich zuckte die Achseln. »Worauf warten sie?«

Jane warf mir einen Blick zu, dann schaute sie wieder auf den Bildschirm. »Darauf, daß du wieder mal jemanden zur Sau machst. Marty, du hast alle verfassungsmäßigen Rechte, so niederträchtig zu sein, wie du willst; aber jedesmal, wenn du die Klappe aufreißt, motivierst du irgendeinen Richter, den Argumenten der Regierung ein bißchen mehr Sympathie entgegenzubringen.«

Ich langte zum Schminktisch und nahm meinen Bourbon. Ich musterte Jane eine Sekunde lang, nippte an meinem Drink und senkte dann das Glas auf meinen Schoß. »Du beträgst dich äußerst eigenartig. Der Noricon Verlag hat eine Beschlagnahmung für ganz Nordamerika abgeschmettert. Wieso glaubst du, die Gesetzeshüter könnten anderswo erfolgreicher sein?« Ich maß sie mit einem eingehenden Blick. »Aber darum geht es dir gar nicht. Was macht dir wirklich zu schaffen?«

Jane trommelte mit ihren langen Nägeln auf die Lehne ihres Stuhles. »Du, Marty.«

»Ich?« Das Testbild des Senders erschien auf dem Monitor, und Janes Blick schwang in meine Richtung. »Marty, ich erinnere mich daran, wie du zu mir gekommen bist, nachdem man dich aus dem Helgavea-Gefängnis entlassen hatte ...«

Ich lachte und nickte. »Das ist schon lange her ...«

»Du warst ein anderer, Marty. Ein ganz anderer Mensch.«

Ich zuckte die Achseln. »Das waren wir doch alle. Beschwerst du dich über das Geld, das ich uns eingebracht habe?«

Sie schüttelte den Kopf. »Du bist verändert. Damals warst du ein verletzter, zorniger, junger Mann, der auszog, um der Justiz das zu geben, was sie verdient, aber jetzt ...«

Ich wartete, aber da es ganz so aussah, als würde sie den Satz nicht beenden, fiel ich ihr ins Wort. »Und jetzt?«

Sie sah wieder auf den Monitor. Ein stummer Werbespot für die Armand Starks-Show lief. Man zeigte den aalglatten, lockigen Starks, wie er ohne Ton über einen nicht zu hörenden Witz lachte. Jane stand auf, schaltete den Monitor ab und sah mich an. »Jetzt bist du weit über die Gerechtigkeit – oder gar die Rache – hinaus. Du bist ... *besessen.*«

Ich kippte den Rest meines Drinks und stellte das Glas auf dem Schminktisch ab. »Bin ich das?«

»Ja. Deine Besessenheit füttert ein Ego, das ungefähr fünfmal so groß ist wie dieser Planet ...«

»Das reicht!« Ich holte tief Luft. Dann lächelte ich. »Jane, ich mache für uns beide aus den Knästen dieser Welt einen Haufen Geld – indem ich aus ihnen ausbreche und die Bürokraten lächerlich mache, die diese ganzen dämlichen Steinmonumente bauen. Natürlich habe ich etwas gegen Gefängnisse – ich habe schon etwas gegen die *Vorstellung* eines Gefängnisses.« Ich breitete die Arme aus. »Was glaubst du, wieviel Geld du an mir verdienen würdest, wenn ich wieder in meinen alten Beruf als Psychotherapeut zurückginge?«

»Wahrscheinlich nichts, Marty. Und nicht nur deswegen, weil es keinen Markt für Jobs in dieser Branche gibt. Sondern deswegen, weil du jetzt nicht mehr *zurückkehren* kannst. Du bist schon zu sehr verkrüppelt ...«

»He, he! Moment mal!« Das Klingeln des Garderobentelefons riß mir die Worte von den Lippen. Jane nahm den Hörer ab.

»Ja? Mr. Colters Garderobe ... Ja, Mina.« Jane legte eine Hand auf die Sprechmuschel und sah mich an. »Mina Jeffer, die Produzentin.« Sie zog die Hand zurück. »Ja ... Ach so ... Es ist zwar unwahrscheinlich, aber ich frage ihn. Bleiben Sie dran.«

»Was ist denn?«

»Die Produzentin möchte wissen, ob du dagegen bist, zusammen mit einem Vertreter des Omegon-Gefängnisprojekts aufzutreten.«

Ich kicherte. »Wer ist der Masochist?«

Jane fragte, dann sah sie mich an. »Erid Krenmyer. »Dr. Erid Krenmyer.«

Das komische Gefühl überkam mich schon wieder. Ich runzelte die Stirn, rieb mir das Kinn und deutete dann auf Jane. »Aus welchem Grund? Will er sich nur unterhalten, oder was?«

Jane sprach in den Telefonhörer. »Was ist der Grund für Krenmyers Erscheinen?« Ich beobachtete das Gesicht meiner Agentin, als sie zuhörte. Ihr Ausdruck änderte sich nicht, aber sie wurde blaß. Sie bedeckte erneut die Muschel. »Marty, tu's nicht! Krenmyer hat etwas vor. Er hat irgendwelche Geräte bei sich; ein Gefängnis, sagt er, aus dem du nicht entkommen kannst. Er möchte es während der Sendung vorführen.«

Ich lachte zwar, aber das eigenartige Gefühl konnte ich nicht abschütteln. Ich hatte Krenmyer wie einen Deppen aussehen lassen, aber ein Depp war er ganz gewiß nicht. Aber was für ein tragbares Gefängnis konnte er entwickelt haben, das man in den zwanzig Minuten plus minus, die ich mich vor den Kameras befand, demonstrieren konnte? Er war an der Studiotür aufgetaucht und hatte seine Geräte bei sich gehabt. Also mußte er sich ziemlich sicher gewesen sein, daß ich mich der Demonstration unterwerfen würde. Das eigenartige Gefühl wurde stärker: Es war der Verdacht, daß Krenmyer irgend etwas über mich wußte, das er meiner Meinung nach lieber nicht hätte wissen sollen. Ich schüttelte den Kopf, dann nickte ich Jane zu. »Wenn er ein ausbruchsicheres Gefängnis hat, frage ich mich, wieso er erst jetzt damit herausrückt. Okay, Jane. Wenn Krenmyer sich vor sechzig Millionen Zuschauern blamieren will, werde ich ihm dabei helfen.«

»Es ist gefährlich, Marty. Was ist, wenn er dich blamiert?«

Ich sah mir meine Hände an. Sie waren so fest zu Fäusten geballt, daß meine Knöchel weiß hervortraten. Ich entspannte mich und musterte meine Agentin. »Es ist *der* Test, nicht wahr?«

»Du brauchst es nicht zu tun.«

»Ich mach's trotzdem. Sag ihnen, ich würde mich glücklich schätzen, mit dem Onkel Doktor zusammen im Scheinwerferlicht zu stehen.«

»Marty ...«

»Gib grünes Licht!« Als Jane mit der Produzentin der Sendung redete, schaltete ich mein persönliches Markenzeichen des Hasses ein – *eine Hülle eisigen Abscheus, das auf all meine Fähigkeiten einwirkte. Zu entkommen, zu gewinnen, um Krenmyer und alles, was er repräsentierte, wie ein Insekt zu zerquetschen.*

Ich *erwachte mit dem Rücken auf dem Boden,* meine Augen sahen zur endlosen Decke hinauf. Ich setze mich hin, rutschte an eine der nichtssagenden grauen Wände und lehnte mich dagegen. Ich war auch aus Taiyaku Jima entkommen. Warum nicht auch jetzt? Weil es nicht das Taiyaku Jima ist? Weil sich alles in meinem Kopf abspielt?

»Bin ich besessen?« Ich schloß die Augen und lehnte den Hinterkopf gegen die Wand. Jane Towzawi. Ich konnte mich nur noch schwach an meine erste Begegnung mit ihr erinnern. Ich hatte nur noch Rot gesehen – vor Wut. Ich war darauf aus gewesen, Helgavea zur Schnecke zu machen. Jane war ein Mittel zum Zweck, um dieses Ziel zu erreichen.

Ich öffnete die Augen und musterte erneut die grauen Wände. Zeit. »Welch lange Zeit in einem kleinen Worte liegt.« Der Barde. Richard der Zweite. In dem Buch aus der Gefängnisbibliothek von Helgavea war dieser Satz unterstrichen gewesen. Er hatte in einem Ganoven einen seit langem erstorbenen oder vergessenen Akkord zum Klingen gebracht, und er hatte einen Stift genommen und die Zeile mit einem dicken Strich markiert.

Zeit. Fünf Minuten; fünfundzwanzig Jahre. Krenmyer hatte mich zu fünfundzwanzig Jahren verurteilt; und das vor allen Leuten.

Ich dachte wieder an die Helgavea-Bibliothek – meinen Zufluchtsort. Meine Tür; meine Phantasie entflieht. Ich wußte, ich brauchte nur die Augen zu öffnen, um den Raum zu sehen. Ich konnte Martin Colter sehen, den Neuling, der sich über ein Buch beugte. Was hatte Jane gesagt? Ich sei damals ein anderer gewesen. Wie anders?

Ich öffnete die Augen. Ich schaute von dem Buch auf, das ich in den Händen hielt, und sah die Bibliothek. Der einzige andere Mensch außer mir war der Bibliothekar – ein Lebenslänglicher namens Stack. Ein Massenmörder. Stack blieb an meinem Tisch stehen. »Du, Neuer. Ich mach in zehn Minuten dicht. Du kannst das Buch ausleihen, wenn du willst.« Stack flößte mir Angst ein; alle Ganoven flößten mir Angst ein. Sie waren brutal. Aber wenn man nicht brutal ist, kann man auch nicht überleben.

Ich klappte das Buch zu und sah mir den Umschlag an. *Huckleberry Finn.* Mein alter Freund Mark Twain. Ich dachte kurz nach. Mark Twain war für *mich* real geworden – er war in Helgavea mein Freund geworden. Twain, Dumas, Hugo ... Sie hatten über Knäste geschrieben; über fiktive Charaktere, die mein Spiel spielten – mein Spiel, das plötzlich zu meiner Wirklichkeit geworden war.

Das war das Schreckliche an Helgavea: Meine Einbildung war zu meiner Realität geworden. Eine Kombination aus Schreibfehlern, Computerirrtümern, einer falschen Identifikation; das langsame Mahlen der bürokratischen Mühlen, und Martin Colter hatte sich in einem Gefängnis wiedergefunden. Unschuldig. Alle Umstände paßten zusammen, bis auf eine: Der Ausgang der Sache war weder schwarz noch weiß. Ich harrte aus, passiv, wartete auf die Gerechtigkeit, die mich herausholen würde. Harrte aus. Drei Jahre lang.

Stack beugte sich über den Tisch und tippte auf das Buch. »Willste's nun ausleihen oder nich?«

»Ja.« Ich stand auf und folgte ihm zu einem kleinen Schreibtisch neben dem Ausgang der Bibliothek. Er trug meine Nummer in den Computer ein, dann nahm er mir das Buch ab und schob es über eine sensorische Codierungsfläche. Dann gab er mir den Band zurück.

»Wenn du das Buch beschädigst, Neuer, komm ich persönlich vorbei und reiß dir die Därme raus.«

Ich hatte einen sauren Geschmack im Mund. Ich nahm das Buch, kämpfte mich durch blitzendweiße Gänge, vorbei am rumpelnden Schlagen der Sicherheitskontrolltüren, und auf die Galerien hinauf.

Als ich wieder in meiner winzigen Zelle war, sah ich mir die Passage an, wo das Buch in der Bibliothek offen dagelegen hatte. Der konstante harte Knoten der Angst verschwand aus meinem Magen. An der Nordseite der Hütte, in der Nähe der Kohlenrutsche stritten sich Huck Finn und

ich – Tom Sawyer – über die Methode, mit der wir den Sklaven Jim befreien wollten.

Huck guckt zum Fensterloch, über das ein Brett genagelt ist, dann guckt er mich an und sagt: »Das ist die Lösung. Das Loch ist groß genug für Jim, um durchzukommen, wenn wir das Brett lösen.«

Die mangelhafte Phantasie meines Freundes stieß mich ab – seine Armut an Romantik. Ich sage zu ihm: »Das ist so einfach wie Seilhüpfen, und so leicht wie Schuleschwänzen. Ich hätte es *lieber,* wir fänden einen Weg, der etwas komplizierter ist als *dieser,* Huck Finn.«

Huck kratzte sich am Kopf. »Na ja, wie wär's, wenn wir ihn raussägen, so wie ich's getan hab, bevor ich damals ermordet wurde?«

Ich nickte. »*Das* ist schon besser! Das ist wirklich geheimnisvoll, kompliziert und gut.« Ich dachte nach. »Aber ich wette, wir können eine Methode finden, die doppelt so lange dauert ...«

Klaubruder schaute von seiner Koje auf und lachte. »Du mich nennen blöd! Colter, du sein verrückt!«

»Huck ... Was hast du gesagt?«

»Ich hab nichts nich gesagt.« Er runzelte die Stirn. »Tom, sind das die Hexen, von denen Nat geredet hat? – Stimmen?«

»Was ...«

Klein-Marty Colter saß in der Ecke des Werkzeugschuppens. Er hörte gerade so lange auf zu weinen, bis er seine ausbruchsichere Zelle zustandegebracht hatte.

»Tom, ich seh gar keinen Sinn darin, meine Kraft an Tunnels, Sägeblätter, Trauerinschriften und dergleichen zu verschwenden. Laß uns doch einfach das Brett abmachen!«

»Herrjemineh, Huck Finn! Du hast nicht mehr Romantik als 'n ... Zaunpfahl.«

»Es is einfach doof, Tom.«

»Jetzt halt doch mal die Klappe, ja? *Ich* bin der Regisseur dieser Show!«

»Du sein ein Idiot, Colter.«

»Verdammt noch mal, du kleingeistiger ...«

– Es verwischte sich. Alles verzog sich, verschwamm, wurde dunkel, Klaubruder lachte und lachte. »Du sein verrückt!«

Als ich auf die Bühne ging und Armand Starks und der Komikerin Tabby Glennys, seinem vorherigen Gast, die Hand schüttelte, gab das Studiopublikum mir eine stehende Ovation.

Der Applaus und die Hochrufe brachten das Gebäude buchstäblich zum Wanken. Ich verbeugte mich und nickte dem Publikum zu, dann nahm ich in dem Halbkreis, auf den mein Gastgeber deutete, meinen Platz auf einem leeren Sessel ein. Der Applaus setzte sich noch eine Minute lang fort, als ich mich hingesetzt hatte. Nachdem Starks die Eröffnungsbanalitäten hinter sich gebracht hatte, musterte er zuerst das Studiopublikum und dann mich. »Tja, Martin – ich darf Sie doch Martin nennen?«

Ich nickte. »Das ist mein Name.«

Starks wartete, bis das freundliche Gekicher des Publikums abgeebbt war. »Zunächst mal meinen Glückwunsch für Ihren neuesten Ausbruch ...« Noch mehr Applaus. »Es sieht so aus, als wären Sie zu einer Art Volksheld geworden.«

»Ich glaube, es hat eher damit zu tun, daß die Leute erkennen, daß Gefängnisse teure Antiquitäten sind – Fabriken für die nicht Gesellschaftsfähigen und institutionalisierte Grausamkeit.«

Starks hob lächelnd die Brauen. »Ich glaube, Ihre Bemerkung kommt mir bekannt vor. Sie stammt doch nicht zufällig aus Ihrem neuen Buch, *Der Kettenbrecher,* oder?«

Ich nickte. »Aber ja.«

Tabby Glennys legte eine Hand auf Starks' Arm, als sie mich ansah. »Entschuldigung, Armand, aber ich muß Mr. Colter einfach eine Frage stellen, die mir schon auf der Seele brennt, seit ich sein erstes Buch gelesen habe.« Starks deutete mit der Hand auf mich, und ich sah die Komikerin an. Ihr krauses Haar und ihr ausgefallenes Make-up verbargen das, was ich für einen äußerst intelligenten Kopf hielt. »Mr. Colter ...«

»Marty.«

Sie lächelte zwar, doch in ihrem Blick war etwas Eigenartiges. »Also gut, Marty. – Marty, wenn Gefängnisse das sind, was Sie behaupten, was sollen wir dann Ihrer Meinung nach mit den Kriminellen machen?«

»Auch bei Krankheiten ist es sinnvoller, sie zu verhüten, statt darauf zu warten, daß sie ausbrechen, um dann zu versuchen, sie zu heilen. Das ist eins der Dinge, die ich mit meinen kleinen Eskapaden zu zeigen versuche.«

»Ach so. – In Ihrem ersten Buch steht, daß Sie in England drei Jahre lang unschuldig eingesperrt waren.«

»Ja, Helgavea. Ich saß dort in Untersuchungshaft, weil man eine Anklage wegen Umsturzes gegen mich vorbereitete. Die Verhandlung hat nie stattgefunden, und schließlich hat man die Vorwürfe zurückgenommen.«

Sie beugte sich vor und stützte die Ellbogen auf ihre Knie. »Und dann sind Sie *selbst* nach Helgavea zurückgekehrt?«

Ich nickte. »Ich wollte beweisen, daß ich jederzeit hätte fliehen können, wenn ich es gewollt hätte.« Ich deutete mit dem Finger auf sie. »Man hatte mir drei Jahre gestohlen und meine Karriere war ruiniert. Alles, was ich dafür bekam, waren eine Entschuldigung und zweihundert Credits.«

Starks hob eine Hand und ließ sie in seinen Schoß fallen. »Marty, wenn man die Beschuldigungen gegen Sie zurückgenommen hat – wieso konnten Sie dann Ihren Beruf nicht mehr ausüben? Sie waren doch Psychotherapeut, nicht wahr?«

»Ja. Ich habe mit behinderten Kindern gearbeitet. Aber Eltern reagieren nun mal recht zögerlich, wenn es darum geht, daß sich ein Ex-Häftling um ihren Nachwuchs kümmert. Wegen der Vorstrafe konnte ich nicht mal eine Stelle in einem Gefängnis kriegen.«

Tabby Glennys neigte den Kopf zur Seite. »Und deswegen mußten Sie etwas klarstellen.«

»Ganz recht.«

Sie nickte. Irgendwie wirkte sie gar nicht komisch. »In den sechs Jahren seit der Bekanntgabe Ihrer Flucht aus Helgavea hat es keine Bewilligung mehr für neue Gefängnisanlagen dieser Art gegeben. Die elf zur Diskussion stehenden Verschlußsysteme, die ausprobiert worden sind, haben ausnahmslos versagt.«

Ich runzelte überrascht die Stirn. Sie schien bemerkenswert gut informiert zu sein. »Das stimmt. Ich bin der Meinung, daß dies einer meiner größten Siege war.«

Sie lehnte sich in ihren Sessel zurück. »Mr. Colter, vor zwei Jahren wurde meine Mutter in der gleichen Gegend überfallen. Vor vier Monaten ist sie an den Prügeln gestorben, die sie dabei bezogen hat. Ich frage mich, wie groß der Anteil ist, den Sie an Ihrem Tod haben.«

Armand Starks' Gesicht wurde hellrot. Seine professionelle Tünche sprang durch reine Willensanstrengung in sein Gesicht zurück, und er lachte. »*Jetzt* verstehe ich, warum Tabby heute abend mit Ihnen zusammen in der Show auftreten wollte.«

Tabby Glennys schüttelte ihren Krauskopf und schnitt dem Publikum eine Fratze. »Ich bin enttarnt!« Als das Gelächter erstarb, war ihre ernste Maske wieder da, wo sie hingehörte.

Ich legte die meine ab. »Die Verantwortung dafür liegt ebenso bei dem Burschen, der das Verbrechen begangen hat, wie bei den holzköpfigen Bezirksbeamten, denen es nicht gelungen ist, die nötigen Schritte einzuleiten, um es zu verhindern. Es stimmt zwar, daß man aufgehört hat, neue Knäste zu bauen, aber man schiebt den Schwarzen Peter einfach der Budgetverkleinerung zu. Man weigert sich, das Geld dort einzusetzen, wo es dazu dienen könnte, Verbrechen zu *verhindern:* im Polizeischutz, in der Hirnforschung, in der wirtschaftlichen Rehabilitation ...«

Die Komikerin streckte beide Hände aus. »Dann entschu-u-u-u-uldigen Sie bitte!« Weiteres Gelächter. Ich lehnte mich in meinen Sessel zurück und machte einen geheuchelten Versuch, mitzulachen.

Armand Starks wandte sich den Kameras und dem Publikum zu und hob die Hände. »Schließt Waffenstillstand, ihr beiden. Und jetzt, meine Damen und Herren, haben wir einen Überraschungsgast. Während Marty gestern abend damit beschäftigt war, die Türen des Omegon-Gefängnisses aufzuschließen, gehörte unser Gast zu den Leuten, die sich bemühten, sie zuzuhalten. Der Chef der Psychotronik-Forschung im Besserungsministerium: Dr. Erid Krenmyer. Ich bitte um Applaus für ihn!«

Das kurze, lauwarme Geklatsche erstarb, als Krenmyer eintrat und dem Talkmaster die Hand gab. Als ich sie schüttelte, stellte ich amüsiert fest, daß Krenmyer einen neuen Anzug trug. Wir nahmen alle Platz, und Starks fuhr fort: »Tja, Doktor, Martys Flucht aus Omegon stellt Sie und Ihre Truppe ja in ein mächtig schlechtes Licht.«

Krenmyer warf mir einen Blick zu, dann sah er Starks an.

»Es sieht wohl so aus.«

Er wirkte unbehaglich im hellen Licht der Scheinwerfer, und er sah noch unbehaglicher aus, als Tabby Glennys dem Publikum erneut eine Fratze schnitt. Aber da war etwas ... an seinen Augen. Krenmyer war auf seine Art auch ein Besessener. Ich hatte das Gefühl, daß der Wissenschaftler auf irgendeine Weise alle Vorsicht hatte fahren lassen, nur um auf diesem Sessel sitzen zu dürfen ... um mir eins auszuwischen. »Leider ...« Das Gelächter erstarb. »Leider wird man die Psychotronik nun über den gleichen Leisten ziehen.«

Starks nickte. »So wie ich es verstehe, Doktor, sind Sie der Meinung, daß das Omegon-Experiment eine unfaire Prüfung der Psychotronik-Fähigkeiten war.«

Krenmyer räusperte sich und nickte. »Ja. Wir mußten uns in Omegon einer großen Zahl von Restriktionen unterwerfen, was die Anwendung der Psychotronik anbetrifft. Es gab eine Kostenfrage und ... ein paar verfassungsrechtliche Probleme.«

Starks rieb sich das Kinn, dann warf er eine schlaffe Hand in die Luft. »Ist Psychotronik eine Art Gedankenkontrolle? Ich möchte die Sache zwar nicht zu sehr vereinfachen oder mit einem Etikett versehen, aber geht es bei den verfassungsrechtlichen Fragen um die Bewußtseinskontrollen-Aspekte Ihres Fachgebietes?«

Der Doktor faltete die Hände über seinem Bauch. »Ja. Mit der geeigneten Ausrüstung sind wir in der Lage, neurale Matrices – menschliche Gedanken – aufzuspüren und zu identifizieren. Wir sind auch in der Lage, Matrices zu verändern oder zu implantieren.«

»Sie können ... jemandem *fremde* Gedanken eingeben?«

Krenmyer nickte, dann zuckte er die Achseln. »Aber an dieser Stelle setzen auch schon die verfassungsrechtlichen Probleme ein. Das Ministerialkomitee war der Meinung, der aktive Einsatz von Psychotronik sei ein Verstoß gegen die Intimsphäre. Deswegen konnte das Omegon-Projekt nur begrenzte und passive Techniken einsetzen. Die Psychotronik wurde einzig und allein als Mittel der Identifikation und Lokalisation einzelner Gefangener eingesetzt. Der Rest des Systems bestand aus Robotik.«

Starks nickte. »Ich verstehe. Und Sie behaupten, daß der Einsatz aktiver psychotronischer Verfahren viel wirkungsvoller wäre.«

»Ja. Und auch weniger teuer.« Krenmyer sah mich an. »Ich stimme Ihnen zwar zu, Colter, daß die Steinmonumente, wie Sie sie nennen, überholt sind; aber Gefängnisse selbst nicht. Es wird immer Leute geben, die erst dann etwas lernen, wenn man ihnen die Zeit wegnimmt ...«

»Ob sie nun schuldig sind oder nicht«, warf ich ein.

Krenmyer sah mich an. »Colter, mit dem Einsatz aktiver Verfahren – etwa einem Wahrnehmungsdetektor – hätte sich Ihre Unschuld ohne den geringsten Zweifel herausgestellt. Könnten wir aktive Verfahren anwenden, hätten Sie nicht mal einen Tag in Helgavea verbringen müssen.« Er wandte sich wieder Starks zu. »Aber auch das kommt einem Eindringen in die Intimsphäre gleich. Es ist ein Verstoß gegen die Garantie, daß sich niemand selbst zu belasten braucht. Das Verfahren kann sowohl die Schuld als auch die Unschuld ans Tageslicht bringen.«

Ich grinste und sah Krenmyer an. »Das klingt so, als hätten Sie nichts anderes als einen aufgemotzten Lügendetektor. Was ist, wenn der Angeklagte das Verbrechen zwar begangen hat, aber glaubt, er sei es nicht gewesen?«

Krenmyer lächelte. »Die Erinnerung kann man nicht unterdrücken, Colter; sie kann nicht gelöscht werden.« Er wandte sich an Starks. »Die Psychotronik ist an einem Punkt angelangt, an dem man psychische Tatsachen von Phantasien trennen kann. Mit der passenden psychotronischen Analyse könnte ich mehr über Sie erfahren, als Sie über sich selbst wissen.«

Er sah mich an. »Beispielsweise habe ich allein durch die in Omegon angewendete passive Technik der Identitätsbestimmung viel über Colter erfahren, und ich weiß, daß er meine heutige Herausforderung nicht ablehnen kann. Ich behaupte, daß ich ein Gefängnis habe, aus dem er nicht entwischen kann. Er wird – er *kann* – diese Behauptung nicht glauben und dabei geistig gesund bleiben. Martin Colter ist ein sehr kranker Mann.«

Ich zwang mich dazu, in das Publikumsgelächter einzustimmen. Als die Ruhe wieder eingetreten war, sah ich Krenmyer an. »Wenn Sie ein solches Gefängnis haben, warum setzen Sie es dann nicht ein?«

»Weil es mit aktiver Psychotronik arbeitet, Colter. Es ist mir untersagt, sie einzusetzen. Es gibt allerdings kein Gesetz, das mir verbieten kann, die Sache zu demonstrieren – solange das Versuchsobjekt damit einverstanden ist.«

Starks rieb sich die Hände. »Und Sie haben Ihre Ausrüstung hinter dem Vorhang aufgebaut, Doktor?« Er sah mich an. »Und Sie sind einverstanden, es hier, auf der Bühne, zu testen?«

Ich dachte kurz nach. Finstere, gefährliche Gestalten schienen über mir zu schweben. Wenn Krenmyer die Sache vorführte – und er tat es wahrscheinlich ohne die Genehmigung des Besserungsministeriums – ruinierte er seine Karriere. Er stünde schon wie ein Idiot da, wenn ich sofort nach seiner Erklärung, daß ich mich nicht weigern *könne*, vor allen Zuschauern sagte, ich nähme an seinem Experiment nicht teil. Die Frage, die mich dazu brachte, meine plötzlich trockenen Lippen zu lecken, war die: *Konnte* ich mich weigern?

Ich musterte Krenmyers Gesicht. Früher hatte ich es frustriert, fassungslos und hilflos vor Wut gesehen. Jetzt sah ich es zum ersten Mal ... selbstgefällig.

Im Studio war es still. Ich musterte die Gesichter im Publikum. Natürlich wollten die Leute, daß ich seine Herausforderung annahm. Aber *was* sollte ich annehmen? Die Herausforderung zu dem Versuch, aus zehnminütiger Gefängnishaft zu entkommen?

Ich zuckte die Achseln. »Na schön, ich nehme an.«

Als die Hochrufe und der Applaus verebbten, kündete Armand Starks einen Werbespot an, dann stand er auf und musterte uns. Die Musik setzte ein, hinter den Lichtern wogte ein Schatten. »Unglaublich! Welch eine Show!« Er deutete auf den Vorhang. »Wenn Sie sich bitte dort hinüber begeben würden, meine Herren ... dann können wir weitermachen, bevor die Pause zu Ende ist.«

Tabby Glennys winkte mir zu.

»Schätzchen?«

»Ja?«

»Hals- und Beinbruch.«

Ich lächelte.

»Danke.«

»Nein, Schätzchen. Ich meine es *ernst.*«

Ich starrte sie einen Moment lang an, dann schüttelte ich den Kopf und folgte Starks und Krenmyer zum nun offenen Vorhang. Auf der Bühne standen drei Stühle und ein einfacher Tisch, und auf dem Tisch befand sich ein silberner Metallkoffer. Starks warf einen Blick auf seine Armbanduhr und eilte dann fort, um mit einem der Schatten hinter den Scheinwerfern ein paar Worte zu reden.

Krenmyer lächelte mich an. »Ich wußte doch, daß Sie es nicht ablehnen können.«

Ich lachte. »Ich *hätte* es ablehnen können, Krenmyer. Aber so blamieren Sie sich noch mehr.« Ich gab mich so höhnisch wie nur möglich. »Sie wissen hoffentlich, daß Sie sich damit für die Rolle des irren Wissenschaftlers qualifizieren, oder?«

Krenmyer sah mich unverändert an. »Des aufgebrachten, Colter, nicht des irren; des *aufgebrachten.*«

Starks kam zurück. Er winkte mich zu einem Stuhl und Krenmyer zu einem anderen. Dann nahm er auf dem dritten vor den Kameras Platz. Die Show-Musik verstummte; ein weiterer Schatten gab ihm einen Wink.

Starks lächelte. »Da sind wir wieder! Und heute abend haben wir den Meisterausbrecher Martin Colter und Dr. Erid Krenmyer bei uns zu Gast, den Chef der Psychotronik-Forschung des Besserungsministeriums.« Er sah Krenmyer an. »Vielleicht sollten Sie unseren Zuschauern kurz erklären, was wir sehen werden, Doktor.«

Krenmyer schlug die Beine übereinander und lachte leise. Ihm schien nun immer klarer zu werden, daß er vor einem Publikum stand. Er streckte die linke Hand aus und berührte den Metallkoffer. »Leider werden wir nur zu sehen bekommen, wie Mr. Colter ein kleines Nickerchen macht. Für *ihn* wird das Nickerchen freilich mindestens so lange dauern wie eine fünfundzwanzigjährige Gefängnishaft.«

Das Publikum schnappte nach Luft, dann wurde es sehr schweigsam. Starks runzelte die Stirn. »Ich glaube, ich habe Sie nicht genau verstanden, Doktor.«

Krenmyer stand auf, stellte den Koffer auf die Seite,

öffnete ihn und redete dabei. »Es ist wirklich ganz einfach. Das, was wir als Traum bezeichnen, ist verzerrte Zeit. Ein Traum, der nur eine Sekunde dauert, kann einem Träumer so erscheinen, als wäre er eine Woche oder ein ganzes Leben lang. Das hat den Grund, weil der einzige Zeitbezugsrahmen des Bewußtseins das Bewußtsein selbst ist.« Er tätschelte den Koffer. »Dies hier versorgt das Bewußtsein mit einem Zeitbezug; eine Minute kommt fünf Jahren gleich. Wir werden sehen, wie Colter für fünf Minuten einschläft. Er wird sich für fünfundzwanzig Jahre in einem Gefängnis wiederfinden.«

Krenmyer sah mich an. »Und Sie werden jeden Tag dieser Strafe durchleben und durchleiden, Colter. Es wird keine Flucht geben, weil dieses Gefängnis sich in Ihrem *Bewußtsein* befindet. Der Apparat reguliert Ihren Zeitbezug, und er schließt Sie ebenso in Ihre Traumvoraussetzung ein. Sie werden sich in dem aufhalten, was für Ihren Geist ein Gefängnis ist.«

Starks sah ungewöhnlich besorgt aus. »Doktor ... Was ist das für ein Gefängnis, das er sehen wird?«

Krenmyer zuckte die Achseln, als er im Innern des Koffers ein paar Schalter umlegte und dann eine Magnetkarte in einen Schlitz schob. »Im Moment habe ich noch keine Möglichkeit, es zu wissen; das zu erfahren, erfordert eine umfassende Analyse. Aber es wird ein Gefängnis sein, das versichere ich Ihnen. Er kann uns alles darüber erzählen, wenn er wieder entlassen worden ist.« Er lächelte mich an. »In fünfundzwanzig Jahren, von diesem Augenblick an gerechnet.«

Ich sah mir die Schalter im Innern des Koffers an und schaute dann zu Krenmyer auf. »Was kommt Ihrer Meinung nach einem Ausbruch gleich?«

Der Wissenschaftler deutete auf einen simplen Kippschalter. »Sie brauchen nur aufzustehen und den Schalter umzulegen, Colter.« Er sah das Publikum an. »Martin Colter hat mir mehr als einmal erklärt, daß man alle starren Regelsätze überlisten kann. Man braucht nur herauszufinden, wie die Regeln lauten und einen Plan zu entwickeln, der über ihr Fassungsvermögen hinausgeht.« Krenmyer sah mich an. »Die Regeln des Systems lauten folgendermaßen, Colter: Eine Minute entspricht fünf Jahren; das Gefängnis ist das, was Ihr Bewußtsein für ein Gefängnis hält; um herauszukommen, müssen Sie diesen Schalter umlegen.«

Starks beugte sich vor. »Marty, wissen Sie genau, daß Sie das mitmachen wollen? Die Sache war ja eigentlich nicht eingeplant ...«

Krenmyer machte eine wegwerfende Bewegung.

»Er weiß es genau, Mr. Starks. Colter *kann* sich einer solchen Herausforderung nicht entziehen.«

Krenmyer sah erneut das Publikum an. »Bis wir Martin Colter zusehen, wie er seine Strafe absitzt ... Hier sind noch ein paar Dinge, über die Sie nachdenken können: Der Prototyp des Apparats kostet in der Herstellung unter dreitausend Dollar. Der Einzelpreis läge, wenn man ihn in Massenproduktion herstellt, noch viel niedriger. Es dauert nur fünf Minuten, um eine Haftstrafe von fünfundzwanzig Jahren auszuführen. Dies erfordert ein Minimum an Regierungsanlagen, und nur wenige Augenblicke der Zeit des Häftlings. Alles eingeschlossen würde es die Regierung nicht mehr als zwölf bis fünfzehn Credits kosten, eine Haftstrafe von fünfundzwanzig Jahren zu verhängen. Im Moment kostet es mehrere hunderttausend. Der Häftling wird der realen Zeit nur ein paar Minuten lang entzogen; dann – nachdem er seine Lektion gehabt hat – kehrt er wieder in die Gesellschaft zurück und nimmt sein Leben wieder auf. Die Sache kostet fast nichts, der Häftling wird nie zu einer Last für die Allgemeinheit werden. Und das Gefängnis ist ausbruchsicher. Die ideale Lösung.«

Ich empfand einen kurzen Anfall von Übelkeit – von Panik –, dann wallte die Wut in mir hoch. »Aber all das nur unter der Voraussetzung, Krenmyer, daß ich nicht ausbrechen kann.«

Er lächelte, seine Hand schwebte über dem Schalter. »Wir werden es ja sehen.«

Starks warf einen Blick auf einen der Schatten, dann sah er mich an. »Wenn Sie genau wissen ...«

»Ich weiß es genau. Fangen wir an!«

Starks musterte den Koffer. »Doktor, müssen Sie Marty nicht an irgend etwas anschließen? An ein Kabel oder sowas?«

Krenmyer schüttelte den Kopf. »Nein. Um das Instrument zu programmieren, braucht man für jeden einzelnen Häftling nur ein psychotronisches Netz – das ist eine Sache von Minuten –, aber das von Mr. Colter habe ich schon vom Omegon-Experiment. Ich brauche das Gerät nur unter Strom zu setzen. Dann macht es den Rest von allein.« Krenmyer grinste mich an. »Und Sie brauchen dann nur noch auszubrechen.« Er wandte sich zu Starks um. »Ich bin fertig.«

Starks sah mich an. »Marty?«

Ich musterte die Fäuste in meinem Schoß und sah die weißen Knöchel. In Helgavea hatten mir die Ganoven oft von der *Stimme* erzählt. Von der Stimme, die ihnen gesagt hatte, sie seien im Begriff, etwas zu tun, das ihr Leben ruinieren, sie zerschmettern und für immer verändern würde. Eine Stimme, die sie gerettet hätte, hätten sie auf sie gehört. Aber keiner hatte auf sie gehört, denn keiner konnte es. Schmerz und Tod hatten sich ihnen gezeigt, doch die Ganoven hatten sie nicht beachtet; sie hatten getötet, verstümmelt und gestohlen, allen Konsequenzen zum Trotz. Weil ... weil es um etwas gegangen war, das sie einfach hatten tun *müssen*.

Ich schaute zu Starks hinauf, dann zu Krenmyer. »Ich bin bereit.«

Krenmyer lächelte, nickte, legte den Schalter um.

Ich *erwachte auf dem Rücken.* Diese grauen Wände, diese endlose Decke, die keinen Anfang hatte.

Ich setzte mich hin und zwang die Panik, mich zu verlassen. »Regeln, Krenmyer. Es kommt immer auf die Regeln an.«

Eine Minute sind fünf Jahre.

Gefängnis ist das, was für mein Bewußtsein ein Gefängnis ist.

Um auszubrechen, muß ich den Schalter umlegen.

»Sie haben einen Trumpf zurückgehalten, Krenmyer; es gibt eine *vierte* Regel.« Ich stand auf und schaute mir die Wände an. Wieviel Traumzeit hatte ich schon abgebrummt?

Nur ein paar Stunden, und doch war ich einmal bewußtlos gewesen und hatte dreimal geschlafen. Fünfmal, das erste Erwachen mitgerechnet, hatte ich die Augen geöffnet und mich flach auf dem Rücken liegend vorgefunden – in der gleichen Position, im gleichen Raum. »Sie haben mich in irgendeiner Art Endlosschleife, Krenmyer. Das ist es. Jedesmal bringen Sie mich auf Feld eins zurück. Feld eins: Das ist die vierte Regel.

Gefängnis. Hatte Regel Nummer zwei eine Schwachstelle? Ein Gefängnis ist das, was für mein Bewußtsein ein Gefängnis ist? Huck Finn und ich waren *vor* Jims Hütte gewesen. Jim saß im Knast; nicht ich. Gefängnis. Wie sahen meine Gefängnisse aus?

Ich lehnte mich gegen die Wand und rutschte nach unten, bis ich, immer noch an ihr lehnend, auf dem Boden hockte. Die Bücher, die ich in Helgavea gelesen hatte, waren meine *Fluchten* gewesen, nicht meine *Gefängnisse.*

»Es gibt viele Arten von Gefängnissen, mein liebes Kind.« Zuerst war die Stimme da, dann studierte mich der faltige, weißhaarige Abbé Faria. Abbé Faria; Edmund Dantes Lehrer im *Grafen von Monte Cristo.* Ich ließ uns von Dantes steinwandiger Zelle im Chateau d'If umgeben. Faria breitete die Arme aus. »Du hast diese

Zelle *ausgewählt.* Dein Geist ist durch eine Erzählung aus Helgavea zum Chateau d'If entkommen.«

Ich legte den Hinterkopf gegen die Steinmauer und musterte den alten Mann, der amüsiert den Kopf schüttelte.

»Faria.«

»Ja, mein Kind?« Der Abbé saß auf dem Bett, er hatte die Hände auf dem Schoß.

»Habe ich das Chateau d'If ausgewählt oder einen Zellengenossen?«

Der alte Mann gackerte. »Armes, armes Kind! Kannst du nicht ehrlich zu deinem eigenen Bewußtsein sprechen? Kannst du dich in deinem eigenen Kopf vor dir selbst verbergen?«

Ich rieb mir die Augen. Als ich sie öffnete, war Faria immer noch da und lächelte. Ich deutete auf ihn. »Sie ... Sie sind ein Teil davon ... ein Teil von mir. Und Huck Finn auch. Ihr zwei ... ihr lacht mich aus.« Ich wischte mir mit der Hand über den Mund. Wenn es stimmte ...

»Wir lachen nicht über dich, Kind. *Du* bist derjenige, der das Lachen besorgt. Wir sind nicht real. Du bist derjenige, der real ist. Findest du dich nicht amüsant? Was war vor Helgavea dein Gefängnis?«

»Faria, meinen Sie meine Kindheitsphantasie?«

»Nein. Erinnerst du dich nicht an all die Kinder? An all die unglücklichen Kinder?«

Die unglücklichen Kinder. Ja. Ich sah sie. Sie umgaben mich alle. Die Mauern aus Schmerz, Zorn, Frustration – zwischen mir und der Freiheit – ihrem Glück. Als Teil der Therapie spielten wir ... das Wenn-Haus.

Faria gackerte. »Deswegen hast du den *Grafen von Monte Cristo* gelesen, mein armes Kind. Du hast in deiner Unwissenheit angenommen, Chateau d'If bedeute ›Haus des Wenn‹.«

Ich sah das steingesichtige Mädchen an, das vor mir auf dem Stuhl saß. Ich sagte: »Dein Bewußtsein ist ein

Haus, Connie. Alles darin kann umgebaut und repariert werden. Das Werkzeug, das man dazu braucht, ist das Wort ›Wenn‹.«

Connie schloß die Augen und zuckte die Achseln. Dann öffnete sie die Augen wieder. »Wie doof.«

»Connie, was wäre, *wenn* du den harten Schmerzknoten, den du in dir herumschleppst, mal öffnen würdest? Was wäre, *wenn* du ihn öffnest und ansiehst; wenn du herausfinden würdest, wie er entstanden ist? Versuch es mal. Sage: ›Was wäre, wenn ...‹!«

Das kleine Mädchen seufzte, dann schloß es die Augen. »Was wäre, wenn.« Connies Stimme klang äußerst gelangweilt.

»Gut. Was wäre, *wenn* Connie den Schmerz sehen könnte. Sag es!«

»Was wäre, wenn ... Was wäre, wenn ...« Sie schüttelte den Kopf und sah mich an – mit Haß im Blick. »Aber ich *kann* ihn nicht sehen! Ich *will* ihn nicht sehen!«

»Versuch es noch mal, Connie!«

Sie ballte die Hände zu Fäusten, hatte Tränen in den Augen,

mein ... mein Mund war ein Flunsch. Ich sah Dr. Colter an. Den blöden, gemeinen Dr. Colter. Ich will das nicht tun. Ich will es nicht, aber er zwingt mich dazu. Ich hasse ihn. Ich kann ihn nicht ausstehen. »Macht es Ihnen gar nichts aus, daß ich Sie *hasse*? Ich *hasse* Sie, weil Sie mir das antun!«

»Ich bin nicht darauf aus, daß du mich liebst, Connie. Ich bemühe mich nur, dich Dinge sehen zu lassen, die du sehen mußt, damit du lernst, dich selbst zu lieben. Versuch es noch mal!«

»Ich hasse Sie.« Ich wischte mir die Augen mit dem Handrücken ab und starrte zu Boden. »Was wäre, wenn ich ihn ... sehen könnte? Was dann? Was soll ich sehen?« Am liebsten wäre ich weggelaufen.

»Was möchtest du denn sehen?«

Ich weinte und lachte gleichzeitig. »Was ich *nicht* sehen möchte, ist Mam ... Mammi. A-aber ...«

»Mach weiter!«

»Was wäre, wenn ich meine Mammi sehen könnte ... Ich kann's. Ich kann sie sehen.«

»Was

macht sie?« Ich lehnte mich zurück; überrascht, Connie vor mir zu sehen – zu wissen, was sie dachte –, zu wissen ... was ich dachte.

Tränen liefen über Connies Wangen. »Sie macht ... sie macht *gar nichts!* Sie ... sie nimmt Bobby in den Arm und küßt ihn. Sie sollten mal seine *Zensuren* sehen! Er kriegt nur *Dreien.* Er ist so dumm.« Connie schüttelte heftig den Kopf. »Nur Einsen. Ich kriege *nur Einsen!* Ich habe ihr mein Zeugnis gegeben, aber sie hat mich nicht mal angesehen. Sie hat nur Bobby umarmt. Alles, was sie sagt ... Sie sagt nur, ›Schön, Schatz‹ zu mir.«

»Connie, was wäre, wenn du ihr sagen könntest, wie du dich fühlst?«

Connie schüttelte den Kopf, schluchzte, sah in meine Richtung; ihre Augen füllten sich mit feuchtem Schmerz. »Mammi ... Mammi ...«

»Ja, Connie?«

»Ich ... ich *hasse* Sie!« Das Mädchen stürzte sich auf mich und schlug mit den Fäusten auf mich ein. »Ich hasse Sie! Hasse Sie! Hasse Sie!« Sie schrie, dann brach sie an meiner Brust zusammen und weinte. Ich legte die Arme um sie.

»Es ist schon in Ordnung, Connie. Es ist alles in Ordnung ...«

Faria gackerte mich an. Wieder an der Wand; wieder im Chateau d'If. »Ach, du närrisches Kind. Was war *das* für ein Gefängnis für dich. Die, denen du nicht helfen konntest, haben dich frustriert, wegen der Mauern, die du nicht durchbrechen konntest. Und die, denen du helfen konntest, konntest du nicht ausstehen. Ihre Mauern stürzten ein, während die deinen ...«

»Schweig, Alter!« Ich schloß die Augen und zwang mich durch den Raum, der uns trennte und

meine Augen öffneten sich und sahen den Häftling Martin Colter an, der an der gegenüberliegenden Wand saß. Ich musterte meine Hände; sie waren mager, narbig vom Graben, faltig vom Alter. Ich spürte das Lachen, das aus meinem Mund kam, als ich Martin Colter erneut ansah. Ich sagte: »Jetzt, mein Kind, siehst du den Narren, nicht wahr? Ach, die Kerkerromantik. Aber selbst das Chateau d'If war unbefriedigend.«

Martin Colters Blick verengte sich. »Was meinen Sie, Faria? Das Gefängnis ist das Grauen – jedes Gefängnis.«

Ich hob einen Finger. »Und das ist seine Romantik, Martin. Dies ist ein schönes Gefängnis für dich: Ein unschuldiges Opfer der Justiz gräbt sich durch die Wände, erlebt Momente mit einem großartigen Lehrer, und dann *die Flucht!* Wir dürfen die Flucht nicht vergessen; sie ist doch *so* dramatisch. Das Chateau d'If wäre ein Paradies für dich gewesen, wenn die Wachen weißglühende Schürhaken auf deine Haut gedrückt hätten. Vielleicht die Streckbank?« Ich lachte den närrischen Menschen aus. »Wie ist es doch tragisch; wie bemitleidenswert; was für ein Held ...«

Colter sprang mir an die Kehle; seine starken Finger drückten das Leben aus mir heraus. Welch närrischer Mensch. Im gleichen Moment, als meine Augen dunkel wurden und mein Körper sich mit luftlosem Lachen streckte

entfiel Farias lebloser Körper meinen Händen. Bevor der Alte den Boden berührte, verschwand er. Ich sah zu den grauen, nichtssagenden Wänden hinauf ...

Auf dem Boden, auf dem Rücken. Die Endlosschleife. Feld Eins.

Gefängnisse. Dies hier … dies hier war mein Ur-Gefängnis – Nein! Die im Werkzeugschuppen erschaffene Zelle war das *Gefängnis meiner Wahl.* Es gab noch ein anderes … ein früheres Gefängnis. In diesem Gefängnis war ich unschuldig; in dem anderen war ich auf irgendeine verschwommene Weise schuldig.

Die Wände wurden mit geschmacklosen Tapeten beklebt. Meine dicken Hände waren rot und faltig vom dampfenden Spülwasser. Ich schob mir eine Haarlocke aus dem Gesicht und schaute durch das offene Fenster über der Spüle. Dann, als das kleine Balg namens Marty aus dem Werkzeugschuppen kam, schüttelte ich den Kopf. Ich rief durch das Fenster: »Marty! Marty Colter! Du kommst sofort her!«

Das Balg warf mir einen Blick zu, dann schaute es zu Boden, ließ die Schultern sinken und stieß einen lauten Seufzer aus. »Ich komme, Tante Pam.«

Es war beinahe frevelhaft. Ich schaute … durch Tante Pams Augen! Es …

Ich sah den Jungen erneut an und schüttelte den Kopf. Erbarmen, ich hatte Rückenschmerzen. Ich schüttelte erbittert den Kopf. »Ich verstehe es nicht, warum Bill das Kind aufgenommen hat. Ich verstehe es wirklich nicht!« Ich trocknete mir die Hände ab und stützte sie auf meine monströsen Hüften, als ich zur Tür schaute. »Und knall bloß nicht die Tür!« Der Junge kam in die Küche und schloß das Fliegengitter. Er hielt die Klinke mit der rechten Hand und legte die linke Handfläche auf den Türrahmen. Er machte sie sehr, *sehr* langsam zu. Ich fegte zu ihm hinüber, packte ihn an der Schulter und riß ihn von der Tür weg. »Du Klugscheißer!« Ich packte zu und knallte die Tür fest ins Schloß. Ich sah Marty an, der dort stand. Er setzte einen verletzten Blick auf und rieb seine Schulter. »Ich habe dir nicht weh getan, also tu gefälligst nicht so als ob!« Seine Hand sank herunter. »Na?«

Er sah mich an, sein Blick war verwirrt. »Ich …«

Ich deutete auf die Tür. »Was machst du bloß immer da drüben! Du hast doch wohl nicht an Onkel Bills Werkzeug herumgefummelt, oder?«

Er schüttelte den Kopf. »Nein. Ehrlich, hab ich nicht.«

»Was hast du denn sonst gemacht?«

Marty schüttelte den Kopf. »Ich habe ... nur gespielt. Ehrlich.«

»Hach!! Wenn Onkel Bill davon erfährt, weißt du, was dir blüht.«

Die Augen des Jungen wurden groß. »Onkel Bill hat gesagt, ich darf in den Schuppen gehen. Solange ich nicht mit seinem Werkzeug spiele. *Ehrlich.*«

»Flunker mir nichts vor, Martin Colter.« Ich drohte ihm mit dem Finger. »Wenn du mich belügst, gehst du in das schreckliche staatliche Kinderheim.« Ich deutete auf meine Brust. »Wir *brauchen* uns nicht um dich zu kümmern. Wir lassen dich nur bleiben, weil deine Mutter Onkel Bills Schwester war.« Ich packte ihn an beiden Schultern und schüttelte ihn. »Sei dir über eins im klaren, Martin Colter: Bill liebt die Erinnerung an deine Mutter, nicht *dich!* Es ist zwar unsere *Pflicht*, daß wir uns um dich kümmern, aber die hat auch ihre *Grenzen!*« Tränen liefen über seine Wangen. Ist das eine Heulsuse! »Verstehst du das, Martin Colter?« Ich schüttelte ihn noch heftiger.

»Ja ... Ja, Tante Pam. Ich verstehe. Bitte. *Bitte,* schickt mich nicht weg! Ich will auch immer lieb sein. Ich *verspreche* es!«

Ich stellte das Geschüttel ein, bückte mich und gab ihm ein Küßchen auf die Wange. »Na schön. Und jetzt hör auf zu heulen! Dir hat doch keiner was getan.« Ich zog einen zerknüllten Lappen aus der Tasche und trocknete seine Tränen. Daß der Junge aber auch ständig flennen muß! Ich brachte ihn zur Tür und gab ihm einen Klaps auf den Hintern. »Jetzt gehst du raus und spielst, bis ich dich zum Essen rufe! Und stell nichts an, verstanden?«

Der Junge nickte und ging langsam hinaus, ohne sich umzusehen. Ich schüttelte den Kopf und ging zum Herd. »Wie der sich verstellen kann! Buuhuu, buuhuu.« Ich nahm den Deckel von dem großen Kochtopf und rührte den Eintopf mit einem hölzernen Löffel um. Bill war immer noch nicht aus der Stadt zurück. »Wenn er sich schon wieder verspätet, ist das Essen hin. Manche Leute scheren sich einfach einen Dreck darum, was andere aushalten müssen.«

Ich tat den Deckel wieder auf den Topf und ging zur Spüle. Ich bemühe mich immer, mit dem Spülen fertig zu sein, wenn ich koche. Wenn ich nicht spüle, wer tut es dann? Ich schaute durchs Fenster und sah Martin wieder in den Werkzeugschuppen schleichen. »Also, dieser *Junge!* Ich halt das nicht mehr aus!«

Ich machte die Schuppentür hinter mir zu. Staubflocken tanzten in den dünnen Sonnenstrahlen, die durch die Ritzen der Bretterwände in den Schuppen drangen. Ich ging um Onkel Bills Werkbank herum, stieg über das Werkzeuggewirr auf dem Boden, krabbelte um einen großen Pappkarton und setzte mich mit dem Rücken zur Wand in eine Ecke. Ich schloß die Augen. Als ich sie wieder öffnete, war ich im Gefängnis. Die grauen, nichtssagenden Wände, die Decke, die sich in die Unendlichkeit erstreckte. Ich hob eine Faust und schüttelte sie in die Unendlichkeit. »Verdammt sollst du sein! Verdammt sollst du sein! Macht doch, was ihr wollt! Mich kriegt ihr nicht klein ... Mich kriegt ihr ...«

Ich *öffnete die Augen.* Feld Eins. Ich setzte mich hin, fuhr mir mit den Fingern durchs Haar, legte die Ellbogen auf die Knie und stützte das Gesicht auf beide Handflächen. Gefängnisse. Es gibt *alle Arten* von Gefängnissen. Fesseln der Schuld, nicht erwiderte Liebe, Drohungen. Ich sah mir Klein-Marty Colters Gefängnis seiner Wahl an. Hier war er unschuldig. Hier war die Sachlage klar. Hier litt er immer noch; aber er *wußte,* daß er unschuldig war; er *wußte*, daß die anderen böse waren; er hatte ein *Recht* darauf, sie anzuschreien, sie zu hassen, sich ihnen zu widersetzen.

Ich schaute zur endlosen Decke hinauf. ›Sie‹ waren dort oben, irgendwo im feindseligen Nichts. Sie. Die Kräfte des Schmerzes, der Unterdrückung, des Bösen. Die kleinen Bestandteile meines Ichs. Die uneingestandenen, unerkannten kleinen Bestandteile. Ich wollte den unglücklichen, verwirrten Kindern sagen, sie sollten diese Bestandteile annehmen – sie werden; sie zugeben; sie als das ansehen, was sie waren. Ich schaute wieder nach unten, und ich saß vor Dr. Sings Schreibtisch. Der saure Geschmack in meinem Mund

vor meinem Schreibtisch saß der nächste Student. Ein bullig gebauter, muskulöser Bursche, der eher aussah, als gehöre er in eine Football-Mannschaft statt in die Psychotherapie.

Ich räusperte mich. »Name?«

Der Junge zuckte leicht zusammen. »Colter. M-M-Martin Colter.«

Ich lächelte. »Na schön, Martin. Ich bin Dr. Sing, der Leiter der Abteilung. Ich unterhalte mich gern mit den Studenten, bevor das Semester anfängt.« Ich musterte ihn eingehend. Sieht nicht sonderlich helle aus. So wie er herumzappelt und sich umsieht, denkt man eher an ein gejagtes Tier – oder an ein Gefängnis. »Martin, warum sind Sie an einem Beruf in der Psychotherapie interessiert?«

Er hüstelte. »Kinder. Ich möchte mit behinderten Kindern arbeiten.«

»Ach so.« Ich holte mir seine Akte auf den Bildschirm und sah sie kurz an. »Sieht so aus, als hätten Sie in der Schule gute Leistungen erbracht.« Ich sah ihn an. »Hatten Sie viele Freunde in der Schule?«

Colters Muskeln zuckten. Sehr defensiv. Fast so, als hätte ich ihn angegriffen. »Nein. Nicht viele.«

»Überhaupt welche?«

Colters Blick verengte sich. »Nein.«

»Ich verstehe.« Ich schürzte die Lippen und verschränkte die Arme. »Martin, ein ziemlich hoher Prozentsatz der Studenten, die in diesem Bereich arbeiten wollen, tun es, weil sie selbst emotional behindert sind. Ich muß jedoch hinzufügen, daß das nicht unbedingt schlecht ist. Es ist aber wichtig, daß ein solcher Student seine Motive kennt.«

Colter nickte. »Das verstehe ich.«

»Gut. Und weswegen wollen Sie also mit Kindern arbeiten?«

Der Student zuckte die Achseln, doch sein Blick enthielt die Furcht eines in der Falle sitzenden Tieres. »Einfach so. Es gibt doch viele Kinder, die ... Hilfe brauchen. Ich möchte einfach helfen.«

Ich lehnte mich zurück und trommelte mit den Fingerspitzen auf die Lehnen. »Gibt es etwas in Ihrer eigenen Kindheit, das Sie dazu motiviert? Irgendeine Erfahrung, irgendwelche Schwierigkeiten?«

Es war, als hätte Colter eine undurchdringliche Mauer zwischen sich und seinem Schmerz errichtet. Er lachte, schüttelte den Kopf und entspannte sich. »Nein. Nein, Dr. Sing. Ich bin hier, um zu lernen, wie man *heilt;* nicht um *geheilt* zu werden.« Er zuckte die Achseln. »Sicher hatte ich Probleme in der Kindheit. Wer hat denn keine? Aber es war nichts Ungewöhnliches. Ich habe keine Narben.«

Ich sah Dr. Sing an. Blödes Männlein. Früh vergreister Akademiker. Wahrscheinlich scharf darauf, jemanden auf die Couch zu kriegen – irgend jemanden. Um ein paar praktische Erfahrungen zu machen. Ich stand auf. »War sonst noch was, Doktor?«

Sing schaute auf die Seite seines Tisches, schob ein paar Papiere hin und her, seufzte und sah mich an. »Es gibt so viele davon. So viele.«

»Viele was?«

»Menschen. Menschen und Probleme.«

Ich runzelte die Stirn. Der alte Knabe schien sie nicht alle auf der Pfanne zu haben. Er schaute aus dem Bürofenster und wandte sich dann wieder dem Schreibtisch zu. »Vielen Dank, Mr. Colter. Das ist alles. Bitte, schikken Sie den nächsten Studenten herein.«

Ein Gefühl des Verlorenseins riß an meinem Herzen. Es war ... eine Rettungsleine; sie wurde ausgeworfen und wieder zurückgezogen. Die Vision verschwand aus meinem Gesichtsfeld, mein Puls war fest und sehr schnell. Dr. Sing schaute zu mir auf. »Ist noch was, Mr. Colter?«

»Nein.« Ich drehte mich um, verließ sein Büro und schloß die Tür hinter mir.

Draußen, auf dem Gras vor dem Gebäude, übergab ich mich ...

Rückkehr nach Feld Eins.

Eine Minute sind fünf Jahre.

Gefängnis ist das, was für dein Bewußtsein ein Gefängnis ist.

Um zu entkommen, lege den Schalter um.

Ich öffnete die Augen. Die grauen Wände waren weg; auch der Boden. Geometrische Blitze mit verschiedenen Formen und Farben umwirbelten mich. Ich tastete nach etwas – nach irgend etwas – Widerstand. Eine Mauer, eine Begrenzung. Ich faltete die Hände. Sie konnten nichts fühlen. Die Formen und Muster drehten sich pausenlos, flossen hierhin und dorthin, wirbelten außer Sichtweite, dann überfluteten sie mich erneut. »Was fur ein Gefängnis ist das, Krenmyer?«

Die Formen und Farben verflachten, stumpften ab, kamen um mich herum zur Ruhe und bildeten einen weichen, wogenden Regenbogenhorizont.

Gefängnis ist das, was für mein Bewußtsein ein Gefängnis ist.

»Das ist der Schlüssel, Krenmyer ...« Krenmyer. Um Krenmyer zu schlagen. Der Wunsch, das Gefühl, das

Verlangen, die Obsession – war anders. Ich ging auf den Horizont zu, vor meinen Füßen wallte Nebel. *Gefängnis ist das, was für mein Bewußtsein ein Gefängnis ist.* Meine semantische Reaktion auf das Wort ›Gefängnis‹ hatte sich verändert. Dies. Dies hier war nun mein Gefängnis. Über mir war Schwärze, in der winzige bunte Lichtblitze funkelten. Unter mir und um meine Beine war Nebel. Vor mir war der Regenbogenhorizont. Die Entfernungen gingen weit über mein Fassungsvermögen hinaus. Ich bewegte mich schneller. Ich wollte nicht aus diesem Gefängnis entfliehen; ich wollte es – mußte es – erforschen. Dies war das echte Gefängnis; das, das es immer gewesen war; das, worauf Krenmyers Apparat abgestimmt war. Dieses Gefängnis war mein *Bewußtsein!*

Eine *Minute, ein Jahr,* ist nicht von Bedeutung.

Mein Gefängnis ist mein Geist.

Entkommen bringt kein Ergebnis.

Feld Eins: Ich strecke die Hand aus und berühre den Regenbogen. Meine Hand reicht hinauf, und ein blauer Strom kreuzt die über mir befindliche Schwärze. In dem Blau sind grüne Flecken, die von roten Streifen umgeben sind.

Dr. Sings Bild sprach zu einem Teil meines Ichs. »Jegliches Denken findet in Symbolen statt. Wir stellen uns einen Baum vor – und sehen Rinde, Äste, Blätter, Fäulnis. Doch was passiert wirklich im Bewußtsein? Entladungsschwellen werden erreicht, Chemikalien reagieren, Kolloide verändern sich, Zusammenhangmuster werden wiederholt, verglichen, anhand anderer Muster identifiziert. Manche Menschen symbolisieren in Farben: Rot oder Schwarz ist krank, Grün oder Blau vielleicht gesund ...«

Das Grün, von Rot umgeben. Ich hole mir das Grün. Es ist in ihm drin ... Was es auch ist ...

– ... M ... Martin Colter. Seine Hände umklammern den Hals der dicken Tante Pam; ihr Gesicht ist blau angelaufen;

ihre Zunge sieht aus wie ein Würstchen, sie hängt aus ihrem …

– … weise es zurück! Rot füllt meinen Blick. Das Rot lenkt mich woandershin; führt mich zu auf … andere zu. Tante Pam ist gut, freundlich, großzügig. Frag sie doch einfach. *Es gibt Gedanken, die man nicht haben darf!* Sie kriegt es heraus; sie wird es erfahren; sie wird mit dir *abrechnen!*

Das Rot: Trugbild. Sing: »Diese Gedanken: Sie sind das Grauen, aber verleugnet man sie, verleugnet man sich selbst. Zugeben, daß man sie hat – daß sie ein Bestandteil von einem sind –, macht aus diesen Wünschen, Sehnsüchten und Haßgefühlen noch keine Realität. Aber man muß sie sich eingestehen, wenn man aus sich selbst ein Ganzes machen will. Man kann sie zwar verleugnen, aber der Geist kann es nicht.«

Weg mit dem Rot! Ich stürze mich ins Grün. Da ist er; ihr dicker, schwitzender Hals zwischen meinen Fingern. Ich drücke zu. Symbolische Exekution. »Ich hasse … Ich hasse … Ich *hasse* dich!«

Ich habe es gesagt. Eingestanden. Gespürt. Ausgedrückt. Es ist ich; ein Teil von mir. Ich lasse den Schweinehals los und richte mich auf. Das Grün verblaßt. Das Rot ist noch da, wird aber schwächer. Das heimliche Gefühl, das ihm seine Kraft verliehen hat, wurde akzeptiert; ist zu einem Bestandteil von mir geworden. Das Rot – Haß auf Gefängnisse, auf die Häftlinge, auf ihre Bewacher. Es verblaßt.

Ich stand im Mittelpunkt des Nebels, vom Regenbogenhorizont umgeben, unter einem Streifen grenzenlosen Blaus. Ich hob die Hand und wischte das Blau vom Himmel. Ich hob erneut die Hand. Mit ihr kam noch ein Streifen Grün und rotgeflecktes Blau. Jedes Grün ein ehrliches Gefühl; jedes Rot eine Einbildung – eine Ablenkung, um das Gefühl zu verbergen.

Ich holte sie zu mir; das Grün, das Rot. Die Schmerzen, die Lügen. Die Freuden, die Lügen, die sie mir verboten. Meine Hand hob sich immer wieder, fuhr mit Farben durch die Schwärze, mit Schmerz, mit Lügen, mit Glückseligkeit, mit Wahrheit ...

Feld Eins. Ich untersuchte den Horizont. Er war jetzt nicht mehr bunt. Das Blau bedeckte alles. Da und dort ein grüner Fleck, ein roter Blitz. Ich berührte sie, absorbierte sie, verlieh ihnen Ehrlichkeit.

Frieden.

Dies ist mein Gefängnis. Dies ist jedermanns Gefängnis. Und es ist ich.

Feld Eins. Alles ist Schwärze. Es hat sich verändert. Was für mein Bewußtsein ein Gefängnis war, hat sich verändert. In mir waren Mauern, in den Mauern waren Lügen, in den Lügen war heimlicher Schmerz, und er ist weg. Der Horizont ... Es gibt keinen Horizont. Mein Horizont – meine Grenzen – sind nicht mehr. Strecke die Hände aus; hervor kommen namenlose Farben, formlose Umrisse. Ich gebe den Farben furchtlos Zeichen; ihre blendenden Lichter hüllen mich ein.

Dies sind ... die Kräfte – die Gaben, die wir niemals sehen. Nie einsetzen. Nie finden können. Und dort ist mein Schlüssel, wenn ich ihn benutzen will. Um zu entkommen, muß ich den Schalter umlegen.

Nein. Formuliere die Regel: Um zu entkommen, muß der Schalter umgelegt werden – von irgend jemandem, durch irgend etwas.

Feld Eins. Gefängnis ist das, was mein Geist *Gefängnis* nennt. Wie mein Bewußtsein etwas kennt, kann ich *selbst bestimmen.* Ich kann *wählen,* wie ich reagiere, wie ich empfinde, wie ich über irgend etwas nachdenke. Dies ist meine besondere Kraft als Mensch. Also. Mein Geist kann jeden Teil der Wirklichkeit ein ›Gefängnis‹ nennen.

Ich öffnete die Augen und sah das Publikum in verzückter Aufmerksamkeit erstarrt. Starks, ein eingefrorenes Stirnrunzeln auf dem Gesicht, starrte mich an. Tabby Glennys fester Blick war auf Krenmyer gerichtet. Krenmyer, die Hand noch auf dem Schalter, lächelte mich an. Ich stand auf und trat neben den silbernen Koffer. Ich erweiterte mein Gefängnis, um Krenmyer Einlaß zu gewähren.

Er blinzelte, schaute Starks an, das bewegungslose Publikum, dann mich. Er sagte nichts, aber ich sah Tränen in seinen Augen.

»Krenmyer.«

Sein Kinn sank auf seine Brust.

»Sie haben gewonnen, Colter.« Er bewegte die Hand, um den Schalter umzulegen.

»*Nicht!* Schalten Sie nicht ab, Krenmyer!«

Der alte Mann musterte mein Gesicht mit einem irritierten Blick. »Aber Sie haben doch gewonnen. Sie haben mich geschlagen.«

Ich streckte die Hand aus. »Kommen Sie mit!«

Er blieb stehen, das Gesicht vor Angst verzerrt. »Was? *Nein!*« Er hob beide Hände vors Gesicht.

Ich streckte eine Hand aus und berührte seinen Arm. »Sie werden mit mir gehen, Krenmyer.«

Feld Eins. Ich stand im Zentrum meines Bewußtseins; Krenmyer stand neben mir. Er starrte mit großen Augen auf die endlose Schwärze. Eine Schwärze, die weder Farbe zeigte, noch ihr Nichtvorhandensein. Eine grenzenlose Schwärze.

Krenmyer packte meinen Arm und starrte meine Freiheit entsetzt an. »Colter ... Was ist *das?*«

»Mein Gefängnis. Und jetzt werde ich Ihnen das Ihre zeigen.«

Feld Eins. Verdrehte, knorrige Umrisse: braun, grau, schwarz. Krenmyer war unbeweglich. Ich drehte ihn herum. In der Ferne lag ein kleiner Haufen Steinplatten.

»Dort sind Sie drin, Krenmyer. Bevor Sie hier eindringen und Ihre Gedanken persönlich berühren können, müssen Sie von dort ausbrechen.«

Das Weiß seiner Augen hob sich von der Ödnis seiner Farben ab. »Sie ... Sie sind genauso wie die anderen, Colter! Gegen mich! Sie bekämpfen mich bei jeder ...«

Ich legte eine Hand auf seine Schulter. »Ich bekämpfe Sie nicht.« Ich streckte die Hand aus. »Sehen Sie sich an, was Sie bewerkstelligt haben, Krenmyer. Sie sind dermaßen besessen, Ihren Wert zu beweisen, indem Sie Menschen einsperren, daß Sie nie erkannt haben, was Ihnen gelungen ist.«

»Was?«

»Dies sind Sie, Krenmyer. Und ich kann Sie durch diesen Alptraum führen; ich kann Ihnen helfen, ihn zu beenden.« Ich rief ein Schwarz hervor. Es hüllte uns ein.

»Nein!«

»Sehen Sie es sich an, Krenmyer!«

»Nein, nein.« Da war er; jung, eifrig, genial, unbekannt. Wenn er ... wenn er es schaffte, besser zu sein – besser als alle anderen –, wenn er alle Ehren und Orden bekam, dann würde er ...

»Sagen Sie es, Krenmyer! Sagen Sie es!«

»... geliebt werden.« Das Schwarz verblaßte und wurde durch einen gelben Tupfer ersetzt. »Geliebt. Respektiert.« Krenmyer schloß die Augen. »Von den anderen; verdammt sollen sie sein. Ich brauchte sie, ich brauchte sie so sehr ...« Er hob die Hände an seine Schläfen. »Es ist zuviel, Colter. Zuviel. Sie haben gewonnen. Sie *haben gewonnen*, verdammt noch mal. Können Sie es nicht dabei belassen? Legen Sie den Schalter um! *Lassen Sie mich hier raus!*«

»Krenmyer, Sie verstehen immer noch nicht! Hiermit können wir so viele ... Probleme lösen. Wir können geradewegs zum Schmerz, zu unseren Lügen, unserem heimlichen Ich vorstoßen. Wir können unser Ego kennenlernen, und andere durch ihre privaten Gefängnisse führen. Wir können die ganze Macht der Geisteskraft anzapfen. Das ist es, was sie bewerkstelligt haben, Krenmyer.«

Krenmyer legte den Kopf in den Nacken. Er runzelte die Stirn; stand schweigend vor seinen Farben. Er hob eine Hand, und das Schwarz kam allmählich näher. »Nein!« Er zwang sie zurück, dann sah er mich an. »Sie werden den Schalter umlegen, Colter. Dann bin ich vernichtet. Man wird sich über mich kaputtlachen – wieder einmal.«

Ich brachte uns in die Grenzenlosigkeit meines eigenen Gefängnisses zurück. »Nein, Krenmyer. Ich werde meine Zeit absitzen. Sie werden gewinnen. Es ist wichtig für Sie, und mir macht es nichts aus.«

»Warum? Warum tun Sie das?«

Ich hielt meine Hände der Schwärze entgegen. »Es gibt viel für mich zu tun; zu sehen, zu lernen.« Ich sah den Wissenschaftler an. »Sie werden in keine peinliche Lage kommen, und ich werde hier glücklich sein. Aber bevor meine Strafe zu Ende ist, möchte ich, daß Sie über den Wert Ihrer Erfindung nachdenken. Ich bin reich, Krenmyer. Ich kann Ihr Werk finanzieren. Wir zwei könnten eine Menge Probleme lösen.«

Ich winkte mit den Händen und ließ Krenmyer in meinem Gefängnis verblassen. Ich drehte mich um, wählte eine Richtung und flog auf sie zu, begierig zu erfahren, wie es dort ...

Ich öffnete die Augen, blickte das Publikum an und wandte mich dann Krenmyer zu. Er zog die Hand von dem Schalter zurück und sah erst mich und dann seinen silbernen Koffer an. Der Wissenschaftler schlug die Hände vors Gesicht, dann nahm er in seinem Sessel Platz.

Armand Starks beugte sich zu ihm vor. »Ist alles in Ordnung mit Ihnen, Doktor?«

Krenmyer nickte, ohne die Hände vom Gesicht zu nehmen.

»Warum legen Sie den Schalter nicht um?«

Krenmyer ließ die Hände sinken. Er sah mich an. »Ich habe ihn umgelegt. Etwas scheint mit dem Gerät nicht in Ordnung zu sein.«

Das Publikum wieherte. Starks hob eine Hand, damit es still wurde. »Ja, ist es denn die Möglichkeit? Nun ja, meine Damen und Herren, sowas kommt halt vor.«

Tabby Glennys sah niedergeschmettert aus. Sie legte ihre Maske wieder an und schwang den Blick in meine Richtung. »Ich nehme an, Mr. Colter, daß Sie jetzt einen kleinen, hämischen Kommentar abgeben wollen.«

Ich schaute von ihr zu Krenmyer. Der Wissenschaftler musterte mich eingehend. Ich wandte den Kopf und sah das Publikum an. »Ich möchte nur etwas bekanntgeben. Ich werde in den Ruhestand treten ...« Ein lautes, enttäuschtes »Ohhh« wurde laut. Ich sah Krenmyer wieder an.

Krenmyer musterte mich. Er öffnete den Mund, um etwas zu sagen, dann schloß er ihn wieder. Sein Gesicht zeigte mir, daß er mit sich kämpfte. Ich hatte einen Teil seines Gefängnisses gesehen; ich wußte ein wenig über die Armeen, die in ihm miteinander rangen. Eine von ihnen hatte zwar einen Vorteil errungen, aber nicht gewonnen ... Krenmyer hatte noch einen langen Weg vor sich, um sie zum Sieg zu führen. Aber sie hatte einen Vorteil. Er sah das Publikum an.

»Mr. Colter und ich ...«

Er sah mich an. Er saß wie angenagelt da; er war nicht daran gewöhnt, jemandem zu ... trauen. Seine Gefängnismauern erlaubten es nicht. Doch sie hatten einen Riß. Er hatte ein bißchen gesehen – und das war genug. Immerhin war er Wissenschaftler. »Mr. Colter und ich werden eine Partnerschaft aufnehmen. Wir ... werden zusammenarbeiten.«

Starks lachte. »Na, *das* ist ja vielleicht eine Überraschung!« Er schüttelte den Kopf, dann sah er mich an. »Sagen Sie mal, Marty: In welcher Branche wird die neue Partnerschaft aktiv werden – wollen Sie die Leute in den Knast *rein*bringen oder aus dem Knast *raus*holen?«

Das Publikum lachte. Krenmyer musterte mich; er ahnte wohl die Antwort.

Ich sah Starks an. »Ja.«

Aus dem Amerikanischen übersetzt von Ronald M. Hahn

Die Idee für ›Der Neuling‹ kam mir vor ein paar Jahren nach einer Reihe von Nachrichten über den drohenden Bankrott New York Citys, wobei es auch – wie üblich – darum ging, den gesellschaftlichen Erfolg von Organisationsstrukturen anhand der Langlebigkeit der Organisationen zu messen, die sich dieser Strukturen bedienen. Außerdem hatte ich gerade Die Valachi-Papiere *gelesen.*

Der Neuling

Dino Gitaglia wischte sich die Schweißtröpfchen von der Oberlippe, dann schaute er nervös den *Soldato* DiPalermo an, der neben ihm stand.

DiPalermo erwiderte seinen Blick, dann öffnete sich sein dunkles, narbiges Gesicht zu einem breiten Grinsen.

»He, *Compagno*, mach dir keine Sorgen!« Er deutete mit dem Kopf auf die handgeschnitzten Doppeltüren. »Hier hast du nichts zu befürchten.« Sie blieben eine Weile schweigend stehen, dann seufzte DiPalermo, zuckte die Achseln und lachte. »Was glaubst du, wie die Yorkers in dieser Saison spielen?«

Dino Gitaglia schüttelte den Kopf. »Ich bin kein Fan der Yorkers.« Er lächelte. »Ich stehe auf die Yankees.«

DiPalermo nickte. »Gut. Das wird dem Chef gefallen. Er respektiert Tradition.«

»Ob er mich danach fragt?«

DiPalermo zuckte die Achseln, dann klopfte er Gitaglia auf die Schulter. »War nur 'ne Frage. Was glaubst du, wie die Yankees 2014 dastehen?«

Gitaglia zuckte die Achseln. »Wer weiß? Es war blöd von ihnen, Vitelli zu verkaufen.«

Die Doppeltüren öffneten sich, und der Mann, den man den ›Iren‹ nannte, schob sich hinaus und sah Gitaglia an. Dann maß er DiPalermo mit einem Blick und deutete mit dem Kopf auf die offene Tür. DiPalermo packte den Ellbogen seines Begleiters und geleitete ihn zur Tür.

»Hier ist es, *Compagno.* Bewahre nur die Ruhe.«

Als Gitaglia eintrat und zu einem an der Wand stehenden Sessel geleitet wurde, sah er in die Gesichter der Männer, die hinter der gewaltigen Tafel saßen. Er erkannte Johnny ›Drei-Finger‹ Provacci, Frank Manterro und Joey Capuzzi. In ihrer Mitte saß Don Salvatore Callace, der ›Chef‹. Don Salvatore nickte in Dinos Richtung, und Dino erwiderte sein Nicken.

Der Chef hievte sich auf die Beine und breitete die Arme aus. Sofort verfielen alle in Schweigen. Don Salvatore ließ die Arme sinken, nahm den Zigarrenstummel aus dem Mund und warf ihn in einen Aschenbecher. Der Chef faßte mit manikürten Fingern an seine Jackenärmel, sah von einem Ende der Tafel zum anderen und richtete den Blick seiner aus antikem Schnittglas bestehenden Brille dann zum Kronleuchter hinauf.

»Da wir im Kriegszustand sind, werde ich es kurz machen.« Der Chef schaute zu Dino hinunter, der an der gegenüberliegenden Wand saß, dann hob er eine Hand in seine Richtung. »Seht euch diesen guten Jungen an ... Und die andere Seite behauptet, wir wären *fertig!*«

Als die Männer, die an der Tafel saßen, lachten und applaudierten, lächelte Don Salvatore. Sie wurden wieder still, als der Chef nickte. »Fertig. Nun, wir waren *beinahe* fertig.« Er deutete auf den Tisch. »Fragt Johnny oder Frank. Sie erinnern sich noch an die Zeiten, als es ein Menschenleben kostete, bei uns mitzumachen.« Der Chef nickte. »Wir waren ohne Geld, standen in der Kälte, alle richteten sich gegen uns, jede Familie hing an der Kehle der anderen. Jetzt kann ich es ja zugeben: Sie hatten uns im Jahr achtundneunzig fast auf den Knien. Weißt du noch, Frank?«

Der Mann namens Frank Manterro nickte. »Wer könnte es vergessen, Padrone?«

Don Salvatore nickte, dann machte er eine Faust und schlug auf den Tisch. »Wir haben viele Freunde und Brüder verloren an die ... *Maiali!*« Er deutete auf den Tisch. »Aber es gibt uns immer noch! Und bald werden wir die Sau rauslassen und es ihnen zeigen.« Er schlug die Faust in die andere Hand. »Und wie!«

Der Chef nickte Dino zu und gab ihm einen Wink. Dino Gitaglia stand auf, ging zum Tisch, und blieb vor Don Salvatore stehen.

»Jungs, dies ist Dino Gitaglia. Er kommt auf Empfehlung von Vincente DiPalermo.« Der Chef musterte Dino eingehend, dann wandte er sich um und schaute die Männer an, die am Tisch saßen. »Wenn ich mir diesen Jungen ansehe, kommen mir Gedanken. Wir haben eine Menge getan – haben viele Methoden der anderen Seite übernommen –, nur um zu überleben.« Don Salvatore sah Dino an. Er lächelte, und sein Gesicht zeigte grimmigen Stolz.

»Viele haben gesagt, wir würden *niemals* überleben, *was* wir auch tun.« Er nickte und hielt Dino die Hand entgegen. »Aber *seht* doch nur! Seht euch Dino Gitaglia an – und wiederholt diese Worte angesichts der Tatsache, daß er seine Seele und sein Leben in die Hände einer sterbenden Organisation legt!«

Der Chef trat zur Seite. Der ›Ire‹ kam näher und legte zwischen Dino und Don Salvatore ein Schießeisen und ein Messer auf den Tisch. Dann zog er sich wieder zurück.

»Dino Gitaglia, dies bedeutet, daß du durch das Schießeisen und das Messer leben wirst.« Don Salvatore streckte die Faust aus. »Und daß du durch das Schießeisen und das Messer *sterben* wirst. Comprende lei?«

Dino nickte. »E intesso, Padrone.«

»Forme deine Hände zu einer Schale.« Dino formte

seine Hände zu einer Schale und hielt sie über die Waffen. Der Chef zerknüllte ein Stück Papier, legte es in Dinos Hände, zündete ein Streichholz an und setzte das Papier in Brand. »Sprich mir nach: So werde ich brennen, wenn ich unser Geheimnis jemals verrate.«

Dino schaute von dem brennenden Papier auf, ohne mit der Wimper zu zucken. »So werde ich brennen, wenn ich unser Geheimnis jemals verrate.«

Die Flamme erlosch; der Chef nickte. »Vergiß nie, was ich dir jetzt sage. Merke es dir gut: der Verrat unseres Geheimnisses bedeutet Tod ohne Verhandlung. Die Belästigung der Frau eines anderen Mitgliedes bedeutet Tod ohne Verhandlung. Du darfst sie anschauen, du darfst sie verehren, aber *benimm* dich in ihrer Gesellschaft.«

Don Salvatore hob beide Hände. »Steht alle auf! Jeder zeigt eins bis fünf Finger!«

Die Männer standen auf. Jeder streckte eine Hand aus, die entweder zur Faust geballt war oder einen oder mehrere ausgestreckte Finger zeigte. Der Chef zählte die Anzahl der ausgestreckten Finger, dann fing er an der linken Tischseite an zu zählen und hielt bei Johnny ›Drei-Finger‹ Provacci an.

Don Salvatore wandte sich zu Dino um. »Nun, Dino, das ist dein *Gombe* – er ist als Pate für dich verantwortlich.«

Johnny Provacci lachte, stand auf, umrundete den Tisch und blieb vor Dino stehen. Er streckte eine Hand aus. »Gib mir den Finger, mit dem du schießt!«

Dino hielt seinen rechten Zeigefinger hin. Provacci pikste mit einer Nadel hinein und quetschte ihn, bis Blut floß. Dann sagte Don Salvatore: »Dieses Blut bedeutet, daß wir jetzt eine Familie sind.« Die anderen, die am Tisch saßen, standen auf und applaudierten.

Der ›Ire‹ streckte die Arme aus und reichte dem Chef einen kleinen Lederkoffer. Don Salvatore öffnete ihn und heftete das Abzeichen auf Dinos linke Hemdtasche. »Willkommen in den Reihen der Besten, Dino Gitaglia. – Willkommen im Polizeipräsidium von New York.«

Aus dem Amerikanischen übersetzt von Ronald M. Hahn

Eines Morgens befand sich in meiner Post ein großes Kuvert von dem Künstler Jack Gaughan. In ihm lagen Stöße von Rohentwürfen, die als Illustrationen zu einigen meiner Geschichten in Asimov's *verwendet worden waren. Bei den Rohentwürfen war ein Brief, in dem Jack erklärte, man solle sie entweder an mich schicken oder wegschmeißen. Er habe einfach keinen Platz mehr.*

Es war immer ein tolles Erlebnis für mich, meine Geschichten illustriert zu sehen. Leser, die keine Künstler sind, sagen einem zwar nette Dinge wie ›Mit diesem oder jenem Charakter könnte ich echt verwandt sein‹, aber es ist doch etwas Besonderes, wenn man sieht, wie das, was man im Kopf hatte und einem durch die Fingerspitzen gegangen ist, dann über die Augen zu einem zurückkehrt, und zwar auf die gleiche Weise, wie man es selbst gesehen hat. Ich brauche wohl nicht zu sagen, daß Jacks Kuvert einer Goldsendung per Post gleichkam. Es war nur gerettet worden, weil ein fauler Exzentriker entdeckt hatte, daß das Postamt näher lag als die städtische Müllkippe.

Da mein Arbeitsplan an diesem Morgen vorsah, ich solle der sechsten Klasse einer Freundin ein paar von meinen Schriftstellerweisheiten nahebringen, nahm ich die Zeichnungen mit, um sie den Schülern zu zeigen. Sie waren platt. Später an diesem Tag schrieb ich Jack einen Brief, dankte ihm für die Rohentwürfe und teilte ihm mit, wie aufgeregt die Schüler auf seine Zeichnungen reagiert hatten.

So wie es seine Art ist, beantwortete er meinen Brief und bot mir an, zehn Geschichten der Schüler zu illustrieren. Ich gab seine Nachricht an ihre Lehrerin weiter, die wollte, daß ich die Stories aussuchte. Da ich nicht der Typ bin, der achtzig Elfjährigen den ersten Ablehnungsbescheid aushändigt, lehnte ich ab. Die Klasse gründete ihre eigene Redaktion, dann brach eine trickreiche Wettbewerbsperiode aus, die das Herz eines jeden Räuberbarons erwärmt hätte. Einige Tage später präsentierte man mir zehn Stories – zusammen mit drei weiteren, die die Lehrerin eingeschmuggelt hatte, als die Redaktion gerade wegsah.

Ich schickte Jack die Geschichten, dankte ihm und machte ihm das Angebot, noch eine Story zu schreiben – gesetzt den Fall, er hatte noch irgendwo eine überzählige Illustration, die auf der Fensterbank allmählich Staub ansetzte. Sein Päckchen erreichte mich ein paar Tage später. In ihm befanden sich die dreizehn Geschichten und die dazugehörigen Illustrationen. Doch das Päckchen enthielt noch etwas anderes.

Ich will mich nicht über die Reaktionen der Schüler auf die Illustrationen ausbreiten, aber ich muß erwähnen, daß die Kinder jetzt alle wie der Teufel schreiben. Es ist irgendwie ein sehr erhebendes Gefühl, einen kleinen Anteil daran zu haben, daß sich ein Trupp normaler, sorgloser Kinder in eine Bande blutdürstiger Fanatiker verwandelt hat.

Das andere, was sich in Jacks Päckchen befand, war ein Buch. Als ich es aufschlug, war mein Geist sofort gepackt. Seit seinem achtzehnten Lebensjahr produziert Jack Gaughan nämlich so etwas wie ein Tagebuch in Bildern, in dem alles steht, was ihm eingefallen ist – Ideen für Illustrationen, Rohentwürfe, ein paar schriftliche Anmerkungen, und jede Menge Cartoons. Es ist sowas ein einmaliger Trip durch den Kopf und das Leben eines anderen Menschen – und der Band, den ich zufällig bekommen hatte, trug die Nummer 76!

Ich schrieb Jack auf der Stelle, daß ich wisse, welche Story ich schreiben wolle – bis es aber soweit sei, müsse ich auch die anderen 75 Bände sehen. Ein paar Tage später rief er mich an, und nachdem ich eine Viertelstunde lang versucht hatte, ihm klarzumachen, daß ich es ernst meinte, gab er nach. Im gleichen Atemzug informierte er mich, daß sein Bildtagebuch jetzt mehr als achtzig Bände lang sei. Wir kamen überein, uns bei einem Science Fiction-Kongreß in New Jersey zu treffen. Dort wollte er den ersten Bücherstapel bei mir abladen.

Seither hat sich ein ganzes Gebirge seiner Skizzenbücher bei mir angesammelt. Ich schätze, daß insgesamt etwa siebzigtausend Zeichnungen in diesen Bänden enthalten sind. Momentan besteht der Fluch meines Lebens in dem Versuch, all das phantastische Material in eine publizierbare Größe zusammenzufassen, ohne das Gefühl zu verlieren, das ich bei meinem

Ausflug durch den Geist eines anderen Menschen verspürt habe.

Was all dies damit zu tun hat, wie ich auf die Idee für ›Das Porträt des Baron Negay‹ kam? In dem ersten Band, den Jack mir schickte, befand sich die Skizze eines besiegten alten Mannes, der niedergeschlagen vor einer großen Staffelei sitzt. Die Staffelei zeigt eine große und leere Leinwand. Und ich habe eine Menge von meiner eigenen Zeit damit zugebracht, vor einem leeren Blatt Papier zu sitzen – in dem Versuch, das grauenhafte Weiß mit meiner Kunst zu füllen. Und ich habe dabei versagt. Fünf Minuten nach dem Ansehen dieser Skizze fing ich mit der nun folgenden Geschichte an.

Es ist die erste Geschichte, die ich um eine Illustration herum schrieb. Leider kam Jack nach dem Durcheinander einer Überarbeitung und diversen daraufhin folgenden personellen Veränderungen in der Grafikabteilung von Davis Publications (wo Isaac Asimov's Science Fiction Magazine *erscheint), nie dazu, die Story zu illustrieren. Ich hoffe, er tut es eines Tages doch noch.*

Das Bildnis des Baron Negay

Nachdem das Gefüge der Vereinigten Quadranten der Milchstraße unter der Last seiner eigenen Korruption zusammengebrochen war, begann eine Ära mit Namen ›Dunkle Zeit‹ (2661–2940 GS). Die Unterbrechung der Handelswege und die verheerenden Folgen lang andauernder Kriege isolierten bis auf wenige Ausnahmen alle von Menschen bewohnten Welten voneinander. Einer der vielen Planeten, die schweren Schaden nahmen, in Schutt und Asche sanken und – der Barberei verfallen – sich selbst überlassen blieben, war die Agrarwelt Demeter. Als sich die Kampfhandlungen in andere Quadranten verlagerten, schloß sich die Restbevölkerung von Demeter zu kleinen Selbstverteidigungsgruppen zusammen, die sich in der Folge zu jenen unterdrückerischen Feudalherrentürmen ent-

wickelten, die den Beginn des dritten Jahrhunderts der Dunklen Zeit auf Demeter kennzeichneten.

Andurant, ›Demeter und die Dunkle Zeit‹ (Republic Press 3230 GS)

Tomasi der Fälscher stand da in seinen prächtigen kastanienbraunen Seidengewändern und beobachtete den reichen jungen Baron Negay, der den polierten Marmorboden des Audienzzimmers überschritt, um das auf der Staffel lehnende Bild zu untersuchen. Neben dem Thron des Herrschers stand ein gelbgewandeter alter Mann mit weißem Schnurrbart und fast kahlem Kopf. Der Baron stützte die edelsteinüberladene Linke in die Hüfte, lehnte sich zurück und kratzte sich mit dem rechten Zeigefinger die Nase. Er zog die linke Augenbraue hoch und sah Tomasi an. »Und du willst vierzigtausend für ein zweidimensionales Werk?«

Tomasi zog die Schultern hoch. »Es ist ein echter Sabro, Exzellenz. Eine große Entdeckung. Die vierzigtausend decken kaum die Aufwendungen, die nötig waren, um es von Neu-London herzuschaffen ...«

Negay winkte ab. »Ja, ja, schon gut!« Der Baron sah wieder das halbabstrakte Bild an, das über und über mit menschlichen oder menschenähnlichen Händen bedeckt war. »Der Preis ist schon in Ordnung – allerdings vorausgesetzt, das Bild ist echt.« Der Baron sah den Fälscher wieder an. »Hier in meinem Fürstentum versteht man etwas von Kunst, und Fälschern spielt man übel mit.«

Tomasi hob die linke Hand und legte sie sachte auf den Rahmen des Gemäldes. »Ich versichere Ihnen, Exzellenz, dies ist ein echter Sabro ...«

»Wir hacken Fälschern die Finger ab, Tomasi!« Er kleidete seine Drohung in ein Grinsen. »Und dann verbrennen wir sie, und ihre Asche dient als Dünger für meine Felder.«

Tomasi streckte die Hände vor. »Nur zu, Exzellenz!«

Der Baron wandte sich nach rechts und nickte dem Alten zu. Dann sah er wieder Tomasi an. Der alte Mann zog einen Decoder unter seinem Gewand hervor und trat vor das Bild. »Der alte Peter wird das Werk untersuchen. Er ist der Experte hier am Hof.«

Tomasi begegnete dem Blick des Alten. Dann deutete er zum Bild. »Der große Sabro und ich haben nichts zu verbergen.«

Der alte Peter streckte die rechte Hand aus und berührte die Farbe. Tomasi erkannte, daß es kundige Finger waren, die da die Oberfläche des Werkes auf Beschaffenheit und Trocknungsgrad untersuchten. Der Fälscher setzte eine Miene professioneller Gleichgültigkeit auf. *Ich bin auch Experte, mein guter alter Peter.* Der Fälscher lächelte, als Peter sich umwandte und zu Baron Negay sprach. »Komposition, Stil, Technik, Ausführung und Material könnten von Sabro sein, ebenso die Auswahl der Leinwand und des Rahmens.« Er sah wieder das Bild an und hob seinen Decoder. Er ließ den kleinen roten Kasten über das Gemälde gleiten, las die Zahlen ab, die auf dem winzigen Schirm erschienen, und verbarg den Apparat wieder unter seinem Gewand. Tomasi runzelte die Stirn, als dieselbe Hand mit einem Taschenregister der Malerei wieder erschien. *Diese Idioten sind wohl schon einmal hereingelegt worden.*

Der Alte ging geräuschvoll die Seiten durch. Dann hielt er inne. Er las eine Weile in dem kleinen Buch und wandte sich dann an den Baron. »Exzellenz, das Werk könnte echt sein. Die Codenummer paßt auf ein vermißtes Bild von Sabro mit dem Titel ›Hände‹.« Er wandte sich an Tomasi. »Das Werk soll allerdings dem Feuer von Yorkton zum Opfer gefallen sein. Dieses Bild hier könnte auch eine Fälschung sein – eine hervorragende Fälschung zwar, aber dennoch eine Fälschung.«

Tomasi lächelte. »Mein lieber Peter, der große Künstler selbst wurde durch jenes Feuer getötet. Das Register führt nur die Werke auf, die vor Sabros Tod verkauft wurden, und außerdem einige weitere, die seitdem in den westlichen Kolonien aufgetaucht sind. Ich selbst hatte die Ehre, zwei dieser Bilder dem Hofe von Königin Loreen anzubieten. Beide waren echte Sabros, beide wurden von Mersiat und Steben vom Hofe Ihrer Majestät für echt befunden.« Tomasi legte seine Hand erneut auf den Rahmen. »Ich versichere Ihnen, daß dieses Bild genauso echt ist wie die anderen, die nach dem Brand beglaubigt wurden.« Tomasi nickte zur Bekräftigung. *Ich muß es wohl wissen, denn ich habe die anderen beiden ebenso gefälscht.*

Baron Negay sah den Alten stirnrunzelnd an. »Peter, wie lange wirst du brauchen, um sicher zu sein? Ich kann für den Geburtstag meiner Schwester keine Fälschung gebrauchen. Zuviel hängt gerade jetzt von ihrem Wohlwollen ab, und ich kann nichts mit Dingen anfangen, die mich ihr gegenüber in ein schlechtes Bild rücken.«

»Euer Gnaden, ich muß die Farbmischung analysieren und dann die vielen Fotos durchgehen, die Sabro in seinem Atelier aufgenommen hat. Einige seiner verschollenen Bilder sind darauf zu sehen.« Peter runzelte die Stirn und kratzte sich am Bart. »Tja, und dann muß ich alle Werke des Malers studieren, die mit Händen zu tun haben. Soweit ich weiß, hat sich Sabro für Hände als Motiv nicht sonderlich interessiert.«

Tomasi brachte ein höfliches Kichern hervor. »Warum hat er dann wohl ein Bild mit dem Titel ›Hände‹ gemalt?«

Peter sah Tomasi an. »Sabro hat sehr oft symbolische Titel benutzt.« Er wandte sich wieder an den Baron. »Ich werde drei oder vier Tage brauchen, Euer Gnaden.«

Negay nickte. »Dann mach dich an die Arbeit! Elenas Geburstagsfeier ist in vier Tagen.«

Kurz nachdem der alte Mann das Gemälde genommen und den Raum verlassen hatte, erschienen zwei bewaffnete und behelmte Wachen. Tomasi hob den Arm, sah auf seine Uhr und streckte die Hände vor. »Exzellenz, ich hatte nicht geplant, Eure Gastfreundschaft so lange in Anspruch zu nehmen. Ich muß nach Neu-London zurückkehren und meinen Flug erreichen, wenn ich meine nächsten Termine einhalten will.«

Der Baron wandte ihm den Rücken zu und bewegte sich auf einen Gang zu. »Komm mit, Tomasi!«

Der Fälscher blieb stehen. »Bitte, Euer Gnaden, ich muß darauf bestehen.« Tomasi hörte, wie die beiden Wachen näher kamen. *Ich glaube, er hat mich überzeugt.* Er zuckte die Achseln und folgte dem Baron durch einen steinernen Gang in eine Galerie, deren Wände mit schillernden, blinkenden Psibildern geschmückt waren. Negay deutete auf einen der Bildschirme.

»Was hältst du davon, Tomasi?«

Der Fälscher konnte nur mit Mühe verhindern, daß sich seine Lippen zu einem spöttischen Lächeln verzogen. *Schnappschüsse, elektronischer Müll.* Er betrachtete den Schirm. Das Bild bestand aus der sich ständig wandelnden Überlagerung zweier Umrisse; es war ein gekipptes L, das von Blau nach Rot wechselnd über den Schirm lief, und ein auf dem Kopf stehendes L, das von Rot zu Blau wechselte. *Stumpfsinnige Computergrafik.* Tomasi schüttelte den Kopf und sah dann Baron Negay zu. »Exzellenz, ich fürchte, ich kann zu Werken dieser Stilrichtung nichts sagen. Psibilder sind nicht mein Gebiet.«

»Für einen Nichtadligen bist du ein ganz schöner Snob, Tomasi.« Baron Negay gab ein Gackern von sich und trat vor den nächsten Schirm. Etwas bestürzt über die Grausamkeit, die durch das Gelächter des Barons klang, folgte ihm Tomasi. Wieder hob der Baron die Hand. »Schau her, Tomasi! Was hältst du von diesem hier?«

Der Fälscher musterte den Schirm. Er zeigte eine

sommerliche Landschaft mit Sklaven, die auf Feldern arbeiteten. Stückchen um Stückchen verwandelte sich die Ansicht dann in bunte Bäume, welkendes Gras und unzählige Sklaven, die die Ernte des Barons einbrachten. Der Winter kam, und die Leibeigenen schlugen Holz für das Haus ihres Herrn. »Euer Gnaden, für ein Psibild scheint es recht gut zu sein.«

»Balum hat es geschaffen, der Künstler unseres Hofes. Hast du schon von ihm gehört.«

»Nein, Exzellenz.«

»Balum war Sklave, bevor er zur Malerei kam. Das war damals, als mein Vater noch lebte.« Negay studierte das sich ständig verändernde Bild, während er eher zu sich selbst sprach. »Ist schon beängstigend, daß diese Fleischklumpen da draußen in den Feldern eigene Gedanken haben sollen.« Er wandte sich an den Fälscher. »Komm mit!« Tomasi folgte dem Baron durch den Gang. Aus den Augenwinkeln konnte er sehen, daß ihnen die beiden Wachen gefolgt waren. Vor einem zweidimensionalen Gemälde auf Leinwand blieb der Baron stehen. »Etwas antiquiert, aber vielleicht eher nach deinem Geschmack.«

Der Fälscher trat neben den Baron, warf einen einzigen Blick auf das in Spachteltechnik gemalte Bild und fühlte sich plötzlich sehr schwach. Das war die stümperhafteste Fälschung eines Xavier, die er je gesehen hatte. *Jarouls der Fälscher. Es ist seine Handschrift.* Tomasi brachte sein Gesicht ganz nahe vor das Bild und wandte sich wieder Negay zu. »Ich ... es tut mir leid, Exzellenz. Dies ist offensichtlich eine Fälschung.«

Baron Negay nickte. »Allerdings. Eine Fälschung, für die ich eine Menge Geld ausgegeben habe. Geld, das meine Steuereintreiber nach langer, harter Arbeit unter Lebensgefahr einbrachten.«

Tomasi hatte auf einmal einen Kloß im Hals. »Wie haben Euer Gnaden bemerkt, daß es eine Fälschung ist? Sie ist ... sie ist recht gelungen.«

Die Augen des Barons verengten sich. »Versuch lieber nicht, mich für dumm zu verkaufen, Tomasi! Ich bin nicht ganz der Idiot, für den du mich hältst.«

»Aber Exzellenz, ich hätte nie ...«

»Nachdem ich es gekauft hatte, stellte ich es im Dorf für die Sklaven aus, damit diese faulen Hunde nicht immer nur an ihre fetten Bäuche denken. Unter den ersten, die es sahen, war eine Frau namens Voya. Sie erkannte, daß es eine Fälschung war. Ganz schöne Überraschung, eine Sklavin, die Xavier kennt.« Negay schielte aus den Augenwinkeln zu Tomasi. »Du kannst dir vielleicht vorstellen, wie peinlich es für mich gewesen wäre, wenn es länger dort gehangen hätte. Nach diesem Erlebnis habe ich dann Peter eingestellt. Es ist nicht gerade klug, den Sklaven einen Grund zu geben, ihren Herrn hinterrücks auszulachen.«

Der Fälscher nickte und verzog den Mund. *Sklaven lachen nie, Negay.* »Die Frau ist jetzt natürlich tot.«

»Selbstverständlich.« Negay winkte die Wachen näher heran. »Genauso tot wie die acht oder zehn anderen Sklaven, die das Bild gesehen haben.«

Der Fälscher runzelte die Stirn, als kräftige Hände seine Oberarme packten. »Aber Exzellenz ...«

»Tomasi, wenn dein Sabro echt ist, werde ich dich für diesen Aufenthalt aufrichtig um Vergebung bitten; wenn er aber eine Fälschung ist, werde ich mir die langwierigste, schmerzvollste Bestrafung ausdenken, um dir eine Lehre zu erteilen.« Negay senkte den Blick und legte einen Finger auf die Lippen. Dann sah er wieder auf und zeigte mit dem Finger auf den Fälscher. »So sei es! Steckt ihn zu Balum in die Zelle. Der alte Trottel wird nie mit meinem Porträt fertig, wenn er nicht etwas Hilfe bekommt.« Er sah den Fälscher an. »Ich habe Balum befohlen, im alten Stil ein Porträt von mir zu malen, als Geschenk für meine Schwester. Wenn er es bis zur Geburtstagsfeier fertigbekommt, werde ich dich freigeben – ob du nun ein Fälscher bist oder nicht. So wichtig ist das für mich.« Negay wandte sich abrupt um und ging den Gang weiter hinunter.

»Exzellenz ...«

Tomasi fühlte einen Ruck an seinem Arm. Er wurde herumgedreht und durch den Gang geschoben. Die tiefe Stimme der Wache zu seiner Linken brummte: »Hier entlang.«

Die Füße des Fälschers berührten kaum den Boden, als sie ihn durch das Audienzzimmer in die flaggengeschmückte Haupthalle des Hauses schleppten und von dort weiter zu einer Tür hinter einer spiegelblank polierten, doppelten Treppenflucht aus Stein. Sie zerrten ihn durch die Tür, und er sah, daß sie zu einem Aufzug gehörte. Die Tür wurde geschlossen, und Tomasi fühlte, wie sein Magen einen Satz machte, als sich die Aufzugskabine zu senken begann. Mit einem Zischen kam der Fahrkorb zum Halten, die Türen öffneten sich und gaben den Weg frei in eine bruchsteinverkleidete, mit grellen Lichtern beleuchtete graue Halle mit soliden Metalltüren. Zwei grobschlächtige, in Leder gekleidete Typen schoben sich hinter einem Tisch hervor, an dem sie gesessen hatten, und näherten sich dem Aufzug. Tomasi hörte die Schreie von irgend jemand, der grausam gefoltert wurde.

Der Wärter, der den linken Arm des Fälschers festhielt, lachte und wandte sich an einen der Aufseher. »Dein Mitarbeiter mit dem heißen Eisen ist ja heute wieder mal besonders gut in Form, Gunder!«

Der Wärter mit Namen Gunder grinste durch seine Zahnlücken zurück und musterte Tomasi. »Ja, isser nich hübsch, der Kleine?« Er sah die Wache an. »Tja, Kile, und was meint Negay, was wir mit diesem Schätzchen hier machen sollen?«

Die Wache lachte wieder. »Mach ihn nicht kaputt, bis du Befehl vom Baron hast, Gunder! Er soll zu Balum gesperrt werden.«

Die Wachen schoben Tomasi in die Halle. Er stolperte

und fiel auf den harten Boden. Gunder knurrte und stieß Tomasi die Stiefelspitze in die Rippen. »Also eine Bereicherung unserer Kunstabteilung!«

Kile gab ein Geräusch von sich, das irgendwo zwischen einem Lachen und einem Niesen lag. »Du wirst deine Zangen wohl bald an Balum ausprobieren können, Gunder.«

Der Wärter grunzte. »Der alte Trottel will die Ausrüstung für Psimalerei aus seinem Zimmer haben. Kümmerst du dich darum?«

»Bin schon weg.« Die Aufzugstüren schlossen sich wieder.

Tomasi drehte sich der Magen um, als er die vertrauten Gerüche von Schweiß, Angst und Blut wahrnahm. Ein weiterer Gefangener begann zu schreien. Kräftige Hände packten Tomasis Oberarme. Die Wachen zogen den Fälscher auf die Füße und schoben ihn auf eine verriegelte Zellentür zu. Der mit der Preisboxerfigur links von Tomasi musterte die Kleidung des Fälschers. »Bah! Gunder, warum gibt's diese feinen Pinkel nur in kleinen Größen?«

Der andere Wächter kicherte. »Ich glaub, der Baron hat's lieber, wenn die von unserem Kaliber seine Freunde sind und nicht seine Feinde.« Der Gefangene schrie immer noch, als die beiden Wärter ihr Gelächter herausbrüllten.

Vor der Zellentür blieben sie stehen, und der Wächter auf der rechten Seite nahm einen Schließapparat von seiner Hüfte, den er gegen eine weiße Fläche in der Tür drückte. Die Tür öffnete sich, und die Wächter stießen Tomasi hindurch. Der Fälscher fiel wieder hin. Hoch über ihm donnerte eine Stimme: »Balum!« Der Fälscher drehte sich auf die linke Seite und sah nach oben. Sein Blick fiel auf eine riesige Staffelei mit einer Leinwand. »Balum!«

»Hä?« Der Zottelkopf eines alten Mannes erschien an einer Ecke der Leinwand. Seine blutunterlaufenen Augen waren halb geschlossen. »Was willst du, Gunder? Ich hab' zu tun und will meine Ruhe!«

»Wir haben hier jemanden, der dir helfen soll.«

Der Alte schnaubte und verschwand wieder hinter der Leinwand. »Nehmt ihn wieder mit! Ich brauch keine Hilfe.«

»Der Baron hat es aber befohlen, Balum. Er meint, du wirst sonst mit dem Porträt bis zu Lady Elenas Geburtstagsparty nicht fertig.« Der Wächter lachte wieder, als er die Tür zuwarf.

Tomasi rappelte sich auf und klopfte seine Seidenkleider ab. Voll Abscheu betrachtete er einen kleinen Riß in seinem rechten Mokassin. Er brummte vor sich hin und sah sich in der düsteren Zelle um. Zwei halbhohe Plattformen mit dünnen Matratzen und je einem einzigen Laken dienten als Betten. An der gegenüberliegenden Wand gab es ein Waschbecken und eine Toilette. Das einzige Licht im Raum kam hinter der Leinwand hervor. Unter der nackten Leuchtröhre sah Tomasi eine Lampenkombination, wie sie zur Entwicklung mehrdimensionaler Gemälde verwendet wird. Er trat näher an die Leinwand, wich ihr nach links aus und blieb vor einem Tisch stehen, der über und über mit Tuben, Mischstäben, Pinseln, Reißnadeln, Lösungsmitteln, Entwurfpapier und anderen Utensilien bedeckt war, die zur Malerei gebraucht werden. Jenseits des Tisches saß der, den sie Balum genannt hatten, in einem vor Farbklecksen starrenden Kittel, auf einem niedrigen Hocker und stierte angeekelt die Leinwand an. Tomasi warf einen Blick auf die Fläche und runzelte die Stirn. »Was ist das?«

Balum drehte hastig den Kopf zu ihm herum und deutete auf Tomasi. »Verschwinde! Wenn der Baron darauf besteht, daß du hierbleibst, ich kann's nicht ändern. Aber laß mich in Frieden!«

Tomasi zog die Brauen hoch und zeigte mit dem Daumen auf die Leinwand. »Was soll das sein?«

Balum stützte den rechten Ellbogen aufs Knie und rieb sich die Augen. »Das ist ein Fuß.«

Der Fälscher lachte. »Ein *Fuß?*« Er schüttelte den Kopf. »Und zu welcher Art Lebewesen soll dieser Fuß gehören?«

Balum ließ die Hand sinken, langte auf den Tisch und nahm ein Palettenmesser. Er hielt inne, dann begann er, die Farbe von der Leinwand zu kratzen. Als er fertig war, säuberte er das Messer mit einem Fetzen Papier, das er anschließend auf einen großen Haufen ähnlicher Fetzen warf. Die Leinwand war schon viele Male freigekratzt worden. Balum sah den Fälscher an. »Irgendwie stimmt es einfach nicht.«

»Das habe ich gesehen.« Tomasi kicherte spöttisch. »Psionische Malerei, bah!« Er fuchtelte mit einer Hand vor der Leinwand herum. »Warum hält sich der Baron einen Psimaler, der sich in Kunst versucht?«

»Kunst?« Balum stand mit wütend gerötetem Gesicht auf. »Ich *bin* Künstler!« Er machte eine abfällige Handbewegung zu dem Fälscher hin. »Wer bist du schon, daß du das beurteilen kannst?«

Der Fälscher verbeugte sich. »Tomasi, Kunsthändler. Psimaler, Trottel, Krüppel und Kinder unerwünscht.«

Balum nickte und wandte sich wieder der Leinwand zu. »Ich hoffe, du bist genauso erfolgreich wie unser letzter Fälscher ...«

»Ich bin Kunsthändler, kein Fälscher!«

»... aber da Peter hier herumschnüffelt, möchte ich es bezweifeln.« Balum sah Tomasi an. »Hast du schon mal eine Hand ohne Finger gesehen?« Er schüttelte den Kopf. »Nicht sehr ästhetisch.«

»Ich bin kein Fälscher!«

Balum schnaubte. »Aber sicher doch!« Er deutete zu den Plattformen mit den Betten. »Wenn du jetzt so freundlich wärst, lieber Kunsthändler, ich muß arbeiten.«

Tomasi verschränkte die Arme. »Hör mal, du alter Trottel, ich kann dir helfen! Ich soll dir sogar helfen.«

»Ich brauche keine Hilfe.«

»Balum, wenn das der beste Fuß ist, den du malen kannst, dann brauchst du Hilfe!« Balum schnappte sich einen breiten Pinsel und begann, die Leinwand zu weißen. »Ich bin Kunsthändler, und ich kenne mich aus.« Tomasi schluckte und sah sich in der Zelle um. »Und ich habe auch selbst mal ein wenig gemalt – mit Sicherheit Besseres als diesen Fuß da. Du hättest bei deinem psionischen Mist bleiben sollen – oder noch besser, du solltest auf den Feldern Kartoffeln lesen.«

Balum wandte sich um und zog seine Brauen zusammen. »Fälscher, meine Kunst hat mich aus den Feldern *herausgeholt!*«

»Kartoffelkäfer!« Tomasi starrte einen Augenblick vor sich hin und sah sich dann auf dem überladenen Tisch um. Er sah die Farben und Codierlampen für mehrdimensionale Gemälde. *Es muß hier auch einen Decoder geben.* Er fand eine Kabelrolle, dann eine dicke Farbtube. Zwischen den beiden lag der rote Kasten eines Decoders. Er griff danach, hob ihn hoch, schaltete ihn ein und begann in der Zelle herumzuwandern. Mehrmals blieb er stehen und sagte: »Da, da da.«

»Was machst du denn?«

Nachdem er die ganze Zelle mit dem Decoder untersucht hatte, trat Tomasi wieder an Balums Seite und stellte den roten Kasten auf den Tisch. »Ein Decoder ist ein hervorragender Detektor für Abhörgeräte. Die Zelle scheint sauber zu sein.«

Balum war inzwischen mit dem Weißen der Leinwand fertig. »Und das hast du wohl auf der Kunsthochschule gelernt, was, Fälscher?«

Tomasi griff über den Tisch hinweg unter den Bart des alten Mannes, packte Balums Kittel und fuhr den Psimaler mit einem scharfen Flüstern an, während er ihn halb vom Stuhl zog. »Paß auf, du altes Scheusal! Ich werde nicht zulassen, daß mein Leben von dir und deinem armseligen Geklecksе abhängt. Ich werde das Bild malen. Und du wirst es einfach als deines ausgeben. Nur so kommen wir aus diesem Schlamassel heraus.«

Balums Gesicht blieb starr. »Nein!«

Tomasi lockerte den Griff und ließ Balum auf seinen Hocker zurücksinken. »Nein? Das ist doch die beste Lösung.«

»Hast du *das* auch auf deiner Kunsthochschule gelernt, Tomasi? Wie man sich mit fremden Federn schmückt?« Balum wandte sich wieder der Leinwand zu. »Ich bin Künstler, Fälscher! Wenn dieses Bild *meinen* Namen tragen soll, dann will *ich* auch der sein, der es gemalt hat.« Tomasi umrundete den Tisch. Balum sprach, ohne sich umzuwenden. »Und wenn ich zulassen muß, daß du es malst, werde ich mich weigern, es als mein Werk auszugeben.«

Der Fälscher blieb stehen und starrte den Rücken des alten Mannes an. Dann schüttelte er den Kopf. »Und wenn du nicht rechtzeitig mit dem Bild fertig wirst? Was dann?«

Balum hob einen Pinsel und machte einen zaghaften gelben Klecks auf die große weiße Fläche. »Dann werden sie mich auf den Scheiterhaufen stellen.« Die Stimme des alten Mannes wurde brüchig. »Ich ... ich will nicht am Pranger sterben, Tomasi. Laß mich meine Arbeit tun.«

Der Fälscher schüttelte den Kopf und deutete auf die Leinwand. »Wieviel Zeit hast du bisher dafür verschwendet, du altes Ekel?«

Balum schwieg eine lange Weile. »Achtundzwanzig Tage.« Er drehte sich auf seinem Hocker um und sah den Fälscher an. »Ich bin Psimaler – ein Künstler, der direkt mit seinen Gedanken auf Bildschirme malt.« Er deutete mit dem Pinsel auf die Leinwand. »Es braucht seine Zeit, bis man diese Gedanken auch mit den Fingern ausdrücken kann.« Balum sah wieder zur Leinwand. »Aber ich *werde* es tun, denn ich bin ein *Künstler.*«

»Bah!« Tomasi schob den Alten von seinem Hocker und baute sich vor der Leinwand auf. »Paß mal auf, alter Blender!« Der Fälscher schnappte sich das Palettenmesser und kratzte die weiße und die gelbe Farbe von der Leinwand. Balum gewann seine Fassung wieder.

»Laß das! Ich brauche einen Hintergrund ...«

Tomasi drückte Balum die farbbedeckte Messerklinge in die Hand. »Fühl mal diese Farbe, du *Künstler!* Sie trocknet sehr langsam, und wenn du versuchst, andere Farben darüberzustreichen, solange sie noch feucht ist, verschmiert sie.«

Balum wischte die Farbe von seiner Hand an der Vorderseite seines Kittels ab. »Weiß ich doch.«

Tomasi drückte etwas schwarze Farbe aus einer frischen Tube auf eine Palette. Er wählte einen Pinsel aus und prüfte die Farbe auf ihre Konsistenz. »Dann weißt du sicher auch, mein lieber Balum, daß diese Farben mindestens sechs Tage trocknen müssen, bevor du darübermalen kannst.« Der Fälscher starrte den Psimaler an. Dann setzte er den Pinsel oben auf die Leinwand. »Du hast keine sechs Tage mehr, Balum.« Mit einem einzigen glatten, waagrechten und vollkommen geraden Strich teilte der Fälscher die Leinwand in zwei Hälften. Dann drückte er den Pinsel auf die Palette. Wieder setzte er ihn auf die Leinwand und teilte die Leinwand noch einmal senkrecht, so daß vier gleichgroße Segmente entstanden. Tomasi warf den Pinsel auf den Tisch, öffnete vier Farbtuben und quetschte rote, blaue, gelbe und weiß Streifen auf die Palette. Dann wählte er einige Pinsel aus, sah die Leinwand an und dachte einen Augenblick nach. Dann begann er mit entschlossenen Strichen das linke obere Viertel zu bemalen.

Balum bekam große Augen, als er sah, wie sich der Ausschnitt in Windeseile mit dem Gesicht, der rechten Schulter und dem erhobenen rechten Arm einer militärischen Figur zu füllen begann. »Tomasi, was ... was machst du denn da?«

Tomasi wechselte zum linken unteren Viertel und malte weiter an der Gestalt, doch jetzt in einem völlig anderen Stil und einer anderen Farbkomposition. Tomasi stand auf, warf die Pinsel auf den Tisch und nahm das Palettenmesser. Er sah Balum an. »Alter Esel, dazu braucht man *Jahre!*« Mit dem Messer mischte er die Farben auf der Palette und hob einen Teil ab. Dann arbeitete er rechts oben weiter an dem Bild – immer noch dieselbe Gestalt, jetzt aber in der schweren wuchtigen Manier der Spachtelmalerei.

»Blender, ich habe meine Ausbildung mit sechs Jahren begonnen – und ich habe zwanzig Jahre lang nichts anderes getan.«

Er malte noch eine Weile mit dem Spachtel, warf dann das Messer und die Palette auf den Tisch und nahm ein Bündel verschiedener Reißnadeln auf. Er bückte sich und umriß im unteren, rechten Segment einen Hintergrund. Dann trug er schwarze Kontrastfarbe auf, nahm wieder die Reißnadeln und vollendete Schicht um Schicht den letzten Teil der militärischen Figur, mit solcher Farbtiefe und Perspektive, daß sie dreidimensional im Raum zu stehen schien.

Tomasi erhob sich und sah Balum an. »Ich habe zehn Jahre versucht, von der Malerei zu leben.« Er warf die Reißnadeln auf den Tisch und deutete mit dem rechten Zeigefinger auf Balum. »Ich war nicht *gut* genug, Künstler!« Er hob eine Hand und streckte den kleinen Finger empor. »Und *hier drin* ist mehr Kunst, als du in deinem ganzen verdammten Kadaver hast!« Der Fälscher sah zu dem Psimaler hinab, wandte sich um, trat an eine der Plattformen und ließ sich auf das Bett fallen. Dann rief er zur Leinwand zurück: »Sag Bescheid, wenn du meine Hilfe brauchst!« Tomasi schob die gefalteten Hände hinter den Kopf und starrte die dunkle Decke an. Hinter der Leinwand regte sich etwas, dann war es still.

»Tomasi!« Der Fälscher drehte sich auf die rechte Seite, so daß er der Leinwand den Rücken zuwandte. »Tomasi!«

»Was gibt's?«

»Du hast sehr geschickte Finger. Ich beneide dich darum. Aber ein Künstler bist du nicht.«

»Als Psipfuscher, als Arschkriecher hier am Hof würde ich die Klappe nicht so weit aufreißen.«

»Tomasi, ich kann hier oben die Auffassung und den Stil von Pordaan erkennen, Cordalayne hier unten, Xavier und sein Messer hier rechts und die vielschichtige Magie von Mahdina hier unten. Auch das Motiv erkenne ich wieder – es ist General Manet auf den Feldern von Preyas; der große Thoam hat es verwendet.«

Tomasi schnaubte. »Wenigstens erkennst du einige deiner Vorbilder.«

»Allerdings, ich erkenne sie.« Balum schwieg einen Moment. »Wo bist *du* in diesem Gemälde, Fälscher! Du hast alles gestohlen, sogar das Motiv. Du bist ein glänzender Plagiator, Fälscher, aber ein Künstler bist du nicht.«

Tomasi biß auf die Unterlippe, dann richtete er den Blick auf die Staffelei. »Ich behaupte auch nicht, ein Künstler zu sein, Balum. Aber wenn ich schon keiner bin, was bist du dann? Wie willst du deine Haut retten? Du weißt noch nicht mal, wie du's anfangen sollst.« Er drehte sich wieder zur Wand. Der Fälscher lauschte lange in die Stille, die schließlich vom Kratzen eines Palettenmessers auf der Leinwand unterbrochen wurde. Plötzlich hörte das Kratzen auf.

»Es ist egal, was du von der Psimalerei hältst, Tomasi, es ist doch Kunst. Es ist Kunst, weil ich mich in jedes Detail einbringe. Im Augenblick würde ich ein Vermögen für deine geschickten Finger geben. Vielleicht schaffe ich es nicht, das Porträt rechtzeitig zu vollenden, aber wenn ich es schaffe, dann ist es von *mir.*«

Der Fälscher starrte an die Wand. »Du bist ein Dummkopf, Balum.«

»Schon möglich.«

Tomasi schloß die Augen und ließ sich langsam in den Schlaf gleiten, während das Kratzen den Raum erfüllte.

Der Fälscher fuhr hoch, als die Zellentür aufgerissen wurde. Er setzte sich auf, schwenkte die Füße auf den Boden und rieb sich die Augen. Gunder, der Wächter, drückte Tomasi zwei Metalltabletts in die Hand, während der zweite Wärter mehrere Holzkisten durch die Tür schob. Gunder beäugte die Rückseite der Staffelei. »Hier ist dein Psikrempel, Balum!«

Die Stimme des alten Mannes brummte hinter der Leinwand: »Laß es stehen und verschwinde, Gunder!«

Gunder starrte die Staffelei an und begann zu grinsen. »Früher oder später wirst du auch noch mal in meinem Hobbyraum auftauchen, Balum.«

»Bis dann, und jetzt hau ab!«

Gunder schüttelte den Kopf, und die beiden Wärter verließen den Raum. Sie schlugen die Zellentür hart hinter sich zu.

»Balum, hier ist etwas zu essen.« Tomasi musterte die beiden Tabletts und verzog die Nase, als er den Geruch wahrnahm. Er zuckte mit den Achseln. *Wenigstens guckt nichts zurück.* Er hob die Tabletts auf, erhob sich und trug sie zu den Betten hinüber. »Balum.« Er setzte die Tabletts auf dem Bett ab und trat an die Staffelei. »Balum?« Tomasi sah, wie der alte Mann vornübergebeugt dasaß, die Arme auf die Knie gelegt und den Kopf zwischen den Armen verborgen. Der Fälscher betrachtete die Leinwand und schüttelte den Kopf. Die Arme waren zu kurz, Hände und Füße zu klein, das Gesicht platt, als hätte man eine Pfanne hineingeschlagen, die prächtige Kleidung ohne Sitz und Schwung, als wäre sie einer Puppe angezogen worden.

Tomasi seufzte und legte die Hände auf Balums Schultern. Er zog den Psimaler in eine sitzende Position. Balum öffnete die Augen ein wenig und wand sich auf dem Stuhl. »Es ist fertig, Tomasi. Siehst du? Es ist fertig.«

Der Fälscher nickte. »Ah, ja.« Er zog Balum auf die Füße und führte den Alten zu dessen Bett. Er drückte ihn auf das Bett und langte nach dem Tablett. Als sich der Fälscher wieder umdrehte, war Balums Kopf schon auf die Matratze gesunken, und der Alte schlief fest. Tomasi seufzte, setzte das Tablett wieder ab und hob Balums Füße auf das Bett. Dann probierte er vorsichtig einige Bissen der Gefängnisküche. Nachdem er die Mahlzeit mit etwas schwachem Tee hinuntergespült hatte, trat der Fälscher vor die Staffelei und setzte sich auf den Stuhl.

Er hob das Palettenmesser, und nach wenigen Augenblicken war die Leinwand freigekratzt. Nach drei Stunden schaute ein äußerst wohlwollendes Abbild des jungen Barons Negay von der Leinwand herab. Die Gestalt war in edle Pelze und purpurgesäumtes glänzendes Leder gekleidet; eine Aufwertung in Rang und Status, die dem Ego des kleinen Despoten schmeicheln würde. Das Gesicht des Barons zeigte Stärke, Tugend und Schönheit. Wahrscheinlich würde nur er sich selbst in dem Porträt erkennen, doch der Fälscher zweifelte nicht, daß Negay sich in dem Bild wiederfinden würde. Jede vertuschte Warze erhöhte die Belohnung des Künstlers.

Er wischte sich die Hände ab, warf den Lappen auf den Tisch und trat an sein Bett. Als er sich umdrehte, um sich zu setzen, sah er, daß Balum sich nicht gerührt hatte. »Mit ein wenig Glück wirst du alter Esel glauben, du hättest es gemalt, und ich werde meinen Irrtum zugeben, und dich in den höchsten Tönen loben.« Tomasi kicherte, setzte die Tabletts auf den Boden und streckte sich aus.

Der Fälscher erwachte, als sich kräftige Hände um seinen Hals legten, während Balums wutgerötetes Gesicht ihn anschrie. »Du Unhold! Du *Teufel!* Du ...«

Tomasi zog ein Knie an und stieß es in Balums Rippen. Der Greis fiel auf den Boden der Zelle und rang nach Luft. »Balum, du ... du verarmter alter ...« Tomasi hustete, stand auf und versetzte dem Psimaler einen kräftigen Tritt vor den Schenkel.

»... verdammter alter Esel! Was hattest du da vor?«

Balum, der seinen Schenkel hielt, atmete tief und schnell. »Du Blender!« Er rappelte sich auf und funkelte den Fälscher an. Sein Gesicht war vor Wut verzerrt. »Blender! Abschaum! Arschkriecher!«

Tomasi sah den alten Psimaler an, dessen Gesichtsausdruck von Wut zu Verlegenheit wechselte. »Balum, was ist denn los?«

Balum sackte in sich zusammen, dann ließ er sich auf das Bett des Fälschers sinken und schlug die Hände vors Gesicht. »Als ich wach wurde, wußte ich ... ich *wußte,* daß das Bild mies war. Ich *wußte* es!« Der Alte schüttelte den Kopf. Dann befreite er das tränenüberströmte Gesicht aus den Händen. »Ich ging zur Staffelei, um zu retten, was ich konnte ... und dann ...« Er richtete einen zitternden Finger auf den Fälscher. »... und dann sah ich, was du gemacht hast. Dein wunderschönes Gemälde ... dein wunderschönes, heuchlerisches, arschkriecherisches Porträt! Es reicht dir nicht, die Technik und den Stil der Meister zu stehlen, nein, du benutzt ihre Wahrheiten, um *Lügen* zu verbreiten!«

Tomasi rieb sich die Kehle und zuckte die Achseln. »Ich glaube, Negay hätte nicht viel Freude an der Wahrheit, alter Dummkopf. Soviel solltest du als höfischer Speichellecker immerhin wissen. Hätte ich den verwachsenen, feigen Schmarotzer malen sollen, der sich auf Kosten eines unterernährten Volkes bereichert? Der ein Sadist ist? Ein Mörder? Ein Dieb? Hätte ich ...«

»Halt den Mund!« Balum wischte sich mit dem Handrücken die Tränen aus dem Gesicht. »Es ist nicht allein dein Blendwerk, Fälscher. Es ist auch, weil ich Stunden um Stunden auf diesem Hocker gesessen und versucht habe, mich zu überreden, deinen Rat anzunehmen und es als meines auszugeben.«

Tomasi seufzte und streckte die Hände aus. »Hat unser Leben denn gar keinen Wert? Ich bin kein Blender, Balum. Ich will nur überleben. Laß diese eine Lüge durchgehen, und du wirst am Leben bleiben und deine lächerliche Genialität an sinnlosen Psibildern erproben können ...«

Balum erhob sich und trat an die Staffelei. »Komm mir nicht zu nahe, Fälscher!«

Tomasi setzte sich auf seine Bettkante und sah auf die Uhr. Dann blickte er wieder zur Staffelei. »Du hast nur noch knapp drei Tage, Balum.«

»Fälscher, wenn du diese Leinwand noch ein einziges Mal anrührst, bringe ich dich um.«

Tomasi seufzte, als er das kratzende Geräusch hörte.

Stunden später, nachdem er geschlafen, gegessen, sich gewaschen und den ständigen halberstickten Schreien gelauscht hatte, die durch die Zellentür drangen, hatte der Fälscher das Angebot an Zerstreuungen in seiner Umgebung ausgeschöpft. Während dieser Stunden hörte er sechsmal, wie die Farbe von der Leinwand wieder abgekratzt wurde. Eine Weile schritt er umher, dann zog er sich wieder auf das Bett in der dunklen Ecke der Zelle zurück und lehnte sich mit dem Rücken gegen die kalte Wand. Die Füße hatte er über die Bettkante gelegt. Er stützte die Ellbogen auf die Knie, verflocht die Finger ineinander und dachte über den Mann nach, der gerade seine letzte Fälschung untersuchte. Der alte Peter würde an der Farbkomposition nichts auszusetzen haben. Bessere Experten als er hatten dieselben Tests durchgeführt und seine Fälschungen für echt erklärt. Auf Sabros Fotos waren in einiger Entfernung Ansichten eines halbfertigen Werkes zu sehen, der sehr wohl der Entwurf des Bildes sein konnte, das Peter in seinem Labor untersuchte. Tomasi zuckte die Achseln. Seine Fälschungen hatten schon immer auch die peinlichsten Prüfungen überstanden. Der Fälscher zog die Brauen zusammen. Diesmal geschah es aber zum erstenmal, daß er eingesperrt war, während er auf die Entscheidung wartete.

»Tomasi!«

Der Fälscher sah zur Staffelei hinüber. »Was gibt's, Künstler?«

»Die Lichter, wozu sind die gut?«

Tomasi sah zu der Lampenkombination hinauf, die unter der Leuchtröhre hing, und lachte. »Mach dir deshalb keine Sorgen, altes Scheusal! Die braucht man für mehrdimensionale Gemälde. Du hast schon mit einer Ebene mehr als genug zu tun.«

»Wofür braucht man die denn nun?«

Der Fälscher schüttelte den Kopf. »Die Lampen werden nacheinander eingeschaltet, wenn ein Anfänger immer nur eine Schicht auf einmal betrachten will.«

»Du hast sie aber nicht benutzt.«

»Ich bin auch kein Anfänger, Balum.« Tomasi fluchte innerlich über die Eröffnung, die es Balum ermöglicht hatte herauszustreichen, daß er auch kein Künstler war.

»Ich habe sie aber noch nie in Galerien gesehen, in denen mehrdimensionale Gemälde ausgestellt waren.«

Tomasi hob die Beine, schwang sie nach rechts und streckte sich auf seiner Matratze aus. »Sie sind zum Malen, Balum, nicht zum Betrachten. Ein mehrschichtiges Bild muß man unter Tageslicht betrachten. Dadurch bekommt es diesen Effekt von Tiefe und Perspektive. Wie jedes andere Kunstwerk auch, muß man ein mehrdimensionales Gemälde als Ganzes sehen. Die Lampen trennen die Schichten, damit unerfahrene Stümper nicht durcheinanderkommen.«

»Wie alt ist diese Stilrichtung?«

»Nicht so alt wie die Psimalerei. Nachdem der Boom der Psimalerei die meisten wirklichen Künstler arbeitslos gemacht hatte, wurde diese mehrschichtige Malerei in der Hoffnung entwickelt, die ungebildeten Kunstbanausen wieder zur wirklichen Kunst zurückzuführen. Es war kein sehr großer Erfolg.« Tomasi drehte den Kopf zur Staffelei. »Warum fragst du?«

»Nur so. Ich war nur neugierig.« Balum schwieg einen Augenblick. »Tomasi, ich brauche deine Hilfe.«

Der Fälscher stieß ein bellendes Lachen hervor. *»Meine Hilfe?«*

»Ja. Komm her und sieh dir das mal an!« Tomasi blieb noch einen Augenblick auf seiner Plattform sitzen, zuckte dann die Achseln und stand auf. Er ging auf der rechten Seite um die Staffelei herum und musterte das Produkt der letzten Bemühungen des Psimalers. Ein sehr viel besseres, aber immer noch groteskes Abbild von Baron Negay schaute ihn an – beinahe jedenfalls. Die dunklen Augen des Barons schienen in zwei verschiedene Richtungen zu blicken. Balum deutete mit einem Pinsel auf die rechte Hand des Porträts. »Was stimmt mit dieser Hand nicht? Ich habe es vielleicht hundertmal versucht. Von nahem sieht es perfekt aus ... aber irgendwie stimmt es einfach nicht.«

Tomasi zog die Brauen hoch. »Es ist nicht nur die Hand.«

»Weiß ich. Aber laß uns mal mit der Hand anfangen!«

Der Fälscher sah nach unten, schaute dann Balum an und sagte: »Heb die rechte Hand!«

»Was?«

»Deine rechte Hand. Heb sie hoch und leg die Handwurzel auf dein Kinn.« Balum gehorchte stirnrunzelnd.

»Und?«

»Leg deine Fingerspitzen auf dein Gesicht. Wo berühren sie es?«

Balum versuchte es zweimal. »Auf der Stirn, in der Mitte, fast an meinem Haaransatz.«

»Und jetzt miß mit dem Pinselstiel die Hand unseres guten Barons Negay nach!«

Balum hielt das Ende eines Pinsels vor die Hand des Abbildes, markierte das Ende mit dem Daumen, drehte ihn um und legte ihn vor das Kinn der Gestalt. Die Pinselspitze erreichte nur knapp die Spitze von Negays Nase. Verdutzt sperrte Balum den Mund auf.

»Wahnsinn!«

Der Fälscher schüttelte den Kopf. »Nein, Balum. Das war deine Unerfahrenheit, ganz einfache, verständliche Unerfahrenheit.«

Balum sah den Fälscher stirnrunzelnd an. »Bei meinen Psibildern habe ich solche Probleme aber nicht!«

Tomasi ballte die Hände zu Fäusten und schüttelte sie über dem Kopf. »Idiot! Du alter, verdammter *Idiot!*«

Er deutete auf seinen Kopf. »Ein Psimaler gibt seiner Maschine den Befehl, einen Gedanken aufzuzeichnen. Die Maschine hat die Proportionen und Umrisse des Motivs schon im Programm, und wenn nicht, sucht sie in deinem Unterbewußtsein nach Vorbildern.« Er klatschte die Hände zusammen. »Patsch! Die Maschine kleistert Elektronen in der richtigen Intensität, im richtigen Muster und in der richtigen Anordnung auf ein sensibilisiertes Stück Glas! Dazu braucht man weniger Geschick und Konzentration als zum Nageleinschlagen. Und so was nennst du *Kunst!*« Der Fälscher verschränkte die Arme. »Wenn du Umrisse, Proportionen, Farben und Aufbauten bewußt verstehen und mit deinen Werkzeugen nachvollziehen willst, dann ist das etwas ganz *anderes.* Oder etwa nicht, *Künstler?*«

Balum drehte den Kopf langsam zum Gemälde zurück. »Ja.« Er hob sein Messer und begann die ganze Leinwand freizukratzen. »Tomasi, ich werde die Hand in Ordnung bringen. Und ich will wissen, wie man die Falten und Kniffe in die Kleidung bekommt und die verschiedenen Farbschattierungen, die dem Winkel zur Lichtquelle entsprechen. Und Schatten. Wie kriege ich

Rot dunkler, damit es wie rote Kleidung im Schatten aussieht? Ich habe Schwarz daruntergemischt, und es wurde braun. Ich muß wissen, welche Farbe Haut unter verschiedenen Winkeln und Lichteinfällen hat. Wie kriege ich den Schatten der Figur so hin, daß sie aus dem Bild heraustritt und plastisch wird, statt flach zu bleiben wie der Hintergrund? Und die Körperproportionen. Ich muß das wissen. Und verschiedene Gesichtsausdrücke. Welche Muskeln sind gespannt und welche sind locker, wenn ich ein Lächeln malen will?«

»Ich kann nicht zwanzig Lehrjahre in ein paar Tage pressen.« Tomasi wandte sich um und entfernte sich von der Staffelei. »Wenn ich dir helfen soll, dann laß mich das Bild malen.« Er blieb neben seinem Bett stehen, stützte die Hände in die Hüften und drehte sich wieder um. Er betrachtete die Kisten neben der Tür. »Warum hast du deine Psi-Ausrüstung kommen lassen?«

»Ich dachte, das hilft mir beim Nachdenken, beim Entspannen. Ich habe nur einfach keine Zeit dafür.«

Tomasi setzte sich auf die Bettkante und sah sich in der Zelle um. Dann blieb sein Blick wieder auf den Kisten hängen. Er ging hinüber und öffnete die erste.

Balums Kopf erschien neben der Leinwand. »Was machst du da?«

Der Fälscher zog einen schwarzgrauen Metallkasten aus der Kiste und untersuchte ihn. »Ich hab' keinen Nerv mehr, auf deine Hinrichtung zu warten.«

»Laß meine Sachen in Ruhe!«

»Ich mache schon nichts kaputt.« Tomasi kicherte. »Und selbst wenn – welchen Unterschied macht das schon in ein paar Tagen?«

Er öffnete die zweite Kiste, als Balums Kopf wieder hinter der Leinwand verschwand.

Tomasi saß mit überkreuzten Beinen auf dem Ende seines Lagers und sah auf den Bildschirm, den er auf das andere Bettende gesetzt hatte. Der Schirm war leer. Der Fälscher fluchte unterdrückt, legte sich das Abnehmerband um die Stirn und drehte an einem Knopf auf dem schwarzgrauen Kasten. »Balum, ich kriege dieses Ding nicht in die Gänge.«

»Du glaubst nicht, wie leid mir das tut, Fälscher!«

Tomasi schnaubte, riß sich den Abnehmer vom Kopf und begann in der kleinen Kiste herumzukramen, die mit Kabeln, Steckern und anderem Zubehör gefüllt war. Er fand ein zweites Abnehmerband, stöpselte es in die Maschine und setzte es sich auf die Stirn. Er schnappte nach Luft, als seine Augen versagten und sich sein Geist mit einem Mischmasch von Schreckensvisionen füllte. Dann fühlte er, wie ihm jemand das Band von der Stirn riß, und er sackte schweratmend, gegen die Maschine gestützt, in sich zusammen. Er öffnete die Augen und sah, wie Balum ihn musterte. Balum lächelte spöttisch. »Scheint so, als wäre ich nicht der einzige Trottel in dieser Zelle.« Der alte Mann deutete auf die Maschine. »Schau mal, was du da gemacht hast. Du hast die Maschine auf ›Kooperation‹ gestellt, mit voller Kraft auch noch, und ein Band war frei – das andere hattest du auf dem Kopf.«

Tomasi schluckte. »Mein Kopf. Ich habe schreckliche Sachen gesehen.«

»Aber sicher doch. Du hast das zweite Band angeschlossen, es war aber leer. Also hat es sich alle möglichen Gedanken aus der Umgebung aufgefischt.« Balum sah zur Wand neben Tomasi. »Du hast wahrscheinlich jemanden aufgenommen, der da auf der anderen Seite dieser Wand sitzt.«

Der Fälscher runzelte die Stirn. »Was heißt das, ›Kooperation‹?«

Balum wandte sich um und trat hinter die Leinwand. »Ich bin sicher, daß du weißt, was es bedeutet.«

»Bei der Psimalerei?«

»Genau da. Der Apparat läßt im Grund das Bewußtsein zweier Menschen miteinander verschmelzen. Ich selbst habe aber nie auf diese Weise mit jemandem zusammengearbeitet. Es war schon unangenehm genug, den Apparat für die Unterweisung meines Lehrlings zu benutzen.«

Tomasi sah wieder die Knöpfe und Skalen auf der Vorderfront des schwarzgrauen Kastens an. »Könntest du dieses Ding nicht so einstellen, daß ich dich unterrichten könnte ...«

»Unmöglich. Es versetzt Gedanken – Bilder – in den Kopf eines anderen Menschen. Es kann keine Muskeln kontrollieren. Das muß ich schon selber lernen.«

Der Fälscher sprang auf und rannte zur Staffelei. Balum kratzte wieder einmal die Leinwand frei. »Andersherum, Balum! Du kannst in meinen Kopf übertragen, was du gemalt haben willst. Dann kann ich die Farbe auftragen und ...«

»Nein!« Balum kämpfte einen Augenblick mit sich, dann sah er zu Tomasi auf. »Es muß *mein* Bild sein! *Mein* Werk!«

Tomasi befeuchtete sich die Lippen. »Es wäre nicht weniger dein Werk als irgendeines deiner Psibilder. Du gibst deine Vorstellungen in die Maschine ein, und die Maschine führt die Idee dann aus. Du kannst dir also vorstellen, daß ich wie ein Pinsel bin, der von der Maschine geführt wird.«

Balum sackte in sich zusammen, während er sich umdrehte und die Leinwand anstarrte. »Aber es muß doch von *mir* sein! Du würdest doch nur Dinge hinzufügen, die du von anderen Meistern gestohlen hast ...« Er lehnte sich zurück, fixierte Tomaso und sah dann wieder auf die Leinwand. »Ich glaube, ich kann das Gerät so einstellen ... ja.« Er nickte. »Laß es uns versuchen. Hilf mir, das Zeug hier vor die Staffelei zu bringen.«

Tomasi grinste. »Na, bitte! Endlich machen wir Fortschritte!«

Der Fälscher hatte das Gefühl, von den Toten wiederauferstanden zu sein. Er streckte sich und zuckte zusammen, als ihm ein Schmerz durch den Rücken und die Beine fuhr. Dann sah er auf die Uhr. Balum hatte ihn unter dem Adapter gelassen, bis die Uhr schon weit nach drei Uhr morgens gezeigt hatte. Oder war es der Nachmittag gewesen? Er schüttelte den Kopf. Von dem Augenblick an, da Balum den Schalter umgelegt hatte, war seine Erinnerung ausgelöscht. Es lief ihm kalt den Rücken hinunter, als er auf die Uhr sah. Zehn Uhr achtundzwanzig. Morgens oder abends?

Er sah zur Staffelei hinüber. Der Boden in ihrer Umgebung war mit Skizzenblättern übersät. Die Wände neben und hinter der Staffelei waren mit Zeichnungen und probeweisen Farbmischungen bedeckt! Während er so schaute, schaukelte ein weiteres Blatt wie Herbstlaub auf den Boden zu. Dann hörte er das Geräusch einer Reißnadel auf der Grundierung. Tomasi seufzte und rollte sich herum. Das Kratzen hörte auf, und es folgte ein langer Moment völliger Stille. Er drehte den Kopf in Richtung Leinwand zurück. »Balum?«

»Ja?«

»Ist es Morgen oder Abend?«

»Weiß ich doch nicht.«

Tomasi rieb sich den Sand aus den Augen. »Ich kann immer noch das Bild für dich malen.«

»Nein.« Es gab eine kurze Unterbrechung. »Vielen Dank, aber nein. Es wird schon alles gut werden. Unser Experiment hat geklappt.«

»So?« Tomasi richtete sich langsam auf. »Ich kann mich nicht daran erinnern, irgend etwas getan zu haben. Du hast mich nicht darauf vorbereitet, daß der Apparat auf diese Weise arbeitet.«

»Bleib da! Warte, bis ich fertig bin.«

Tomasi zuckte die Achseln und legte sich wieder hin. »Was habe ich denn gemacht?«

»Das, was ich dir aufgetragen habe.«

Tomasi sah wieder auf die Uhr. Wenn es Morgen war, würde in eineinhalb Stunden die Wache mit ihren Tabletts kommen. Wenn das der Fall wäre, hätte Balum außer seinen beiden Tagen noch zwölf zusätzliche Stunden. Wenn nicht, würde dem Psimaler weniger Zeit verbleiben. Mehr oder weniger, je nachdem, wann sich der Baron aus seinen seidenen Bettüchern erheben würde ... Er senkte den Arm wieder und zog sich zu einer zusammengekauerten, sitzenden Haltung hoch. Den Kopf stützte er gegen die kühle Wand. Er blieb eine Weile so sitzen, dann zog er voller Schrecken den Kopf von der Wand zurück. Seine Ohren konnten es zwar nicht hören, doch die Schwingungen, die sein Körper wahrnahm, ließen Bilder von schreienden Folteropfern auf der anderen Seite der Wand in seinem Geist entstehen. War die Stimme die eines Mannes oder die einer Frau, war sie überhaupt menschlich?

»Balum?«

»Ja?« Das Kratzen ging ohne Unterbrechung weiter.

»Wie bist du aus den Feldern herausgekommen?«

»Komische Frage.« Das Kratzen ging weiter. »Ich hatte mir die Hände an einer Dreschmaschine verletzt. Ich war zu nichts mehr zu gebrauchen, und mein Vater brachte mich zu dem alten Yate, dem Buchhalter des letzten Barons. Yate lehrte mich das Rechnen, und für die phonetische Eingabe brauchte ich keine Hände. Ich fand heraus, daß ich auf dem Bildschirm mit Zahlen Bilder malen konnte – die Buchhaltung war ziemlich langweilig. Yate bestrafte mich öfter, weil ich nicht die Arbeit tat, die er mir aufgetragen hatte, aber Norris wurde auf mich aufmerksam. Er war der erste Psimaler hier am Hof. Er nahm mich auf, und als er starb, wurde ich sein Nachfolger.«

»Es sieht so aus als wären deine Hände wieder völlig in Ordnung.«

»Allerdings. Aber ich hatte Spaß an der Psimalerei und verdiente damit ein Zubrot, das es meiner Familie etwas leichter machte ... jedenfalls, solange sie lebten.«

Tomasi starrte in die dunkelste Ecke der Zelle. »Ist deine Familie an der Seuche zur Bevölkerungskontrolle umgekommen? Bei mir war das so.«

Balum blieb einen Augenblick stumm. Dann hörte das Kratzen auf. »Alle außer meinem Vater. Der ist am Pranger gestorben ... weil er das Volk gegen den Baron aufgehetzt hätte.« Das Kratzen fing wieder an.

Tomasi fühlte sich ausgesprochen schlecht.

... er träumte von seinem Vater – einem viehischen Bauernlümmel, der an einem selbsterfundenen Gebräu verreckt war. Seine Mutter ... »Tomasi, du hast ein Geschenk Gottes in die Wiege gelegt bekommen. Du kannst mehr sein als wir. Viel mehr.« Er malte Schilder für die Geschäfte in dem kleinen Ort; Tassen, Teller und Schüsseln für den Töpfer; Spielzeug für den Goldschmied des Dorfes. Dann kam der große Sabro in das Dorf, Thronfolger eines Fürstentums in Yorkton. Sabro sah Tomasis Arbeiten und sorgte dafür, daß der Junge im Studio des großen Künstlers selbst ausgebildet wurde. Und dort lernte er zusammen mit fünf anderen Jungen und freute sich an seiner Befreiung von der Feldarbeit, vom Hunger und von endloser Brutalität. Doch diese glücklichen Jahre gingen vorüber.

»Tomasi, ich habe dir nichts mehr beizubringen. Du imitierst meine Werke, die meiner Kollegen und deiner Mitstudenten mit beängstigender Präzision.«

»Danke, Exzellenz.«

»Dies war kein Lob, mein Junge. Es gibt Maschinen, die die Kopierarbeiten verrichten. Wann aber sehe ich etwas von dir? Etwas, das du selbst geschaffen hast?«

»Ich ... ich verstehe nicht, Exzellenz. Ich habe doch alles getan, was von mir verlangt wurde.«

Der große Sabro sah auf ihn herab und schüttelte den Kopf. Als er wieder aufschaute, waren seine Augen kalt und abweisend. »Ich muß mich entschuldigen, Tomasi. Ich habe deine

Gabe zur Nachahmung für eine künstlerische Begabung gehalten. Ich beneide dich um deine Geschicklichkeit, und ich weine über deinen Mangel an Kreativität.« Sabro hob die schlanken Hände des jungen Tomasi hoch und betrachtete sie. »Eine sehr große Verschwendung muß im Plan des Herrn ihren Grund haben. Versuche, ihn zu finden, Tomasi! Such danach, aber nicht hier. Wir hier sind Künstler.«

Es folgten zehn enttäuschende Jahre, dann die Chance. Sabro verbrannte zusammen mit einer unbekannten Zahl seiner vollendeten oder halbvollendeten Werke. Der Plan des Herrn begann endlich Früchte zu tragen. Aus Tomasi, dem Hungerleider, wurde Tomasi, der Kunsthändler ...

Tomasi verlor die Übersicht, sooft er vor die Staffelei gesetzt wurde, und seine Wahrnehmung riß ab, als Balum wieder einmal die Maschine einschaltete. Er sah keine Bilder, sondern hatte nur das seltsame Gefühl, unter Drogen zu stehen. Jedesmal, wenn er der Prozedur unterzogen wurde, war die Leinwand leer, und jedesmal, wenn er aufwachte, war sie ebenfalls leer. Dann befahl ihm Balum, zu schlafen und sich von der Staffelei fernzuhalten.

Als Tomasi erwachte, war es dunkel in der Zelle. Er konnte Balums leises Schnarchen aus der Richtung seines Bettes hören. Der Fälscher rieb sich die Augen und zog sich den Spitzenkragen vom Hals. *Ein Königreich für ein Stück Seife und eine Dusche.* Er setzte sich auf, schwenkte die Füße auf den Boden und musterte die verschwommenen Umrisse der Leinwand und der Staffelei, die sich im Lichtstreifen abzeichneten, der durch den Spalt unter der Tür drang. Er stand auf, streckte seine schmerzenden Muskeln, trat hinter die Leinwand und schaltete die Leuchtstoffröhre ein. Dann drehte er sich um und sah, wie ihn das Bild von Baron Negay aus der Leinwand geradezu anzuspringen schien. Er nickte und lächelte. Die Vision des alten Mannes war offensichtlich umgesetzt worden. Schicht um Schicht hatte Tomasi die Kontrastfarbe bearbeitet. Balum selbst hatte die Schichten zusammengesetzt.

Der Fälscher setzte sich auf den Hocker und untersuchte das mehrdimensionale Gemälde. Räumliche Tiefe und Perspektive waren hervorragend gelungen, und das Bild des Barons zeigte den kleinen Gauner von seiner besten Seite – oder eher noch besser. Die Drapierung des Umhangs war reich und realistisch dargestellt.

Tomasi seufzte. Es hatte geklappt. Er sah noch einmal das Bild an – die Augen des Barons. Es war nur eine Kleinigkeit, aber die Augen des Barons waren Tomasi nicht geheuer. Er fühlte sich zwischen Gelächter und Wut hin- und hergerissen. Er stand auf und trat ein paar Schritte vom Bild zurück. Jawohl. Lachen und Wut ... und vielleicht ... konnte es Hoffnung sein? Der Fälscher runzelte die Stirn. Es war ein perfekt ausgeführtes Porträt, aber eben auch nichts mehr. Woher kame diese Belustigung? Woher kam diese Wut? Das Gemälde verunsicherte ihn.

Tomasi langte zur Wand hinüber, schaltete die Leuchtröhre aus und knipste das erste Weißlicht an. Er drehte sich wieder zu dem Bild um und ließ sich lachend auf den Hocker fallen. Baron Negay stand kackend vor ihm, das Gesicht versuchte verzweifelt, einen Anschein von Würde aufrechtzuerhalten, während die Augen nach unten schielten und die Hände die offensichtliche Blöße bedeckten.

Zweites Weißlicht. Die Gestalt des Barons war zu einer komischen Karikatur eines Menschen verzerrt – dicke Unterlippe, vorstehende Schneidezähne, vorstehende Augen, knotige Knie. Tomasi mußte wieder lachen. »Balum, dafür hast du einen Orden verdient!«

Drittes Weißlicht. Immer noch eine Darstellung des Barons, aber nicht mehr komisch. Augen, Mund und Haltung drückten Arroganz, Grausamkeit, Sadismus aus. Der Hintergrund, der sorgfältig von den Büschen und Bäumen der ersten Schicht verborgen war, verwandelte sich in eine Ansammlung unzähliger namenloser Leichen. Tomasi betrachtete es lange. Das Motiv erinnerte ihn an seine Mutter – an jeden, dessen Angehörige umgekommen waren. Daher also die Wut. Eine Wut, der alles außer unmittelbarem Überleben gleichgültig war. Tomasi streckte die Hand aus.

Erstes Rotlicht. Negay stand mit seinem häßlichen, angsterfüllten Gesicht da und hielt sich den blutenden Bauch. Blutspritzer besprenkelten seine blasse Haut, während der Hintergrund einen Brand zeigte; Tote erhoben sich und griffen zu den Waffen.

Zweites Rotlicht. Die zusammengekrümmte Gestalt verweste. Die Augen waren schon verschwunden, die Haut purpurn gefärbt, gab die Knochen frei, als wäre sie auf der Flucht. Die Toten vereinigten sich mit den Lebenden unter demselben Banner marschierend.

Viertes Weißlicht. Ein noch weiter zusammengekauertes Skelett versuchte, seine fliehenden Untertanen zu packen. Im Hintergrund erhoben sich hohe Türme aus Glas und Stahl, deren Größe und Macht die Knochen verblassen ließ.

Schwarzlicht. Die zerfransten Extremitäten einer geisterhaften Erscheinung floureszierten vor der sie umgebenden Dunkelheit und drohten mit ihren Krallen. Augen und Herz waren bloße Höhlen; das Böse blieb, es überlebte den Leichnam.

Blaulicht. Das Bild war verschwunden. Es wurde ersetzt durch einen wolkenbetupften blauen Himmel voller weißer Vögel mit weitgespreizten Flügeln. Es dauerte einen Augenblick, bis der Fälscher das Gefühl bezeichnen konnte, das in ihm entstand. Erhabenheit, Freiheit.

Tomasi schaltete die Lampen aus und beleuchtete die Zelle wieder mit der Leuchtröhre. Er schaute um die Ecke der Leinwand herum und sah Balum, der immer noch selig auf seinem Bett schlief. Verschiedene Gefühle wirbelten im Kopf des Fälschers durcheinander: Freude, Dankbarkeit, Haß, Neid, Sorge. Er sah wieder die ursprüngliche Gestalt von Baron Negay unter dem normalen Licht an. Was würde diese Kreatur tun, wenn es die Wahrheit über sein Porträt herausfände? Tomasi hatte keinen Zweifel, daß der alte Peter dahinterkommen würde. Die von Balum geschaffene Wahrheit würde sowohl das Bild als auch den ... als auch den Künstler vernichten. *Jawohl, Künstler.*

Die Zellentür öffnete sich mit einem Krachen. Schwere Schritte näherten sich der Staffelei, und der Wächter mit Namen Gunder tauchte neben der Leinwand auf. Er musterte das Bild, dann sah er Tomasi an. »Hast du das gemalt?« Der Wächter deutete mit seinen Wurstfingern auf die Leinwand.

Tomasi schüttelte den Kopf. »Nein. Es ist Balums Werk.«

Der Wächter drehte seinen schweren Kopf zur Leinwand. »Na, so was! Hätte nicht gedacht, daß Balum das Zeug hätte ...« Er legte den Kopf auf die Seite und runzelte die Stirn.

Tomasi lächelte leicht und sah den Wächter an. »Was hältst du davon?«

Gunder zog die Brauen noch weiter zusammen, dann schüttelte er den Kopf. »Keine Ahnung.« Der Wächter studierte das Bild noch einen Augenblick, dann riß er sich beinahe gewaltsam los. »Du bist frei. Der Baron ist überzeugt, daß dein Bild echt ist. Dein Honorar erhältst du von einem Diener, der bei deinem Wagen wartet.«

Tomasi nickte, dann begann er die Bleistiftstudien aufzusammeln, die den Boden übersäten. »Wäre etwas dagegen einzuwenden, wenn ich die hier mitnehme?«

Der Wächter zuckte die Achseln. »Sie gehören Balum.« Gunder trat wieder an das Bild und betrachtete es erneut.

Tomasi hatte die Zeichnungen eingesammelt, die er brauchte, und ging zum Bett des Psimalers. Er setzte sich auf den Rand und schüttelte die Schulter des alten Mannes. Er flüsterte: »Balum, Balum.«

Der Alte öffnete die Augen. »Hast du es gesehen?«

Tomasi nickte. »Ja.«

»Und was meinst du?«

Tomasi lächelte, während sich seine Augen mit Tränen füllten. »Kümmert es dich, was ich denke, Balum? Du allein mußt wissen, ob es gelungen ist.«

Der Psimaler schloß die Augen, dann nickte er. Er öffnete die Augen wieder, drehte den Kopf und sah den Wächter, der immer noch das Porträt von Baron Negay studierte. »Wir haben's dem Schweinehund gegeben, was?«

Tomasi schüttelte den Kopf. »Nur du, Balum. Ich war nur der Pinsel in deiner Hand. Du hast ihn erwischt.«

Balum sah wieder den Fälscher an. »Und was wirst du jetzt tun, Tomasi?«

Tomasi hielt den Papierstapel hoch, den er gesammelt hatte. »Darf ich die mitnehmen?«

Balum schloß die Augen und nickte. »Ich denke, ich werde wohl das nächste Opfer sein, das der große Fälscher Tomasi anzapft.«

Tomasi lächelte und nickte. Dann wurde sein Gesicht ernst. »Dir ist doch klar, daß Peter das Bild mit den Lampen untersuchen wird, und du weißt auch, was dann geschehen wird, oder?«

»Ja.«

Tomasi stopfte sich die Zeichnungen unters Hemd. »Balum, das einzige Werk eines großen Künstlers sollte einen guten Preis erzielen.« Er lächelte, während er sich das Hemd zuknöpfte. Dann beugte er sich zum Ohr des alten Mannes hinab. »Es könnte sogar ein blutrünstiges Regime in die Knie zwingen.«

Tomasi erhob sich und tätschelte die Hand des inzwischen wieder Eingeschlafenen. *Mach's gut, Künstler!*

Gunder kam heran und baute sich neben dem Fälscher auf. »Es wird Zeit zu gehen.«

Tomasi ging zur Tür der Zelle. »Sag mal, Gunder, hast du dir inzwischen eine Meinung über das Porträt gebildet?«

Der Wächter ließ die Tür hinter sich offenstehen und bugsierte den Fälscher zum Aufzug. Er schüttelte den Kopf, daß seine fleischigen Wangen schlackerten, während er den Blick auf den Boden gerichtet hielt. »Nein, ich muß es mir noch einmal anschauen. Irgendwie ... irgendwie bringt es mich durcheinander.«

Tomasi trat in den Aufzug und ließ die Tür zufallen, so daß die Schreie aus den Verliesen verstummten.

... Wer auch immer der unbekannte Künstler gewesen sein mag, der mehr als vierzehnhundert Kopien des Porträts von Baron Negay schuf, es bleibt jedenfalls kein Zweifel, daß das Bild ein Symbol für den Aufstand wurde, der kurz nach seiner Veröffentlichung in allen Regionen des früheren Reiches entstand. Äußerst aufwendige Untersuchungen blieben erfolglos; der Name des Künstlers, der alle Kopien mit den Worten ›Für Balum‹ unterschrieben hatte, konnte nicht ermittelt werden. Der einzige Balum, der in den Archiven auftaucht, war ein unbedeutender Psimaler, der wohl eher zufällig dem Negayschen Haushalt angehörte, bis er im Jahre 2921 GS am Pranger verbrannt wurde ...

Stanley, ›Künstlerische Kuriositäten der Dunklen Zeit‹ (Oxford, 3106 GS)

Aus dem Amerikanischen übersetzt von Jürgen Langowski

Die Idee für die Geschichte ›Shawna Ltd.‹ war ein Geschenk. Ich war in New York und schaute kurz bei Davis Publications rein, um den Asimovianern Hallo zu sagen. George Scithers und ich unterhielten uns eine Weile, dann drehte er sich zu Shawna McCarthy um, seiner Redaktionsassistentin (die jetzt seinen Posten innehat). »Warum fragst du Barry nicht mal?«

Sie runzelte die Stirn. »Was?«

»Nach dieser Sache.*« George betonte das Wort ›Sache‹ als gehe es dabei um etwas Ekelhaftes.*

Shawnas Gesicht hellte sich auf: sie ließ sich in den Stuhl neben mir sinken und sagte: »Idealisten-Philosophie. Es gibt sie nur, weil ich sie mir ausgedacht habe. Ich habe mich gefragt, ob man sie für einen Überlicht-Antrieb verwenden könnte. Wissen Sie, man könnte das Ding antreiben, indem man irgendwelche Philosophen einspannt, die sich von einem Ort an den anderen denken …«

Auf dem Heimweg dachte ich über die Tatsache nach, daß man mir, wäre ich in der Dachdeckerbranche tätig, solche Fragen nicht stellen würde. Trotzdem beschloß ich, mich an Shawnas Prämisse zu versuchen. Der Versuch, Philosophen zu einer handfesten, ehrlichen Arbeit zu bewegen, ist jene Art Herausforderung, an der sich die Grenzen glaubwürdiger Fantasy messen lassen müssen. Ich wollte nicht, daß Shawna mich für einen Drückeberger hielt.

SHAWNA LTD.

SHAWNA – (Supraliminaler Hegelscher Absolutisierter Welt-Neotransraum-Amplifikator): Ein Apparat, der jene Komponente des Bewußtseins verstärkt, der Realität erzeugt oder verändert. Die SHAWNA-Theorie, deren Wurzeln im Werk früher idealistischer Philosophen liegen, wurde 2134 durch den Physiker-Philosophen Leonid Veggnitz praktikabel gemacht und seinerzeit erstmals im Frachtverkehr über Multi-Parsek-Distanzen angewendet (Siehe: SHAWNA, Ltd.: unter Stichwort: Raumfahrtunternehmen, Kommerzielle).

Encyclopaedia Galactica

Als der riesige Pfeilflügel-Liner seine Warteposition verließ und auf die Startbahn zurollte, wünschte Enoch Rawls sich allmählich, er hätte das Angebot von Leonid Veggnitz nie angenommen. Das Hirn hinter der SHAWNA Ltd. hatte den Semantiker dazu überredet, die Voraussetzungen und Nutzanwendungen der SHAWNA-Theorie und des SHAWNA-Fluges von der aristotelischen in die nicht-aristotelische Logik umzuwandeln. »Sie zu frisieren«, wie Veggnitz es nannte. Die Philosophen-Piloten, die ihm vorgestellt worden waren, als er den Sitz im Cockpit eingenommen hatte, wirkten zwar zuversichtlich genug, doch Rawls war nie zuvor oben gewesen. Als die Triebwerke dröhnten, wandte er sich nach rechts. Captain Sanford, der Direktor der Philosophischen Flugschule der Raumfahrtgesellschaft, erwiderte seinen Blick. »Ist irgend etwas, Doktor?«

»Captain, wozu braucht dieses Schiff Triebwerke? Ich dachte, wir brauchten uns den Weg nach Betelvane nur zu denken.«

Sanford kicherte. Dann deutete er mit dem Kopf auf die vier Piloten, die vor ihnen saßen. »Sie müssen uns zuerst in die Luft bringen. Anderenfalls hinterließen wir ein erstklassiges Loch in der Startbahn. Und wegen des Übergewichts, das wir an Bord genommen haben, kämen wir dann wahrscheinlich nicht ans Ziel.«

»Ach so.«

»Die SHAWNA-Fluggesellschaft ist zwar im Moment noch Restriktionen unterworfen, aber so wie ich Dr. Veggnitz verstehe, ist er guter Hoffnung, daß unsere Arbeit bald keine Grenzen mehr kennt – dann können wir mit weniger Philosophen noch größere Nutzlasten befördern.«

Rawls nickte und schaute nach vorn. Wheeler, der Erste Philosoph, langte zum Armaturenbrett, nahm ein Mikrofon und stöpselte es ein. »Tower, hier ist SHAWNA-eins-eins-sieben; Privatflug nach Betelvane. Over.«

Rawls sah, wie der Erste Philosoph in seinen Kopfhörer lauschte.

»Roger, Tower. Eins-eins-sieben klar zum sofortigen Start.«

Wheeler wandte sich nach rechts. »Okay, Hansen, leg mal 'ne Schaufel Kohlen drauf!«

Der Mann namens Hansen, er war der Zweite Philosoph, packte mit der linken Hand den Gashebel und schob ihn schrittweise nach vorn. Das Schiff zitterte und rollte vorwärts.

Als sie über die Startbahn fuhren, gab Hansen die Sichtzeichen an. »Zwanzig ... neunzehn ... achtzehn ...«

Valdez, der Dritte Philosoph, gab die Luftgeschwindigkeit an. »Neunzig ... einundneunzig ... zweiundneunzig – und kreisen!«

Als Wheeler am Steuer nach hinten sank und die gewaltige Maschine in die Atmosphäre hinaufschoß, spürte Rawls, wie sein Magen auf seine Knie rutschte.

Wheeler nickte Hansen zu. »Fahrgestell einziehen!«

Rawls Hinterteil erbebte, als er das multiple Winseln und Klicken des eingezogenen Fahrgestells hörte.

»Fahrgestell eingezogen.«

»Klappen.«

»Klappen eingezogen.«

»Kurs zwei-eins-null.«

»Zwei-eins-null.«

Rawls sah den Philosophen zu, wie sie Schalter umlegten, Knöpfe verschoben und die Kontrollen betätigten. Wheeler drehte einen Knopf, dann nahm er das Mikro. »Hier spricht Erster Philosoph Wheeler. Willkommen an Bord des SHAWNA Fluges eins-eins-sieben nach Hajii Field, Betelvane. Wir werden in ungefähr acht Minunten Sprunghöhe erreichen und schätzungsweise um 2:72 Uhr interstellarer Standardzeit in Hajii Field eintreffen. Die örtliche Zeit beträgt dann 8:91 Uhr. Genießen Sie den Flug, und achten Sie jetzt bitte darauf, wie die Stewardess in Ihrem Coupé die Notausrüstung des Schiffes und die Prozeduren erklärt. Vielen Dank.« Er hängte das Mirko auf.

Rawls spürte, daß eine Hand seinen Arm schüttelte. Er wandte sich zu Sanford um. »Ja?«

»Vor dem Sprung sollte ich Ihnen erklären, was Sie zu sehen bekommen, da es keinem von uns gestattet ist, während des Sprunges zu reden.« Er lächelte. »Es könnte sehr gefährlich werden, wenn man die Philosophen während des Sprungs ablenkt.«

»Ach so.«

Sanford deutete auf die vier Philosophen. »Die Sitze sind drehbar; sie drehen sich; wenn wir auf Sprungzeit sind. Das muß so sein, damit sie nicht aus dem Fenster schauen. Sehen Sie die Helme, die dort an der Decke herunterhängen?«

Rawls schaute auf und sah vier goldene Helme. Sie waren mit roten und orangefarbenen Kabeln verbunden und baumelten an Haken.

»Ja. Sind das die Verbindungen zum Amplifikator?«

Sanford nickte. »Nachdem die Männer sich gedreht haben, setzen sie die Helme auf. Sie können nämlich nicht das Risiko eingehen, daß das, was sie sehen, ihren Gedanken über das, wo sie sind, widersprechen.«

Rawls nickte. »Ich sehe den Grund zwar ein, aber was ist mit einem einfachen menschlichen Zweifel? Ich weiß zwar, daß Flüge dieser Art schon seit Jahren stattfinden, aber ich habe dennoch meine Zweifel.«

»Die Philosophen sind die besten aus einer sorgfältig ausgewählten Gruppe. Sie werden immer wieder durchleuchtet, bis man den letzten Ungläubigen Thomas entdeckt hat. Und dann durchleuchtet man sie noch einmal.« Sanford lächelte und hob die Brauen. »Ich glaube, Ihnen ist klar, weswegen wir uns auf dem Fahrersitz keinen beinharten Skeptiker leisten können.«

Rawls nickte, dann öffnete sich die Cockpittür. Eine Stewardess trat ein, sie trug ein Tablett voller Tassen.

»Kaffee, Jungs?«

Sie brachte das Tablett zu den vier Philosophen. Jeder nahm eine Tasse. Dann wandte sie sich Rawls zu. »Kaffee, Doktor?«

Rawls nahm auch eine Tasse. »Vielen Dank.« Sanford nahm eine Tasse, und als die Stewardess ging, nippte Rawls an dem dampfenden Gebräu. Er war halb fertig, als die Philosophen das Schiff auf den Autopiloten umschalteten und ihre Sessel herumschwangen. Wheeler lächelte den Doktor an, dann griff er nach unten und stellte seinen Kaffee auf dem Boden ab. Dann langte er hinauf, zog den Helm über seinem Sitz nach unten und setzte ihn fest auf seinen Kopf. Die anderen Philosophen taten das gleiche.

Sanford beugte sich zu Rawls hinüber. »Jetzt dürfen wir erst wieder reden, wenn wir den Sprung gemacht haben, Doktor.«

Rawls nickte und musterte die Philosophen. Wheeler löste seine Krawatte. Er überprüfte, ob die anderen ebenfalls ihre Helme trugen und wandte sich dann Hansen zu. »Alles klar, Dicky: Amplifikator einschalten.«

»Check.« Hansen fingerte an einem kleinen Kontrollbord voller Knöpfe herum, die in die Armlehne seines Sessels eingelassen waren. »Amplifikator eingeschaltet. Energiestand hundert Prozent; alle Systeme grün.«

Wheeler wandte sich dem Dritten Philosophen zu. »Wie heben wir ab, Pancho?«

Valdez, der Dritte Philosoph, prüfte die Instrumente auf der Konsole, die an seinem Sessel angebracht war. »Luftgeschwindigkeit vier-zwanzig; Höhe zwölftausend; Kurs eins-zwei-null; alle Systeme grün!«

Wheeler wandte sich dem Vierten Philosophen zu. »Liegt uns irgendwas im Weg, Tony?«

Der Vierte Philosoph untersuchte den Computerbildschirm neben seinem Sessel. »Die Bahn ist frei, Captain.«

»Na schön, schalte den Räumer ein.« Wheeler sah Rawls an. »Was wir Räumer nennen, ist das Feld, das sich vom Schiff ausgehend ausbreitet, um organisches Material aus dem Sprunggebiet zu entfernen. Es wäre nicht gesund, wenn wir eine Lufttasche voller Bakterien mit nach Betelvane nehmen würden.«

Rawls nickte.

Der Vierte Philosoph schaute von seinen Kontrollen auf und wandte sich an Wheeler. »So sauber wie 'ne Pfeife, Captain.«

Wheeler nickte. »Dann sind wir also bereit, den alten Leichter in den Orkus zu steuern?« Die drei anderen Philosophen nickten. Wheeler schaute an sich hinab und drückte mehrere Knöpfe in der Lehne seines Sessels. »Also, erstens: Objekte sind, um existieren zu können, vom Geist abhängig; Objekte haben, getrennt von dem, der sie kennt, keine Bedeutung; der Wissende ist das Bewußtsein; Objekte können nicht getrennt vom Bewußtsein existieren.«

Rawls beobachtete, wie die vier Philosophen sich auf diese Aussagen konzentrierten. Wheeler schaute die anderen an. »Sind wir bereit, ins zweite Stadium zu wechseln?« Die anderen Philosophen nickten. Rawls sah aus dem Fenster; er nahm keinen Unterschied wahr. Wheeler räusperte sich. »Bezeichnungen und Relationen bestimmen einander logischerweise; die letzte Realität ist ein System von Beurteilungen; Wahrheit wird in Begriffen der Relation dieser Beurteilungen bei der Bildung eines konsistenten Ganzen definiert.«

Rawls bemerkte, daß der Himmel eine eigenartige blauviolette Färbung angenommen hatte, und die Wolken einen sich kräuselnden Glanz. Wheeler zog ein Tuch aus seiner Tasche und tupfte sich die Stirn ab. Der Erste Philosoph sah seine Kollegen an, dann holte er tief Luft. »Fertig fürs dritte, Jungs?« Alle nickten. »Also, auf geht's! Subjekt und Objekt sind reziprok voneinander abhängig; es kann kein Subjekt ohne Objekt geben, und kein Objekt kann ohne Subjekt existieren; absolute Realität ist eine Einheit von Subjekt und Objekt.«

Draußen pulsierte der Himmel von Rot zu Violett, dann zu Schwarz und wieder zu Rot. Die Wolken strahlten in einer metallisch goldenen Farbe. Wheeler tupfte sich erneut die Stirn ab, dann sah er den Zweiten Philosophen an. »Prima, Dicky; dann laß das Überblendungsband laufen.«

»Check.« Hansen drückte einen Knopf, und Rawls beobachtete, wie die vier Philosophen erstarrten. Draußen verwischten sich die goldenen Wolken, dann verschmolzen sie mit dem violetten Himmel. Der Himmel selbst verblaßte, bis nichts mehr da war – nicht einmal die Farbe Schwarz. Rawls spürte ein Ziehen an seinem Arm, wandte sich zu Sanford um und entnahm seiner Hand einen Zettel.

»Überblendungsband läuft mit Hochgeschwindigkeit; zeigt philosophische Auflösung dieser Realität. Schöpfungsband formt dann die Realität des Schiffes in der Atmosphäre von Betelvane.«

Rawls nickte, um zu zeigen, daß er verstanden hatte, dann wandte er seine Aufmerksamkeit wieder den Philosophen zu. Wheeler kam wieder zu sich, schüttelte den Kopf und sah in die Gesichter der anderen.

»Will jemand 'ne Pause? Pancho, du siehst geschafft aus.«

Valdez schüttelte den Kopf und holte keuchend Luft. »Machen wir's fertig, Captain. Ich bring es schon.«

»Bist du sicher? Ich kann dir von der Stewardess noch einen Kaffee bringen lassen.«

Valdez schüttelte den Kopf. »Ich bin in Ordnung.«

»Na schön. Sonst noch jemand?« Wheeler sah, wie sie den Kopf schüttelten, dann wandte er sich wieder an Hansen. »Dann laß das Betelvane-Band laufen, Dicky!«

Hansen legte die Hand auf die Kontrollen. »Betelvane-Band läuft.«

Die Philosophen erstarrten wieder, als die Leere

draußen das Cockpit mit blaßblauem Himmel, hohen, dünnen Wolkengebilden und seltsamen, reptilienartigen Fluggeschöpfen füllte. Wheeler und die drei anderen sackten in den Sessel zusammen, dann richtete Wheeler sich wieder auf. »Wir sind da, Doktor Rawls. Wieder ein erfolgreicher Sprung.« Er wandte sich Valdez zu. »Pancho, in welcher Form sind wir?«

Valdez, er hatte einen benommenen Blick, kniff die Augen zusammen und schaute auf die Kontrollen. »Höchstform, Captain. Luftgeschwindigkeit vier-zwanzig, Höhe zwölftausend, Kurs zwei-eins-zwei. Hajii Field in ... vierzehn Minuten.« Valdez sank in seinen Sessel zurück.

Wheeler nickte dem Vierten Philosophen zu. »Tony, übernimm Panchos Konsole, wenn du das Feld zusammenbrichst, ja? Er sieht völlig fertig aus.«

Valdez lächelte Wheeler an, dann schloß er die Augen. »Danke, Captain.«

Wheeler sah Rawls an, als Hansen seinen Sessel herumschwang. »Wir müssen die Helme zwar noch eine Weile aufbehalten, aber Sie können jetzt wieder reden.«

Rawls nickte. »Danke, Captain Wheeler. Es war sehr beeindruckend.«

Als Sanford sich zu Rawls hinüberbeugte, drehte Wheeler seinen Sessel herum und schaute nach vorn. »Die Realität Betelvanes hat sich nämlich verändert, seit das Band gemacht worden ist, Doktor. Die Männer müssen mit dem Amplifikator verbunden bleiben, um das neue Band zu programmieren. Aber auch, um unseren Teil in dieser Realität einzurichten. Es ist so, als würde man die Dinge etwas solider machen.«

Rawls nickte, dann rieb er sich das Kinn. »Mein Verstand war so damit beschäftigt, das zu überdenken, was während des Sprunges geschah, daß ich wirklich keine Zeit hatte, die Nutzanwendung der nicht-aristotelischen Logik auf das Thema zu überdenken. Ich nehme

»Das ontologische Argument, das man anfangs verwendet hat, um ... die Existenz eines höheren Wesens zu beweisen, stützt die Schnellgang-Theorie ...« Sanford blickte an Rawls vorbei, und seine Augen wurden größer. »Wheeler, es ist Valdez! Er *betet!* Nehmen Sie ihm den verdammten Helm ab!«

Der Vierte Philosoph streckte die Hände aus und zog Valdez den Helm vom Kopf. Valdez rang die Hände. »Mein Gott, wir lösen uns auf. Himmlischer Vater, bitte hole mich, deinen unwürdigen Knecht, an deinen Bu ...«

»Halt die Klappe!« schrie Wheeler. Valdez schien wieder zu sich zu kommen.

»Was ... Was ist passiert?«

Rawls stand auf und trat ans Fenster. Soweit er sehen konnte, breitete sich vor ihnen ein Teppich aus sanft wogenden Wolken aus. In der Ferne leuchteten hohe, glänzende Türme in einem inneren Licht. Ein Wesen, das in eine fließende Robe gekleidet war und Harfe spielte, schwebte am Fenster vorbei und entschwand in der Ferne. Rawls wandte sich um und sah Valdez an. Wheeler hatte den Dritten Philosophen am Kragen und schüttelte ihn. »Du Idiot! Wie bist du nur durch die Prüfung gekommen?«

Valdez schluchzte und streckte die Hände aus. »Captain, ich habe seit meiner Kindheit nicht mehr an Religion gedacht! Es ist nur ... Ich hatte Angst, Captain!«

Rawls sah, wie Sanford sich vom gegenüberliegenden Fenster abwandte. »Valdez?«

»Ja, Captain Sanford?«

»Glauben Sie an die Hölle?«

Valdez zuckte die Achseln. »Ich weiß nicht, Captain. Ich wußte nicht mal, daß ich an den Himmel glaube. Warum fragen Sie?«

Sanford wandte sich wieder zum Fenster um. »Da draußen steht ein Typ mit einem langen Bart und einem großen Buch. Er führt eine Liste und überprüft sie doppelt.« Er drehte sich zu den anderen um. »Und ich glaube nicht, daß es der Nikolaus ist.«

Rawls schluckte und blickte wieder aus dem Fenster. Eine Gruppe von Cherubim spielte auf einer Wolke unter ihm König der Berge. *Au weia,* dachte Rawls, *ich frage mich, wohin sie die Semantiker schicken. Hoffentlich geht mein Gepäck in der Verwirrung nicht verloren.*

Originaltitel: »SHAWNA, Ltd.«

Aus dem Amerikanischen übersetzt von Ronald M. Hahn

Diese Geschichte, ›Es gibt Zeiten für Terror‹, war ein Experiment. Kurz bevor ich sie schrieb, war die Kontroverse über die Rekombination von DNS in allen Ausgaben der Science News *zu lesen. Jetzt, wo wir wissen, wie es geht, wurde behauptet, kann jedermann neue Lebensformen erschaffen. Die ungefährliche Vorgehensweise besteht darin, die gewünschten Eigenschaften, die man auf den Wirtskörper übertragen will, vom DNS zu isolieren, und nur eins dem Unbekannten zu überlassen – die Frage, ob es klappt oder nicht. Aber DNS ist ein äußerst komplizierter Stoff. Die Identifikation protoplasmischer Sequenzen mit besonderen Eigenschaften und ihre anschließende Isolation läßt das Aufspüren eines bestimmten Sandkorns in der Sahara wie ein Kinderspiel erscheinen.*

Der leichteste und billigste Weg, eine bestimmte Eigenschaft auf einen Wirtskörper zu übertragen, ist die ›Schrotflinten‹-Methode. Die Schrotflinten-Methode ist ein schnelles und fragwürdiges Verfahren, das ein Bündel von Wirtslebewesen (vorzugsweise E. coli-*Bakterien) mit den passenden Enzymen und ein paar Ellen des fremden DNS trifft, welche jene Eigenschaften aufweisen, die der Experimentator auf die* E. Coli *übertragen möchte, damit sie sich, wie er hofft, reproduzieren, damit einige ihrer Nachkommen die ersehnte Eigenschaft zeigen. Dann setzt der Experimentator sich hin und wartet ab, was passiert. Und das könnte dann so ausgehen wie das Hornberger Schießen.*

Das Schlimme an der Schrotflinten-Methode, so geht die Argumentation weiter, ist, daß nicht nur die erwünschte Eigenschaft auf das fremde DNS übertragen werden, sondern sämtliche Eigenschaften. So werden zahllose neue Lebensformen erschaffen, ohne daß der Schrotflinten-Schütze weiß, was sie darstellen oder wessen sie fähig sind. Man sollte nicht vergessen, daß es einer Generation von Wissenschaftlern, die mit den klassischen Science Fiction-Filmen der fünfziger Jahren aufgewachsen sind, nicht an der Phantasie mangelt, sich vorzustellen, welche grauenvolle Arten dadurch eventuell entstehen. Ein zusätzliches Argument ist, daß E. coli-*Bakterien im allgemeinen im menschlichen Darmtrakt gefunden werden.*

Alles, was aus einem Labor entwischt, könnte sich also häuslich in Ihrem Innern einrichten.

Wenn man den Meldungen glauben kann, wurde die wissenschaftliche Argumentation mehrmals durch akademische Bandenkriege, Demonstrationen und (wirklich!) Schlägereien ergänzt.

Und während der ganze abstrakte Kokolores stattfand, wurde mal wieder ein Flugzeug entführt, von irgendeiner Gruppe, die den Versuch unternahm, auf sich aufmerksam zu machen, indem sie eine Reihe unschuldiger Leben opferte. Und gerade diese Flugzeugentführung kostete mehrere.

Normalerweise werde ich leicht nervös, wenn ich darüber nachdenke, ich könnte in einer solchen Situation gefangen sein, doch diesmal entschloß ich mich zu einem Versuch. Ich wollte eine Geschichte in der ersten Person schreiben und meinen Ich-Erzähler in die Hände einer Bande niederträchtiger Terroristen fallen lassen. Dann setzte ich mich hin, um zu sehen, was daraus wurde.

Die Erzählung hat noch eine komische Fußnote. Bisher hat George Scithers mich jedesmal, wenn er eine Geschichte gekauft hat, nach der Lektüre des Manuskripts angerufen – außer bei dieser hier. Nachdem ich sie ihm geschickt hatte, kam aus Philadelphia nur ein lautes Schweigen. Ich rechnete schon damit, ich würde per Post eine Zigarre kriegen, doch statt dessen bekam ich ein Vertragsangebot. Die Korrekturfahnen kamen. Sie gingen zurück. Die Story wurde veröffentlicht, aber ich hörte von George nie ein Wort dazu.

Ein paar Monate später besuchten meine Frau und ich ihn in Philadelphia, und als wir wieder im Vorzimmer waren, um uns zu verabschieden, konnte Jean es nicht mehr aushalten. Sie fragte ihn, was er von ›Es gibt Zeiten für Terror‹ hielte.

»Die Geschichte hat mich beunruhigt«, antwortete George.

Mehr hat er nie über sie gesagt. Ich konnte seine Gefühle verstehen. Sie hat auch mich verwirrt. Sie endete auch nicht ganz so, wie ich sie geplant hatte.

Es gibt Zeiten für Terror

Die anderen waren tot. Als ich mit auf dem Rücken gefesselten Händen dalag und in der Finsternis nach einem Lichtfleck suchte, wiederholte mein Verstand es pausenlos: Sie sind tot; sie sind tot, alle tot ...

Die Terranisten waren wie ein Wirbelsturm über uns gekommen. Eine Sekunde zuvor hatte der neue Sicherheitschef den Terranisten Nummer Zwei für die Presse auf die Bühne gebracht – und dann das Chaos. Kaum eine Sekunde nach dem Absprengen der Türscharniere waren der Kommandant und die Wachen gefallen; ich hatte gesehen, wie Dubord, der Zeilenschinder, es kurz hinterher bekam.

Alle tot.

Man konnte die Trockenheit des dunklen Ortes spüren; ich drehte mein Gesicht von dem staubigen Boden fort und hustete. Mit Anstrengung brachte ich genug Speichel zusammen, um meine Zunge zu befeuchten, und dann meine aufgesprungenen Lippen. Ich ließ den Hinterkopf zu Boden sinken, hielt die Luft an und versuchte, das Geräusch der Sammler zu hören. Es heißt, man kann sie überall auf der Mondoberfläche hören, wenn man auf Muttergestein liegt. Also befand ich mich entweder nicht auf der Mondoberfläche, auf Muttergestein, oder sie hatten sie abgeschaltet. Ich hörte leise, entfernte Stimmen.

Ich krümmte mich, drückte mich mit den Schultern und dem rechten Knie von dem staubigen Boden ab und schaukelte mich in eine sitzende Position. Die Schwerkraft sagte: Luna. Erneute Stimmen, leise Schritte auf staubigem Gestein, eine Hand an einer Torluke. Im Dunkeln explodierten die Blitze des terranistischen Kommandos vor meinen Augen. Männer, Frauen, Polizisten und Zivilisten, alle tot – ohne Unterschied. Laute, undeutlich hörbare Befehle, die hinter einer Tür hervordrangen. Der Klumpen in meiner Kehle und meine Angst nahmen so zu, daß mir das Atmen schwerfiel. Eine leichte Eisentür knallte gegen eine Mauer.

Umhüllt von dem matten Licht, das von draußen kam, sah ich eine Hand an der Tür, und die Mündung einer Waffe. So matt es auch war, das Licht führte dazu, daß ich die Augen schloß. Als ich sie wieder öffnete, sah ich im Eingang den Umriß einer Gestalt in einer Oberflächenrüstung. Hinter der Gestalt bewegten sich weitere hin und her, sie riefen und schleppten Gegenstände.

»Steh auf, Muni!« Die Gestalt winkte mir mit der Waffe zu. »Laß gehen; beweg dich! Du bist nicht tot! Noch nicht.«

Ich sah hinter mich und bemerkte eine grob bearbeitete Wand. Ich übte Druck auf meine Beine aus, stemmte mich gegen sie und benutzte Hände und Schultern, um Zentimeter für Zentimeter an der Wand nach oben zu kriechen. Ich lehnte immer noch an der Wand, dann drehte ich mich zu der bewaffneten Gestalt um.

»Wo bin ich?«

»Komm raus!«

»Kann ich wenigstens einen Schluck Wasser haben?«

Die Gestalt stand eine Sekunde lang bewegungslos da. »Jungchen, wenn du die nächsten dreißig Sekunden überleben willst, besteht deine einzige Chance darin, daß du genau das tust, was ich dir sage.« Die Gestalt machte einen Schritt zurück und winkte mir mit der Mündung der Waffe zu. »Beeil dich!«

Ich stieß mich von der Wand ab, schaffte es bis zur Tür, und trat in den Korridor hinaus. Als ich das Kinn drehte, spürte ich auf meiner rechten Wange getrocknetes Blut. Der Namenlose mit der Waffe versetzte mir einen Stoß in die Nieren, und ich drehte mich nach rechts. Normalerweise bin ich eigentlich gern bereit, jemandem mit einem Schießeisen alles zuzugestehen, was er verlangt. Doch das tue ich nur dann, wenn der Revolvermann mir für das Befolgen seiner Anweisungen das Leben garantiert. Wenn ich plus minus dreißig Sekunden später dafür ein angeschrammtes Organ kriege, scheiß ich drauf.

Ich wirbelte herum, weil ich ein Knie zwischen seine Familienjuwelen schieben wollte, doch ich wurde von einem Flintenlauf an der rechten Schläfe getroffen. Leider verlor ich nicht das Bewußtsein. Als die Glocken in meinem Schädel verstummten, spuckte ich den Staub des Korridorbodens und ein paar Zähne aus und warf einen Blick auf meinen Häscher. Er trug die traditionelle graue Oberflächenrüstung und hatte den Helm zurückgeklappt. Seine Rüstung machte keinen guten Eindruck, und er hatte einen breiten roten Streifen um den Brustkorb gemalt. Er winkte mit der Waffe von unten nach oben.

»Steh auf, Dummkopf, und geh durch den Korridor! Wenn du noch so 'ne Vorstellung ablieferst, kriegst du 'n Bolzen durch die Kniescheibe.«

Als ich auf den Knien war, sah ich ihn an. »Sie wollen mich doch wohl nicht umbringen, oder?«

Sein Gesicht war rund, finster und grausam. Er lächelte, dann fing in seinem Innern etwas an zu lachen und rumpelte zu seinem Mund heraus. »Das, Jungchen, kommt darauf an, welchen Ärger du machst, solange du noch lebst.«

Eine zweite Gestalt, die ebenfalls einen roten Strich auf der Brust zeigte, kam auf uns zu. Sie trug eine Lattenkiste und nickte meinem Häscher zu. »Brauchst du Hilfe, Ahmis?«

Ahmis schüttelte den Kopf. »Nein.« Er deutete mit dem Kopf auf mich. »Steh auf, du Unschuldslamm!« Erneut fuhr seine Waffe von unten nach oben. Ich kniete mich hin, stand auf und spuckte Blut auf den Boden. Ich sah auf die vier leuchtend weißen Zähne, die zwischen dem Blut und dem Staub auf dem Korridorboden lagen, und ich erinnerte mich an eine längst vergessene Kindheit, in der es das Schlimmste überhaupt gewesen war, wenn einem ein Zahn ausgeschlagen wurde. Ich sah in das Gesicht meines Bewachers. Da gab es keine Gewissensbisse, nicht mal einen Anflug von Mitleid. »Dreh dich rum und bleib an der nächsten Tür links stehen!«

Ich drehte mich um; meine Wange und mein Kinn pulsierten in unbeschreiblichem Schmerz. Drei weitere Gestalten mit roten Strichen – zwei Frauen und ein Mann –, rannten in Gegenrichtung an uns vorbei. Mit langsamen Schritten legte ich die restlichen Meter zu der Tür zurück. Als ich sie erreichte, blieb ich stehen und wandte mich zu meinem Bewacher um. »Ich würde sie ja mit den Zähnen aufmachen, aber die habe ich beim Spazierengehen verloren.«

Mein Bewacher nickte. »Sehr tapfer, Kleiner. Vielleicht überlebt einer von uns beiden, damit er auf der Erde erzählen kann, wie mutig du warst.«

Er streckte die Hand aus, öffnete die Tür und schob mich hinein. Der Raum sah so ähnlich aus wie der, den ich gerade verlassen hatte, wenn man vom Licht und der Gesellschaft absah. Hinter einem primitiven Eisentisch saß ein bärtiger Typ mit einer Krone braunen Haars, die seine ansonsten kahle Platte säumte. Seine Gesichtszüge waren identisch mit jedem Christusbild, das ich je gesehen hatte – wenn man von seinen dunklen Augen und seinem gehetzten Blick absah. Er deutete auf einen Stuhl, der vor dem Tisch stand. »Hinsetzen! Mein Name ist Rudy Vegler.« Er nickte einer Gestalt zu, die im Finstern saß. »Raymond haben Sie ja schon gesehen.«

Ich ließ mich auf dem Stuhl nieder und bemühte mich, das Gesicht des Terranisten Nummer Zwei auszumachen. Ich hatte den Mann zwar während der Pressekonferenz gesehen, aber aus irgendeinem Grund konnte ich mich nicht an sein Gesicht erinnern. Mein Bewacher stand hinter mir, er hielt seine Kanone bereit. Vegler und der Mann namens Raymond trugen Oberflächenrüstungen.

»Warum bin ich hier?«

Vegler nickte unmerklich. »Ja, Mark Lambert, warum sind Sie hier? Sie leben, weil wir diese Frage auch nicht beantworten können. Sagen Sie es uns!«

Ich lachte. Ich nehme an, ich hatte mich damit abgefunden, daß ich ein toter Mann war. Es half mir, meine Spannung zu lösen. Als Toter konnte mir keiner mehr wehtun. Ein stilvoller Abgang oder etwas ähnlich Dummes. »Ich war es doch nicht, der zwanzig Männer und Frauen umgebracht und mich dann hierhergeschafft hat. Sagen Sie es mir!«

Vegler schüttelte den Kopf. »Es waren nur achtzehn.« Er beugte sich vor, das rote Band seiner Rüstung berührte den Tischrand. »Lambert, wissen Sie, was es bedeutet, jemanden an der Oberfläche stranden zu lassen?«

»Nein.«

»Man wirft Sie ohne Anzug hinaus.« Er rieb sich die Nase. »Ich habe gehört, daß kochendes Blut ein äußerst schmerzhaftes Verfahren sein soll, den Abschied einzureichen.« Er lächelte und entblößte zwischen den beiden Reihen seiner gelb werdenden Zähne eine Lücke. »Aber natürlich sind jene, die diese Erfahrung schon mal gemacht haben, nicht in der Lage, es weiterzusagen. Warum sind Sie hier?«

Ich zuckte die Achseln. »Ehrlichkeit bringt mir sowieso nichts ein. Warum sollte ich es Ihnen sagen?«

Veglers Lächeln erstarb. »Lambert, wir haben keine Zeit zu verschwenden – und auch Sie nicht. Warum sind Sie auf Luna?«

Da war sie: Die Frage. Mein Blick fiel auf den roten Strich auf Veglers Brust. »Ich bin Tontechniker beim *Te-*

lejournal in Los Angeles. Ich bin zusammen mit Harvey Dubord heraufgeschickt worden, damit wir einen Bericht ...«

Vegler hob die Hand. »Ich habe gesagt, daß wir keine Zeit haben.« Er ließ die Hand wieder auf den Tisch sinken. »Ihren Reportageauftrag können Sie sich sonstwohin schieben; wir wollen nur die Wahrheit hören.«

Mit meinen aufgequollenen Lippen, den fehlenden Zähnen und dem Blut, das aus meinem Mund tropfte, brachte ich das beste Hohnlächeln zustande, dessen ich fähig war. »Warum soll ich Ihnen überhaupt etwas erzählen? Sie bringen mich doch sowieso um, oder nicht?«

»Es wurde noch keine Entscheidung getroffen.«

Ich schnaubte; noch mehr Blut lief über mein Kinn und meinen Coverall. »Ich habe gesehen, wie ihr Schweinehunde mit weniger Erbarmen Männer und Frauen abgeschlachtet habt, als ich meiner Mülltonne angedeihen lasse.«

Der Mann namens Raymond ließ in der Finsternis ein kurzes bitteres Lachen hören. »Lambert, wir haben mehr Erbarmen für Ihren Müll, als wir für die Munis haben.« Er beugte sich vor und schob sein Gesicht ins Licht. Sein hellblondes Haar war verfilzt und blutbesudelt, seine Haut war um sein fast zerbrechlich wirkendes Kinn bleich und grünlich. Seine eng zusammenstehenden blaßblauen Augen waren in ihrer Anziehungskraft fast hypnotisch. »Lambert, wir evakuieren diese Anlage, wenn wir sie verlassen, machen wir sie unbrauchbar. Wir müssen wissen, ob es die Sache lohnt, eine Rüstung und Wasser und Luft für Ihr Überleben zu vergeuden.«

Ich wandte mich Vegler zu. »Ich kann kaum glauben, daß irgend etwas, das ich sage, meine Chancen auch nur um ein Itzelchen verändert.«

Vegler rieb sich die Nase. »Die Informationen, die wir von der Erde haben, besagen, daß Sie ein getarnter Reporter sind, der für das *L.A. Telejournal* arbeitet. Ihr genauer Auftrag ist etwas verschwommen, aber er betrifft die Ermittlung möglicher Nachrichtenmanipulationen hier auf Luna.«

Ich hatte so ein Gefühl, als würde Ahmis, der fröhliche Wächter, mich wieder mit dem Lauf seiner Kanone berühren. Nur fünf Personen wußten von der Sache: Ich, mein Redakteur, der Verleger; der Anwalt, den man gerufen hatte, damit er mir einen Haufen unbegründeter Ratschläge erteilte; und Margate, der Chef des New Yorker Büros. Und Margate hatte gesagt, die Einspeisung einer gefälschten Identität in den MAC VI sei ohne Unterweltkontakte nicht drin. Und wenn man den Mob einweiht, weiht man jeden ein, der für Flüsternachrichten blechen kann. Keiner hatte angenommen, daß jemand auf Luna – und das galt besonders für die Terranisten – unseren Einsatz überbieten konnte. »Wenn Sie es schon wissen, was fragen Sie dann noch? Warum legen Sie mich nicht um und machen der Sache ein Ende?«

Vegler öffnete die Halskrause seiner Rüstung, zog das Siegel bis zur Mitte seiner Brust hinunter, griff hinein und kratzte sich. »Sagen Sie mir eins, Lambert: Haben wir wirklich eine Information aufgeschnappt oder will man uns irgend etwas unter die Weste jubeln?«

»Welchen Unterschied macht es?«

»Wenn die Sache stimmt, leben Sie; wenn nicht ...« Vegler deutete nach oben, zur Oberfläche hinauf.

»Und war wäre ich dann?«

»Ein Polizeispitzel.«

Ich lächelte. Und bedauerte es auf der Stelle, als das Pochen in meiner Wange zunahm. »Und Sie? Was ist, wenn dies hier ein Polizeikomplott ist, weil man mich dazu kriegen will, etwas zu gestehen?«

Vegler versiegelte seinen Anzug wieder. »Sie überschätzen Ihre Wichtigkeit. Es dauert bestimmt noch eine Weile, bis die Aufpasser, bloß um einen Reporter zu linken, einen Kommandanten killen lassen.« Er runzelte die Stirn. »Das wäre sogar für uns zu extrem.«

Ich zuckte die Achseln. »Was ist, wenn ich das bin, was Sie sagen?«

Vegler sah Raymond an. Nummer zwei nickte eine Erlaubnis, dann lehnte er sich ins Dunkel zurück. Vegler wandte sich wieder mir zu. »Dann könnten Sie uns eventuell von Nutzen sein. Wir versuchen schon seit langem, der Erde die Wahrheit zu sagen.«

»Die Terranistenwahrheit.«

»Erklären Sie das näher!«

»Ich bin nicht hier, um Propagandasendungen für die Terranistische Liga zu machen. Vergessen Sie nicht, daß ich Ihre Killer in Aktion gesehen habe. Und das hat nur dazu geführt, alles zu bestätigen, was ich bisher von den Terranisten gesehen oder gehört habe.«

»Wie dem auch sei, Lambert – es besteht immer noch die kleine Möglichkeit, daß Sie uns davon überzeugen können, Reporter zu sein. Können Sie es nicht, war es das letzte Mal, daß sie jemanden oder etwas in Aktion gesehen haben.«

Ich glaube, in diesem Moment fing ich, zum ersten Mal, seit ich den Raum betreten hatte, an zu glauben, daß ich doch noch an einem Stück aus dieser mißlichen Lage entkommen konnte. »Was wollen Sie wissen?«

»Fangen Sie damit an, warum keins der offiziellen Register Sie als Reporter auflistet.«

»Ich bin nie als Reporter geführt worden. Ich habe diese Stellung ganz neu angetreten, und aufgrund ihrer Natur konnte ich nicht aufgelistet werden.« Vegler runzelte die Stirn. »Schauen Sie, ich war noch vor ein paar Wochen Tontechniker. Aber ich habe seit Jahren versucht, in den Journalismus reinzukommen. Ich bin dem Redakteur des Senders so oft auf den Senkel gegangen, daß er sagte, wenn ich mit einer Idee käme, die gut sei, wolle er mal sehen, was sich machen ließe. Meine Idee gefiel ihm.«

»Was war das für eine Idee?«

»Ich wollte als Tontechniker hier erscheinen und ein bißchen herumstochern, um zu sehen, ob das Büro des Gouverneurs etwas zu verbergen hat. Ich hatte die Idee von einem Kameramann, der mit unserem Team über Tralcors Festnahme berichtete. Die Geschichte, die er mir über die Pressekonferenz erzählte, hatte aber nichts mit dem zu tun, was die Luna-Reporter schließlich zur Erde schickten.«

Vegler nickte. »Und?«

»Ein paar Tage später hörte ich, was einer unserer Reporter sagte. Man hatte ihn mit einer Story über Luna beauftragt, aber die Auswanderungsbehörde lehnte seinen Bluttest ab. Statt dessen schickte das *Telejournal* Harvey Dubord, und der Reporter, von dem ich gerade gesprochen habe, beschwerte sich deswegen. Dubord ist das, was man ›eine sichere Stimme‹ nennt – ein Reporter, auf den sich die Regierung verlassen kann, da er ihr nicht zusetzt.« Ich hatte das Gefühl, mir würden die Finger abfallen, deswegen nickte ich über die rechte Schulter hinweg. »Können Sie nicht was wegen meiner Hände unternehmen?«

»Machen wir schon. Reden Sie weiter!«

»Nun, ich dachte, man hätte nur irgendeinen Reporter abgelehnt, aber dann habe ich ein bißchen recherchiert. Zumindest das *Telejournal* hat seit der Seuche immer nur noch ›sichere Stimmen‹ nach Luna geschickt. Und das betrifft Autoren ebenso wie ...«

Vegler hob die Hand. »Sie haben vermutet, daß die Regierung die Bluttests nur als Möglichkeit benutzt, Reporter zu überprüfen?«

»Ja.«

»Mit welchem Ziel?«

Ich zuckte die Achseln. Schmerzwellen fuhren durch meine Gelenke zu den Armen hinauf. »Ich weiß es nicht. Deswegen bin ich hergekommen – um es herauszukriegen.«

Vegler sah Raymond an, dann wandte er sich wieder an mich. »Noch eine Frage: Mit welchem Plan wollten Sie eigentlich die Aufnahmen zur Erde zurückbringen?«

»Die Sammler. Das *Telejournal* hat für ein kleines Schiff gesorgt, das die Bänder aus den Förderbändern holt und an Bord nimmt, bevor sie die Auffangstation erreichen.« Meine Kehle fühlte sich wegen der Trokkenheit rauh an. »Von dort aus sollten sie zur Industriestation New Eden bei El Five gelangen, und dann gesendet werden.«

»Ach so.« Vegler nickte. »Würden die Sammlerimpulse die Bänder nicht löschen?«

Ich wollte gerade den Kopf schütteln, doch dann überlegte ich es mir noch mal. »Ich hatte eine speziell abgeschirmte Hülle mit. Ich hatte sie auf der Pressekonferenz dabei ...«

Vegler nickte meinem Bewacher zu. Ich spürte, wie sich die Mündung seiner Waffe zwischen meine Schulterblätter drückte. »Steh auf, Jungchen!«

Ich stand auf und hörte, wie sich hinter mir die Tür öffnete. Ich behielt den Blick auf Vegler gerichtet. »Und jetzt?«

»Und jetzt was?«

»Lebe ich weiter oder sterbe ich?«

Vegler schüttelte den Kopf. »Wie ich schon sagte: Es wurde noch keine Entscheidung getroffen.« Er nickte dem Wächter zu, und ich spürte, wie sich eine Hand auf meine Schulter legte. Der Wächter drehte mich herum und schob mich auf den Gang hinaus. Er folgte mir und schloß die Tür, dann zog er ein langes Messer aus dem Gürtel seiner Rüstung.

»Rumdrehen!« Ich spürte, wie das Messer zwischen meine Hände glitt. Die Fesseln lösten sich. Sofort strömte Blut, Gefühl und Schmerz von meinen Armen aus in die Hände. Ich drehte mich um und sah meinen Bewacher an.

»Ich dachte, man hätte noch keine Entscheidung über mein Weiterleben getroffen.«

Der Wächter lächelte, dann ließ er ein polterndes Gelächter hören. »Rudy hat diese Entscheidung über mich auch noch nicht getroffen.« Er deutete in den Gang hinein, in Richtung auf mein altes Gefängnis. »Gehen wir!«

Bevor der Wächter die Tür schloß, was den Raum wieder in Finsternis versinken ließ, zeigte mir ein schneller Blick in die Runde eine rechteckige kleine Nische, die man aus dem massiven Fels herausgeschnitten hatte. Ich tastete mich in der Dunkelheit an den Wänden entlang, aber ich fand nichts außer Mondstaub. Das Zeug war überall. Grau, fein und klebend, das Pulver schien in allem zu sein. Ein alter Erdwitz: Mondbergleute kriegen eine Graulunge.

Der Witz war mit den Bergleuten zurückgekommen, die ursprünglich in den ersten Experimentalminen Lunas gearbeitet hatten. Aber das war vor der Seuche gewesen, bevor man sie durch Tausende von Infizierten ersetzt hatte, die nach Luna verbannt worden waren, um sie vom Rest der Bevölkerung abzusondern. Zuerst hatte die Presse Luna als das neue Molokai bezeichnet, dann nur noch als Leprakolonie: Einhundertvierzigtausend Überträger einer neuen Lebensformproduktion der DNS-Forschung der späten achtziger Jahre, der als ›Megawanze‹ bekannt wurde. Sie wurden von fünftausend Immunen oder ›Munis‹ bewacht und versorgt. Drei Generationen lang hatte die Leprakolonie die Berge zwischen Imbrium und Serenitatis abgebaut und die Sammler gefüttert, die Rohstoffe zur Industriestation New Eden brachten, wo sie verarbeitet zur Erde gelangten. Doch die Infizierten hatten wieder nach Hause gewollt, und so entstand der Terranismus.

Ich lehnte mich mit dem Rücken an die Wand und rutschte nach unten, in eine sitzende Stellung. Ich rieb meine Handgelenke und dachte an die Begegnung mit

Vegler und Raymond zurück. Wieso lebte ich noch? Die Terranisten hatten die Verantwortung für das Bombardement des El Five-Shuttles nach Luna übernommen, und die Katastrophe hatte unter anderem auch fünfzehn kleine Kinder das Leben gekostet. Warum sollten sie mich nur deswegen verschonen, weil ich unschuldig war?

Wieder Stimmen vor der Tür. Von welchem Nutzen war ich ihnen? Ich war zwar keine ›sichere Stimme‹, aber Sympathien für die Terranisten hatte ich auch nicht. Die Tür wurde entriegelt, dann öffnete sie sich, und Ahmis, der Wächter, tauchte auf.

»Auf geht's, Jungchen.«

»Wohin?« Ich richtete mich auf.

»Es wird Zeit, dir eine Rüstung zu verpassen. Sieht so aus, als wenn du 'ne Weile bei uns bleiben würdest.«

Endlose Stunden später, in eine erbeutete Oberflächenrüstung gekleidet, ein breites rotes Band quer über meine Brust gesprüht, folgte ich der Ärztin, die meinen Kopf verpflastert hatte, durch eine ausgedehnte, niedrige Säulenhalle, die von einer einzigen Kette mattgrüner Lichtriegel erhellt wurde. Auch wenn ich nicht gefesselt war, fand ich es schwierig, mich zu bewegen. Um mich in der schwerfälligen Rüstung vorwärtszubewegen, mußte ich mich nach vorn beugen, als wollte ich durch einen Sturmwind gehen. Um anzuhalten, mußte ich mich zurücklehnen und die Fersen in den Boden stemmen. Ich flog ein paarmal auf die Nase, ehe meine Technik stimmte. Die Anstrengung, wieder auf die Beine zu kommen, war ebenso groß wie die der hüpfenden Fortbewegungsweise, derer wir uns bedienten, und bald mischte sich der ätzende Mondstaubgeruch der Rüstung mit meinem Schweiß und den noch vorhandenen Gerüchen ihres vorherigen Besitzers. Da mein Helmfunkgerät ausgebaut worden war, bestanden die einzigen Geräusche, die ich hören konnte, aus denen des Umlaufmotors und meines eigenen Atems.

Vor der Ärztin war eine Reihe von Terranisten zum offenen Ende der Säulenhalle unterwegs. Sie öffnete sich auf der dunklen Seite des Berges, doch das Sonnenlicht von dem Abhang, der dem Eingang gegenüberlag, ließ meine Augen schmerzen. Hinter mir behielt mich Ahmis, mein gewissenhafter Wächter, gut im Auge. Er hatte gekichert, als er mir gezeigt hatte, wie man die Löcher in den Kunststoffsäumen der Rüstung mit Plastikband-Kreuzen flickt. Ich hatte ihn nach dem Grund seines Humors gefragt, und er hatte mir in allen Einzelheiten erklärt, wie man meinem Vorgänger die Rüstung weggenommen hatte.

Die Ärztin hatte kein Wort gesprochen, als sie meine Wunde gereinigt und mit Plastikhaut abgedeckt hatte. Sie eilte vor mir her zum Eingang der Säulenhalle und blieb dort stehen. Ich beugte mich nach hinten, stemmte die Füße in den Boden und schaffte es so, nicht gegen sie zu knallen. Ahmis trat neben mich, und wir sahen eine Gestalt vor uns, die am Eingang stand und Handzeichen gab. Kurz darauf ging die Ärztin weiter, und Ahmis und ich folgten ihr. Hinter uns waren etwa zehn andere.

Hinter der Säulenhalle sah ich, daß wir auf einer der alten Zufahrtsstraßen waren. Die alten Befestigungsstreben des Erzförderbandes waren alle paar Meter zu sehen, was bedeutete, daß wir immer noch im Kaukasus waren. Weit vor uns bog ein sechsrädriger Erzauswerfer nach rechts von der Straße ab und fuhr eine große Rinne hinab. Diejenigen, die vor uns waren, bogen ab und folgten ihm. Als wir aus dem Bergschatten kamen, sah ich den Rand von Calippus. Er mußte es sein. Calippus war der größte Krater in der Nähe des Erzförderband-Systems, was bedeutete, daß wir uns weit nördlich von Bee Town aufhielten. Etwa eine Stunde später erreichten wir das Ende der Rinne und trafen wieder zusammen. Als ich mich umsah, sah ich zweiunddreißig Rüstungen. Jemand bestieg den Erzauswerfer und trat durch die Luftschleuse ein. Kurz darauf kehrte die Gestalt zurück, der Auswerfer wandte sich wieder nach rechts und fuhr über die niedrigen Hügel auf die Dunkelheit des höheren Kaukasus westlich von Calippus zu. Jene von uns, die zu Fuß waren, bogen nach links ab und hielten nach Süden zu.

Als meine Rüstung damit rang, mich vor der blasenwerfenden Hitze zu schützen, wurde mir allmählich schwindlig. Ich hielt Schritt, aber noch bevor ich bemerkte, was überhaupt los war, wurde die Ärztin langsamer. Sie ging neben mir her und steckte ein schwarzes Kabel von ihrem Helm aus in den meinen.

»Wie fühlen Sie sich, Lambert?«

Ich lachte. »Was glauben Sie, wie man sich fühlt, wenn man einen Gewehrkolben über den Kopf gehauen kriegt?«

»Ist Ihnen schwindlig? Ist Ihnen übel?«

»Ja.«

Sie hob die Hand, und Ahmis blieb neben uns stehen. Sie zog die Luftverbindung aus meinem Pack und steckte ihn in eine Tasse, die sie aus einem Beutel an ihrem Gürtel zog. Ich spürte, daß keine Luft in das System eintrat, deswegen verfiel ich in Panik, aber sie zog die Verbindung kurz darauf wieder zurück, und meine Nase nahm einen neuen Geruch wahr: Es roch nach einer Mischung aus verfaulten Blättern und irgendeiner Art kommerzieller Handcreme. »Das Gefühl müßte in etwa einer Stunde verschwinden.« Sie zog das Kabel von meinem Helm, rollte es zusammen und befestigte es an ihrem. Als sie sich umdrehte, um den anderen zu folgen, klopfte Ahmis mir auf die Schulter und deutete hinter ihr her. Ich beugte mich vor und folgte ihr.

Als ich vom schwarzen Himmel zur Erde schaute, die groß über dem Horizont hing, fragte ich mich, welchem Ziel ich diente. Ich setzte einen springenden Fuß vor den anderen, jeder wirbelte grauen Staub auf, der schnell wieder zur Oberfläche sank. Als ich eine kleine Anhöhe erreichte, konnte ich in dem Staub Radabdrücke erkennen, die auf den goldbraunen Horizont zuführten. Wir folgten den Spuren etwa ein, zwei Stunden, bis wir das Ende einer anderen aufgegebenen Zufahrtsstraße erreichten. Als wir dort ankamen, hatte sich das Schwindelgefühl zwar gelegt, doch die Anstrengung des Gehens – hauptsächlich mit Muskeln, die nicht daran gewöhnt waren – machte meine Beine schmerzen. Handzeichen signalisierten einen Halt; ich drehte mich um, weil ich sehen wollte, wie unsere Schritte die lunare Oberfläche markiert hatten, doch es waren keine Spuren zu sehen. Am Ende der Marschkolonne verwischten zwei Gestalten mit etwas, das nach Hockeyschlägern aussah, sämtliche Beweise. Die Kolonne setzte sich wieder in Bewegung, dann gingen wir in den Schatten einer Klippe und hielten an.

Die Ärztin drehte sich zu mir um und verband ihr Helmkabel mit mir. »Ist der Schwindel vorbei?«

»Ja.« Sie hob die Hand, um den Stecker herauszuziehen.

»Moment! Wenn wir schon eine Pause machen, können wir uns da nicht ein bißchen unterhalten?«

»Weshalb?«

»Ich möchte Ihnen ein paar Fragen stellen.« Sie streckte erneut den Arm aus, um den Stecker zu ziehen. »Hören Sie, wenn Sie Unterstützung für Ihre Sache haben wollen, müssen Sie schon mit mir reden.«

Sie zögerte, dann ließ sie die Hand sinken. »Was möchten Sie wissen?«

Ich seufzte, dankbar, daß ich jemanden zum Reden hatte. »Na ja, für den Anfang – wie heißen Sie, Doktor?«

»Kit.«

»Kit wie?«

»Sie werden noch merken, daß die meisten von uns nur einen Namen verwenden. Meist ist er angenommen. Wir haben noch immer Familien in den Gruben.« Ihre Stimme kam kalt und spröde durch den Lautsprecher.

»Was ist mit Rudy Vegler?«

»Die Aufpasser haben seine Familie umgebracht, als er noch ein Junge war – sofort nachdem er der Terranistischen Liga beigetreten ist.«

»Warum sind Sie Terranistin?«

Sie stieß ein scharfes Gelächter aus. »Aus dem gleichen Grund wie alle anderen, Lambert: Weil ich zur Erde zurück will.« Sie hob die Hand, zog den Stecker heraus und drehte sich um. Von vorn kamen wieder Handzeichen; die Kolonne marschierte weiter.

Als wir über die Straße hüpften, an dunklen, aufgegebenen Mineneingängen vorbei, dachte ich über die Ziele der Terranisten nach. Ich konnte sie beinahe verstehen. Das neue Gefühl, auf dem Erdmond zu sein, hatte mich schon vor Stunden aus der Reihe gebracht, und als ich den blauweißen Globus über den öden, grauen, luftlosen Bergen hängen sah, hatte ich mich nach frischer Luft, Bäumen und Wasser gesehnt. Die Möglichkeit, meine nackten Arme im Sonnenschein auszubreiten, in einem klaren Becken zu planschen – sogar mich zu kratzen, wenn mir danach zumute war –, all das war ein unbezahlbarer Luxus für mich geworden. Für jene, die noch nie auf der Erde gewesen waren, mußte es noch erstrebenswerter sein, und das Killerkommando, das ich gesehen hatte, bestand mindestens aus Überträgern der dritten oder gar vierten Generation. Aber sie waren Überträger, deswegen durften sie niemals zur Erde gelangen. Die Terranisten genossen auf der Erde keinerlei Sympathien; sie auf den Planeten zurückzulassen, bedeutete für wenigstens vier Fünftel der menschlichen Rasse den sicheren Tod. Ich sah mir die Großen Seen an und nahm einen Schluck warmen, geschmacklosen Wassers durch meinen Helmschlauch.

Als die Kolonne auf der alten Zufahrtsstraße eine

scharfe Kurve erreichte, wurden uns per Handzeichen Signale gegeben, und wir flohen von der Straße in die Schatten. Ich blickte hinauf und sah eine Staffel von vier Polizeijägern, die sich Calippus näherten. Wir warteten eine Weile, dann wurden wir wieder auf den Weg zurückgewinkt. Vor uns bogen Fünfrad-Fahrzeuge von der Hauptstraße ab – auf eine Spur, die geradewegs in die Berge führte. Als ich auf gleicher Höhe mit der Zufahrtsstraße war und mich umdrehte, sah ich, daß sie in einer der zahllosen Öffnungen der aufgegebenen Minenschächte hineinführte, die das Gebirgsfundament aushöhlten.

Im Innern des Stollens kamen wir an eine breite Luftschleuse. Wir traten ein, die Fahrzeuge blieben draußen. Nach ein paar Momenten spürte ich, wie sich der Kammerdruck dem Druck meiner Rüstung anglich. Vegler, Ahmis und die anderen nahmen ihre Helme ab, und ich fummelte am Verschluß des meinen herum, bis er sich öffnete und ich Gelegenheit hatte, ihn nach hinten zu schieben. Ahmis streckte eine klobige Hand aus und schaltete meine Rüstungssysteme aus.

Vegler wandte sich zu mir um. »Alle Ausrüstungsgegenstände, die wir bei der Pressekonferenz erbeutet haben, werden reingebracht. Identifizieren Sie das, was Ihnen gehört und bringen Sie es mit! Ahmis wird Ihnen den Weg zeigen.«

»Gefährdet es eine Sicherheitsvorschrift, wenn ich Sie nach dem Warum frage?«

»Sie werden in Kürze die erste Reportage über die Leprakolonie machen; deswegen sind Sie doch hier, oder nicht?«

Ich biß die Zähne zusammen – die, die ich noch hatte. »Ich habe doch gesagt, daß ich nicht hier bin, um einen Hofbericht über die Terranistische Liga zu drehen. Wie kommen Sie darauf, daß ich es trotzdem tun werde?«

»Aus zweierlei Gründen: Erstens ist es völlig egal, ob Sie die Liga gutheißen oder nicht. – Die Terranisten existieren, deswegen haben sie Nachrichtenwert. Oder gehören Sie zu den ›sicheren Stimmen‹, die Sie erwähnt haben?«

»Nein.« Ich konnte ihm nur zustimmen; er hatte recht. »Und was ist der zweite Grund?«

Vegler grinste. »Wenn Sie die Klappe halten, sind Sie weder für Ihren Sender, noch für die Munis oder für uns von Nutzen. Dann könnten wir Sie auch im Mondstaub stranden lassen.«

Ich nickte. Beide Gründe hatten durchaus Gewicht.

Mit Instrumenten beladen folgten Ahmis und ich Vegler und drei weiteren Terranisten durch die dunklen Stollen, bis wir einen Abschnitt erreichten, der von Leuchtriegeln erhellt wurde. Das grünliche, matt flackernde Licht vermischte sich mit traurig klagenden Stimmen. Ich brauchte einen Moment, um zu erkennen, daß die Stimmen sangen. Wir kamen um eine leichte Stollenbiegung, dann winkte uns eine Gestalt mit einem roten Strich auf der Brust aus der Ferne zu. Dort, wo der Posten stand, schien sich der Stollen zu verengen. Er wurde zu einem einzelnen Durchgang von etwa zwei Metern Breite, doch als wir näherkamen, erkannte ich, daß die Wände der Säulenhalle mit grobbehauenen Blöcken ausgefüllt waren.

Als ich hinter Vegler in den Gang trat, sah ich, daß man die Säulenhalle in Räume unterteilt hatte, und in den Räumen hielten sich Menschen auf. Als ich ein paar Schritte weit in der Minenschachtstadt war, wurde der Geruch des allgegenwärtigen Mondstaubs von den Gerüchen ungewaschener Leiber, Urin und verbranntem Fett überlagert. Eine sehr alte Frau, deren Unterschenkel amputiert waren, saß in dem Durchgang und streckte eine Hand nach Vegler aus, als er vorbeikam. Der Terranist hielt an, hockte sich hin und berührte die Wange der alten Frau mit der Hand. Sie nahm seine Hand in die ihre, küßte sie und ließ sie los. Vegler blickte sie an, sie nickte und lächelte, dann zog sie sich in einen finsteren Torweg hinein. Er schaute eine Sekunde lang auf den staubigen Boden, dann richtete er sich auf und sah mich an.

Ich deutete auf den dunklen Torweg. »Was war das – ein Terranisten-Groupie?«

Vegler versetzte mir eine Ohrfeige mit dem gepanzerten Handschuh seiner Rüstung, und ich flog zuerst gegen Ahmis und fiel dann zu Boden. Vegler drehte sich um und stürmte davon. Ahmis packte meine Schulter und zog mich hoch. »Wer war das? Seine Mutter?«

Ahmis langte zu Boden, packte meine Instrumente und warf sie mir in die Arme. »Nein. Nur 'ne alte Frau.«

»Was ist mit ihren Beinen passiert?«

»Grubenunglück; so was haben viele alte Leute hier.«

Mit leicht schlotternden Beinen stolperte ich hinter Vegler her. Es gab hier viele dunkle Torwege und viele alte Gesichter. Je tiefer wir in das Gebiet vordrangen, desto stärker wurden die Gerüche. Vor uns bog Vegler in einen Torweg ein. Bevor ich ihm folgte, blieb ich stehen und schaute Ahmis an. »Wo sind wir überhaupt hier?«

»Dies ist der Ort, an den man geht, wenn man zu alt ist, um in den Minen zu arbeiten. Wir nennen ihn den Knochenhof.«

Ahmis deutete auf den Torweg, und ich drehte mich um und trat ein. Der dunkle Raum sah so aus wie alle anderen, und er roch auch so. Der einzige Unterschied bestand in einer künstlichen Mauer, die dort aufragte, wo der harte Fels der Säulenhalle hätte sein sollen. Ahmis nickte mir zu; ich trat ein und kam in einen engen, schwarzen Korridor. Während ich mit den Fingerkuppen die rauhen Wände abtastete, machte der Gang eine Biegung, und ich sah vor mir weißes Licht. Ein paar Schritte weiter kam ich in eine glattwandige Kammer mit niedriger Decke, an der gelblichweiße Lichtplatten hingen. An der gegenüberliegenden Wand stand ein

Waffenständer. Auf jeder Seite des Ständers befanden sich geschlossene Türen, und mir direkt gegenüber standen einige Metallstühle und ein Tisch. Vegler drehte mir den Rücken zu und unterhielt sich mit Kit und einem zerbrechlichen alten Knaben in einem Coverall. Ich brauchte einen Moment, aber dann wußte ich, wem das Gesicht gehörte. Der Mann war der Molekularbiologe Charles Towne, der zum Luna-Immun-Kontingent gehört hatte. Die Terranisten hatten ihn vor vier Jahren gekidnappt; er wurde allgemein für tot gehalten.

Vegler deutete mit einem Kopfnicken auf mich. »Towne, das ist Lambert; der Journalist, von dem ich Ihnen erzählt habe.«

Townes wasserblaue Augen zuckten auf mich zu, dann wieder zu Vegler. »Wenn ich kooperiere, lassen Sie mich dann frei?«

»Wir werden sehen.« Vegler sah mich an. »Dies ist Ihre Show; wie wollen Sie sie inszenieren?«

Ich zuckte die Achseln, dann sah ich mich in dem Raum um. »Ich baue meine Klamotten auf, dann setzen wir uns einfach hin und reden ... Gehen wir noch in einen anderen Raum außer diesem?«

»Vielleicht.«

»Dann brauche ich jemanden, der die Kamera bedient, wenn wir uns bewegen.«

Vegler kratzte sich am Kinn und sah Ahmis an, der neben mir stand. Der Terranisten-Wächter hatte die Arme voller Instrumente. »Könntest du dich als Kamerafritze sehen, Ahmis?«

Der Wächter grinste. »Klar, Rudy.« Ahmis stellte das Zeug auf den Boden, zog die Handschuhe seiner Rüstung aus und rieb sich die Hände. »Wo fangen wir an, Jungchen?«

Ich zog meine Brauen hoch und sah Vegler an. Er lächelte und setzte sich auf einen Metallstuhl. »Wann immer Sie wollen, Lambert.«

Stunden später saß ich in dem gleichen Raum, blickte auf den Fünf-Zentimeter-Bildschirm meines Schneidegeräts und bemühte mich, das Gefühl zu verdrängen, daß bei diesem Interview mehr geschehen war, als ich auf Film bekommen hatte. Ich schnitt ein paar Experimente heraus, die Ahmis mit der Kamera-Zoomlinse gemacht hatte, prüfte den Index, stoppte, ließ zurücklaufen und stoppte erneut. Ich schaltete das Playback ein und schaute zu, wie die miniaturisierte Gestalt Charles Townes sich die Nase rieb und dann die Arme vor der Brust verschränkte.

»Das Lunare Genetikzentrum wurde '91 gegründet; sofort nachdem die unter Quarantäne stehenden Überträger zum Mond umgesiedelt wurden. Das ursprüngliche Ziel des Zentrums bestand tatsächlich darin, ein Heilmittel für die Infizierten zu finden.«

Lambert: »Sie sagen ›der ursprüngliche Zweck‹. Heißt das, das Ziel hat sich geändert?«

Towne krümmte sich, schaute von der Kamera weg, sah dann wieder Lambert an und nickte. »Das war, als die New Eden-Station bei El Five gerade konstruiert wurde – es war vor meiner Zeit.«

Lambert: »Um das Jahr 2005 herum.«

Towne: »Ja. Nun, Sie müssen wissen, daß das Zentrum sowohl die Überträger als auch die Immunen auf Luna regelmäßig untersucht hat. Die Nukleotid-Reihe, die gegenüber der sogenannten Megawanze Immunität verlieh, war identifiziert worden. Doch noch etwas anderes wurde allmählich evident: Das besondere Merkmal der *E. coli,* die die rekombinierten Plasmide enthielten, die man als krankheitserregend eingestuft hatte ...«

Lambert: »Die Megawanze?«

Towne: »Ja. Nun, die Häufigkeit ihres Vorkommens schien im Laufe der Zeit abzunehmen. Proben, über die es Unterlagen gibt, zeigen ...«

Lambert: »Soll das heißen, die Wanze ist ausgestorben?«

Towne: »Sie ist ausgestorben. Man hat seit 2008 keine Spur mehr von ihr gefunden.«

Lambert: »Soll das heißen, daß die Überträgerbevölkerung seit 2008 von der Krankheit gesundet ist? Daß sie zur Erde zurückkehren könnte, ohne Schäden zu verursachen?«

Towne nickte. »Aus diesem Grund änderte sich das Ziel des Zentrums. Damals verfügte Luna über vier Sammler, und die New Eden-Station fing gerade an, Produkte zur Erde zu liefern. Die Sammler mußten gefüttert werden – deswegen wurde entschieden, die Neuigkeit geheimzuhalten, bis man sich der Sache ganz sicher war. Alle Informationen, die die sogenannte Seuche betrafen, wurden gesammelt und im Zentrum zu den Akten gelegt.«

Lambert: »Und?«

Towne: »Und so sieht die Situation heute noch aus, sechzig Jahre später.«

Vegler: »Ausgenommen, daß man jetzt sieben Sammler füttern muß.« Das Bild wanderte, bis Veglers Kopf den winzigen Bildschirm ausfüllte.

Lambert: »Damit sagen Sie also, daß man die Überträgerbevölkerung – oder besser, ihre Nachfahren – dazu mißbraucht, Arbeit zu tun, die man als ... als ...«

Vegler: »Das Wort, das Sie suchen, heißt ›Sklavenarbeit‹.«

Lambert: »Und, um Himmels willen, aus welchem Grund?«

Vegler: »Die ursprünglichen Bergleute auf Luna wurden sehr gut bezahlt, und ihre Unterkünfte und sonstigen Anlagen waren teuer und extravagant. Haben Sie Bee Town gesehen?«

Lambert: »Ja.«

Vegler: »Das war die ursprüngliche Siedlung; jetzt leben dort die Immunen. Die Immunen bezahlen uns mit Nahrung und minimaler Lebensqualität. Sie kontrollieren im wahrsten Sinne des Wortes unsere Atemluft. Sie haben gesehen, wie wir leben; so ist es eben für alle billiger.«

Ich drückte auf Stop und sah mir Veglers erstarrtes Gesicht an. Wenn das stimmte, hatte ich eine Erklärung für das, was die Vereinigten Staaten der Erde auf Luna verheimlichen mußten. Aber wie weit konnte man Townes Aussage trauen? Er und Kit hatten mich in einen anderen Raum gebracht, der mit Ausrüstungsgegenständen und Computerakten vollgestopft war. Sie hatten mir Dias, Dokumente, Aufzeichnungen und andere Dinge gezeigt, die den Terranisten bei Townes Entführung aus dem Zentrum in die Hände gefallen waren.

Aber ich konnte das, was ich gesehen hatte, nicht beurteilen. Jeder von uns hatte eine Kanone am Ohr. Dennoch, schon die Tatsache, daß ich Charles Towne gefunden hatte, war eine Story wert – gar nicht zu reden vom Nachfolgepotential einer Story über die Lebensumstände der Überträger. Wenn es stimmte, daß die Wanze ausgestorben war, um so besser. Es würde die Enthüllung des Jahrhunderts werden. Schon die Vorstellung einer ganzen Menge hoher Beamter einiger Regierungen, die in diese Sache verwickelt waren, ließ mir das Wasser im Mund zusammenlaufen. Es stimmte; niemand auf der Erde würde auch nur einen Finger rühren, um den Überträgern zu helfen, selbst wenn die Wanze schon vor sechzig Jahren ausgestorben war.

Ich ließ den Film schnell vorwärtslaufen, bis ich sah, wie Vegler einen Finger in die Luft stieß und den letzten Hammer servierte: »... wie die Indianer in den alten Reservationen. Man fragt auch nicht danach, warum sie dort gelandet sind. Man denkt nur an eins: daß die Regierung für ihren Unterhalt aufkommt. Warum also sollte ihnen jemand ihr Land zurückgeben? Das ist es, was man heute über uns denkt: Ein Himmelskörper voller Penner, die vom Sozialamt leben. Warum sollten wir sie zur Erde zurücklassen? Wenn wir das tun, verlangen sie als nächstes noch ihr Eigentum zurück.«

Lambert: »Glauben Sie, daß Terrorismus diese Gleichgültigkeit in Sympathie umwandelt?«

Vegler schüttelte den Kopf. »Nein. Aber wir sind auch nicht auf Sympathie aus.«

Lambert: »Auf was denn?«

Vegler: »Darauf, daß etwas passiert.«

Lambert: »Sie sind sich natürlich dessen bewußt, daß die paar Terranistische Apologeten auf der Erde die Behauptung aufgestellt haben, dem gegenwärtigen Inschachhalten der Überträger läge ein Schwindel zugrunde. Auch das hält man nur für terranistische Propaganda.«

Vegler: »Die Bilder, die in Ihren Schulbüchern sind – die Straßen, die von schwarzen, verrottenden Leichen überquellen, kann man nicht nur mit Worten kontern. Sie haben gefragt, was wir damit erreichen wollen, daß wir das El Five-Shuttle bombardiert haben. Ganz einfach. – Wir versorgen Sie mit neuen Bildern des Grauens, um die alten damit zu kontern. Wenn wir sie nur grauenhaft genug machen, werden wir die Action kriegen, auf die wir aus sind ...«

Ich drückte auf Stop. Aber wenn Worte allein nicht ausreichen, warum nehmen sie dann den ganzen Ärger auf sich und erhalten mich am Leben, damit ich dieses Interview aufnehme? Das war es, was mich störte. Das fertig geschnittene Band war in den abgeschirmten Behälter gepackt worden. Man hatte den Behälter jemandem gegeben, der ihn in einen der Sammler werfen sollte. Sie hätten ihn auch einfach wegwerfen können, aber was hätte das erbracht? Das gleiche Ziel hätten sie auch erreichen können, wenn sie mich bei der Pressekonferenz getötet hätten. Ich tippte ganz sacht auf die Rücklauftaste und schaltete auf Abspielen.

»... neuen Bildern des Grauens, um die alten damit zu kontern. Wenn wir sie nur grauenhaft genug machen ...« Ich drückte auf Stop, ließ das Band rausschnappen, nahm Band eins vom Tisch und hatte ein übles Gefühl im Magen. Ich betätigte den Schnellvorlauf und schaute zu, wie die Miniaturgestalten zuckten, bis die namens Kit einen Augenblick lang still sitzen blieb und die namens Mark Lambert ansah. Stop. Zurück. Abspielen.

Lambert: »... scheint mir, daß Sie aufgrund der Ausbildung und Ausrüstung, die Towne und Sie gebraucht haben, um die Überprüfung der Überträger vorzunehmen – und um die ganze Sache zu verstehen – ebenfalls in der Lage sein müßten, DNS-Arbeit zu leisten.«

Kit: »Zum Beispiel?«

Lambert: »Nun, auf der Erde kennt die Forschung zahlreiche Nutzanwendungen in der Nahrungsherstellung und der Medizin – Dinge, die die Umstände hier oben verbessern könnten.«

Kit sah Towne an, dann schwenkte ihr Blick zu Lambert; auf ihren Lippen lag der Anflug eines Lächelns. »Wir haben ein bißchen getan, ja ...« Ich drückte auf Stop und schaltete das Schneidegerät aus.

Sie hatten garantiert ein bißchen getan ... »neue Bilder des Grauens ...« Man würde den Bandbehälter aus dem Förderband holen, zur New Eden-Station transportieren und öffnen. Was ließ er dann ... frei? In New Eden hielten sich zweieinhalb Millionen Männer, Frauen und Kinder auf. Als mir klarwurde, daß Fracht- und Passagiershuttles von New Eden in einem beständigen Strom zur Erde unterwegs waren, spürte ich, wie es mir kalt den Rücken hinunterrann. Die Erde ...

Kit betrat den Raum durch die rechte Tür neben dem Waffenständer, sah mein Gesicht und lächelte. »Sieht so aus, als wären Sie dahintergekommen.« Sie hob eine Flinte und zielte auf mich. Ich konnte nichts anderes tun, als dazusitzen und mit offenem Mund zu gaffen. Ich blickte zu Boden und musterte die dort liegenden Instrumente. Der Signalgeber, der mir sagen sollte, wann der Bandbehälter an Bord war, war weg. Hätte ich ihn gehabt, hätte ich den Aufnahmebefehl unterbrechen können.

Ich sah Kit an.

»Rudy hat ihn.«

»Wo ist er? Sie verstehen nicht: Ich muß ihn aufhalten!«

Sie lachte. »Wenn ich es schon nicht verstehe, wer würde es dann verstehen?«

»Sie wissen doch gar nicht, was Sie tun!«

Sie gab mir einen Wink mit dem Lauf. »Bleiben Sie sitzen, Lambert – und am Leben ...«

Bevor sie den Satz beenden konnte, langte ich unter den Tisch und kippte ihn ihr entgegen. Die Tischkante lenkte ihre Flinte zur Decke hin ab. Sie feuerte; der blendendweiße Strahl der Flinte bestreute uns mit Gestein und Verputz. Ich sprang über den umgekippten Tisch, trat ihr gegen die Schläfe, riß die Flinte und einen Helm an mich, der auf einem Stuhl lag, und setzte ihn auf. Während ich zur Tür ging fragte ich mich, warum Helmverschlüsse so einfach zu bedienen waren. Ich hatte die Handschuhe ausgezogen, um am Schneidegerät zu arbeiten.

Ich ging ihretwegen zurück, befestigte sie an den Ärmeln der Rüstung, hüpfte durch den dunklen Gang, drehte mich und kam an die künstliche Wand. Es war eine abschüssige Felsplatte, vielleicht zehn Zentimeter dick. Ich konnte einen Lichtriß irgendwo am Rand ausmachen, fand aber kein Schloß. Ich drückte gegen die Platte, versuchte sie zu bewegen, aber sie rührte sie nicht.

Ich nahm die Flinte von der Schulter, zielte auf den Riß und feuerte. Die Platte zerbrach diagonal und öffnete den oberen Teil des Eingangs. Ahmis' überraschtes Gesicht starrte mich an. Ich hechtete durch die Öffnung, knallte ihm die Schulterstütze meiner Flinte ins Gesicht und rannte über ihn weg in den Gang hinein. Oben und unten im Gang schoben sich Gesichter durch die dunklen Torwege.

Ich wandte mich nach links und hüpfte auf dem Weg

zurück, auf dem ich hereingekommen war. Wo der Schacht sich öffnete, hielt ich nach dem Posten Ausschau, aber es war keiner da. Ich trat in den offenen Teil hinaus, und ein Flintenbolzen zischte von hinten über meinen Helm. Ich fuhr herum und sah Ahmis – Blut lief aus seiner Nase – den Gang herunterkommen. Ich hob die Flinte, aber hinter ihm im Gang hielten sich zu viele Leute auf. Ich wandte mich wieder um und lief los. Ich hielt erst an, als ich die leichte Stollenkrümmung erreichte. Als Ahmis durch die Öffnung kam, feuerte ich mehrmals und füllte den Stollen an seinem Ende mit Mondstaub.

Als ich mich umdrehte und weiter in den unbeleuchteten Stollen floh, der sich vor mir erstreckte, wußte ich, daß ich ihn verfehlt hatte. Kurz darauf war ich an der großen Luftschleuse. Ich prüfte meine Rüstungssysteme, schloß die Gesichtsplatte, öffnete die Tür und trat ein. Am anderen Ende der Schleuse tastete ich nach dem Bodenventil, fand es und drehte es weit auf. Sekunden später war meine Rüstung zu, und ich drehte das Rad der Außentür und öffnete sie. Sie war darauf eingerichtet, sich automatisch hinter mir zu schließen, damit die Zelle für den nächsten bereit war, der hinauswollte. Da Ahmis der nächste sein würde, nahm ich einen faustgroßen Stein vom Boden und klemmte ihn in den sich schließenden Türspalt. Er hielt.

Eines der mit Rädern versehenen Fahrzeuge an der Seite der Säulenhalle war weg. Ich bestieg das nächste, ließ mich auf den röhrenförmigen Fahrersitz sinken und überprüfte die spärlichen Kontrollen. Es war ein simpler Frachtrover, der kaum mehr als Zündung, Kupplung, Bremsen und ein Steuerrad aufwies. Ich schaltete in den Rückwärtsgang; der Rover erwachte zuckend zum Leben und wankte aus dem Stolleneingang. Am Eingang war die Straße breit, also wendete ich, richtete die Drahtnetzräder bergab und wechselte in den Vorwärtsgang.

Kurz darauf erreichte ich die Hauptzufahrtsstraße. Ich hielt an, um mich zu fragen, was ich jetzt tun sollte. Ich wußte zwar, daß die Straße links von mir endete, aber Vegler und seine Gefährten hatten vielleicht diesen Weg genommen, um den lunaren Sicherheitskräften zu entgehen. Doch wohin sie sich auch gewandt hatten, sie würden bei den Sammlern landen müssen, und die befanden sich dort, wo die alten Erzförderbandstraßen hinführten. Ich bog nach rechts ab und gab Vollgas.

Die Straße verlief geradeaus, bis sie in ein T mündete. Dort trafen sich zwei alte Förderbandrouten. Die Sammler waren südlich von Calippus. Ich fuhr nach rechts und hielt, als ich um eine Kurve kam, gerade noch rechtzeitig an, um nicht mit einem Erzauswerfer zu kollidieren, der gerade über die Straße kam. Hinter ihm, auf hohen Metallrahmenträgern, die alle paar Meter aufragten, begann das Gebiet der noch aktiven Erzförderbänder. Von den Bergen aus, die links von mir aufragten, verliefen kleinere Förderbänder. Sie kamen aus den Eingängen der Säulenhallen und kippten ihre Ladung auf das Hauptförderband.

Ich schwang den Erzauswerfer herum und folgte dem Zufahrtsweg, der in den Wald der Förderbandträger hinein- und herausführte. Links von mir lag die Leere von Serenitatis, und ich hielt an, um nachzudenken. Als der Rover zum Halten kam, versuchte ich mir den Grundriß der Sammler und des Erzfördersystems vorzustellen. Die Sammler befanden sich am Rande des Mare, direkt südlich vom östlichen Kaukasus – wo ich hätte sein müssen, um Serenitatis zu sehen. Als die Straße sich nach rechts wandte, um der Bergkette zu folgen, bog ich von ihr ab und fuhr nach Süden weiter.

Minuten später hatte ich mich schon verfahren. Sämtliche Landmarkierungen waren unter dem nahen Horizont verschwunden; meine einzigen Richtungshilfen waren die Roverspuren, die sich hinter mir ausdehnten.

Obwohl sie mir keine große Hilfe waren, waren sie für Ahmis von unschätzbarem Wert, wenn er die Zufahrtsstraße hinabrollte und bemerkte, daß die durch Serenitatis verlaufenden Spuren wie ein großer roter Pfeil auf meinen Rücken zeigten. Ich beugte mich vor, um dem Rover Vollgas zu geben, und stellte fest, daß ich schon mit Höchstgeschwindigkeit fuhr. Die Energieskala zeigte negativ an – und das im hellen Sonnenlicht. Ich zog mich hinauf und stieg auf den Sitz, um die Sonnenzellen zu überprüfen. Auf ihnen lag ungefähr ein Zentimeter dick Mondstaub. Ich wischte, was ich konnte, mit dem Arm beiseite und drehte mich um, weil ich wieder vom Sitz steigen wollte. In der Ferne kündigte ein silberner Blitz, dem sofort ein zweiter folgte, den Sammler-Komplex an.

Ich überblickte schnell den Weg, den ich gekommen war, aber Ahmis war nirgendwo zu sehen. Der Trick mit der Luftschleuse schien also funktioniert zu haben. Ich sank in den Sitz zurück, gab Gas und fuhr weiter in die Richtung, aus der das silberne Glitzern gekommen war. Die Energieskala stand zwar noch immer im Negativbereich, aber nicht mehr so tief. Kurz darauf spielte es keine Rolle mehr.

Als ich eine kleine Anhöhe erreichte, breiteten sich rechts und links von mir die kilometerlangen, leuchtenden Gestänge und zischenden Förderkübel des Sammler-Komplexes aus. Sie reichten von einem Horizont zum anderen. Die Förderkübel schaufelten ihre Ladungen am langsamen Ende der Halde hoch; dort wurden sie von synchronen Magnetimpulsen über die Schiene gewirbelt, bis sie die Fluchtgeschwindigkeit erreichten. Am schnellen Ende öffneten sich die Förderkübel und schossen das zusammengepreßte Erz in eine Kreisbahn, wo es von der Fängerstation eingesammelt wurde. Die Förderkübel verlangsamten und kehrten zum langsamen Ende zurück, um die nächste Ladung aufzunehmen. Die Förderkübel, die ich sehen konnte, verlangsamten von links nach rechts. Ich hielt mich nach rechts, dem langsamen Ende entgegen.

Der Rover schlingerte und hüpfte um einen kleinen, hausgroßen Packer herum; dann ging es einen steilen Abhang hinauf. Von seinem Kamm aus sah ich den Frachtrover, den Vegler und seine Männer gefahren hatten – daneben befanden sich drei Rover, die mit transportablen Unterständen beladen waren und die Insignien der Sicherheitskräfte trugen. Dahinter ragte die lange, spitze Halde auf, die von zwei großen Rohrförderbändern gespeist wurde. Ein Blitz von einem der Polizei-Rover, und vor mir spritzte Staub in die Luft; ich bog hastig nach links ab und hielt auf die dunkle, sichere Ebene unterhalb der Sammlerketten zu. Weitere Blitze. Es sah so aus, als sei ich in einem Staubsturm gefangen. Der Staub legte sich, und ich stellte fest, daß der Rover sich nicht bewegte. Die beiden Drahtnetzräder an der rechten Seite sahen aus wie Spaghetti aus Aluminium. Ich sprang an der linken Seite ab und näherte mich den Sammlerketten.

Als ich sie erreichte, brachte ich das Feuer der Wachposten gleich mit. Aus der Richtung der Sammlerketten wurde das Feuer auf die Polizeifahrzeuge erwidert. Eine Gestalt, um deren Brust sich ein roter Streifen zog, kam hinter einem Stützbalken hervor und winkte mir zu. Als ich fünf Meter im Schatten war, wurde ich von hinten hochgehoben, gegen eine der inneren Kettenstützen geknallt und anschließend im Mondstaub begraben.

In meinem Kopf drehte sich alles. Ich kam wieder zu mir, als ich spürte, daß Hände mich ausgruben. Mein Körper fühlte sich an wie ein Sack zerbrochenes Glas. Behandschuhte Finger wischten den Staub von meiner Gesichtsplatte; Veglers Gesicht sah mich an. Er zog ein schwarzes Kabel aus seinem Helm und stöpselte ihn in den meinen.

»Lambert?«

»Sie Ungeheuer«, zischte ich. »Wo ist der Behälter?«

Hinter Veglers Helm flammte ein Strahl auf, aber er schien ihn nicht zu bemerken. »Er ist weg. Wer hat es Ihnen erzählt? Oder sind Sie von selbst draufgekommen?«

»Ist das denn wichtig?«

»Lambert, die Wachposten haben uns in ein paar Minuten. Antworten Sie mir jetzt, sonst blase ich Ihnen ein Loch in den Schädel!«

»Das scheint die einzige terranistische Antwort auf alles zu sein; kriegen Sie keine Antwort, schießen Sie jemandem ein Loch in den Schädel. Wenn wir nicht zur Erde zurück können, radieren wir eben die ganze Menschheit aus ...«

»Halt die Schnauze und hör zu! In dem Behälter ist etwas, im Vergleich zu dem die Megawanze sich wie ein harmloser Durchfall ausnehmen wird ...«

»Es wird bestimmt eine Menge Aufmerksamkeit erregen, Vegler ...«

»Darauf können Sie Gift nehmen, verdammt! Aber das ist noch nicht alles. Die Wanze, die Kit und Doc Towne ausgebrütet haben, braucht zwei bis vier Monate, um zu töten, und auf der Erde kennt kein Mensch ein Mittel dagegen. Selbst wenn man eins kennen würde – man braucht zwei bis drei Monate, um mit der Produktion anzufangen ...«

»Mein Gott, Vegler ...«

»Hören Sie zu! Wir haben ein Gegenmittel; einen Organismus, der spielend damit fertig wird. Wir haben in den aufgegebenen Stollen schon jetzt genug davon auf Lager, um jeden Menschen auf der Erde zu immunisieren. Wenn wir zur Erde zurückkehren, nehmen wir es mit.«

»Erpressung.«

»Ja! Wissen Sie eine bessere Lösung?«

»Warum erzählen Sie mir das?«

»Lambert, wir brauchen Zeit. Acht oder zehn Tage, damit der Organismus sich ausbreitet. Wenn man erfährt, was da vor sich geht, ist man auf der Erde fähig, ihn in der New Eden-Station zu isolieren ...«

Ich lachte. Dann hörte ich auf, denn ich spürte, wie sich die losen Enden mehrerer Rippen aneinanderrieben. »Was ist, Vegler? Sie wollen, daß ich die Klappe halte, nicht wahr?«

»Ja.«

»Warum machen Sie mich nicht einfach mundtot?«

Vegler zeigte nun den gleichen Blick wie damals – als er die Wange der alten Frau im Knochenhof gestreichelt hatte. »Ich möchte Sie nicht töten, Lambert. Eines Tages, wenn wieder die Zeit für Gesetze ist, werden wir Leute brauchen, die Ihre naive Abscheu gegen die Gewalt haben.«

»Wie kommen Sie darauf, daß ich schweigen werde? Mein Gott, selbst wenn die Erde am Ende zustimmt – wissen Sie, wie lange es dauern würde? Sie wissen doch, wie langsam Regierungen reagieren.«

»Warum sollen wir die einzigen sein, die für die Trägheit von Regierungen zahlen müssen?«

Das Atmen fiel mir sehr schwer. Jemand lief an Vegler vorbei und klopfte ihm im Vorbeigehen auf den Helm.

»Vegler, woher soll ich wissen, daß Sie wirklich ein Gegenmittel haben ...?«

Gesteinsbrocken regneten auf uns herab. Die Wachposten kamen näher. »Kit ...« Vegler schwankte, dann fiel er auf mich. »Auf dem Weg ...« Ein lautes Klingeln in meinem Helm. Wir wurden beide hochgehoben und fielen dann hart zu Boden.

Ich öffnete die Augen. Die Erinnerung an den Geruch nach verfaulten Blättern und nach Handcreme war noch in meiner Nase. Mir war übel gewesen, und Kit hatte meinen Luftschlauch genommen ... Aber war das ein Beweis? Der weiße Dunst vor meinen Augen waberte und formte sich zu einem Gesicht.

»Lambert?«

»Wer sind Sie?« flüsterte ich.

Das Gesicht wandte sich um. »Captain, ich glaube, er kann jetzt reden.«

Das erste Gesicht verschwand; ein anderes nahm seine Stelle ein. »Ich bin Captain Manion, Lambert. Es ist kaum zu fassen, daß Sie es überlebt haben. Die Terranisten sind im allgemeinen nicht so zimperlich.«

»Manion? Sind Sie von der Polizei?«

»Ja. Ich bin zwar nicht sehr wild darauf, Sie jetzt zu verhören, aber ich habe keine andere Wahl. Was haben die Leute hier bei den Sammlern getan? Sie wissen doch, daß wir in einer ihrer Wohnhöhlen die Luft abdrehen, wenn sie daran herumfummeln.«

»Die Luft abdrehen?«

»Ja. Es klingt zwar hart, aber wir müssen die Sammler schützen. Die Erde und New Eden sind von ihnen abhängig.« Manion hatte offenbar den Ausdruck auf meinem Gesicht gesehen. »So was täten wir natürlich nicht mit den Arbeitern in der Produktion oder sonst einer lebenswichtigen Abteilung; nur mit einem der Knochenhöfe. – Dort sind ja doch nur Überträger.« Er wandte sich um und kam mit einem kleinen roten Kunststoffkasten in der Hand zurück. Es war mein Signalgeber; sein Aufnahmelicht war noch immer ausgeschaltet. Der Behälter befand sich also noch im Erzstrom. »Wissen Sie, was das ist?«

Ich blickte auf die zehn numerierten Tasten. Ich brauchte nur vier-vier-drei einzugeben, dann wurde die Aufnahme abgebrochen. Mehr nicht. »Ich weiß nicht, Captain. Sieht wie ein Taschenrechner aus.«

Manion runzelte die Stirn und zuckte die Achseln, dann wandte er sich dem anderen Mann zu. »In Ordnung Doktor, Sie können ihn jetzt haben.« Er verließ das Abteil. Es schlingerte. Wir waren in einem Polizeifahrzeug.

Das Gesicht des Arztes kam in mein Blickfeld. »Tut mir leid, daß wir Sie nicht sofort zur Erde bringen können, Lambert, aber Sie haben ordentlich was abgekriegt. Wahrscheinlich müssen Sie noch ein paar Wochen hierbleiben.«

Ich schloß die Augen. »Das müßte reichen.«

»Wozu?«

Ich öffnete die Augen und sah den Arzt an. »Die Terranisten wollen ungefähr zu der Zeit etwas bekanntgeben.«

»Ach ja?« Der Arzt öffnete einen Plastiksack mit einer klaren Flüssigkeit, die durch einen Schlauch in meinen Arm tröpfelte. »Schon wieder Forderungen?«

Ich biß mir auf die Unterlippe und schloß die Augen, damit ich nicht losheulen mußte. »Es ist eine Überraschung.« Vegler bei seinem Interview: *»Es gibt keine Unschuldigen, Lambert. Weil Sie nichts unternehmen, unternimmt auch kein anderer etwas. Sie sind schuldig. Es gibt Zeiten, in denen Terror angebracht ist. Vielleicht werden Sie es noch verstehen ...«* Ich lachte.

»Wo ist Rudy Vegler?«

Der Arzt deutete mit einer Kopfbewegung auf die Rückwand des Abteils. Die fünf Terranisten lagen dort, aufgestapelt wie Holzscheite, sie trugen noch immer ihre zerrissenen, schmutzigen, blutbespritzten Rüstungen und wippten mit der Bewegung des Polizeirovers über die lunare Landschaft. Am Boden, dicht neben mir, starrte Rudy Vegler mich durch seine zerschmetterte Gesichtsscheibe aus leergebrannten Augenhöhlen an. Seine Haut war violett, fast schwarz.

»Wir haben sie alle erwischt.« Der Arzt grinste.

Ich blickte ihn an. »Nicht alle. Es gibt immer noch ein paar.«

Der Arzt zuckte die Achseln. »Zehn oder fünfzehn? Das sind doch so gut wie alle. Wie wollen ein Dutzend Fanatiker gegen die ganze Welt kämpfen?« Er tätschelte meinen Arm, drehte sich um und verließ das Abteil.

»Wie ich schon sagte, Doktor, es gibt eine Überraschung.« Meine Stimme hallte blechern in dem leeren Abteil. Dann liefen mir die Tränen über die Wangen, und ich wandte den Kopf den aufgestapelten toten Terranisten zu.

»Ihr verdammten Hunde! Ihr verdammten Hunde! Ihr verdammten Hunde!«

Das Telefon klingelte. Ich legte eine wichtige Arbeit beiseite, um den Hörer abzunehmen.

»Wie wär's mit intelligenten Dinosauriern aus der irdischen Vergangenheit, die in der Gegenwart auftauchen, um ihren Planeten zurückzufordern?«

»Hallo, George.« Es war Scithers. Und erneut machte ich mir klar, daß ich, wäre ich in der Dachdeckerbranche tätig gewesen, mit Leichtigkeit noch einmal zwanzig Jahre damit hätte zubringen können, Fragen dieser Art nicht zu beantworten.

Es gab ein paar neue Entdeckungen, die sich auf Dinosaurier bezogen, und neue Theorien, die sie stützten. Der frisch entdeckte Dromeosaurus wies – im Verhältnis zum Gewicht seines Körpers – ein größeres Gehirn auf als jeder andere Dinosaurier, den man bisher entdeckt hatte. Und, so ging die Theorie weiter, es bestand die Möglichkeit, daß die Dinosaurier gar keine Reptilien gewesen waren, sondern Warmblüter. Außerdem gebe es zahlreiche Hinweise, daß eine Supernova oder ein Planetoiden-Aufschlag zum Verschwinden der Dinosaurier beigetragen hatte. Was war, wenn die Dinosaurier dies auf sich hatten zukommen sehen und in sicherere Gefilde umgezogen waren? Mein netter Redakteur wollte mir alles schikken, was er über diese Lebewesen wußte.

George war Feuer und Flamme.

Er schien am liebsten die Zeitreise zum Vehikel der Story machen zu wollen; damit sollten die besagten Lebewesen in der Gegenwart auftauchen. Sieht man von meiner Story ›Sammlerstück‹ mal ab, bin ich eigentlich kein Fan von Zeitreisegeschichten. Ich bin nur auf wenige gestoßen, die überzeugend sind. Nun, sagte ich zu George, mal sehen, was mir einfällt. Es kam die Zeit, in der ich mich auf die Bücher stürzte, um etwas über Dinosaurier zu erfahren – und wie es in der guten alten Zeit so war. Als ich die Story fertig hatte, wußte ich viel mehr über dieses Zeitalter und die Dinosaurier, als ich eigentlich wissen wollte. Aber irgendwo muß es Klick gemacht haben. Nachdem ›Die Heimkehr‹ in Asimov's *veröffentlicht worden war, erhielt die Geschichte eine HUGO-Nominierung.*

Die Heimkehr

Lothas legte den mächtigen grünen Schwanz zwischen den gepolsterten Sitz und die Rückenlehne. Er streckte eine Klaue seiner schuppigen, fünffingrigen Hand aus, senkte sie in einen Schalterschlitz und drückte. Der Schutzschild an der vorderen Sichtkuppel hob sich langsam, und das Kontrollzentrum wechselte auf gedämpfte Beleuchtung über. Lothas spürte den merkwürdigen Schmerz in seiner Brust wachsen, als er durch das Filter den Zielstern anvisierte – nun nicht mehr nur ein Lichtpunkt, sondern eine winzige, funkelnde Scheibe. Er lehnte sich zurück. Seine Augen strahlten, während sie sich an dem Stern festsaugten. *Es ist so lange her. Ich bin zwar erst seit sechs Sternenzyklen aus der Ruhepause erwacht, aber ich weiß, daß es ... siebzig Millionen Sternenzyklen her ist. Ein Drittel eines galaktischen Zyklus.*

Lothas bemerkte sein eigenes Spiegelbild im Filter, drehte seinen langen Hals nach links, dann nach rechts und wunderte sich, daß er sich nicht verändert hatte. Ein Fünftel des Spiegelbildes wurde allein von seinen riesigen dunklen Augen eingenommen, in denen rote, blaue und gelbe Punkte sprühten – Reflexe der Kontroll- und Anzeigelichter. Die graugrüne, glatte Haut spannte sich über den hervortretenden Adern, die von seinen Augen an der länglichen Schnauze mit den Reihen nadelscharfer Zähne entlang hinabliefen. Sein Blick konzentrierte sich wieder auf den Stern, und er streckte eine der fünf Klauen seiner rechten Hand aus und drückte eine Taste.

»Hier spricht Lothas Dim Ir, Wachtposten vom Dienst.« Er hielt inne und überprüfte die Navigationswerte, ehe er auf einen Sichtschirm umschaltete, der die Kugelformation der Raumflotte wiedergab. »Die Formation stimmt, Kurskorrekturen sind nicht nötig. Der Heimatstern Amasaat befindet sich nun bei« – er las ein Instrument ab – »vier Bogengraden.«

Er drückte jene Taste, die ihn mit den Wachen aller anderen Schiffe verband. Auf dem Schirm erschienen die Antwortsignale von allen, bis auf drei, Schiffen des Flottenverbandes. Lothas betrachtete den Schirm, ein wenig verwirrt, daß ihn das Fehlen der drei Schiffe so gleichgültig ließ. Von den automatischen Aufzeichnungssystemen hatte man erfahren, daß die Schiffe vom selben Meteor getroffen und zerstört worden waren. *Aber das war ... Millionen Zyklen her. Es ist nicht leicht, den Schmerz um die Toten so lange frisch zu erhalten.*

Wieder drückte er eine Taste. Das Sichtgerät füllte sich mit den Werten der prozentualen Überlebensquoten der Passagiere, die von den Wachen der anderen Schiffe eingegeben wurden. Die automatische Durchschnittsberechnung und die Einheitenzählung ergaben einen Anteil von 77,031 Prozent. 308 124 Einheiten hatten überlebt. Lothas nickte. Die Ziffern hatten sich in ... mehr als dreißig Millionen Sternenzyklen nicht verändert. Die drei zerstörten Schiffe, dazu jene, die das Hinübergleiten in den Tiefschlaf nicht geschafft hatten. *Aber der Rest von uns wird Nitola sehen.*

Lothas schaute sich in dem leeren Kontrollzentrum um; Sekunden nach seinem Kommando zur Beendigung der Tiefschlafphase würde es ein Bienenstock voll Aktivität sein ... *Ein Bienenstock ... ich frage mich, ob die kleinen, stechenden Süßigkeitsspender überlebt haben* ... Er betrachtete die Reihe von Empfangsgeräten, Sensor- und Analyseapparaten und das übrige Werkzeug, das die Wissenden verwenden würden, um herauszufinden, wie Nitola sich verändert hatte. Aber in diesem Augenblick war alles noch ruhig – diese rätselhafte, funkelnde Einsamkeit des Raumes. *Ich sehne mich nach meinem Heimatplaneten, aber auch dies hier ist zu meiner Heimat geworden.*

Er streckte eine Klaue aus und schloß den Schild. Der Heimatstern verschwand aus seinem Blickfeld. Als das

Zentrum wieder auf das helle Normallicht zurückkehrte, drückte Lothas das Komando zur Einleitung der Wachphase. Während die Schiffe antworteten, lauschte er auf die Geräusche des wiedererwachenden Lebens in seinem eigenen Schiff – Motoren heulten auf, pumpten die klare Tiefschlafflüssigkeit aus zahllosen Adern und ersetzten sie mit warmem Blut. Lothas blickte auf die Nadel in seinem eigenen Arm. Er zog sie heraus und sah zu, wie etwas Blut aus der Haut trat und gerann. Er warf die Nadel in die Recycling-Anlage. *Wir brauchen sie nicht mehr. Wir sind fast schon daheim.*

Carl Baxter, in Armeeunterhosen und Armeehemd, blickte unter das Bett. »Wo sind meine Socken?«

Das Bündel Bettücher murmelte: »Ich habe sie nicht an.«

»Mein letztes Paar saubere Socken. Wo ist es?«

Das Bündel entwirrte sich, und ein fusseliger Schopf schwarzer Locken erschien über einem hübschen, wenngleich ärgerlichen Gesicht. »Du hättest genug saubere Socken, wenn du dich öfter um die Wäsche kümmern würdest. Wir arbeiten beide. Es gibt wirklich keinen Grund, warum immer ich die ...«

»Ja. Jaja.« Baxter zog die Kommode von der Wand weg und schaute dahinter.

»Jaja. Dein ewiges Jaja!«

»Ja.« Er schob die Kommode wieder an die Wand. »Sieh mal, Deb, wir haben doch nicht den gleichen Job. Ich muß um sechs Uhr dreißig an der Basis sein, sechs Tage die Woche, gelegentlich sieben. Und ich habe noch Glück, wenn ich es schaffe, zu den Abendnachrichten nach Hause zu kommen. Und du willst mir noch Wäsche, Einkaufen und Saubermachen unterjubeln ...«

»Hör zu, Supersoldat!« Deb schob sich eine Strähne aus den Augen. »Glaubst du, es ist einfach, die Agentur ganz allein in Schwung zu halten? Letzte Woche hat der Idiot von einem Layouter, den du kurz vor deiner Einberufung angestellt hast, den Boxman-Frühjahrswerbefeldzug total vermurkst. Ich habe Sechzehnstundentage eingelegt, um ihn rechtzeitig fertigzukriegen. Soll ich da zur Abrundung noch die Wäsche machen?«

Baxter beendete seine dritte Durchsuchung der Kommode, indem er die oberste rechte Schublade mit Schwung nach hinten knallte. »Warum suchst du dir keine Haushaltshilfe? Wir können es uns leisten.«

Deb riß die Augen auf. »Das soll doch nicht heißen, daß Baxter, der große Meister, seinem minderbemittelten Weib gestattet, jemanden einzustellen? Ob sie da nicht überfordert ist?«

»Ach, hör schon auf.« Baxter runzelte die Stirn und setzte sich auf das Bett. Er legte eine Hand auf Debs Schulter. »Tut mir leid, Deb. Ich weiß, ich habe gesagt, du sollst niemanden aufnehmen, bevor ich vom Militär zurückkomme. Und ich weiß, es war schwer für dich. Also, sieh zu, daß du eine Hilfe findest, und stelle sie ein. Ich rufe Boxman an und versuche, die Sache auszubügeln.«

Deb legte ihre Hand auf seine und sah ihm in die Augen. »Carl, wann läßt dich die Air Force endlich in Ruhe? Die ganze Sache ist so blödsinnig; da freut man sich, daß die Werbeagentur so gut läuft, daß man in einer schönen Eigentumswohnung lebt – und von einem Tag auf den anderen findet man sich hier am Ende der Welt in einem Loch, in dem sich seit den Zeiten des Schützen A ... nichts geändert hat. Sag mir doch, daß wir's bald überstanden haben!«

Baxter hob die Schultern. »Ich weiß es nicht!« Er hob den Kopf und sah sie an. »Die Fahrt nach Santa Barbara jeden Tag belastet dich, nicht wahr? Vielleicht wärst du zufriedener daheim?«

»Hör zu, Baxter, ich stehe das mit dir durch, solange es eben dauert. Und wie lang kann es denn noch dauern? Deine sechs Monate sind fast vorbei, stimmt's?«

Baxter erhob sich und nahm die Suche nach seinem

verschwundenen Paar Socken wieder auf. »Glaubst du, daß ich sie im Wohnzimmer gelassen habe?«

Auf Debs Stirn bildeten sich steile Falten. »Stimmt's?«

»Stimmt – was?«

Sie schüttelte den Kopf und bearbeitete die Matratze mit den Fäusten. »O nein, nein! Sag mir, daß es nicht wahr ist! Sag mir, daß sie deinen Dienst nicht verlängert haben! Sag's mir, oder ich schlag dir mit dem Wecker den Schädel ein!«

Er seufzte, kratzte sich am Kopf und streckte die Hand aus. »Ich hatte doch keine Wahl, Deb ...«

»Ooooooh, du ... du Monster!« Sie schleuderte die Bettdecke weg, schwang die Beine aus dem Bett und stürmte ins Badezimmer. Die Tür fiel zu, der Schlüssel klickte.

»Deb?« Baxter trat an die Tür. »Deb, Liebes! Bitte, schließ dich nicht ein, ich muß mich noch rasieren!«

»Geh weg!«

»Deb, die Air Force hat jetzt nur mich in der Public-Relations-Abteilung, und es läuft die Kampagne für den Weltraumtransporter – gar nicht zu reden von dem neuen Bomber und dem ...«

Die Tür ging auf, ein Paar Socken flogen heraus, und die Tür fiel wieder ins Schloß.

Captain Carl F. Baxter, gekleidet in seine Uniform, einen blauen vorschriftsmäßigen Socken und einen nicht ganz so vorschriftsmäßigen gelb-rot karierten, startete den blauen Dienstwagen, den man ihm zugewiesen hatte. Vor der Kreuzung mit der Stoptafel stieg er hart auf die Bremse und kramte in seinem Handschuhfach nach dem elektrischen Rasierapparat. Hinter ihm ertönte eine Hupe, und Baxter blickte durch das Heckfenster, um den Dienstgrad des Hupers in Erfahrung zu bringen. Was er sah, war ein einziger goldener Streifen, also ging er wieder auf die Suche. Das verdammte Ding muß doch hier irgendwo sein! Seine Hand umschloß den alten Remington, ein Geschenk seiner Schwiegermutter; er richtete sich auf und nahm die Schutzkappe ab. Der Fahrer hinter ihm hupte wieder, und Baxter hob den Zeigefinger zum Autofahrergruß. Mit einem wütenden Reifenquietschen schoß der Leutnant an ihm vorbei, ignorierte das Stopzeichen und reihte sich in den Verkehr auf der Hauptzufahrt zur Basis ein. Den summenden Rasierapparat in einer Hand, fuhr Baxter langsam hinterdrein.

Ein Straßenschild huschte vorbei. *QDO-D7.* Er erinnerte sich an Debs Kommentar, als sie es zum erstenmal gesehen hatteno »Das ist unsere neue Straße? Welch ein hübscher Name! Viel netter als Hollywood Hills oder Sutton Place!« Er verzog das Gesicht und stieg auf das Gaspedal, als er zum Abstellstreifen für Versuchsflugzeuge kam. Deb hatte auch dazu den passenden Kommentar gehabt: »Nein, diese traumhafte Aussicht! Baxter, ich möchte mich scheiden lassen.« Nein, sie war nicht glücklich hier, und Baxter war es auch nicht. Ein erfahrener Testpilot, hatte er die Air Force Ende der sechziger Jahre verlassen, als man bei Neuentwicklungen zu sparen begann, um seine eigene Werbeagentur zu gründen. Und da er Reserveoffizier war, hatte er angenommen, daß er wieder im Cockpit sitzen würde, sollte er je wieder einberufen werden. Aber die Air Force hatte sein Werbetalent höher eingeschätzt und ihn in die PR-Dienststelle versetzt. Baxter warf einen Blick durchs Seitenfenster auf den schwarzen Jet mit der nadelspitzen Nase, der gerade auf der Rampe zum Testflug bereitgemacht wurde. *Verdammt, ein herrlicher Anblick!*

Er achtete wieder auf den Verkehr und bemühte sich, den größeren Hindernissen auszuweichen. Die Regierungsdelegation würde in zwei Tagen auftauchen, und für die Vorführung des Weltraumtransporters mußte er sich noch einen packenden Kommentar einfallen lassen – einen packenderen zumindest als: *Wir brauchen Kies!*

Außerdem mußte er sich mit dem städtischen Planungsausschuß herumschlagen. Die beantragten Rekrutierungsbüros und Ausbildungslager vertrugen sich nicht mit den Raumordnungsvorschriften der Stadt, und es war hoch an der Zeit, die Wogen zu glätten. Obwohl staatliche Einrichtungen nicht verpflichtet waren, sich lokalen Verordnungen zu unterwerfen, machte so etwas böses Blut und schlechte Publicity. Motto daher: *Verkauf ihnen die neuen Rekrutierungsbüros so, daß sie den Eindruck kriegen, die Air Force würde damit ihrer Stadt einen enormen Gefallen tun.* Für den städtischen Frauenverein mußte er sich etwas Besonderes ausdenken. Im Büro war die Gruppe unter der Bezeichnung *Antipuffliga* geläufig. Die ehrbaren Damen protestierten dagegen, daß sich durch die Männer von der Basis in der Stadt eine steigende Nachfrage nach Damen zweifelhaften Rufes bildete. Einwand hier: *Es gäbe natürlich die Möglichkeit, meine Damen, die Männer kastrieren zu lassen. Das wäre doch die Lösung!* Baxter lachte in sich hinein. Er wurde aber gleich wieder ernst, als ihm einfiel, daß er auch mit der Schulkommission verhandeln mußte. Die Stadt finanzierte gezwungenermaßen den Unterricht für die Kinder von der Basis mit, und die Protestschreie waren nicht mehr zu überhören. Daß eine Gruppe Air-Force-Bälger ihren Spielkameraden Marihuana verkauft hatte, machte die Angelegenheit auch nicht besser. Ach, verdammt ...

Baxter jagte alle Gedanken daran aus seinem Kopf, als er den Wagen zum Wachhaus an der Sicherheitsschranke rollen ließ. Ein riesenhafter Militärpolizist, mit einem Kinn, das in Farbe, Form und Ausmaß einem mittleren Hackstock glich, salutierte und beugte sich zu Baxters Wagenfenster hinab.

»Captain Baxter?«

Baxter nickte. »Jawohl, ich bin Baxter.«

»Carl F.?«

»Ganz richtig.«

Der Militärpolizist öffnete den Wagenschlag und machte eine Handbewegung. »Bitte, rücken Sie hinüber, Sir.«

»Was?«

»Ich habe den Befehl, Sie in eine Sicherheitszone zu bringen, Captain. Bitte, rücken Sie hinüber.«

Baxter langte nach der Tür und versuchte, sie zu schließen. Aber der Griff des Militärpolizisten hatte den gleichen Effekt wie die Verankerung in einer Tonne Eisenbeton. Baxter blickte ins Wachhaus und sah Wilson, einen der Militärpolizisten, die sonst immer Dienst an der Schranke taten. »Wilson, pfeifen Sie diesen Gorilla zurück! Ich habe heute viel zu tun und keine Zeit für dumme Scherze.«

Wilson blieb in der Tür des Wachhauses stehen und hob die Schultern. »Es tut mir leid, Captain, aber Inowski hat seine Befehle.«

Baxter fixierte den Gorilla. »Inowski, wie?«

»Jawohl, Sir.«

»Sind Sie sicher, daß Sie hier bei der richtigen Luftwaffe Dienst tun?«

Der Polizist öffnete seinen Pistolenhalfter. »Bitte, Captain Baxter, rücken Sie hinüber.«

Baxter schüttelte den Kopf und drückte auf die Parktaste. »Klar, warum nicht?« Er rutschte auf den Beifahrersitz und sah zu, wie der gewaltige Militärpolizist sich hinter das Lenkrad quetschte, die Tür zuschlug und mit quietschenden Reifen anfuhr. Er lenkte den Wagen in die Richtung, wo der Abstellstreifen für die Versuchsflugzeuge lag. »Was soll das alles?«

Der Polizist schüttelte den Kopf. »Ich weiß es nicht, Captain. Ich hatte nur den Auftrag, Sie zum Testgelände zu bringen.«

Er zeigte zum erstenmal den Anflug eines Lächelns. »Aber in der letzten Stunde sind so viele hohe Tiere am Feld draußen gelandet, daß ich fast annehme, Sie werden ein paar wichtige Leute treffen.«

»Wie wichtig?«

»Der Verteidigungsminister, der Basiskommandant – und alles dazwischen, soviel ich gehört habe.«

Baxter blickte bei seinem Fenster hinaus und versuchte unauffällig, sein rechtes Hosenbein über den karierten Socken zu ziehen.

»Eine Frage in meinem Innern bleibt unbeantwortet, Lothas.«

Lothas wandte sich von der seitlichen Luke ab, durch die er sehnsüchtig den blauweißen Planeten Nitola betrachtet hatte, den Planeten, der jetzt Erde hieß. Medp stand neben ihm. »Medp, haben die Wissenden unter euch jetzt Zeit für müßige Fragen?« Beide richteten ihre Blicke auf Nitola. »Wie lautet die Frage, Medp?«

Medp deutete mit dem Kopf auf den Planeten. »Auf welche Weise wählt eine Rasse wie diese einen Repräsentanten aus, der mit uns verhandeln soll?«

»Die Mens-chen?« Lothas schwieg und fragte sich, wie seine eigene Rasse reagiert haben mochte, angesichts eines Besuches aus einer siebzig Millionen Zyklen zurückliegenden Epoche. »Ich kann nicht einmal Vermutungen anstellen, Medp.« Lothas streckte seine Klauenhand aus. »All diese verschiedenen Stämme, diese Verwirrung ... Ich weiß es nicht.« Er sah Medp an. »Machen die Beobachtungen Fortschritte?«

Medp blickte auf einen Computerausdruck, der an seinem Handgelenk befestigt war. »Wir haben mehr als zwanzig unterschiedliche Sprachen im Sprachenspeicher, dazu noch unzählige Dialekte, und all das nur aus ihren Radio- und Fernsehsendungen. Viele Sprachen müssen noch eingegeben werden. Der Stamm, der den Repräsentanten sendet, spricht jedenfalls das Englische, und davon haben wir zur Genüge gespeichert.«

Lothas wandte sich wieder der Luke zu. »Und die anderen Beobachtungen?«

»Alles ziemlich genau den Vorhersagen entsprechend. Strahlungsrückstände sind zu vernachlässigen. Flora und Fauna sind wiederhergestellt, obwohl die Formen doch in höchstem Maße mutiert sind. Wie ich sagte, alles den Vorhersagen entsprechend.«

Lothas deutete auf Nitola. »Alles, außer diesen Mens-chenwesen. Das wurde nicht vorhergesagt.« Er streckte den Arm aus und berührte eine Taste; der Schutzschirm glitt über die Luke. Dann wandte er sich an Medp. »Ich habe auch eine Frage an dich, Wissender.«

»Sprich.«

Lothas ließ sich auf einem Sofa nieder und schloß die Augen. »Wie würden wir einen Repräsentanten wählen, Medp, wäre die Lage umgekehrt?«

»Die Frage ist leicht zu beantworten. Wir würden den Weisesten unserer Rasse senden. Nur diese Wahl könnte der Situation gerecht werden.«

Lothas nickte. »Vielleicht werden die Mens-chen das gleiche tun.«

Baxter sah sich in dem Kreis hochrangiger Offiziere und Beamten um. »Wovon, in Dreiteufelsnamen redet ihr Leute eigentlich?«

Der Verteidigungsminister sah den Vorsitzenden des Vereinigten Generalstabs an; der Vorsitzende und der Staatssekretär für die Luftwaffe sahen beide General Stayer an, den Kommandanten von Baxters Basis.

General Stayers Blick senkte die Raumtemperatur um zehn Grad. »Sie mißverstehen uns, Captain Baxter. Dies ist keine Bitte; dies ist ein Befehl. Verstanden?«

Baxter fand einen Stuhl und ließ sich nieder. Es kam ihm zu Bewußtsein, daß er einen etwas rabiaten Eindruck machte, und er holte einige Male tief Atem, ehe er fortfuhr. »Meine Herren, eines verstehe ich nicht: Wieso habe ich hier den Schwarzen Peter gezogen? Es ist jetzt sieben, nein, acht Jahre her, seit ich etwas auch nur annähernd Ähnliches wie die Python flog!«

Ein namenloser Oberst, der neben dem Staatssekretär für die Air Force saß, beugte sich nach vorn. »Captain, Sie kennen sich doch mit der XK-17 Python aus, nicht wahr?«

Baxter hob die Achseln und schüttelte den Kopf. »Nur soweit es für meinen Publicity-Job notwendig ist. Ich habe noch niemals drin gesessen, geschweige denn sie geflogen. Alles, was ich darüber weiß, ist das, was man von mir wissen will: Anschaffungskosten, technische Leistung ...«

»Und Ihre Flugscheine sind noch gültig?«

Baxter streckte die Hände aus und ließ sie wieder fallen. »Ja.«

»Und Sie sind in erstklassiger körperlicher Verfassung?«

Baxter nickte. »Aber, Sir ...«

Der Oberst hielt eine Hand hoch. »Captain, Sie werden erstaunt sein, wie rasch wir Sie mit der XK-17 vertraut machen können ...«

»Herr Oberst!« Baxter war überrascht, wie laut seine eigene Stimme klang. »Sir, ich kann Ihnen die Namen von mindestens fünf Piloten geben, die die Python wie ihre eigene Westentasche kennen und die sich in diesem Augenblick auf der Basis befinden.«

General Stayer machte eine kurze Handbewegung. »Schluß mit dem Herumgerede. Baxter, Sie sind unser Mann. Keiner dieser Piloten hat PR-Erfahrung. Nur Sie.«

»Und was ist mit ... wie heißt er nur? Der Astronaut im Senat?«

Stayer schüttelte den Kopf. »Zu alt. Seine Papiere sind nicht auf dem neuesten Stand, und außerdem können wir ihn nicht erreichen; er ist irgendwo in Kanada, beim Fischen.« Der General lehnte sich vor und zeigte mit dem Finger auf Baxters Kehle. »Sie sind das Beste an fliegendem Diplomat, was wir innerhalb der nächsten vierundzwanzig Stunden in die Luft bekommen können, denn die Python ist die einzige in Frage kommende Maschine, die startklar ist.«

Der Verteidigungsminister bewegte den Kopf ein wenig und kündigte damit seinen Wunsch zu sprechen an. »Sie gestatten, General?«

»Bitte, Herr Minister.«

Der Minister, eine Pracht im Vierhundert-Dollar-Nadelstreif, ließ seinen Blick durch den Raum wandern, während er sprach. »Captain Baxter, ich bin mir im klaren, daß man Sie vor eine schwere Aufgabe stellt. Aber wir haben keine Wahl. Die« – er machte eine vage Handbewegung nach oben – »Außerirdischen, oder was immer sie sein mögen, haben Kontakt auf allen Frequenzen genommen. Anders gesagt, war ihre Einladung an alle gerichtet, die es schaffen, da hinaufzukommen. Die Russen können es natürlich, aber« – er hielt einen Finger hoch – »sie brauchen mindestens drei Tage, bis sie startklar sind. Wissen Sie, was das bedeutet?«

Baxter faltete die Hände über dem Bauch und nickte. »Jawohl, Herr Minister.«

Der Minister nickte. »Ausgezeichnet. Während Ihrer Anwesenheit da oben werden Sie in ständigem Kontakt mit dem Außenministerium und mit dem Weißen Haus stehen. Es wird in Washington immer jemand zur Stelle sein, mit dem Sie sich über jede Frage beraten können.«

Baxter nickte wieder und lächelte. »Das ist es, was ich meine, Herr Minister. Meine Aufgabe beschränkt sich darauf, als Sprachrohr für das Außenministerium zu dienen. Warum verwenden Sie dazu nicht einen anderen – erfahreneren – Piloten? Ich begreife wirklich nicht, welche besondere Rolle da meine PR-Kenntnisse spielen.«

Der Minister nickte. »Aber die Vorteile von persönlichen Verhandlungen müssen Ihnen doch bekannt sein, Captain. Wenn Sie mit Gruppen oder Komitees im Namen der Air Force verhandeln, tun Sie es dann persönlich oder telefonisch?«

Baxter seufzte. Er merkte, daß sich die Schlinge um seinen Hals zuzog. »Und was soll ich anleiern?«

»Wie bitte?«

»Herr Minister, Zweck der Werbung – und auch der Diplomatie, wenn Sie wollen – ist es, die Menschen dazu zu bringen, etwas zu tun, was sie normalerweise nicht täten. Wenn jedermann das täte, was wir wollen, brauchten wir weder PR-Leute noch Diplomaten. Sie erwarten also, daß ich die oben dazu bringe, etwas ganz Bestimmtes zu tun. Und was genau?«

Der Minister runzelte die Stirn. »Ich weiß es nicht.«

»Sie *wissen es nicht?*«

»Captain, wenn diese Wesen tatsächlich das sind, was sie behaupten, nämlich Bewohner unserer Erde aus einer Epoche, die siebzig Millionen Jahre zurückliegt, dann ist es möglich, daß sie unseren Planeten für sich beanspruchen. In diesem Fall halten Sie sie davon ab.« Der Minister hob die Brauen und streckte die Hände aus. »Möglicherweise stammen sie aber auch von einem anderen Sonnensystem und haben es darauf abgesehen, die Erde zu erobern. Unter Umständen möchten sie aber auch nur landen und hier leben. Wenn das der Fall ist, dann wäre es von Vorteil, sie auf unserer Seite zu wissen. Offensichtlich sind sie technisch fortgeschrittener als wir ... Vielleicht sollten wir sie den Russen auf den Hals hetzen.« Der Minister ließ die Hände in den Schoß fallen. »Alles was ich sagen kann, Baxter, ist folgendes: Nehmen Sie die Interessen Ihres Landes wahr und die Interessen Ihres Planeten. Und, wenn Sie schon dabei sind, die Interessen der menschlichen Spezies.«

Während eine Stunde später zwei Techniker bereitstanden, um ihm in seinen Druckanzug hineinzuhelfen, erinnerte sich Baxter, daß er vergessen hatte, Boxmann wegen der Frühjahrskampagne anzurufen. Er setzte sich auf eine kalte Metallbank und knüpfte die Schuhbänder auf. Die Sicherheitsbestimmungen auf der Basis überstiegen jetzt die von Fort Knox, und Telefonate nach draußen waren untersagt. *Deb! Ich kann sie nicht mehr anrufen! Sie bringt mich um!* Er zog seinen rot-gelb karierten Socken aus und hielt ihn in der Hand. Er hatte ein Loch.

Es war ein schwarzer Tag.

Lothas studierte die acht Gesichter rund um den polierten schwarzen Tisch im gedämpften Licht des Konferenzabteils des Gouverneurs hinter dem Kontrollzentrum. Deayl strich mit einer Klauenhand über seine Schnauze. »Lothas, immer noch ist es meine Ansicht, daß wir nicht länger warten sollten. Die Mens-chen sind entzweit, und sie besitzen nichts, was sie gegen DIE KRAFT schützen kann. Wir können sie auslöschen.«

Lothas prüfte die anderen Gesichter. »Wie viele von euch sind dieser Meinung?«

Vier Klauenhände streckten sich dem Zentrum des Tisches entgegen. »Die Mehrheit möchte also noch abwarten«, sagte Lothas.

Deayl legte die Fäuste auf den Tisch und wandte sich an jene, die nicht mit ihm gestimmt hatten. »Nach siebzig Millionen Zyklen, die wir von der Heimat weg und zur Heimat zurück unterwegs waren, sitzen wir nun hier und feilen unsere Klauen? Wir sind so nahe!«

Lothas bemerkte, daß zwei von denen, die für ihn gestimmt hatten, schwankend wurden. Der Wunsch heimzukehren war stark, und Deayls Einwand entsprach dem Wunsch. Auch Lothas war von dem Wunsch erfüllt, aber er hielt seine Hand ausgestreckt. »Unser Wissen über die Mens-chen ist nur gering – was sie sind, wozu sie imstande sind. Das Wissen der Mens-chen über uns ist noch geringer – was wir sind und wozu wir imstande sind.« Er legte beide Hände auf den Tisch. »Wir müssen den Mens-chen auch zugestehen, daß sie von der Rechtmäßigkeit ihrer Sache überzeugt sind, so wie wir von der unseren. Sie sind es jetzt, die über Nitola gebieten und den Planeten dominieren, so wie wir es früher taten. Nach unseren Rechtsbegriffen ...«

»Nein!« Deayl kreuzte seine Handgelenke. Man hörte das kratzende Geräusch auf dem Deck, als er seinen Schwanz ärgerlich hin- und herpeitschte. »Wir wissen zu wenig. Vielleicht stammen die Mens-chen von einem anderen Planeten? Vielleicht sind sie Eindringlinge auf unserem Heimatplaneten und treten an, ihre Beute zu verteidigen?«

Lothas nickte. »Die Mens-chen hegen wohl ähnlichen Argwohn uns gegenüber. Schließlich befinden sie sich auf dem Planeten; wir sind diejenigen in den Raumschiffen.« Er legte seine Hände aneinander. »Wir haben viel voneinander zu lernen, wenn wir Fehler vermeiden wollen.« Lothas richtete seine Augen auf Deayl, nachdem er von einem zum anderen geblickt hatte. »Wünschst du eine weitere Abstimmung?«

Deayl lehnte sich zurück. »Nein. Nicht zum gegenwärtigen Zeitpunkt.«

Medp trat in das Abteil, verneigte sich vor den Sitzenden und wandte sich an Lothas. »Wir wurden eben informiert, daß der Repräsentant der Mens-chen unterwegs ist. Andere Mens-chen, die das Russische sprechen, sagten, daß der echte Repräsentant in drei Tagen starten wird und daß wir uns weigern sollten, den anderen zu empfangen.«

Lothas starrte die Tischplatte an, und hob den Blick dann zu Deayl. »Wir haben tatsächlich viel zu lernen, Deayl. Ich überlasse dir die Aufgabe, unserem Besuch klarzumachen, was in unserer Macht liegt. Wenn die Mens-chen DIE KRAFT begreifen, dann werden sie verstehen, wozu wir imstande sind.«

»Ja, Lothas.«

Lothas erhob sich und verneigte sich vor den Sitzenden. Auch die anderen standen auf und verneigten sich vor ihm. Lothas wandte sich zum Kontrollzentrum und trat ein, Medp an seiner Seite. »Medp, habt ihr Kontakt mit dem Repräsentanten?«

»Ja. Er heißt Captaincarlbaxter.«

Lothas nickte. »Ist alles in Bereitschaft?«

»Ja. Er wird etwa ein Zehntel eines Zyklus brauchen, um in Reichweite unseres Kraftfeldes zu gelangen.«

Lothas legte den Schwanz zwischen Sitz und Rückenlehne seines Stuhles vor dem Monitor und setzte sich. Er hob den Kopf und sah Medp an. »Deayl wird einige von uns schwankend machen, ehe der Rat wieder zusammentritt.«

Medp nickte und zeigte auf den Monitor. Nitola hing blauweiß in der Schwärze des Alls. »Die Gefühle sind stark, Lothas. Wir alle können sehen – und ... Wir waren sehr, sehr lang weg.«

Lothas wandte sich dem Schirm zu, betrachtete wieder den schönen Planeten und fragte: »Habt ihr genügend Erkenntnisse gesammelt, um den Zank und die Spaltung zwischen den Mens-chen zu begreifen?«

Medp scharrte mit den Fußklauen. »Wir können etwas klarer sehen. Aus ihren Sendungen konnten wir feststellen – und unsere Sensorbeobachtungen bestätigen dies –, daß es etwa vier Milliarden Mens-chen gibt, die den verschiedensten Stämmen angehören.«

»Vier Milliarden?«

»Und ihre Anzahl wächst mit jedem Tag. Das erklärt nicht alles, aber es mag ein Teilaspekt ihrer Probleme sein.«

Lothas änderte die Positionen an einigen Schlitzschaltern, dann drückte er eine Taste, und ein winziger Punkt erschien auf dem Sichtschirm. Er drückte eine weitere Taste, und der Punkt wuchs zum formatfüllenden Bild eines schlanken schwarzen Flugzeuges, das sich eben aus einem Bündel weißer Beschleunigungsraketen löste. »Welch ein kleines Schiff!« rief Lothas. »Wißt ihr schon Näheres über dieses mens-chliche Ritual namens Hu-mor?«

»Es ist zum Verzweifeln. Die laute Reaktion – das Lachen, das Kichern und so weiter – scheint eine vergnügliche zu sein. Aber die Ursachen dieser Reaktion – Schmerz, Unglück, Schande, Mißverständnis – rufen bei anderer Gelegenheit Trauer hervor.« Medp betrachtete den Monitor. »Mehr Informationen sind nötig, um eine Gesetzmäßigkeit darin zu erkennen. Und doch sind es faszinierende Wesen. Gern würde ich die verbleibenden Zyklen meines Lebens ihrem Studium widmen.«

Lothas streckte eine Klaue aus und wies auf den Sichtschirm. »Das erste Exemplar zur Erfüllung deines Wunsches nähert sich uns, Medp: Captaincarlbaxter.«

Baxter war überrascht, wie vertraut alles war: das Ausklinken vom Trägerflugzeug, der Andruck während der Initialzündung und beim Abbrennen der zweiten Stufe, sogar die Raketen für die Fluglagekorrektur.

Er blickte aus den winzigen Kabinenfenstern, nicht viel mehr als eine Handbreit von der Sichtplatte seines Helms entfernt, hinaus in die äußersten Bereiche der irdischen Atmosphäre. Darüber lag ein sternenbesetzter schwarzer Himmel. Er forschte im All nach visuellen Anzeichen für die Besucher, aber er konnte nichts finden. Er senkte den Blick und auf dem Sichtschirm war der Schwarm Schiffe klar zu erkennen. Während er den Schirm betrachtete, kam ihm erst voll zu Bewußtsein, was vor ihm lag. Der Ärger vom Morgen, die Überbeanspruchung seiner kleinen grauen Zellen durch die Instruktionen des Piloten der Python, die hektischen Telefongespräche mit einer Reihe von Ministern – und als Krönung einen kurzen, von der Bedeutsamkeit des Augenblicks inspirierten Anruf des Präsidenten – all das verblaßte in gleichem Maße, wie ihn der Gedanke an das bevorstehende Treffen mit ... wer immer sie auch waren, beschäftigte.

Die Größe der Stunde übertrifft Armstrongs Mondspaziergang. Generationen von Filmemachern und Schriftstellern haben davon geträumt.

»Botschafter! Hier spricht Einsatzkontrolle!«

Baxter stellte den Kanal ein. »Botschafter hier. Bitte sprechen.«

»Botschafter, wir schalten Sie in die Leitung zum Außenministerium. Bleiben Sie sprechbereit.«

Baxter hörte eine Reihe von Schalt- und Störgeräuschen. »Captain Baxter, hier spricht Staatssekretär Wyman. Können Sie mich hören?«

»Laut und deutlich, Mister Wyman.«

»Baxter, unsere neueste Information über den sowjetischen Einsatz besagt, daß sie in weniger als drei Tagen einen Mann oben haben können. Sie schicken Lavr Razin. Razin war früher Kosmonaut, jetzt gehört er der sowjetischen UNO-Mission an. Verstanden?«

»Jawohl. Können Sie mir etwas Näheres über ihn sagen?«

Der Empfänger schwieg eine Zeitlang, dann kam Wymans Stimme zurück. »Baxter, wir müssen annehmen, daß alle unsere Gespräche von den – äh ... Besuchern mitgehört werden.« Kurze Pause. »Wir können Ihnen nur raten aufzupassen. Razin ist nicht Donald Duck. Kapiert?«

»Klar, Sir.«

»Leben Sie wohl, und alles Gute, Baxter.«

Baxter meldete sich bei der Einsatzkontrolle ab. Er wünschte, Staatssekretär Wymans ›Leben Sie wohl‹ hätte nicht so endgültig geklungen. Er warf einen flüchtigen Blick auf seine Instrumente, bevor er zum linken Kabinenfenster hinaussah. Grüne Flammen tanzten über die Haut der Python.

»Captaincarlbaxter?«

»Botschafter hier, Bitte sprechen, Einsatzkontrolle.«

Eine lange Pause. »Mein Name ist Deayl. Bist du Captaincarlbaxter?«

Ein seltsames Gefühl machte sich in Baxters Magengrube breit. Die Stimme klang – völlig normal. Der Traum jedes Radiosprechers aus dem Mittleren Westen. »Ja. Ja, ich bin Baxter.«

»Ich grüße dich. Unsere Instrumente informieren uns, daß du zerstört wirst, wenn du die Energiezufuhr zu deinen Maschinen nicht unterbrichst.«

Baxter blickte auf seine Instrumente: Alle Skalen waren tot.

»Wir haben dich im Griff unserer Kraft. Wir werden dich damit in unser Leitschiff bringen. Es wird dir nichts geschehen, wenn du deine Maschinen abstellst.«

Baxter hob seine behandschuhte Hand, zögerte und begann dann entsprechend den Bedienungsvorschriften die für das Abstellen der Motoren erforderlichen Schalter und Hebel zu betätigen. »Die Maschinen sind abgestellt ... Deayl.«

»Sehr vernünftig. Ich bin wißbegierig, Captaincarlbaxter. Wie habt ihr Mens-chen vor siebzig Millionen Jahren ausgesehen?«

Baxter schluckte. Er versuchte, sich die Zehn-Minuten-Blitzlektion über die Abstammung des Menschen ins Gedächtnis zurückzurufen. *Möglicherweise, Baxter, wollen die Fremden einen Beweis für die Rechtmäßigkeit unseres Anspruches auf diesen Planeten.*

»Zu dieser Zeit waren wir Prosimier, Halbaffen. Die Affen hatten sich noch nicht entwickelt. Du weißt, was ich mit ›Affe‹ meine?«

»Ja. Wir haben sie in euren Fernsehsendungen gesehen.«

Baxter runzelte die Stirn. *Und wenn die Kerle jede Radio- und TV-Sendung von der Erde empfangen können? Dann verfügen sie über ein recht ansehnliches Quantum an Informationen.* »Interessant.«

»Wie sahen die Halbaffen aus?«

Zwischendurch: [redacted] Vor siebzig Millionen Jahren bevölkerten unsere Vor-Vorfahren die Erde: Halbaffen, die den heutigen Eichhörnchen ähnelten und ihre Nahrung auf Bäumen suchten, vorzugsweise Früchte, Samen, Eier... [redacted] So weit, so gut. Aber siebzig Millionen Jahre später haben wir die Fähigkeit verloren, von Baum zu Baum zu springen. Und es geht ja auch einfacher: wenn wir in einer aufregenden Science-Fiction Erzählung lesen, wer die Erde vor siebzig Millionen Jahren bevölkert hat, und wer sie in Kürze vielleicht bevölkern wird, verspüren wir eventuell das Bedürfnis, doch lieber mal eine Pause bei der spannenden Lektüre einzulegen und uns etwas für den kleinen Appetit zwischendurch zuzubereiten. Und das geht ganz unkompliziert vonstatten: Wir brauchen dazu nur einen Löffel, fünf Minuten Geduld, und... [redacted]

»Nun, soviel ich weiß, waren es kleine Geschöpfe mit langem Schwanz, die den heutigen Eichhörnchen ähnelten. Wahrscheinlich suchten sie ihre Nahrung auf Bäumen: Früchte, Samen, Eier ...«

»Ah, der Baumjontyl! Ich erkenne ihn wieder. Das ist sehr seltsam, Captaincarlbaxter. Baumjontyls waren meiner Rasse wohlbekannt, als wir diesen Planeten bewohnten. Siebzig Millionen Jahre lang wässert mir der Mund nach einem von ihnen. Ich freue mich schon darauf, dich kennenzulernen.«

Sie nannten sich Nitolaner – Erdlinge – in ihrer Sprache. Als sich seine Maschine dem Raumschiff an der Spitze der nitolanischen Armada näherte, verspürte Baxter die gleiche ehrfürchtige Scheu wie damals mit zehn Jahren, als er das erstemal in die Sankt-Patricks-Kathedrale in New York eingetreten war. Einhundertsiebenundneunzig Raumschiffe – und jedes von ihnen groß genug, um einen Supertanker vergleichsweise winzig erscheinen zu lassen. Die Schiffe waren lang und zylinderförmig, mit etwas vorstehenden Leisten an den Seiten, die ausfahrbare Tragflächen sein konnten. Baxter bemerkte die glatte Außenhaut und die stromlinienförmige Gestalt der Schiffe, und es wurde ihm klar, daß sie für den Flug in der Atmosphäre bestimmt waren.

»Captaincarlbaxter?«

»Hier ist Baxter. Deayl?«

Eine Pause. »Hier spricht Deayl. Diese Verkürzung deines Namens – ist dies eine freundliche Geste unter euch Mens-chen?«

»Ja. Jeder nennt mich Baxter. Sogar meine Frau.«

»Dein Weibchen?«

Baxter grinste in sich hinein. »Ja.«

Wieder eine Pause. »Gut, Baxter. Ich will diese Geste des Entgegenkommens erwidern. Ich werde Illya genannt ...« Baxter horchte, während der Nitolaner, der seine Annäherung überwachte, offenbar Schwierigkeiten hatte, einen bestimmten Gedanken in Worte zu fassen. »Diese Geste, Baxter. Du mußt verstehen, daß sie mich zu nichts verpflichtet.«

Baxter lächelte. *Der Junge könnte direkt einer Friedenskonferenz für den Nahen Osten entsprungen sein.* »Ich verstehe, Illya. Was muß ich beachten, wenn ihr mich in euer Schiff holt?«

»Wenn dein Flugzeug einen Landemechanismus besitzt, der jetzt eingezogen ist, dann solltest du ihn bereitmachen. Im anderen Fall können wir deine Maschine in einem neutralen Feld in Schwebe halten. Die Atemluft hier wird normal für dich sein.«

Baxter bemerkte das Vorhandensein künstlicher Schwerkraft. Keines der Schiffe drehte sich. Die Landung der Python erfolgte auf zwei Heck-Kufen und dem Bugrad. Er legte einen Hebel um und spürte, wie das Bugrad ausfuhr und einrastete, während das grüne Kontrollicht die Landebereitschaft bestätigte.

»Landemechanismus ausgefahren und verriegelt, Illya.«

»Ich habe es bemerkt.«

Baxter sah zu, wie sich an der Unterseite des Leitschiffes, der Erde zugewandt, eine Öffnung bildete, ähnlich der Irisblende einer Kamera. Schwaches rotes Licht drang heraus.

Als die Python näherkam, verspürte Baxter eine leichte Panik angesichts der Ausdehnung der Öffnung und kurz darauf angesichts der Ausdehnung des Raumes dahinter. *Ich fühle mich wie eine Fliege in einem Zweihundertliterfaß.*

Die Python hob sich durch die Öffnung, und Baxter sah mit offenem Mund zu, wie sich die gewaltige Iris in Sekundenschnelle schloß. Seine Maschine wurde sanft auf das Deck gesenkt. Er blies den angehaltenen Atem aus und checkte ein letztesmal die Instrumente. Das Tagwerk war getan. Er wartete.

In der Ferne konnte er vier Schiffe in der Größe von

Jumbo-Jets erkennen, die am Rand der Landehalle abgestellt waren. Das rote Licht wechselte auf Gelb, und Baxters Mund öffnete sich noch mehr, als eine Luke sich auftat und eine Delegation graugrüner Wesen mit massigen Schwänzen und langen Hälsen eintrat. Kräftige Beine endeten in Füßen mit langen Klauen. Obwohl sie sich aufrecht fortbewegten, gingen sie vornübergebeugt, die dünnen, langen Arme vor sich hergestreckt.

Baxters Blick wanderte von den Klauenfüßen über die Klauenfinger bis hin zu den blitzenden Reihen von Zähnen. Er schnallte sich los, nahm den Helm ab und öffnete die Kanzel der Python. Seine Zunge glitt über die trockenen Lippen. Er stand auf, stieg aus dem Cockpit und kletterte über die Trittleisten an der Seite seiner Maschine hinab.

Die Delegation hielt an, und er drehte sich um. Vornübergeneigt waren die Wesen nicht viel größer als er selbst. Eines von ihnen streckte seinen Körper und hob Hals und Kopf deutlich über die anderen. Baxter räusperte sich und krächzte: »Ich überbringe euch die Grüße des Präsidenten der Vereinigten Staaten von Amerika.«

Deayl verfolgte die Szene in der Landehalle noch einen Augenblick länger und schloß die Augen. *Hätten wir nur unsere Götter nicht aufgegeben, damals, vor so langer Zeit. Könnte ich doch meine Bürde zu Füßen Sisils oder Fanes legen.* Er streckte eine Klaue aus und schaltete den Monitor ab. Dann trat er zu einem anderen Sichtschirm und aktivierte ihn. Sein Schmerz ließ nach, als er Nitola betrachtete. *Ich tue es nicht für mich, sondern für uns alle.* Er wandte die Augen nicht von dem Bild ab, als er einen Knopf drückte und die Verbindung mit Lothas herstellte.

»Lothas.«

»Deayl, Lothas. Baxter ist glatt gelandet und Medp bringt ihn jetzt in sein Quartier.«

»Deayl, ist ›Baxter‹ der Freundschaftsname des Repräsentanten?«

Deayl senkte die Schnauze auf die Brust. »Ja. Und ich habe ihm den meinen angeboten.«

»Das ist gut so. Er soll den Rest des Zyklus ruhen, dann wirst du ihm DIE KRAFT demonstrieren. Ich werde anschließend mit ihm zusammentreffen.«

»Es wird alles deinem Wunsch entsprechend geschehen, Lothas.«

»Deayl, es war eine noble Geste, mit dem Mens-chen Namen auszutauschen, besonders wenn man deine Ansicht in Betracht zieht, die Rückkehr auf Nitola betreffend.« Lothas hielt inne, als wartete er auf einen Einwand. »Deayl, ich weiß, daß du mit der Entscheidung, die ich als Gouverneur getroffen habe, nicht einverstanden bist, aber ich kenne dich als starken und entschlossenen Vertreter unserer Rasse. Ich möchte Namen mit dir tauschen. Ich nenne mich Dimmis.«

Deayl fuhr mit einer zitternden Hand über seine Schnauze. Er nickte. »Ich nenne mich Illya.« Deayl griff nach der Taste. »Eine Heimat für dich, Dimmis.«

»Eine Heimat für dich, Illya.«

Deayl drückte die Taste, spreizte die Finger und preßte die Handflächen gegen die Augen. *Ah! Ah, da ist er! Der Schmerz kommt wieder. Wieviel Schande muß ich auf mein Haupt laden, bevor ich meine Pflicht getan habe? Wieviel?*

In seinem Quartier ließ Baxter sich in den seltsamen Stuhl fallen und versuchte, es sich darin bequem zu machen. Seiner Berechnung nach hatte er soeben einen Dreikilometerlauf hinter sich; er war bemüht gewesen, mit der Delegation Schritt zu halten. Er öffnete die Augen und sah sich in dem Raum um. Die weißen Wände waren kahl bis auf die drei runden, irisartigen Türen. Eine Tür führte zu einem Wandschrank, die zweite zum Korridor und die dritte zu einem Badezimmer, das aus einem von Baxters lebhafteren Alpträumen hätte stammen können. Er hatte sich im wahrsten Sinn des Wortes erleichtert gefühlt, als er herausfand, daß er die Einrichtungen auch benützen konnte – wenngleich mit Schwierigkeiten. Auf dem Fußboden lagen einige dicke Kissen, auf denen man schlafen konnte. Sein Stuhl bestand aus einem schwarzen Metallrahmen mit weicher grüner Stoffpolsterung. Baxter saß auf einer Seite des Stuhles, denn die Mitte der Rückenlehne fehlte, um dem breiten nitolanischen Schwanz Platz zu bieten. Die Lehne war, der gebeugten Haltung der Lebewesen entsprechend, nach vorn geneigt und bohrte sich in seine Schulterblätter. Seine Fußgelenke erreichten gerade den vorderen Rand der Sitzfläche.

Er griff nach seinem Gürtel und schaltete das Funkgerät ein, das ihn über ein Relais in der Python mit der Erde verband. »Einsatzkontrolle, hier spricht der Botschafter.«

»Botschafter, erstatten Sie Meldung.«

»Ich bin bereits in meinem Quartier. Im Augenblick wird angenommen, daß ich mich ausruhe ... obwohl ich damit meine Schwierigkeiten haben werde. Morgen früh um vier, Greenwich-Zeit bin ich zu einer Art Vorführung geladen, danach werde ich Lothas treffen. Sein Titel – so gut ihre Sprachbastler das hinkriegten – ist ›Gouverneur‹. Dann beginnen die Verhandlungen – oder was immer.«

»Verstanden, Botschafter. Sie werden ab nun direkt mit der Einsatzkontrolle im Außenministerium in Verbindung stehen, bis zu dem Zeitpunkt, zu dem Sie mit den Vorbereitungen für Ihre Rückkehr beginnen. Bleiben Sie sprechbereit.«

Baxter sah hinunter auf das kniehohe Lager, das ihm während seines Aufenthaltes ein Bett ersetzen mußte.

»Baxter, hier spricht Wyman. Können Sie mich hören?«

»Perfekt, Mister Wyman.«

»Gut. Was haben Sie in Erfahrung gebracht?«

»Zuerst zu den Nitolanern. Sie sehen aus wie eine Kreuzung zwischen Känguruh, Strauß und Alligator; Gestalt und Haltung stammen vom ersten, die Augen vom Strauß, Klauen und Zähne vom dritten – viele, viele Zähne. Der Kopf ist ziemlich groß.«

»Aha. Und die Schiffe?«

»Toll.«

»Könnten Sie etwas ins Detail gehen?«

»Die Schiffe sind gewaltig, Sir. Ich kann gar nicht abschätzen, wie groß. Alles dehnt sich aus, soweit das Auge reicht. Nebenbei bin ich sicher, daß sie unsere Radio- und TV-Sendungen empfangen können. Der Sprachenspeicher – damit übertragen sie ihre Sprache ins Englisch und umgekehrt – redet wie John Wayne. Sie verfügen über eine Art Kraftfeld oder Leitstrahl, mit dem sie mich in ihr Kommandoschiff transportiert haben, und ich nehme an, damit simulieren sie auch die Schwerkraft an Bord. Die Gravitation scheint mir gleich wie auf der Erde, und Sie wird nicht durch Zentrifugalkraft oder andere physikalische Tricks verursacht. Das ist alles, außer, daß sie einen freundlichen Eindruck machen – und einen neugierigen.«

»Baxter, sind sie recht zurückhaltend mit Auskünften über ihre eigene Rasse?«

Baxter schüttelte den Kopf. »Überhaupt nicht. Im Gegenteil. Sie haben mir sogar eine Art Lesegerät zur Verfügung gestellt, für den Fall, daß ich nicht schlafe und etwas Unterhaltung will. Darin sind ihre Geschichte, ihre Bräuche, der Bericht über ihre Reise und so weiter in komprimierter Form gespeichert.«

»Sie werden sofort damit beginnen, Baxter!«

»Mister Wyman, momentan bin ich ziemlich erledigt und ...«

»Sofort, habe ich gesagt, Baxter! Bevor wir nicht nähere Informationen haben, tappen wir völlig im dunkeln – und Sie auch. Nun seien Sie ein braver Junge!«

»Jawohl, Sir.«

»Noch etwas, Baxter.«

»Bitte, Sir.«

»Wir müssen unbedingt herausfinden, woher sie kommen. Wenn sie tatsächlich aus unserer eigenen grauen Vorzeit stammen, wollen wir das mit absoluter Sicherheit wissen. Haben Sie irgendwelche Anzeichen dafür gefunden? Etwas, das über ihr bloßes Aussehen hinausgeht? Etwas, das sie gesagt haben ... Antworten, die Sie auf Ihre Fragen bekommen haben?«

»Mister Wyman, ich habe sie nicht gefragt, ob sie wissen, wie oft Katharine Hepburn für den OSCAR nominiert wurde oder ob sie den Text von ›White Christmas‹ können. Wenn Sie das meinen.«

»Ich verstehe. Ich werde eine Liste von geeigneten Fragen zusammenstellen lassen – Fragen, die sich auf die Epoche beziehen, aus der sie angeblich stammen. Brauchen Sie sonst noch etwas?«

Baxter dachte einen Moment lang nach. »Wie nimmt die Öffentlichkeit das alles auf?«

»Offiziell dementieren wir alles, und die Sowjets tun dasselbe. Aber solche Dinge sprechen sich trotzdem schnell herum. Zu viele Leute haben die erste Botschaft auf allen Frequenzen mitgehört. Aber es ist noch nicht schlimm.«

»Und die Russen?«

»Der Start ist für übermorgen angesetzt. Wir haben nach wie vor keine Ahnung, was sie beabsichtigen. Noch etwas?«

»Nein. Ende.« Er schaltete ab, seufzte, rutschte an den vorderen Rand des Stuhles und sprang zu Boden. Die Sitzfläche befand sich in Höhe seiner Hüften. Baxter ging zur Wand, streckte die Hand nach oben und drückte den tellergroßen Knopf mit beiden Händen. Ein Teil der Wand öffnete sich irisartig und gab den Blick auf einen breiten Korridor und einen nitolanischen Wachtposten frei. Das Wesen kam zur Türöffnung, den massigen Schwanz mit einem kratzenden Geräusch auf den metallenen Deckplatten nachschleifend, und verbeugte sich in Baxters Richtung.

»Kann ich dir helfen, Captaincarlbaxter? Ich bin Simdna.«

Baxter nickte und zeigte auf den gewölbten Sichtschirm, der mit einem beweglichen Metallarm an einem Stuhl befestigt war. »Ja. Medp sagte mir, ich könne das Lesegerät verwenden, aber ich weiß nicht, wie man es bedient.« Baxter trat an den Stuhl, kletterte hinauf und setzte sich zurecht. Der Nitolaner folgte ihm.

Baxter zog den Schirm näher heran. »Was mache ich nun?«

Simdna reichte ihm zwei runde Platten. »Halte eine an jede Seite deines Kopfes. Sie befestigen sich von selbst.«

Baxter nahm eine Platte in jede Hand und hielt sie an die Seiten seines Kopfes. »Und nun?«

Simdna zeigte auf eine Taste. »Damit schaltest du ein.« Er wies auf einen Hebel. »Je weiter du ihn in deine Richtung ziehst, desto schneller läuft die Aufzeichnung ab.«

Baxter nickte. »Danke. Das war alles, was ich wissen wollte.«

Simdna drehte sich um, verließ den Raum, und die Türöffnung schloß sich hinter ihm.

Baxter blickte auf den Schirm, dann auf die Starttaste. Er beugte sich vor und drückte sie mit seiner Handfläche. Augenblicklich überkam ihn das Gefühl einer leichten Berauschung. Es blieb bestehen, als er den Hebel zu sich heranzog, und Bilder und Erläuterungen überfielen seine Sinne mit unwahrscheinlicher Geschwindigkeit. Baxter stellte jedoch fest, daß er trotz des hohen Tempos der Aufzeichnung folgen konnte. Er zog den Hebel weiter zu sich heran.

... Die Nitolaner waren eine hochentwickelte Rasse mit eigenen Geboten von Gut und Böse, mit einem kompliziert aufgebauten Gesellschaftssystem und Städten – in einem Zeitalter, in dem die Menschen sie nie vermutet hätten. Mitten in der Epoche der großen Reptilien entwickelten die Nitolaner Wissenschaft, Gesetz und Wohlstand, denn sie besaßen DIE KRAFT. Sie suchten nach der Wahrheit ...

... Und die Wissenden lasen ihre Instrumente und sahen den Tod aller Lebewesen voraus, die sich nicht im Schlamm oder in den Gewässern in Sicherheit bringen konnten. Denn der Nachtstern wuchs und wuchs, bis sein Glanz alle anderen Sterne vom Himmel schwemmte und am Tage selbst Amasaat überstrahlte. Um zu überleben, mußten die Nitolaner den Entschluß fassen, ihren Planeten so lange zu verlassen, bis er wieder grünte und Lebewesen hervorbrachte.

Während die Weisesten unter den Wissenden die Zukunft nach einem Zeitpunkt durchforschten, der den Lebensmöglichkeiten der Rasse wieder zuträglich wäre, wanderten andere Wissende über die Weiten von Nitola, um zu warnen vor dem Kommenden. »Wir müssen Nitola verlassen, sonst sterben wir alle!«

... Viele glaubten ihnen und halfen mit, die großen Raumschiffe zu konstruieren, die die kostbare Fracht in der Leere des Alls und den Lücken der Zeit beschirmen würden. Andere glaubten ihnen nicht, und DIE KRAFT wurde gegen DIE KRAFT gerichtet, als die Gegner den Streit blutig entschieden.

Sobald die Schiffe fertiggestellt waren, endete der Krieg, und die Sieger versammelten sich um die Schiffe, um Nitola zu verlassen.

Da betrachteten die Wissenden ihren Planeten und sahen die verwüsteten Städte, die klaffenden Wunden, welche Bergwerke und Steinbrüche in seine Oberfläche geschlagen hatten, sie sahen auch die Hilfskonstruktionen zum Bau der Raumschiffe. Und Zweifel überkamen sie, ob diese Zeugnisse, wenn sie zurückgelassen wurden, einen Besucher aus dem Weltraum oder eine neuentstehende Rasse nicht auf ihre Fährte lenken könnten, um sie zu vernichten, während sie das Nichts durchkreuzten. So wurde DIE KRAFT gegen die Städte gerichtet und gegen alle anderen Zeichen, die sie hinterlassen hatten. Alle Spuren ihrer Existenz wurden ausgelöscht. Dann wurde der Planet auch von den Spuren gereinigt, die von DER KRAFT noch vorhanden waren. Denn eines Tages würden sie zurückkehren und wollten nicht, daß eine neuentwickelte Rasse DIE KRAFT gegen die Heimkehrenden richten könne.

Als alles getan war, bestiegen sie die Schiffe, verlangsamten ihre Lebensvorgänge, und die Reise begann ...

»Viele unter uns teilen deine Meinung, Deayl.«

Deayl blickte von Nozn auf Suleth und wieder zurück auf Nozn. »Der Rat hat abgestimmt und meine Meinung verworfen. Was bringt euch zu mir in mein Quartier?«

Nozn sah Deayl nachdenklich an. »Wir lesen unsere Speichergeräte und erkennen, was die Mens-chen treiben. Viele wollen nicht warten, bis diese Wesen Nitola unbewohnbar machen.«

Deayl wandte sich ab und starrte auf die nackte Wand. »Wenn es solche unter euch gibt, so laden sie Schande auf sich, indem sie sich gegen die Stimme der Mehrheit stellen.«

Suleth sah langsam von Nozn auf Deayl. »Wir wollen keine Wortspiele mehr, Deayl. Planst du, etwas zu unternehmen?«

»Etwas unternehmen?«

Suleth nickte. »Willst du uns führen?«

Deayl ließ sich auf seine Schlafstätte nieder, legte den Kopf auf ein Polster und schaute zur Decke. »Ich werde später mit euch sprechen.«

Nozn legte seine Klauenhand auf Suleths Arm, um ihn zurückzuhalten. »Um den Bund für die Verwirklichung unserer Pläne zu besiegeln, sollten wir die Namen austauschen. Ist dies auch dein Wunsch, Deayl?«

Deayl drehte sich herum und stützte sich auf einen Ellbogen. Seine schwarzen Augen durchbohrten Nozn.

»Nein! Verrat an unserer Rasse ist keine Rechtfertigung für Freundschaft!« Er ließ sich wieder zurückfallen. »Verlaßt mich nun. Ich werde euch rufen lassen, wenn ich unser Gespräch weiterführen will.«

Nozn und Suleth verneigten sich und verließen Deayls Quartier. Deayl rollte sich auf die linke Seite und schloß die Augen. *Es genügt, wenn ich selbst mich durch mein Vorhaben beschmutze. Ich werde nicht auch andere in den Schlamm ziehen.* Er öffnete die Augen und sprach zu einem dunklen Winkel des Raumes. »Du bist mein Gouverneur, Lothas, und du sprichst für die Allgemeinheit.« Deayl seufzte. »Aber du stehst zwischen uns und der Heimat. Ist nicht dein Frevel der größere?« Er schloß wieder die Augen und warf sich herum. Die Antwort mußte er selbst erst finden.

Etwa in der Mitte der nächsten Erdumdrehung sagte Baxter seinem nitolanischen Freund Illya Adieu, betrat sein Quartier und ließ sich auf seine Schlafstelle fallen. Er machte die isolierenden Handschuhe von seinem Anzug los, warf sie beiseite und legte die Hände an die Wangen. Sein Gesicht fühlte sich schlaff an. Ohne aufzustehen, schaltete er das Sendegerät ein.

»Außenministerium, hier spricht der Botschafter.« Er öffnete die Augen und starrte an die Decke. »Außenministerium, hier spricht der Botschafter. Können Sie mich hören?«

»In Ordnung, Baxter. Wyman hier.«

Baxter ließ seine Zunge über die Lippen gleiten, holte tief Atem und setzte sich auf. »Wyman, befinden sich irgendwelche bemannten Expeditionen auf dem Mond? Geheimsachen, von denen ich nichts weiß?«

»Nein, da bin ich ganz sicher. Aber ich kann es nochmals überprüfen. Ist es wichtig?«

»Es ist wichtig. Ich möchte auch wissen, ob die Sowjets Leute auf dem Mond haben, und wenn ja, wo.«

»Verstanden. Was geht vor, Baxter?«

Baxter schüttelte den Kopf. *Ich bin völlig fertig, das geht vor!* »Sie haben mir heute ihre Möglichkeiten demonstriert; es handelt sich um etwas, das sie DIE KRAFT nennen. Vor meinen Augen hat sich ein Viertel der Mondoberfläche zu Glas verwandelt, und zwar in kürzerer Zeit, als ich brauche, um Ihnen davon zu berichten.« Baxters Zunge fuhr wieder über seine Lippen. »Mein Begleiter hat mich zwei Stunden später zum Mond gebracht, und ich konnte die Oberfläche betreten. Auf der dunklen Seite befindet sich jetzt ein Krater, der den Krater Kopernikus vergleichsweise wie ein leeres Planschbecken erscheinen läßt.« Das Sendegerät schwieg. »Wyman, haben Sie verstanden?«

»Baxter, welches Gefühl haben Sie bei der Sache?«

Baxter riß die Augen auf. »*Gefühl?* Was für ein Gefühl, zum Teufel, glauben Sie denn, daß ich habe? Wenn diese Eidechsen wollen, können sie unseren ganzen Planeten in zwanzig Minuten braten!«

»Was ich gemeint habe, Baxter, ist folgendes: Welches Gefühl hatten Sie bezüglich des Zweckes der Demonstration?«

Baxter zwang sich einen Augenblick lang zum Denken und wurde rot. »Ich nehme an, der Zweck war, genau jenes hysterische Gejammer zu erreichen, das ich gerade von mir gegeben habe. Richtig?«

»Richtig. Hören Sie, Baxter, Sie verhandeln nicht mit einem pompösen Kongreßausschuß oder dem lokalen Elternverein. Sie haben nicht die Möglichkeit, Fehler zu machen und sie dann mit einer Entschuldigung oder mit Honigseim aus dem Weißen Haus wieder zu bereinigen. Sie müssen klaren Kopf behalten und Ihre Gefühle auf Eis legen, während Sie alle Tiefen ausloten. Finden Sie heraus, wie der Hase läuft, ob Druck am Platz ist oder Nachgeben. Haben Sie verstanden?«

Baxter schüttelte den Kopf. »Ihr Diplomaten habt die Empfindsamkeit von Nilpferden.«

Im Außenministerium blieb es eine Weile stumm.

»Das ist nicht Gefühllosigkeit, Baxter. Es ist Mumm. Sehen Sie zu, daß Sie bald welchen entwickeln. Ende.«

Baxter ließ die Taste des Sendegerätes los, stand auf und schälte sich aus dem Druckanzug. *Jedenfalls hat es mich nicht so arg mitgenommen wie Deayl.* Der Nitolaner war zusammen mit ihm über die Mondoberfläche gegangen und seltsam wortkarg gewesen. Seine Antworten auf direkte Fragen kamen kurz, stammelnd und beinahe zusammenhanglos. *Ich frage mich, weshalb mein alter Kumpel Illya so nervös war?*

Die Tür zu Baxters Quartier öffnete sich, und der Nitolaner mit dem Namen Simdna trat ein. »Ich überbringe eine Einladung von Lothas, unserem Gouverneur. Er wünscht, dich unter vier Augen zu sprechen, bevor du mit dem versammelten Rat zusammentriffst.«

Baxter nickte. »Es ist mir ein Vergnügen, die Einladung anzunehmen.« *Ich fange schon an, wie ein Diplomat zu reden.* »Wann wünscht Lothas mich zu sehen?«

»Ist es dir angenehm, sofort zu kommen?«

»Ja.«

Simdna trat zur Seite und streckte eine Klauenhand aus. »Dann wird Lothas dich jetzt empfangen.«

Auf dem Weg zu seinem Quartier sank Deayl gegen die Wand des Korridors. Er hob den Kopf, schloß die Augen und ließ dann die Schnauze auf die Brust sinken. Die Klauen seiner Finger bohrten sich in die Handflächen, und fast übertönte der Schmerz die Wogen von Selbstvorwürfen, die seine Sinne beherrschten. Er hörte, daß jemand sich näherte, stieß sich von der Wand ab und öffnete die Augen. Es war Nozn.

»Hier finde ich dich, Deayl.«

»Hier findest du mich.«

Nozn blickte sich um, sah, daß der Gang leer war, und heftete seinen Blick wieder auf Deayl. »Das Menschenwesen lebt immer noch, Deayl. Wenn du die Aufgabe nicht durchführen kannst, überlasse sie jemandem, der es kann.«

Deayl zischte, und seine Augen funkelten. »Du vergißt deinen Rang, Nozn!«

Nozn schloß die Augen und machte eine halbherzige Verbeugung. »Es war nicht als Respektlosigkeit gemeint, Deayl.«

»Ich werde tun, was getan werden muß, ohne Hilfe von anderer Seite. Daß ich nur mich allein und niemand sonst mit dieser Tat besudle, bin ich meiner Würde schuldig. Nimm mir dies nicht weg, indem du dich einmischst.«

Nozn verbeugte sich wieder. »Wie du wünschst, Deayl.« Er wandte sich zum Gehen. »Solltest du aber versagen, so sind andere da, die nicht versagen werden.« Er nickte kurz und ging davon.

Deayl legte eine Hand gegen die Korridorwand, starrte auf die metallisch glänzenden Platten des Bodens, und vor seinen Augen erschien die glasartige Oberfläche von Naal, dem Mondkind Nitolas. Baxter hatte auf der dünnen Kruste über dem geschmolzenen Gestein gestanden, und ein leichter Stoß hätte genügt, das Mens-chenwesen aus dem Weg zu räumen. Der Rat hätte die Unfallversion akzeptiert – die Mens-chen auf dem Planeten hingegen ... *Sind diese Geschöpfe so sensibel, daß sie aufgrund eines einzigen verdächtigen Todesfalles Vergeltungsmaßnahmen versuchen würden? Würden sie wegen dieses einen Toten eine Haltung einnehmen, die dem Rat nur eine Wahl ließe: ihre Vernichtung zu beschließen?* Deayl strich sich über die Schnauze und ließ die Hand sinken. *Oder werden die Mens-chen mit Bedacht handeln und den Mord, den ich begehen werde, zu einer sinnlosen Tat machen?*

Deayl tastete sich die wenigen Schritte bis zu seinem Quartier an der Wand entlang. Er drückte die Taste, und die Lamellen der irisförmigen Türöffnung glitten auseinander und gaben den Eingang frei. Der Raum dahinter war nachtschwarz und die Öffnung in der

Wand der dunkle, aufgerissene Rachen einer Ausgeburt krankhafter Phantasien. *Wenn die Mens-chen erkennen, daß es Mord ist, wird es auch der Rat erkennen. Und doch ist es der einzige Weg: meine Zukunft als Preis für die Zukunft meiner Rasse.* Deayl trat durch die Tür, und sie schloß sich hinter ihm.

Baxter starrte ungläubig den gepolsterten Ohrensessel an: von den hölzernen, mit Rollen versehenen Beinen bis zum schreienden Gelb und Orange der Polsterung der absolute Spitzenreiter unter Woolworths Ladenhütern. Er richtete den Blick auf Lothas. Der Gouverneur der Nitolaner ließ sich auf den dicken Polstern auf dem Boden nieder.

Baxter zeigte auf den Sessel. »Wo hast du den her?«

»Gefällt er dir? Ich hoffe, er ist bequem.«

Baxter setzte sich hinein, probierte die Federung, lehnte sich zurück und legte ein Bein über das andere. »Er ist okay.«

»Das freut mich, Captaincarlbaxter. Er wurde genau nach den Informationen angefertigt, die wir aus euren Fernsehsendungen erhielten. Wir hatten den Eindruck, daß unsere Sitzmöbel zu groß für dich sind.«

Baxter lächelte. »Ich danke dir sehr ... soll ich ›Gouverneur‹ zu dir sagen?«

»Ich heiße Lothas. Wenn du mit mir Namen tauschen möchtest, kannst du mich Dimmis nennen.«

Baxter nickte. »Sehr gern, Dimmis. Sag Baxter zu mir. Ich bin sehr froh über den Sessel.«

»Ein zweiter gleich diesem wird in dein Quartier gebracht werden und ein weiterer in den Konferenzraum, wo du mit der Ratsversammlung zusammentreffen wirst.«

»Ausgezeichnet.« Baxter spielte mit dem Gedanken, eine Bemerkung über das gräßliche Dessin zu machen, ließ ihn aber fallen.

»Wir können auch dafür sorgen, daß du ein Bett von

der Art bekommst, an die du gewöhnt bist, wenn du es wünschst.«

Baxter hielt die Hand abwehrend hoch. »Das wird nicht nötig sein, danke. Ich finde die Kissen in meinem Quartier äußerst gemütlich.«

Lothas nickte. »Baxter, du bist über uns und unsere Mission informiert, nicht wahr?«

»Ja. Ich habe mir die Aufzeichnungen mit dem Lesegerät angesehen, bevor ich mich zur Ruhe begab.«

Der Gouverneur nickte wieder. »Doch immer noch weißt du zu wenig von uns, und wir wissen zu wenig von euch.« Der Nitolaner setzte sich auf und zog eine Konsole heran. »Die Wissenden haben eine große Menge Kenntnisse aus euren Radio- und Fernsehsendungen angehäuft sowie aus den visuellen und Sensorbeobachtungen. Doch es genügt immer noch nicht, um uns die Richtigkeit unserer Absichten beurteilen zu lassen.«

Baxter nickte. *Diese Eidechsen haben genausowenig Ahnung, was sie tun sollen, wie ich.* »Ich verstehe. Wenn du mir sagst, welche Informationen ihr braucht, kann ich sie euch vielleicht verschaffen.«

»Wir haben bemerkt, daß eure Informationsspeicher zueinander sprechen können. Ist das so?«

Baxter nickte. »Ja. Computer.«

»Die Informationen, nach denen wir suchen, scheinen sich auf viele eurer ... Computer zu verteilen. Ich würde es vorziehen, drei unserer Wissenden hinunterzusenden, damit sie mit euren Computern sprechen können.«

»Ich werde zusehen, daß sich das machen läßt.«

Lothas saß einen Augenblick lang still da, dann hob er den Kopf. »Viel gibt es, Baxter, was wir übereinander erfahren müssen.«

Baxters Augen wanderten zu dem Punkt an der Dekke, auf den der Gouverneur seinen Blick gerichtet hatte, und er sah nichts als eine grüne Wölbung, die in den

Raum ragte. Er sah Lothas wieder an und zuckte die Achseln. »Das stimmt. Wir müssen ...«

Die Umgebung verschwamm vor Baxters Augen, als Lothas seine Hand von der Konsole neben seinem Polsterbrett zurückzog.

»Ich bin froh, daß du mir beipflichtest, Baxter. Vertrauen ist wichtig.« Lothas' Hand streckte sich wieder nach der Konsole aus, und Baxter hatte das Gefühl, als ob er wüchse, sich drehte, höher, immer höher ...

Dunkelheit fiel über den Raum.

Übelkeit überkam ihn, als er wahrnahm, wie er stillhalten und zusehen mußte, während jemand in seinen Erinnerungen blätterte und sie sichtete. Von Erinnerungen zu spontanen Reaktionen und Antworten, als diese Erinnerungen außer Rand und Band gerieten, sich ineinander verzahnten, sich teilten und wieder teilten und ihren eigenen Gesetzen folgten ... *der Job; der gottverdammte Job ... Boxman noch nicht angerufen. Deb. Der verfluchte karierte Socken* ... Er spürte, wie seine Gedanken von einem Gebiet abgezogen und auf ein anderes gezwungen wurden ... *ein Dokumentarbericht; wie Brennholz stapelt man sie auf in Auschwitz, Eichmann in einer kleinen gläsernen Zelle ... Korea, Libanon, Vietnam, Gaza, Suez. Südafr* ... Seine Gedanken fielen in ein düsteres Loch ... *ein kleines, rotes Flugzeug aus Balsaholz zum Aufziehen ... Weihnachten, und Großmama ist zu Besuch, also wollen wir diesmal ein Tischgebet sprechen ... Schule, College ... Flugzeuge auf dem Grasstreifen bei Evanston ... Testflüge bei Lockheed ... Air Force* ... Ein Meer verdrängter Angst umspülte ihn ... *Die Python, Panik ... Was soll ich tun, o Gott, was soll ich nur tun? ... diese Ausmaße ... warum ich?* ...

Baxter öffnete die Augen und bemerkte, wie Lothas seine Hand von der Konsole nahm. Der Nitolaner sah ihn lang an, legte eine Sekunde lang die Hände über die Augen und ließ sie dann auf die Knie fallen. »Baxter ...

du, deine Rasse ... ihr seid alles ...« Er zeigte auf die Irisöffnung seines Quartieres. »Bitte, verlaß mich. Nimm es mir nicht übel, aber bitte, verlaß mich. Ich muß nachdenken.«

Baxter stand mit einem Gefühl der wachsenden Panik auf.

Lothas legte seinen Kopf auf die Kissen, anscheinend um zu schlafen.

In sein Quartier zurückgekehrt, saß er in einem Duplikat des Ohrensessels, das Sendegerät in der Hand, und schüttelte den Kopf. »Ich weiß nicht, Wyman. Als ich aufwachte, schien Lothas sehr bestürzt. Dann warf er mich hinaus.«

»Ich frage mich, was das bedeuten soll, Baxter. Glauben Sie, daß es eine Art Gedankenlesegerät ist?«

»Da bin ich ganz sicher. Soll ich versuchen, an den Apparat heranzukommen? Ich kenne den Weg zur Landehalle und ...«

»Nein. Baxter, verlieren Sie doch nicht die Beherrschung! Wir haben keinerlei Pläne, also kann Lothas auch keine feindseligen Absichten in Ihren Gedankengängen entdeckt haben. Wir wissen noch gar nichts, also warten Sie ab.«

»Abwarten?«

»Genau.«

Baxter lauschte den atmosphärischen Störungen, während ein längst vergessen geglaubtes Vokabular aus seiner ungestümen Jugend durch ein erbostes Gemüt zog. Er stieß den Atem aus. »Wyman, hat irgend jemand Deb benachrichtigt?«

»Deb?«

»Meine Frau.«

»Ich bin überzeugt davon. Ist es wichtig?«

Baxter spürte wieder die Wut in sich hochsteigen, und er atmete einige Male tief ein und aus. »Verflucht, natürlich ist es wichtig, Wyman! Ich möchte, daß Sie – Sie persönlich! – sich darum kümmern, daß meine Frau benachrichtigt wird?«

»Gut, gut. Und sobald ich kann, lasse ich Sie wissen, ob ein Besuch Ihrer Freunde bei uns willkommen ist. Aber es dürfte keine Schwierigkeiten dabei geben, denn unsere Eierköpfe hier sind genauso neugierig auf die da oben wie die Fremden auf uns. Was den Zugang zu unseren Computern betrifft, so hängt es davon ab, was sie wissen möchten. Wir sind keinesfalls bereit, einem potentiellen Feind Geheimmaterial zu überlassen. Wissen Sie, woran sie interessiert sind?«

»Nein.« Baxter fuhr sich mit der Hand über das Gesicht. Die Hand war naß. »Was Neues über den Russen?«

»Wie gehabt. Sie starten morgen. Wir haben noch keine Ahnung, wie er die Sache anlegen wird.«

Baxter lachte. »Ich glaube, das kann ich Ihnen schon jetzt sagen. Vermutlich wie ich: eine Kombination von Alice im Wunderland und Blindflug.«

»Baxter?«

»Ja?«

»Durchhalten, Baxter! Okay?«

Baxter schloß die Augen. »Nur keine Angst. Und vielen Dank. Ende.« Er ließ die Taste des Sendegerätes los und starrte an die Decke. Sie war schneeweiß und spiegelglatt. Bilder aus der Zeitspanne, während der er sich unter dem Einfluß von Lothas' Apparat befunden hatte, schossen durch seine Sinne, und er umkrampfte die Armstützen des Sessels, um seine Hände am Zittern zu hindern. *Ich kann es nicht glauben: Ich fürchte mich. Ich zittere und schwitze und mache mir fast in die Hosen.*

Die Iris zum Korridor öffnete sich. Er fuhr hoch. Es war Simdna.

»Captaincarlbaxter?«

Die Muskelstränge in seinem Nacken verknoteten sich, und Baxter legte den Kopf nach hinten. »Was gibt es, Simdna?«

»Lothas läßt dir mitteilen, daß die Sitzung der Ratsversammlung aufgeschoben wurde.«

Baxter sah den Wachtposten lange an. »Ich danke dir, Simdna.«

Simdna verließ den Raum, und die Türöffnung schloß sich hinter ihm. Baxter ließ sich auf das Schlaflager fallen und seufzte. *Was soll das wieder heißen?*

Baxter warf sich auf der Schlafstatt herum, die Finger in die Kehlen der Ungeheuer seines Unterbewußtseins gekrallt. *Er sah sich selbst, ein Bild des Jammers in Menschengestalt, das nicht wagte, der Gefahr ins Auge zu sehen – schwach, verängstigt – hauptsächlich verängstigt. Dürre Hände streckten sich aus, drückten Tasten und drehten an Knöpfen, wäßrige, flinke irisierende Augen machten Kontrolllampen und Skalen ausfindig. Bebend und schmerzgepeinigt bediente das Wesen ein Gerät. Baxters Blick drang durch die Wand der Maschine zum Licht. Er taumelte zurück, als der Anblick des Gerätes ein Gefühl des Wiedererkennens weckte. Mit dick beschmierten Lippen, strahlendem Zahnpastalächeln und rot-grün blinkenden Reklamelämpchen als Augen erhob Carl Baxter eine Hand in seine Richtung ... der Maschinen-Baxter surrte, während das Wesen darin brüllte ...*

Baxter setzte sich jäh auf, schaute sich um und schlang die Arme um seinen Körper, damit das Zittern aufhörte. Mit leisem Summen meldete sich das Sendegerät, das immer noch auf dem Sessel lag. Baxter stand auf, trat zum Sessel und drückte die Empfangtaste. »Baxter hier.«

»Wyman.«

»Was gibt's, Wyman?«

»Bleiben Sie auf Empfang, wir schalten Sie zurück auf die Einsatzkontrolle. Denken Sie daran, Sie haben nicht viel Zeit.«

»Wyman ...« Baxter hörte die atmosphärischen Störungen, als Wyman aus der Leitung ging und unsichtbare Hände unsichtbare neue Verbindungen herstellten.

»Baxter?« Die Stimme klang deutlich, samtig, weich.

Baxter starrte das Gerät an. »Deb? Bist du es?«

Er vernahm ein vertrautes Schniefen und wußte, daß sie in diesem Augenblick heftig mit dem Kopf nickte und ein bißchen heulte. »Hast du dich schon wieder in die Brennesseln gesetzt?«

Er schluckte, nahm das Funkgerät in die Hand und ließ sich im Sessel nieder. »Ein Schlamassel, Baby!« Baxter spürte, wie ihm die Tränen in die Augen stiegen. »Hat dir jemand erklärt ... du weißt schon.«

»Ja. Wenn ich mir so ansehe, wer zu deinen neuen Freunden zählt, kann ich nur sagen, du gehörst plötzlich zur High Society.« Sie lachte. »Rat mal, wer vergangene Nacht mit mir wachgeblieben ist und mein Händchen gehalten hat?«

»Wer?«

»Ihr Mann wohnt in einem weißen Haus.« Sie schniefte wieder. »Und du hast seinem Gegner die Stimme gegeben.«

Baxter grinste und schüttelte den Kopf. »Das wird dir für die Zukunft eine Lehre sein: Gib mir nie mehr zwei verschiedene Socken! Du, das Badezimmer in meinem Quartier müßtest du sehen! Da steht eine Maschine, die in genau zwanzig Sekunden meine Uniform und Unterwäsche reinigt. Und meine Wäscherin erst! Er heißt Simdna. Kocht auch für mich ...«

»Baxter, ich liebe dich.«

Er biß sich auf die Unterlippe. »Deb, hast du eine Ahnung, ob irgend jemand mithören kann?«

»Höchstens drei- bis vierhundert Leute, soviel ich weiß.«

Baxter schloß die Augen. »Deb ... ich möchte ... ich möchte dir etwas sagen ...«

»Ich weiß.«

»Wieso weißt du es?«

»Baxter, ich teile nun schon eine ganze Reihe von Jahren Tisch und Bett mit dir. Ich weiß es. Du wirst es schaffen. Verstehst du mich?«

»Sicher.«

»Ich weiß, daß du nicht daran glaubst, aber es ist wahr. Du bist der richtige Mann dafür.«

»Deb ...«

»Ich muß jetzt aufhören. Vergiß in der Zwischenzeit nicht deine Adresse.«

»Das Haus mit der traumhaften Aussicht, nicht wahr?«

»Ganz richtig.« Der Lautsprecher knackste, als die Frequenz wieder an das Außenministerium zurückgegeben wurde. *Ich liebe dich, Deb. Ach Gott, ich würde dich jetzt so brauchen.*

»Baxter, hier ist Wyman.«

»Sprechen Sie.«

»Ihre Freunde können herunterkommen. Die Einsatzkontrolle wird sich direkt mit den Nitolanern bezüglich des Landeplatzes und der Ankunftszeit in Verbindung setzen. Nichts Neues von den Russen.«

»Verstanden. Und – Wyman?«

»Ja, Baxter?«

»Danke.«

»Bitte. Aber wofür?«

»Sie wissen schon. Das Gespräch mit meiner Frau.«

Wyman lachte. »Dafür brauchen Sie sich nicht bei mir zu bedanken, Baxter. Das Gespräch kam direkt auf Befehl des Präsidenten zustande, aufgrund eines dringenden Ersuchens Ihres Freundes Lothas. Ich dachte, Sie wüßten das?«

»Lothas hat darum ersucht, daß ihr ein Gespräch mit meiner Frau veranlaßt?«

»Genau. Was sagen Sie dazu?«

Ich sage dazu, daß ich es bitter nötig hatte, mit Deb zu reden, ihre Stimme zu hören, die mir sagt, daß ich es schaffen werde, die meine zerkrümelte Selbstachtung wieder zusam-

menleimt! Das ist es. Und Lothas wußte es. »Ich kann es mir nicht erklären. Ich melde mich wieder.«

»Ende.«

Baxter ließ die Taste los, lehnte den Kopf in die Polsterung des Sessels und fiel in einen unruhigen Schlaf.

Im Kontrollzentrum saß Lothas auf seinem Stuhl und wartete, daß Medp den Empfänger ausschaltete. »Medp, weshalb sollte Baxter je seine Adresse vergessen?«

Medp schwang seinen Stuhl herum. »Es ist ein Scherz, Lothas. Sie sagte es anstelle von ›Ich möchte, daß du nach Hause kommst!‹«

Lothas zeigte auf den Empfänger. »Baxter lachte aber nicht über den Scherz.«

Medp schüttelte den Kopf. »Es gibt Scherze, über die nicht gelacht wird. Dies ist noch ein Aspekt dieses Humors, der sich meinem Verständnis entzieht.«

Lothas ließ die Hand auf sein Knie fallen. »Warum sagt das Weibchen Deb nicht einfach: ›Ich möchte, daß du nach Hause kommst!‹? Es gäbe weniger Mißverständnisse.«

»Lothas, ich bin sicher, daß Baxter sie richtig verstanden hat. Das beweist seine Frage: ›Das Haus mit der traumhaften Aussicht?‹, obwohl er weiß – das hast du doch herausgefunden –, daß sein Weibchen die Aussicht verabscheut. Ein weiterer Scherz.«

Lothas zischte und ließ die Schnauze auf die Brust sinken. Er legte eine Hand über ein Auge. »Die Gedächtnissonde gab mir Einblick in Baxters Gedankengänge, aber sie gab mir kein Verständnis dafür. Äußerlich funktioniert er wie du und ich; sein Inneres ist ein Gewirr unbeschreiblicher Qualen.«

Lothas sah Medp an.

»Niemals noch habe ich solche Verworrenheit, solche Pein miterlebt.« Er beugte sich vor. »Verwenden diese Wesen den Humor, um ihre Gefühle vor anderen zu verbergen?«

Medp nickte. »Und vor sich selbst.«

»Wie können sie das, was ihnen innewohnt, vor sich selbst verbergen? Das ist unmöglich!«

»Du konntest es doch eben feststellen, Lothas. Alles, was ich herausfand, weist darauf hin, daß es komplizierte Wesen sind – voller Widersprüche, beladen mit Selbstbetrug, bis hin zur Selbstvernichtung.«

Lothas lehnte sich wieder zurück. »Medp, die Gedächtnissonde gewährt nicht nur mir Einblick in sein Bewußtsein, sondern auch ihm selbst. Wenn es stimmt, was du sagst – so unwahrscheinlich es mir erscheint –, dann hat Baxter zum erstenmal in sein Inneres hineingesehen.«

Medp nickte. »Möglich.«

»Wir können unsere Beweggründe nicht vor unserem Bewußtsein verbergen; das zu tun, würde uns große Pein und Verwirrung verursachen. Wenn hingegen ein Lebewesen sich selbst nicht erkennen kann, fügen wir ihm dann Schaden zu, wenn wir ihm erlauben, seine Motive zu entdecken?«

Medp lehnte sich zurück. Dann senkte er den Kopf und sah Lothas an. »Es steht außerhalb meiner Erfahrung, ob das Wissen über die eigene Person Schaden anrichten kann. Ich habe keine Erfahrung mit Menschen. Vielleicht könnte es ihnen Schaden zufügen.« Medp wandte sich zu einem Sichtschirm, der nichts als die Sichel des Planeten Nitola zeigte. »Eine wichtige Frage, Lothas: Können wir mit solchen Wesen in Frieden zusammenleben?« Er blickte Lothas an. »Mein Verstand sagt nein.«

Lothas studierte das Bild auf dem Sichtschirm und nickte. »Vielleicht ist Deayl im Recht.« Er richtete seine Augen auf Medp. »Sobald wir die Informationen aus ihren Computern erhalten haben, werden wir es wissen. Bereite deine Mission gut vor, Medp. Die Zukunft dieser merkwürdigen Rasse kann von deinen Erkenntnissen abhängen. Und unsere Zukunft auch.«

In seinem eigenen Quartier angekommen, ließ Lothas sich auf die Kissen nieder und betrachtete den Menschen, der nervös in dem Ohrensessel saß. Einmal kreuzte Baxter die Füße, dann stellte er sie wieder nebeneinander, um sie erneut zu kreuzen. Einmal irrten seine Augen umher, dann blickte er wieder starr in eine Richtung. »Geht es dir auch gut, Baxter?«

Der Mensch hob den Blick und sah den Nitolaner an. »Gut?« Er nickte und lächelte. »Ja. Und dir?«

Lothas nickte. »Mir geht es gut.« Er beobachtete, wie das Verhalten des Menschen sich änderte, ruhig wurde, seine Bewegungen gelassen. *Vielleicht ist diese Selbstverleugnung für die Menschheit Mittel zum Überleben.*

»Weshalb wolltest du mich sehen, Dimmis? Wurde der Zeitpunkt für mein Zusammentreffen mit der Ratsversammlung schon festgesetzt?«

»Nein. Baxter, wir sind sehr verschiedenartige Wesen.«

Baxter lachte. »Soviel kann ich auch sehen!«

Lothas wartete, bis der Mensch sich beruhigt hatte, und setzte sich auf. »Ich spreche nicht von Haut und Knochen, Gestalt und Größe, Baxter.« Lothas hielt eine fünffingrige Hand hoch. »Unser Knochenbau ist ähnlich: Wir sind beide auf Kohlenstoff basierende Lebensformen, mit zwei Augen, zwei Nasenlöchern, zwei Armen, zwei Beinen. Ich glaube daran, daß deine Rasse meinem Planeten entstammt, und du mußt daran glauben, daß meine Rasse es gleichermaßen tut.«

Baxter hob die Schultern. »Das zu beurteilen, überlasse ich anderen, Dimmis. Aber ich persönlich bin überzeugt davon, daß ihr das seid, was ihr behauptet.«

Lothas nickte. »Aber es gibt einen großen Unterschied: Dein Denken, Baxter, ist *fremdartig*. Aber ich kann erkennen, daß in gewisser Weise Absicht darin liegt. Was ich nicht verstehen kann, ist: warum? Außer der euren ist mir keine Lebensform bekannt, die mit Absicht gegen ihre eigenen Interessen handelt.«

Baxter runzelte die Stirn und wischte mit der Hand über sein Gesicht. »Ich bin nicht sicher, ob ich dich richtig verstehe.« Seine Hand war naß. »Meinst du Kriege?«

Lothas schüttelte den Kopf. »Nein. Auch wir hatten Kriege, Baxter. Kriege können um eigener Interessen willen geführt werden.« Der Nitolaner streckte dem Menschen einen Klauenfinger entgegen. »Ich spreche über euer Denken, und wie euch euer Denken handeln läßt. Während ich in deinem Bewußtsein las, fand ich unter all deinen Qualen auch das Bedürfnis nach deinem Weibchen. Und doch machtest du Scherze, als du dann mit ihr sprachst; du verbirgst die Dinge, die du sagen willst.«

Baxter wurde rot. »Das ist meine Angelegenheit. Aber ich danke dir für die Ermöglichung des Gespräches mit meiner Frau.«

»Sagst du jetzt das, was du meinst, Baxter, oder ist es ein Scherz? Ich kann es nicht erkennen. Du mußt verstehen, meiner Ansicht nach gibt es nur wenige Möglichkeiten, diese Situation zu klären: Zum einen könnten wir das menschliche Leben auf Nitola beenden und die Herrschaft über unseren Planeten wieder antreten. Das liegt im Bereich unserer Macht.«

Baxter erblaßte. Er beugte sich vor, die Ellbogen auf den Armstützen des Sessels. »Das würde euch nichts als einen toten Planeten einbringen, Dimmis. Wenn ihr versucht, uns von hier aus zu töten, werdet ihr alles Leben auf der Erde auslöschen. Wenn ihr landet, um uns zu vernichten, können wir zurückschlagen – und wir würden es auch tun.«

Lothas nickte. »Das ist der Grund, warum ich diese Wahl nicht treffen würde, obwohl ihr viele Nitolaner zustimmend gegenüberstehen.« Mit einer wegwerfenden Handbewegung beendete Lothas die Erörterung dieser Möglichkeit. »Ich bin natürlich überzeugt davon, daß es deiner Rasse nicht gelingen würde, die meine anzugreifen und zu vernichten. Wir haben DIE KRAFT.

Die zweite Möglichkeit: Beide Rassen versuchen in irgendeiner Form auf Nitola zusammenzuleben.«

Baxter nickte und blies nervös den angehaltenen Atem aus. »Diese Lösung würde ich vorziehen.«

»Aber je näher wir diese Möglichkeit in Betracht ziehen, desto undurchführbarer erscheint sie. Wir sehen, daß ihr dabei seid, den Heimatplaneten zu zerstören, und das könnten wir nicht dulden. Aber eure Stämme sind so entzweit – wie könnten sie je übereinkommen, mit der Zerstörung aufzuhören? Ich habe festgestellt, daß du nicht alle Menschen repräsentierst, sondern nur eine kleine Anzahl. Dennoch würdet ihr niemals zu einer Übereinkunft kommen. Ein Stamm würde versuchen, uns Nitolaner gegen den anderen auszuspielen, um einen Vorteil über den anderen zu erringen.« Lothas schüttelte den Kopf. »Die dritte Möglichkeit ist, daß die Menschen Nitola verlassen.«

»Verlassen?«

»Ja. Einen anderen Planeten suchen.«

Baxter lehnte sich in seinen Sessel zurück und starrte Lothas an. Er legte eine Hand auf sein Herz und fühlte es rasen, als wollte es die Brust sprengen. »Wie sollten wir das machen?«

»Wir haben diese Schiffe, und wir können euch auch mehr davon bauen. Genug, um den Planeten zu räumen.«

Unmöglich! Baxter schüttelte den Kopf und erinnerte sich plötzlich, daß die Entscheidung nicht bei ihm lag. »Ich weiß nicht, Dimmis. Diese Lösung scheint mir undurchführbar, aber ich werde mit meinem Volk sprechen.«

»Mit denen, die du repräsentierst?«

Baxter nickte. »Ja.« Er stand auf.

»Bevor du gehst, Baxter, sollst du wissen, daß diese Gespräche mit dir und mit der Ratsversammlung für uns eine grundsätzlich andere Bedeutung haben als für euch.«

»Wie meinst du das?«

»Ich kann deine Geisteshaltung erkennen ... deinen Wunsch, die Situation dazu auszunutzen, um einen Vorteil für deine Rasse zu erreichen. Wir hingegen benützen sie, um zu lernen. Wenn wir genug Wissen gesammelt haben, ergibt sich die richtige Entscheidung von selbst. Diese Entscheidung wird nicht beeinflußt durch Verhandlungen oder Zugeständnisse. Wir werden erkennen, wo das Recht liegt, und dann werden wir dem Recht entsprechen. Und dieses Recht, nach dem wir suchen, ist unabhängig von meinen Wünschen – oder von deinen.«

Baxter massierte sanft seine Schläfen, während er auf Wymans Rückruf wartete und seine Unterredung mit Lothas überdachte. Das Außenministerium war nicht erfreut gewesen. *Die ganze verdammte Sache gleitet uns aus den Händen.* Baxter lehnte sich zurück und dachte nach. *Die ganze Angelegenheit – es ist, als wollte man verhindern, daß Berge stürzen, indem man Seidenfäden über den Grand Canyon spannt.*

Lothas hatte auf die sterbenden Ozeane hingewiesen, die verpestete Luft, die Unzahl von Mündern, die gefüttert werden mußten. *»Und doch, Dimmis, haben wir ein Recht auf unsere Zukunft – und zwar auf der Erde. Es ist jene Zukunft, für die ihr uns bestimmt habt. Wir sind nicht ausgebrochen und haben DIE KRAFT mit uns genommen. Das habt ihr getan. Hättet ihr uns DIE KRAFT gelassen, vielleicht wäre alles anders gekommen.«*

Lothas hatte den Einwand mit einer Bewegung seiner Klauenhand weggewischt. *»Als Lebensformen seid ihr Fehlschläge – selbstzerstörerische, mordlustige Mißgeburten. Und was ist eure Rechtfertigung? ›Wir sind nur Menschen.‹ Ihr verwendet diese Phrase, um all das zu entschuldigen. Aber genau das, Baxter, charakterisiert euch als Lebensform; es charakterisiert euch als defekt, als wertlos. Und ihr selbst verwendet diese Charakterisierung.«* Der Nitolaner hatte sich vorge-

beugt. »Hätten wir euch DIE KRAFT gelassen, nicht einer von euch wäre noch am Leben.«

Baxter stützte die Ellbogen auf seine Knie und vergrub das Gesicht in den Händen. Er hatte Wyman die Unterredung geschildert. *»Baxter, sind Sie wahnsinnig?«*

»Verdammt, Wyman, ich habe mich nicht um diesen Job gerissen! Ich habe von Anfang an gewußt, daß ich im dunkeln tappen müßte, und ihr habt es auch gewußt. Und nun weiß es auch Lothas. Wyman, Sie müssen jemand anders heraufschikken. Wenn Medp unten landet, um an die Computer zu kommen, könnten Sie die Angelegenheit einem Ausschuß des Außenministeriums oder einer UNO-Kommission übertragen.«

Ein langes Schweigen war gefolgt, dann hatte Wyman sich wieder gemeldet. *»Ich muß das alles mit einigen Leuten besprechen, Baxter. Danach hören Sie wieder von mir. Für den Augenblick nur folgendes: Sollten Sie mit Lothas oder seiner Ratsversammlung noch weitere Gespräche führen, lassen Sie Ihr Funkgerät eingeschaltet und Ihren Mund geschlossen. Wir werden Lothas in Kenntnis setzen, daß das Außenministerium versuchen wird, mit ihm zu verhandeln. Verstanden?«*

Baxter ließ seinen Kopf nach vorn fallen und begann seine verkrampfte Nackenmuskulatur zu kneten. Wyman hatte die Verantwortung von seinen Schultern genommen, und alles, was ihm noch zu tun blieb, war, das Funkgerät zu bedienen. Das traute er sich gerade noch zu. Trotzdem fühlte er keine Erleichterung. Er lehnte sich zurück und kaute an seiner Unterlippe. Er entpuppte sich als jammernde, winselnde, unfähige Niete. »Zum Teufel, Wyman!« rief er der Decke zu. »Verstehst du nicht, daß es *meine* Gehirnwindungen sind, die sie im Zeitraffer abspulen? Gefällt dir die Vorstellung, daß es *deine* sein könnten – Sie abgebrühter und mit allen Wassern gewaschener Diplomat?«

Das Funkgerät summte, und er drückte die Taste. »Baxter hier.«

»Wyman. Also, mein Junge, es sieht so aus, als hätten Sie die Angelegenheit gründlich versaut. Um die Wahrheit zu sagen, ich würde keine zwei Cents für Ihre Haut geben, sollten Sie sich je wieder in diesem Land blicken lassen.«

»Sie sind so gut zu mir, Sir.«

»Okay. Also, es geht um folgendes: Wir haben einen Ausschuß gebildet, und wir warten nun darauf, daß Lothas oder sein Rat beschließen, ob sie ihn an Bord nehmen wollen oder nicht. Der Meinungsaustausch zwischen uns war nicht ermutigend. Für jeden Fall gehen wir auf höchste Alarmstufe. Wir haben sofort internationale Vereinbarungen getroffen, um die militärische Verteidigungsbereitschaft aller Nationen zu koordinieren. Apropos, einen Lichtblick gab es wenigstens: Der Russe hat es nicht geschafft. Während des Starts hat es ihn erwischt ...«

»Wyman, Sie Schwätzer! Ein *Lichtblick?* Das nennen Sie einen *Lichtblick?* Was verwenden Sie eigentlich als Füllung für Ihre leere Hirnschale? Ich brauche *Hilfe* hier, und zwar schnell ...!«

»Baxter, Sie Naivling! Hilfe – von den Sowjets?«

Baxter schüttelte den Kopf. »Nein, Wyman. Hilfe von einem anderen Menschen.« Baxter hörte sich kichern. »Ihr habt noch nicht begriffen, worum es geht, ihr ... ihr Leute da unten. Wir sitzen alle im selben Boot ... alle miteinander!« Er schüttelte den Kopf, und sein Kichern verwandelte sich in stille Tränen. Das Funkgerät klickte – und klickte nochmals. Wyman hatte eingeschaltet und wieder ausgeschaltet; offenbar hatte er nichts darauf zu sagen.

Wieder klickte das Gerät. »Vergessen Sie nicht, Baxter, tun Sie nichts ohne ausdrückliche Bewilligung, und machen Sie unseren Freunden klar, daß sie von nun ab mit uns direkt verhandeln. Ende.«

Baxter ließ die Taste los. Er zuckte die Achseln, öffnete die Schnalle seines Gürtels und ließ ihn zusammen mit dem Funkgerät im Sessel liegen, als er aufstand.

Die Iris zu seinem Quartier ging auf, und Simdna trat

ein. »Captaincarlbaxter, Deayl möchte mit dir sprechen, wenn du es wünschst.«

Baxter warf einen Blick auf das Funkgerät im Sessel und sagte: »Ja. Ich bin bereit.«

Simdna ging hinaus, und Deayl erschien.

»Ich freue mich, dich zu sehen, Illya. Geht es dir schon besser?«

Deayl starrte auf den Menschen hinab, und das Bild des Wesens schwankte vor seinen Augen. *Besser? Ob es mir schon besser geht?* Die Iris schloß sich, und Deayl trat einen Schritt näher an das Menschenwesen heran. »Baxter, wir haben unsere Namen ausgetauscht.«

»Ja, Illya.«

Deayl strich mit der Klauenhand über seine Schnauze. »Erinnerst du dich, daß ich dir sagte, das würde mich zu nichts verpflichten?«

»Ich erinnere mich.« Baxter runzelte die Stirn und warf erneut einen Blick auf sein Sendegerät. Er wandte sich ab und sah wieder den Nitolaner an. Deayl war noch einen Schritt nähergekommen, die angsteinflößenden Klauenhände ausgestreckt.

»Trotzdem muß ich dir erklären, warum ich das tue, Baxter ...«

Baxter wich zurück. »Warum du *was* tust?«

»Baxter, die Wissenden sind auf dem Weg nach Nitola, um mit den Computern zu sprechen. Die Menschen unten haben das gleiche Problem: Wie können wir miteinander in Frieden leben – das ist etwas, das es niemals geben wird.«

»Wie kannst du das wissen? Du bist erregt ...«

»Je länger wir warten, bevor wir unseren Planeten wieder in Besitz nehmen, desto schwieriger wird es sein. Schon zu diesem Zeitpunkt rüsten die Menschen gegen uns. Das muß aber dem Rat vor Augen geführt werden, und zu diesem Zweck muß ich die Menschen provozieren. Du siehst, ich bin gezwungen, dich zu ermorden.«

»Ermorden ...« Baxter sah zu, wie Deayl näherkam, die dolchartigen, schwarzen Klauen sanftglänzend im Licht des Raumes. Die Hände schossen ihm entgegen, und Baxter duckte sich. Er drehte sich um, ergriff den Ohrensessel und warf ihn nach dem Nitolaner. Deayl zerschmetterte ihn, und das Funkgerät zerbrach. Bevor noch die Splitter den Boden berührten, erreichte Baxter die Öffnungstaste für die Tür und hieb mit beiden Händen dagegen. »Simdna! Um Gottes willen, Simdna!« Während die Iris sich öffnete, spürte Baxter, wie Deayls Hände sich um seinen Brustkorb schlossen und die langen Klauen seine Lunge zerrissen.

Eine Woche verging, und auf der Erde staunten viele, wie reibungslos territoriale und Rüstungsübereinkommen zustandegebracht werden konnten, jetzt da sie – angesichts der KRAFT des Gegners – sinnlos geworden waren. Das nitolanische Raumschiff kauerte lautlos neben dem Hangar, in dem irdische Techniker die Verbindung zwischen dem Schiff und einem weitverzweigten Netz von Computern in fast jedem Land der Welt aufrechterhielten. Niemand bekam die Nitolaner zu Gesicht, und seit einer Woche war keine Nachricht von Lothas oder Baxter gekommen.

In einem Motel nahe der Basis wartete eine Gruppe Diplomaten, angeführt vom Außenminister, ungeduldig darauf, an Bord des nitolanischen Raumschiffes zu gehen. Auf der anderen Seite der Basis probte eine Kommandoeinheit den Sturm auf das Schiff. In den Führungszentren von Washington, Moskau, Paris, London, Peking, Kairo ... drängten sich fahle Gesichter um kaffeetassen- und zigarettenstummelübersäte Konferenztische und warteten neben brandneu installierten Kommunikationseinrichtungen auf Neuigkeiten – egal welche.

Der Basiskommandant, General Stayer, hörte es als erster. Die erschütterte Stimme eines der Techniker aus dem Hangar: ohne Vorwarnung. Die Nitolaner hatten die Verbindung zum Hangar unterbrochen, und das Schiff war in die Nacht verschwunden.

Nun begann das Warten erst richtig.

Deb Baxter hörte die Regentropfen gegen das Fenster trommeln und ließ den Arm auf die leere Seite des Bettes fallen. Sie öffnete ihre Faust und strich mit der Handfläche über die Bettdecke. Sie ballte die Hand wieder zur Faust, drehte sich um und zog eine Zigarette aus dem halbleeren Paket auf dem Nachttisch. Drei Jahre lang hatte sie nicht geraucht; während sie das Zündholz anriß, kam ihr zu Bewußtsein, daß sie bereits wieder bei zwei Päckchen pro Tag angelangt war.

Im Licht der Flamme erschienen ihre Augen verschwollen und umgeben von dunklen Ringen. Sie hielt das Zündholz an das Ende der Zigarette und blies es aus. Dann griff sie nach einem Kissen, stopfte es hinter sich und setzte sich auf. Mit weit offenen Augen starrte sie in die Dunkelheit rund um die helle Glut der Zigarette, die bei jedem Zug aufleuchtete.

Sie hatte erfahren, daß Baxter nicht zurückkommen würde, hatte erkannt, daß sie diese Tatsache überleben konnte, und hatte sie akzeptiert – beinahe. Immer noch durchwachte sie die Nächte, wenn sie keine Schlaftabletten nahm. Sie warf die Bettdecke zurück, schwang die Beine auf den kalten Boden und ging barfuß zum Schlafzimmerfenster. Während sie den dunklen Vorhang zur Seite hielt, starrte sie hinaus auf die Scheinwerfer, die die Sicherheitszone der Abstellrampe für Versuchsflugzeuge erleuchteten. In der Ferne schob ein armer Kerl Wache, den man mit dem Versprechen einer Laufbahn als ›Flugtechniker‹ von der väterlichen Farm weggelockt hatte; er hielt den Lauf des Gewehres zu Boden gerichtet und verkroch sich vor dem Regen in seinen Umhang. Sie schüttelte den Kopf. »Verrückt. Hier in der Wüste sollte es überhaupt nicht regnen.«

Von weither hörte sie Sirenen, und rote Lichter rasten über die Zufahrt zur Basis, zwischen ihrer Wohnung und der Abstellrampe. Diese ewigen Sirenen. Für gewöhnlich hatte Baxter sich umgedreht, gemurmelt, daß die Militärpolizei schon wieder Räuber und Gendarm spielte, und war wieder eingeschlafen. Sie horchte auf das Leiserwerden der Sirenen. Plötzlich schwoll der Klang wieder an. *Sie biegen wohl in den Wohnbezirk ein.* Sie spürte, wie Asche über ihre Finger zu Boden fiel. »Verdammt!« Sie bückte sich und vergewisserte sich, daß der billige Teppich nicht in Brand geraten war. Doch jäh hob sie den Kopf, denn die Sirenen wurden mit einemmal sehr laut; dann erstarben sie unvermutet in einem Quietschen von Bremsen. Gleich darauf klopfte es hart an ihrer Tür.

Sie suchte im Dunkel nach ihrem Schlafrock, der über einen Stuhl geworfen lag, und begann ihn anzuziehen.

»Mrs. Baxter! Mrs. Baxter, sind Sie daheim?«

Mit zitternden Fingern band sie den Gürtel. »Eine Minute!« Sie rannte durch das Vorzimmer zur Eingangstür, sperrte auf und öffnete. Auf der Straße vor ihrem Wohnhaus stand ein blauer Dienstwagen, vorn und hinten von einem MP-Jeep flankiert, deren rote Warnleuchten sich immer noch drehten. Sie schaltete die Außenbeleuchtung ein. Vor ihr stand ein leicht ergrauter Air-Force-Offizier, begleitet von einem Militärpolizisten, und salutierte.

»Mrs. Baxter, ich bin der Stützpunkt-Kommandant, General Stayer. Ich muß Sie bitten mitzukommen.«

»Ich … Herr General, ist es wegen meines Mannes? Ja?«

Der Offizier blickte zu Boden. »So leid es mir tut, ich weiß es nicht. Bitte, beeilen Sie sich, wir haben nicht viel Zeit.«

Deb wandte sich von der Tür ab, trat zu einem Schrank in der Diele und nahm einen Regenmantel heraus. Während sie ihn anzog, suchte sie nach Schuhen, und das erste, was sie fand, waren Baxters Gummistiefel. Sie schlüpfte mit nackten Füßen hinein. Sekunden später saß sie neben dem General im Fond des blauen Dienstwagens, und die Sirenen des kleinen Konvois begannen wieder zu heulen.

Der Wagen stand am Rand des Flugfeldes. Der Schein der blauen Begrenzungslampen, der durch die regennassen Scheiben fiel, überzog Debs Gesicht mit einem kalten Leuchten. Sie starrte durch die Windschutzscheibe, und alles, was sie sehen konnte, war der Regen. Sie zog den Mantel enger um sich und fröstelte.

»Oh, Mrs. Baxter!« Der General wandte sich an den Fahrer. »Bill?«

»Jawohl, Sir?«

»Starten Sie den Motor, und drehen Sie die Heizung auf!«

»Jawohl, Sir.« Der Fahrer drehte den Zündschlüssel, der Motor sprang an, und Augenblicke später blies warme Luft gegen Debs Beine. Sie wandte sich an Stayer.

»Danke. Ich habe gar nicht bemerkt, wie sehr ich fror.«

Stayer nickte. Er griff nach dem Mikrofon, das am Rücksitz befestigt war, und schaltete es ein. »Kontrollraum, hier spricht Stayer. Hat die Bodenleitzentrale sie schon auf dem Radar?«

»Jawohl, Sir. Die Bodenleit ...«

Stayer drehte an der Frequenzanzeige neben der Mikrofonhalterung und schaltete wieder ein. »Bodenleitzentrale, Stayer hier. Haben Sie schon eine voraussichtliche Ankunftszeit?«

»Hier Bodenleitzentrale. Jawohl, Sir. In etwa einer Minute sollten sie über uns sein, aber bei dieser schlechten Sicht werden Sie sie vermutlich erst sehen, wenn sie landen. Das Schiff, das wir hier hatten, verwendete keine Lichter.«

»Ende.« Der General hängte das Mikrofon ein, sah

Deb an und wandte sich an den Fahrer. »Bill, stell die Scheibenwischer an.«

»Jawohl, Sir.« Die Wischerblätter wimmerten über die Scheibe, aber das Flugfeld vor ihnen und der Himmel blieben leer.

Stayer lehnte sich zurück, den Blick auf die verlassene Rollbahn gerichtet. »Das ist der erste Kontakt mit ihnen seit drei Wochen, Mrs. Baxter. Ich weiß, wie schwer das für Sie ist, aber ... sie haben ausdrücklich verlangt, Sie zu sehen. Wir wollten weiterfragen, aber sie haben die Verbindung unterbrochen, bevor wir uns nach Ihrem Gatten erkundigen konnten.«

Deb nickte und sah Stayer ins Gesicht. »Ich werde alles versuchen, was ...«

Das ganze Flugfeld erhellte sich unter einem blendenden, gelbweißen Lichtschein. Deb hielt die Hände vor die Augen und blinzelte zwischen den Fingern durch. Der Fahrer hatte sich über das Lenkrad gebeugt und starrte durch den Windschutz nach oben. »Du lieber Himmel!« Der Fahrer verdrehte den Kopf noch mehr. »Lieber Himmel! Herr General, was für ein Riesending!«

Stayer, das Gesicht gegen die Heckscheibe gepreßt, nickte. Deb hielt den Atem an, als eine gleißende Form des Flugfeld vor ihren Augen ausfüllte. Überrascht wurde sie sich gewahr, daß außer dem Surren des Motors und dem Prasseln des Regens auf dem Wagendach kein Geräusch zu hören war. Unwillkürlich streckte sie eine Hand aus und umklammerte General Stayers Arm.

Der Boden unter dem Raumschiff erstrahlte in hellem Licht, als es einige Meter über dem Feld schweben blieb. Rotes Licht vereinigte sich mit dem weißen, während sich sein Bauch öffnete und ein winziges, schwarzes Flugzeug sanft auf die Landebahn gesenkt wurde. »Die Python, Sir! Und ich sehe noch etwas! Sieht aus wie zwei Kisten.«

An der Seite des Schiffes erschien ein blau leuchtendes Schild. Der General holte tief Atem, beugte sich nach vorn und klopfte dem Fahrer leicht auf die Schulter. »Das ist das Signal, Bill. Fahr an!« Deb sah, wie der Fahrer das Armaturenbrett des Wagens anstarrte, als sähe er es zum erstenmal. »Verdammt!« Er legte den Gang ein, der Wagen machte einen Satz, und der Motor starb ab. »Es tut mir leid, Sir ... ich ...«

»Macht nichts, Bill. Starte nochmals. Ruhig Blut.«

»Jawohl, Sir.« Der Motor sprang an, und der Wagen fuhr näher an das Schiff heran. Debs Hand fiel von ihren Augen herab, als sie das Raumschiff anstarrte, das mit jedem Augenblick größer und größer wurde und just in dem Moment noch weiterwuchs, in dem sie geschworen hätte, größer könne es nicht mehr werden. Der Wagen hielt an.

Eine hellerleuchtete Rampe fuhr unter dem blauen Schild aus und berührte den Boden. Gleich darauf schritt ein Wesen auf starken Hinterbeinen, die kurzen Vorderbeine mit den langen Klauen vor sich haltend, den massiven Schwanz hinter sich, die Rampe herunter und blieb neben dem Raumschiff stehen.

»Mrs. Baxter?«

Deb blickte auf Stayer und bemerkte, daß sie immer noch seinen Arm umklammert hielt. »Was ... Was habe ich zu tun?«

Stayer deutete mit dem Kopf auf das Wesen. »Gehen Sie hinüber zu ... dem dort. Es wird Ihnen sagen, was Sie tun sollen. Alles Gute!«

Deb öffnete den Wagenschlag, stieg aus und richtete sich auf, das Schiff vor Augen. Sie wußte, daß es noch regnete, aber kein Tropfen fiel in der Umgebung des Raumschiffes. Sie ließ den Wagenschlag offen und ging auf die Rampe zu, den Blick auf das seltsame Wesen gerichtet. Als sie drei Meter von ihm entfernt war, hielt sie an. »Nun?«

Das Wesen sah auf sie herab. »Bist du das Weibchen von Captaincarlbaxter?«

»Ja.« Sie blickte ans obere Ende der Rampe und sah ein vertrautes Gesicht. »Baxter!« Sie lief an dem Wesen vorbei die Rampe hinauf und blieb oben stehen. Tränen rannen über ihr Gesicht, als sie ihn betrachtete, sich auf ihn stürzte und an sich drückte.

»Langsam, Deb.« Er küßte sie und hielt die Wange an ihre gepreßt. Sie machte sich frei und hielt ihn an den ausgestreckten Händen. »Baxter.« Sie schniefte und lachte. »Da hast du dir was Zündendes für deinen Auftritt ausgedacht, Baxter!«

Baxter grinste. »Warte erst, bis du den Rest der Vorstellung gesehen hast!« Er ließ den Blick von Debs nassem Haar über seinen Regenmantel bis zu seinen Gummistiefeln wandern und schüttelte den Kopf. »Das ist meine Deb: Dame vom Scheitel bis zur Sohle. Warum hast du dich nicht elegant gemacht? Du wirst einige sehr bedeutende Persönlichkeiten kennenlernen.«

»Oh, du blöder Kerl!« Sie umarmte ihn wieder. Als sie ein kratzendes Geräusch hinter sich hörte, ließ sie die Arme sinken.

Baxter deutete mit dem Kopf auf die offene Tür zur Rampe, wo jetzt das Wesen stand, das Deb bereits unten gesehen hatte. »Deb, ich möchte, daß du meinen Freund Deayl kennenlernst. Für seine Freunde heißt er Illya.«

Deb neigte den Kopf in Deayls Richtung. »Mein Name ist Deb.«

Auch das Wesen verbeugte sich leicht. »So mußt du mich Illya nennen.«

Baxter bückte sich, hob einen Helm auf und sagte zu Deayl: »Illya, ich habe noch etwas zu tun. Würdest du Deb inzwischen Gesellschaft leisten?«

Deb runzelte die Stirn. »Baxter!«

Er küßte sie, drehte sich um und ging die Rampe hinab. Deb und Illya sahen zu, wie Baxter den Betonstreifen überquerte und niederkniete. »Was macht er?« fragte Deb.

»Es ist sein Wunsch.« Er wandte sich Deb zu. »Ich habe Baxter darum gebeten, dir alles erklären zu dürfen, was vorgefallen ist. Er war einverstanden.« Deayl richtete seinen Blick wieder auf den Menschen, der am Rand der Rollbahn kniete. »Ich habe versucht, Baxter zu töten.« Deb sah von den langen Klauen zu den kohlschwarzen Augen. »Ich habe ihn schwer verletzt. Meine Absicht war, euch Menschen wütend zu machen und eine friedliche Regelung zwischen uns zu verhindern.« Deayl deutete auf Baxter. »Unsere Heilkunst hat ihn gerettet; und dann hat er mich gerettet. Ich hätte von der Ratsversammlung für meine Tat verurteilt werden sollen, aber Baxter trat dazwischen. Was gesagt wurde, ist nicht von Wichtigkeit, denn Baxter hat uns etwas gezeigt, dem wir vorher noch niemals begegnet waren.« Deayl sah Deb ins Gesicht. »Wenn wir erkennen, was rechtmäßig ist, dann akzeptieren wir es und führen es aus. Rechtmäßig wäre gewesen, hätte Baxter meinen Tod verlangt. Statt dessen hat er um Gnade für mich gebeten. Er konnte verstehen, was mich zu meiner Tat veranlaßt hat. Und er zeigte ... Erbarmen. Ihr Menschen besitzt all die bösen Eigenschaften, vor denen wir uns stets gehütet haben. Aber zugleich besitzt ihr eine Größe, die wir niemals erreichen werden. Deshalb und aufgrund der Dinge, die die Wissenden herausgefunden haben, werden unsere Schiffe euch verlassen. Die Erde gehört euch, solange ihr sie euch erhalten könnt.«

Baxter betrat das untere Ende der Rampe. Er trug seinen Helm in den Händen, und als er oben angekommen war, sah Deb, daß der Helm bis zum Rand mit Erde gefüllt war. Er blieb stehen und reichte ihn Deayl. Baxter lächelte, als der Nitolaner ihn nahm und sich verbeugte. »Eine Heimat für dich, Baxter.«

»Eine Heimat für dich, Illya.«

Deayl wandte sich um und ging in das Raumschiff zurück; die Iris schloß sich.

Baxter nahm Debs Arm und führte sie die Rampe hinunter. Nachdem sie die Landebahn betreten hatten, wurde die Rampe eingefahren, das Raumschiff verdunkelte sich und hob lautlos vom Flugfeld ab. Deb spürte die Regentropfen auf ihrer Haut, als sie Baxter zu der Python und den beiden Kisten auf der Landebahn folgte. General Stayer stieg aus dem Wagen und kam dazu.

Baxter tätschelte die Nase der Python und sagte zum General: »Da, Sir. Ich bringe Ihnen Ihr Eigentum zurück; ich konnte sogar eine Menge Treibstoff sparen.«

Stayer legte eine Hand auf Baxters Schulter. »Ich bin froh, Sie wiederzusehen, Baxter. Sie ahnen nicht, wie froh!«

»Unsere Gefühle beruhen auf Gegenseitigkeit, Sir.« Baxter blickte auf, als er Sirenengeheul hörte. In der Nähe des Kontrollturmes begannen Fahrzeuge mit Blaulicht ihre Standorte zu verlassen und einen Konvoi zu bilden. »Ich nehme an, das werden die hohen Tiere sein«, sagte Baxter. »Herr General, ich möchte Sie um zwei Gefallen bitten.«

»Nur zu!«

Baxter trat zu einer der beiden Kisten. »Sir, da drinnen sind die Informationen, die die Nitolaner unseren Computern entnommen haben. Sie haben sie – zusammen mit ihren eigenen Erkenntnissen – einem Verarbeitungsprozeß unterworfen, den ich auch nicht annähernd verstehen konnte. Er hat die Prognose ergeben, daß die Menschheit äußerstenfalls noch einhundertzwanzig Jahre Bestand haben kann. Ihre Voraussagen stimmen stets, und deshalb haben sie uns verlassen. Sie haben erkannt, daß sie in einigen hundert Jahren zurückkommen und neu beginnen können, daß die Menschheit sich bis dahin selbst ausgelöscht haben wird.« Baxter nickte langsam und legte den Arm um Debs Schulter. »Aber Medp hat auch hinzugefügt, daß diese Voraussage einen großen, nicht vorhersehbaren Unsicherheitsfaktor enthält: uns nämlich, die Menschheit. An Ihrer Stelle, Sir, würde ich den Container zu den Computern bringen lassen, aus denen die Nitolaner ihre Informationen über uns hatten, und mich an die Arbeit machen.«

Stayer nickte nachdenklich. »Und der zweite Gefallen?«

»Ich möchte Ihren Wagen samt Fahrer borgen. Ich möchte nach Hause, bevor die Stützen des Staates hier auftauchen.«

»Baxter, Sie müssen Bericht erstatten, der Außenminister ...«

»Sir, ich möchte nach Hause.«

Stayer winkte nach seinem Wagen, der sich sofort in Bewegung setzte. Das Scheinwerferlicht fiel auf die Python und die beiden Kisten. »Eine Frage nur noch, Baxter.«

»Sir?«

»Was befindet sich in dem anderen Behälter?«

Baxter nahm Debs Arm und trat mit ihr neben die Kiste. Er legte seine Hand in eine Vertiefung an der Seite des Behälters und drückte. Die beiden Hälften der Kiste klappten auseinander und gaben den Blick auf zwei Ohrensessel frei – mit Rollen an den Beinen, die Polsterung in orange-gelbem Blütendessin. »Ich möchte, daß sie zu mir nach Hause gebracht werden.«

Deb betrachtete die Sessel und begann zu lachen. »Oh ... oh, Baxter! Die sind einfach grauenhaft!«

Stayer rüttelte an Baxters Arm. »Los, Captain, gehen Sie! Und seien Sie auf einen frühen Weckruf gefaßt. Sie haben ein hartes Stück Arbeit vor sich.«

»Jawohl, Sir. Ich danke Ihnen, Sir.«

Der Fahrer hielt den Wagenschlag offen, und die beiden stiegen ein. Der Fahrer lief um den Wagen herum auf die andere Seite, klemmte sich hinter das Lenkrad, und Sekunden später setzte sich der Wagen in Bewegung.

Plötzlich kam Stayer der Regen zu Bewußtsein; er zog die Schultern hoch und trat neben die Kiste mit den beiden Ohrensesseln. Als die Meute der Fahrzeuge rundum zum Stehen kam und mit ihren Scheinwerfern alles hell erleuchtete, warf der General einen letzten Blick auf die Sessel und drückte seine Hand in die Vertiefung. Der Behälter schloß sich mit einem Klicken. Stayer nickte. »Sie hat recht. Wirklich gräßlich.«

Kopfschüttelnd drehte der General sich um, um die Spitzen aus Politik und Armee zu begrüßen.

Lothas schloß seine Finger um die Handvoll Erde, während er auf dem Sichtschirm den entschwindenen Planeten Nitola betrachtete. Er wies mit der geschlossenen Hand auf den Monitor und wandte sich an Medp. »Solange wir uns in der Ruhephase befinden, ist Zeit nicht von Bedeutung für uns. Einige wenige Planetenzyklen nur, dann werden wir zur Heimat zurückkehren.«

Medp sah nachdenklich auf den Sichtschirm. »Vielleicht auch nicht.«

Lothas nickte. »Ich hoffe, du hast recht, Medp. Es sind ganz besondere Geschöpfe, nicht wahr?«

»In der Tat. Es wird viele Sternenzyklen dauern, bis ich die Kenntnisse, die ich von ihnen habe, ganz verarbeiten kann.«

Lothas drehte sich wieder zum Sichtschirm. »Hast du eine Erklärung für das Humor-Ritual gefunden?«

Ohne es zu wollen, prustete Medp heraus. »Vielleicht gibt es keine Antwort.« Er kicherte.

»Du scheinst die Ursache für die Reaktion entdeckt zu haben. Bitte erkläre sie.«

Medp richtete den Blick auf die Decke. »Sehr gern. Kennst du Mäuse?«

Lothas nickte. »Das kleine Nagetier?«

»Ja.« Medp kicherte wieder. »Und die mythische Gestalt des Weihnachtsmannes?«

Lothas lehnte sich zurück, schloß die großen, dunklen Augen halb und beobachtete den Wissenden. »Ja. Du hast ihn in deinem Vortrag über menschliche Glaubensvorstellungen erwähnt. Bitte erkläre dein Verhalten.«

Medp streckte die Hände aus. »Lothas, warum sind eine kleine graue Maus und der Weihnachtsmann einander ähnlich?« Medp schloß die Augen, erbebte und rang nach Atem.

»Bist du krank?«

Medp machte eine abwehrende Handbewegung. »Nein, nein. Beantworte die Frage.«

Lothas dachte kurz nach und schüttelte dann den Kopf. »Ich sehe keine Ähnlichkeiten, Wissender. Weshalb sind eine kleine graue Maus und der Weihnachtsmann einander ähnlich?«

Medp streckte eine Hand aus und hielt sich an der Rückenlehne von Lothas' Stuhl fest, offenbar, um nicht das Gleichgewicht zu verlieren. »Ganz einfach, Lothas ... Sie haben beide lange, weiße Bärte ...« – Tränen begannen aus den Augen des Wissenden zu strömen – »... *nur weiß das die Maus nicht!*«

Das Kontrollzentrum dröhnte unter Medps Gelächter. Der Wissende hieb Lothas auf den Rücken und taumelte durch eine offene Iris. Lothas blieb mit verdutztem Gesicht zurück und schüttelte den Kopf. »Wahrlich, es gibt noch viel zu lernen.« Er streckte eine Klaue aus, um das Mikrofon für das Schiffstagebuch einzuschalten. Kurz bevor sie den Schalter berührte, hielt die Klaue inne, er schloß die Augen und nickte.

Und dann lachte der Saurier.

Als ich glaubte, die Dinosaurier endlich vom Hals zu haben, wandte ich mich anderen Dingen zu. Doch bevor die Post meinen Vertrag für ›Die Heimkehr‹ brachte, hatte ich George schon wieder an der Strippe. Er wollte noch eine Geschichte über intelligente Dinosaurier haben, aber diesmal mit einer Zeitreise verbunden.

Nachdem George aufgelegt hatte, rief ich meinen Schwager an, um nachzufragen, ob er mir die Stelle in seinem Dachdekkerbetrieb immer noch freihielt.

Ich wollte nichts mehr mit Riesenmolchen zu tun haben, und mir fiel einfach nichts ein, was sich zu schreiben lohnte. Ungefähr zu dieser Zeit las ich gerade die Leserbriefspalte in Isaac Asimov's Science Fiction Magazine, *wo sich ein Leser ausführlich über Stories beschwerte, die mit einer Pointe enden. Er könne solche Geschichten nicht ausstehen, schrieb er.*

Ich nehme an, ungefähr um diese Zeit tauchte Herman auf, ein imaginäres Lebewesen, in dessen Gestalt ich hin und wieder in wechselnden Kostümen in meinen Stories auftrete, und er redete mit mir. Ich glaube, ich war leicht durchgedreht, als ich ›Die allerletzte Pointe‹, die nun folgt, zu Papier brachte. Und George ebenfalls – denn er hat sie gekauft.

Die allerletzte Pointe

GerG faltete seine dreifingrigen Tatzen, ließ seinen nach vorn gebeugten Torso auf den massiven Hinterbeinen rotieren und schloß mit Respekt vor den Hoheiten die Augen.

»Das reicht! Alle Maschinen stop!«

»Was ist denn los?«

»Schau mich an! In welch blöde Dekoration hast du mich diesmal wieder versetzt?«

»Wieso ... Du bist ein Sprößling des Dromeosaurus – des letzten warmblütigen Dinosauriers. Wahrscheinlich sogar des intelligentesten ...«

»Ich sehe aus wie ein glatzköpfiger Strauß mit Klauen!«

»Jetzt komm schon! Du hältst die Show auf.«

»Na schön ... Aber wehe, das Ding hier hat eine Pointe – ich kann Pointen nicht ausstehen.«

»Vertraue mir.«

»Okay, okay! Also mach weiter!«

»Bist du darauf vorbereitet, GerG, durch den Zeitrahmen zu treten und den künftigen Sitz unserer aussterbenden Rasse zu erforschen?« Die Präsenz, die noch über die Hoheiten hinausragte, streckte eine klauenbewehrte Hand aus. »Innerhalb der Reichweite unseres Rahmens gibt es nur einen Knoten der Zeit-Zukunft, der offen ist. Er ist dein Ziel; dort mußt du unseren Exodus vorbereiten. Anderenfalls wird die Supernova uns alle vernichten.«

»Heiliger Bimbam! Eine unverschämte Dreistigkeit pro Story nehme ich ja noch hin, aber doch nicht drei in einem Absatz!«

»Wovon redest du?«

»Intelligenter Dinosaurier, Zeitreise. Und eine Supernova obendrein – ist das etwa nicht lächerlich!«

»Hör mal, es gibt einige Anhaltspunkte, die den Ausbruch einer Supernova in der Vergangenheit der Erde untermauern. Und keiner hat eine bessere Erklärung für das Verschwinden der Dinosaurier.«

»Wieviel Grips hat wohl ein Gehirn von der Größe einer Walnuß?«

»Gewisse Anhaltspunkte besagen, daß der Dromeosaurus ein sehr günstiges Hirn-Körpergewicht-Verhältnis aufwies. Es ist keine Dreistigkeit, wenn man annimmt, daß zur gleichen Zeit Dinosaurier existiert haben. Schließlich leben wir Menschen auch zur gleichen Zeit wie die Schimpansen und Menschenaffen.«

»Und wie steht's mit der Zeitreise?«

»Tja ... Aber du hast gesagt, ich könnte sie einbauen.«

»Hm. Okay, aber wie wär's, wenn du mir etwas gibst, wo-

mit ich diesen Körper ins Gleichgewicht bringen kann? Mein Kreuz bringt mich noch um.«

»Verzeihung, habe ich vergessen.«

GerG wedelte mit seinem dicken Schwanz und öffnete seine großen, dunklen Augen. »Ich bin bereit, o Mächtige Präsenz.«

Die Hoheiten nickten, und GerG verließ die Kammer und trat in den Korridor hinaus. Er war erfüllt von der Wichtigkeit seiner Mission. *Weil ich der Retter meiner Rasse bin und so weiter. Weil ich der Kurier aus der Vergangenheit bin, der siebzig Millionen Jahre in die Zukunft reist. Wenn es in dieser Zukunft intelligente Lebewesen gibt – wie werden sie mich verehren! Ich werde ihr Schlüssel zu den Weisheiten der Jahrmillionen sein!* Am Ende des Korridors gelangte er an die massiven Steintüren, hinter denen sich eine Armee besorgter Wissenschaftler aufhielt – und dort befand sich das Tor in die Zukunft. GerG legte seine Klauenfinger auf die massiven Messinggriffe und hielt inne.

»Weißt du genau, daß es nicht wieder auf eine Pointe hinausläuft? Ich werd's mir nicht gefallen lassen, wenn's so ist.«

»Habe ich nicht gesagt, du sollst mir vertrauen?«

»Yeah. Okay!«

GerG zog die Torflügel auf. Vor ihm breitete sich ein gewaltiges Laboratorium aus; an seinem anderen Ende stand das schimmernde Blaugrün des Zeitrahmens. Vor ihm stand eine Gruppe von sieben Wissenschaftlern, die mit den Schwänzen wedelten, während sie ihre Berechnungen, Schaltungen und eine Menge anderer Einzelheiten überprüften. Einer der Wissenschaftler schaute in GerGs Richtung und wandte sich dann zu seinen Kollegen um. »Der Auserwählte ist da.«

»Der Auserwählte!« wiederholten die anderen mit gedämpfter Stimme.

GerG ging auf sie zu und streckte seine Tatzen aus.

Sämtliche Wissenschaftler verbeugten sich vor ihm und legten die Stirn an seine ausgestreckte Hand. »Ich bin bereit. Ihr dürft euch erheben.«

Ein Wissenschaftler verharrte gebeugt. »Bitte, geh diesen Weg, Auserwählter.« Er deutete mit dem Kopf in die Richtung, die er meinte.

GerG sah einen kleinen Tisch voller Instrumente, dann ging er darauf zu. Er deutete mit einer Tatze auf eine schwarze Kiste, die an einem breiten Gürtel befestigt war.

»Ist das der Sprachübersetzer, der es mir gestattet, mit jeder intelligenten Rasse zu kommunizieren, auf die ich stoße?«

»Sprachübersetzer?«

»Hör auf damit! Ich bin jetzt voll in Äktschn!«

Der Wissenschaftler verbeugte sich. »Ja, Auserwählter.« Er deutete auf ein zweites Instrument. »Und das ist deine Waffe, falls dir etwas Feindseliges begegnet.« Der Wissenschaftler schob das Instrument in einen Holster und hielt GerG den Gurt entgegen. GerG hob die Arme, und ein anderer Wissenschaftler schlang die Enden des Gurtes um seine Taille und schnallte ihn fest. Ein weiterer Wissenschaftler hängte den Gurt, an dem der Übersetzer befestigt war, um GerGs Hals.

GerG richtete sich auf und musterte den Zeitrahmen. »Ist alles bereit?«

Sämtliche Wissenschaftler verbeugten sich. »Ja, Auserwählter, und möge der Große Flabott mit dir sein.«

GerG ging weiter, bis er vor dem Rahmen stand, dann hielt er an. Das Schimmern auf der Rahmenoberfläche erfüllte seinen Blick, und seine Haut kitzelte von der energetischen Aura, die den Eingang umgab. Er holte tief Luft, legte eine Tatze auf die Waffe und trat hindurch.

»He! Kannst du nicht aufpassen, wo du hintrittst?«

GerG sah zu Boden und erblickte eine pelzige Amphibie, die an ihrem zerquetschten Schwanz lutschte.

»Ich bitte um ...«

»Paß doch auf!«

GerG hielt seinen herabsinkenden Fuß gerade noch rechtzeitig an, um zu verhindern, daß er eine fächerförmige Molluske zerquetschte. »Tut mir schrecklich...«

Eine meterlange Libelle summte wütend um GerGs Kopf herum. »Stell dich gefälligst nicht so blöd an, du übergroße Kröte!«

Ein rosafarbener, haarloser Zweibeiner trat heran und knuffte GerG in die Seite. »Hier – da hast du 'ne Nummer.«

GerG musterte den Plastikchip, den der Mensch in der Hand hielt. Dann hob er den Kopf und breitete die Arme aus. »Was ist das?«

Der Mensch runzelte die Stirn und fuhr mit gelangweilter Stimme fort: »Hör zu, sämtliche ausgestorbenen Rassen kommen durch den gleichen Zeitknoten hier rein. Du hast wie wir alle zu warten, bis du an die Reihe kommst.«

Ende

»Ah, nein! Keine Pointe! Ich habe doch gesagt, daß ich mir das nicht gefallen lasse!«

»Ach, stell dich nicht so an!«

»Kommt gar nicht in die Tüte. Mach Platz – ich übernehme!«

»Du kannst nicht übernehmen; ich bin hier der Boss!«

»Ich kann also nicht, was? Dann paß mal auf!«

GerG zog die Waffe aus seinem Gürtel, zielte auf den Menschen und blasterte ihm den Schädel ab. Dann drehte er sich schnell herum, holte die Libelle aus der Luft und zerschnitt die Amphibie in zwei Teile. Er sah die Molluske, die sich in eine Ecke duckte. »Wollen wir doch mal sehen, wer sich hier anstellen muß, mein knirschender Freund.« GerG hob ein Bein und latschte auf die Schalenkreatur. Als er den Fuß hob, erwartete er, einen Haufen Matsch vorzufinden, doch statt dessen fand er ein zerquetschtes Bündel aus Drähten, integrierten Schaltkreisen und zerbrochenen Röhrenkolben.

»Nanu?« sagte er. »Was ist das?«

Er sah den Menschen an, dann die Amphibie und dann die Libelle – nichts als Drähte, integrierte Schaltkreise, winzige Servomotoren. Stirnrunzelnd musterte er die Landschaft, die ihn umgab, dann richtete er die Waffe auf sie und feuerte. Ein riesiges Loch zerriß die Szenerie; GerG ging darauf zu, trat hindurch und fand sich im Laboratorium wieder.

Ein Wissenschaftler verbeugte sich. »Herzlichen Glückwunsch, Auserwählter. Du hast die Prüfung bestanden. Wir sind nun sicher, daß du die Fähigkeiten hast, uns den Weg zum Überleben unserer Rasse zu ebnen – vorausgesetzt, wir erfinden eines Tages die Zeitreise.«

Ende

»Na bitte!«

»Das ist aber auch eine Pointe.«

»Was?«

»Schau mal genau hin.«

»Hmmm. – Nun ja ... Mir scheint, Enden dieser Art ergeben sich immer wie von selbst, nicht?«

»Wie wahr. Aber kennst du die allerletzte und wahre Pointe dieser Geschichte?«

»Nein, wie sieht sie aus?«

»Dich gibt's überhaupt nicht!«

»...!«

Aus dem Amerikanischen übersetzt von Ronald M. Hahn

Mit zunehmendem Alter wird mir immer klarer, daß das einzige, was zwischen uns und dem Utopia steht, das Wort Utopia ist. Jede soziale Konstruktion, die man gern als Utopia ins Blickfeld schieben möchte, kann mit dem Argument ›Aber perfekt ist es nicht‹ abgeschossen werden. Der Verstand muß schon ordentlich etwas auffahren, um mit einem ›perfekten‹ Beispiel zu kommen, das entweder intellektuell oder real existiert. Wird eine solche Behauptung erhoben, eilt der eifrige Student der Philosophie natürlich höchstpersönlich in den Kampf – bewaffnet mit einem Ranzen voller Definitionen, den Mund voller Logik und den Kopf voll mit semantischem Nonsens. Was für den einen ›Perfektion‹ ist, ist nicht unbedingt das, was auch der andere darunter versteht. Es ist ein Werturteil. Die Sprache und das menschliche Urteilsvermögen sind nämlich weit davon entfernt, ›perfekt‹ zu sein.

Was also bemühen wir uns alle zu tun? Wohin soll unser Weg uns führen? Wohin sollten *wir gehen wollen? Wie zwingen wir den Rest der Menschheit, das gleiche für erstrebenswert zu halten? Welch lustige Fragen ... Es sind genau die Fragen, die Psychologen, Philosophen, Kleriker, Soziologen, Wirtschaftswissenschaftler, Politiker und Berater von Politikern fortwährend beschäftigen. Sie sind Rätsel ohne Lösung. Ein Spiel. In Begriffen wie menschlichem Zweifel, Schmerz und Tod ausgedrückt, ist es ein sehr teures Spiel.*

Der Spruch ›Wenn's nicht kaputt ist, reparieren wir's auch nicht‹ hat neuerdings, seit man sich bemüht, dieses semantische Spielchen aus bedeutungslosen Wortnebeln und die unbestrittenen Sachverhalte zu durchdringen, um auf praktische Weise mit der gegenwärtigen sozialen Unordnung fertigzuwerden, ziemliche Verbreitung erfahren. 1962 hörte ich den Spruch zum ersten Mal – als HAWK-Raketentechniker bei der Army. Die Sprachregelung, so scheint mir, hatte damals tiefere – und erdverbundenere – Wurzeln, deswegen würde ich den sozialen Denkern unseres Zeitalters gern die ursprüngliche Form empfehlen. Mein Raketenchef drückte es so aus: »Wenn es funktioniert, stell keinen Scheiß damit an.«

Da ich nicht im geringsten daran dachte, diese Dichtkunst nutzbringend anzuwenden, schrieb ich ›Der Sonne hinterher‹.

Der Sonne hinterher

Synya hockte im Schnee, den stachligen Rücken Kadnus verblassendem Licht zugewandt, als sich der letzte der angereisten Rebenmeister in den Kreis einreihte. Sie warf einen Blick auf die beiden Rebenmeister zu ihrer Rechten, schaute dann über den Ring der graumähnigen Köpfe hinweg ins Licht zwischen Kadnus Funken, das, immer heller strahlend, den Weinleuten die Zukunft wies.

Sie schüttelte die Mähne zurück, wühlte mit der Klauenhand durch den Schnee und ließ eine Wolke von Kristallen durch die Luft wirbeln. Dann preßte sie die Klauen zwischen die Schenkel und blickte auf die weiße Fläche, die sich vor ihr ausbreitete. *Lieber im Eis untergehen als diese Zukunft erleben zu müssen.*

»Synya.« Ein Zisch- und Schnalzlaut – so klang ihr Name unter den Weinleuten. »Synya, wir sind vollzählig.«

Synya blickte auf und sah mit lidlosen Augen den Sprecher an. »Ich weiß, Morah. Kadnu hat mich noch nicht blind gemacht, trotz meiner vielen Ableger.«

Der mit dem Namen Morah blieb eine Weile schweigend hocken; dann streckte er die langen, muskulösen Arme aus. »Warum sind wir hier, Synya?«

Graue Mähnen nickten. Ein Rebenmeister, der einen Sprung links neben Synya auf dem Boden kauerte, meldete sich zu Wort. »Ich habe drei Wachsphasen weit reisen müssen, um auf deinen Ruf hin hierher zu kommen. Den Leuten meiner Reben werde ich weitere drei Phasen fehlen, selbst wenn ich in diesem Moment aufbrechen würde«, sagte er und harkte mit den Klauen durch den Schnee. »Schau her, Synya. Um dem Eis auszuweichen, muß ich mit Kadnu um eine Phase weiterziehen, bevor ich zu meinen Leuten zurückkehren kann. Warum sind wir hier?«

Synya musterte die beiden Rebenmeister zu ihrer Rechten. Shadig, der gleich neben ihr hockte, schüttelte die Mähne und senkte den Blick. Daneben saß Neest; sie verschränkte die Arme vor der Brust und schaute in den Schnee. »Du bist die Älteste, Synya. Das ist dein Platz.«

Synya blickte in die Runde der hockenden Gestalten und blinzelte dann wieder hinauf zu dem Funken, der immer heller werden würde.

Wie soll ich ihnen erklären, daß Gott nichts als ein Ball aus brennender Luft ist, daß Kadnus Funken solcherart Bälle darstellen und um vieles größer sind? Wie soll ich ihnen erklären, daß der Endlose Pfad gar nicht endlos ist, sondern nur der sinnlose Rundweg um einen großen Ball? Daß wir nie die Verlorenen finden werden? Daß es keinen Gott gibt?

Sie betrachtete die Gesichter im Kreis. »Wir müssen hier warten. Es wird ein Besucher kommen.« Synya schüttelte den Kopf. *Besucher ... wie unpassend ist doch dieses Wort! Es steht für Kadnus Funken, die durch den Himmel streifen.* Wieder preßte sie die Klauen zwischen die Schenkel. *Steinklumpen sind's, die in der Luft verbrennen, mehr nicht. Aber sie, meine Leute, sind nicht aus Stein.*

Morah schnaubte und schüttelte den Kopf. »Synya, niemand verehrt Kadnus Besucher mehr als ich; aber ist das der Grund, warum wir herbeigerufen wurden? Können wir den Besucher nicht auch auf den Schneefeldern hinter unseren Reben beobachten?«

Synya holte tief Luft und entließ schnaubend ein Dampfwölkchen aus den Nüstern. Sie schloß die Augen. »Der Besucher kommt nicht von Kadnu, Morah. Der Besucher wird nur hier zu sehen sein.«

Morah sperrte verwundert das Maul auf. »Hast du ... haben deine Zeichenleser eine Vision gehabt? Werden die Verlorenen etwa ...«

»Schweig!« Synya hob abwehrend den Arm und wandte sich Shadig zu. »Sprich du, Shadig! Klär sie auf über den Besucher, der nicht von Kadnu kommt!«

Shadig warf einen Blick auf Synya und starrte dann wieder in den Schnee. »Morah, die Zeichenleser wissen nichts ... weder über den Besucher noch von seinem Zweck. Ich, Synya und Neest haben uns hier vor langer Zeit getroffen, um unsere Wurzeln zu pflanzen. Damals haben wir ihn zum ersten Mal gesehen ... den Besucher.« Shadig legte die Klauenhand vor Augen und Mund, aber jeder hörte sein Wimmern.

Morah stand auf. »Shadig, sag! Was versucht ihr vor uns zu verheimlichen?«

Shadig schüttelte den Kopf. Synya suchte Neests Blick, doch sie starrte unverwandt in den Schnee. An Morah gerichtet sagte Synya: »Der Besucher hat uns bei seinem Aufbruch aufgefordert, nach siebenundzwanzig Wachsphasen alle Rebenmeister hier zu versammeln. Die Zeit ist jetzt erreicht.«

Morah prustete und zog in zynischer Gebärde die Oberlippe kraus. »Pah! Und woher wollte der Besucher wissen, wo unsere Reben nach siebenundzwanzig Wachsphasen stehen? Wir wissen selber nicht einmal, wo es uns nach fünf Phasen hin verschlägt. So dicht bei Kadnu zu pflanzen, verärgert den Gott, und er läßt alle verbrennen, die ihm zu nahe kommen. Sag uns, Synya, woher sollte der Besucher das wissen?«

Synya nickte bedächtig. »Der Besucher weiß Bescheid.«

Dieses Licht, diese Metallsplitter, diese bleichen Spuren auf den glänzenden Schollen des warmen Eises ... das Ding, das uns drei mit sich genommen hat, um uns zu zeigen, daß der Endlose Pfad nichts anderes ist als ein Ball, der durchs Nichts treibt ... »Morah, der Besucher weiß Bescheid. Ich kann nicht erklären wieso. Aber ich weiß, daß wir warten müssen.«

Morah blickte in die Runde der Rebenmeister. »Ich

bin einen weiten Weg gekommen. Deshalb werde ich warten.« Er sah Synya an. »Für eine Weile.« Dann streckte er die Hände aus. »Aber ich werde nicht hier draußen im Schnee hocken bleiben. Ich gehe in meine Zuflucht!« Er drehte sich um und verließ den Kreis. Von den übrigen stand nun einer nach dem anderen auf, um in den Weinborkenhütten zu verschwinden. Am Ende saßen nur noch Synya, Shadig und Neest beieinander.

Shadig wandte sich an Synya. »Warum hast du es ihnen nicht gesagt?«

Synya spannte die Armmuskeln, um die Klauenhand daran zu hindern, über Shadigs Mund zu fahren. »Das hättest du auch tun können, Shadig.«

Shadig zischte und machte Anstalten aufzuspringen. »Es ist deine Aufgabe, die anderen aufzuklären. Du bist die Älteste!«

Neest hatte sich aufgerichtet. »Wir alle haben dasselbe gesehen und aus denselben Gründen geschwiegen.« Sie drehte sich um und schaute in das schwächer werdende Licht von Kadnu. »Die anderen würden uns nicht glauben und uns für verrückt erklären.« Sie blickte auf Shadig und Synya hinab. »Oder uns als Lästerer beschimpfen.«

Dann wandte sie sich ab und ging auf ihre Zuflucht zu. Auch Shadig stand auf und ließ Synya allein im Schnee zurück.

Synya schaute hinauf zu Kadnus Funken. *Wärt ihr bloß Funken* ... Zwei Besucher zogen kurz hintereinander ihre Lichtspuren durch den Himmel. Synya richtete die Augen auf den Schnee. *Brennende Steine* ...

Sic stand auf, drehte sich um und ging auf ihre Zuflucht zu.

Der Eiswind trug das Dröhnen des Besuchers an Synyas Ohr. Sie hörte die Rufe der anderen Rebenmeister und das Knirschen ihrer Füße im Schnee. Aber sie bewegte sich nicht und hielt ihren Blick auf Kadnus schwache

Glut gerichtet, deren violette Strahlen durch das offene Ende ihrer Hütte fielen. Die dröhnenden Geräusche des Besuchers waren ihr vertraut. Eine dunkle, stämmige Gestalt trat ins Licht. Es war Morah.

»Der Besucher ist gekommen, Synya!«

Sie senkte den Kopf. »So, wie wir es gesagt haben.«

»Dann komm! Du hast uns herbeigerufen. Oder willst du nicht die Botschaft des Besuchers hören?«

Synya schaute auf zur dunklen Gestalt im Eingang. »Ich kenne die Botschaft des Besuchers, Morah. Ihr seid nun an der Reihe, sie zu hören.«

Morah blieb eine Weile unentschlossen stehen, dann drehte er sich um und lief den lärmenden Rebenmeistern entgegen. Synya kratzte an den Zehenkrallen und kroch schließlich aus der Hütte. Sie stand auf und schaute zu den Rebenmeistern hinüber, die in respektvollem Abstand den Besucher umringten und miteinander plapperten. Ein blau-weißer Behälter hatte sich auf fünf Teleskopbeinen niedergelassen. Er war viel größer als der frühere Besucher; Zacken, Beulen und Blasen bedeckten seine Flanken. Von unten kamen große Dampfwolken und helles, weißes Licht.

Synya spürte eine Krallenhand am linken Arm. Sie drehte sich zur Seite und sah in die Augen von Shadig. »Oh, Synya! Was für ein Ungeheuer. Ich habe gehofft, nur zu träumen, gehofft, daß der Besucher nie zurückkehren würde. Ich ... habe gebetet! Kadnu angefleht!«

Synya riß den Arm los und schnaubte: »Du bittest einen Ball aus brennender Luft?« Sie reckte den Kopf in Richtung der Rebenmeister, die die fremde Maschine bestaunten. »Komm, Shadig! Wir wollen unserer Zukunft ins Auge blicken.«

Als sie in den Kreis traten, entdeckte Synya Neest im Schnee kauern. Sie schaute zu Synya und Shadig auf und blickte dann zurück zur Maschine.

Aus dem Dampf traten vier Gestalten, die in der fremdartigen Sprache der sogenannten Menschen redeten. Ihre Haut war grün; um die Gesichter wucherte schwarzes Fell. Aber sie unterschieden sich von den anderen. Der große mit den Muskeln schlug die Hände an die Arme. »Beim Barte des Propheten, Miklynn, du hast uns mit deinem großen Mund schon in manch schäbiges Loch gelockt ...«

»Würdest du gern deine Zähne aus einem dieser Löcher aufsammlen, Assir?« Der Sprecher war nicht so groß wie der andere, dafür aber sehr viel dicker. Seine Stimme hatte Autorität. Den beiden folgten zwei weitere Gestalten; sie waren schlank, der eine einen Kopf größer als der andere. Der Fette winkte, und der kleine Schlanke kam an seine Seite.

»Was willst du von mir, Red?«

Der Fette zeigte auf die Gruppe der Rebenmeister. »Sag den schaurigen Vögeln, daß wir bereit sind.« Er sah sich um, nahm den rauchenden Stengel aus dem Mund und runzelte die Stirn. »Wo, zum Teufel, stecken die anderen, Dean? Wir haben den Auftrag, die gesamte Population wegzuschaffen. Hier werden doch wohl mehr als dreißig Exemplare leben.«

Der Schlanke blickte auf den Kreis der Rebenmeister und redete sie im Klang und den Worten ihrer Sprache an. *»Sind unter euch die drei, die sich Synya, Shadig und Neest nennen?«*

Synya trat aus dem Kreis heraus und kam bis auf einen kleinen Sprung auf den Sprecher zu. *»Ich bin Synya.«* Sie nahm die Klauenhand von der Brust und zeigte auf die beiden Gefährten. *»Shadig, Neest.«*

»Ich heiße Dean«, sagte der kleine Schlanke. Dann wies er auf den Fetten. *»Das ist unser Meister; er wird Red Miklynn genannt.«*

Aus dem Kreis war ein verärgertes Grummeln zu vernehmen. Der Fette schlug Dean auf den Arm und brüllte ihn an. »Was, zum Teufel, hast du denen gesagt?« Er warf den rauchenden Stengel in den Schnee. »Verdammt! Ich hätte Jerzi aus seiner verrückten Farm schleifen und mitnehmen sollen. Du taugst einen Scheißdreck als Dolmetscher, Dean …«

Der mit dem Namen Dean verzog das Gesicht und zeigte seine kleinen Zähne. »Hör zu, Dickwanst! Ich habe dir schon mal gesagt …«

Synya trat vor. *»Dean.«*

Der Angesprochene sah sie an. *»Ich bin Dean.«*

»Dean, du hast den da ›Red‹ genannt.« Synya zeigte zuerst auf den Dicken, dann auf die sterbende Glut von Kadnu. *»So lautet einer der Namen unseres Gottes, denn Rot ist eine seiner vielen Farben.«*

Dean nickte. *»Nennt den Dickwanst einfach ›Myklynn‹. Ich wollte nicht respektlos sein.«*

Die Rebenmeister nickten. Der Dicke rüttelte Dean am Arm. »Na? Wo steckt der Rest?«

Dean wandte sich wieder an Synya. *»Uns ist von denen, die vor uns hier waren, gesagt worden, daß alle Weinleute nach der siebenundzwanzigsten Wachsphase bereit sein würden. Wo sind sie?«*

Synya wies mit beiden Armen auf ihre Leute, die die vier Fremden umringt hatten. *»Es sind alle da, die kommen konnten: sämtliche Meister der verschiedenen Reben.«*

Dean zog die Stirn kraus. *»Wissen die Leute denn nicht Bescheid?«*

»Was sollten wir ihnen sagen? Sie hätten uns nicht geglaubt.«

Deans Blick wanderte von einem Rebenmeister zum anderen und kehrte zu Synya zurück. *»Was ist mit den anderen Rebenmeistern?«*

Synya schüttelte die graue Mähne. *»Wir haben ihnen nichts gesagt. Das müßt ihr tun.«*

Dean wandte sich an den Dicken namens Miklynn. »Red, wir werden Ärger bekommen.«

Miklynn zog eine Grimasse und nickte. »Hab ich mir gedacht. Schlimm genug, daß wir zur Farmarbeit rangezogen werden. Aber jetzt müssen wir auch noch für Gaum die Kohlen aus dem Feuer holen.«

Der Fremde mit Namen Assir schnaufte wütend. »Miklynn, daß wir hier sind, liegt nur daran, daß du wieder mal dein großes Maul nicht halten konntest.«

Miklynn hob die Hand. »Es reicht! Du hast für heute genug Unsinn geredet, Assir. Halt's Maul, oder ich stopf es dir!« Er wandte sich an Dean. »Wo liegt das Problem?«

»Red, es sind nur diese Rebenmeister hier. Den Leuten ist nichts gesagt worden. Nicht mal die Rebenmeister wissen alle Bescheid. Die da«, er zeigte auf Synya, »sagt, daß du es ihnen selber zeigen mußt. Sonst werden sie nichts glauben.«

Dean blickte in die Runde und sah dann Synya an. »Das wird ein hübscher Ausflug. Ich zähle an die dreißig. Wo sind die anderen Rebenmeister.«

Dean sprach Synya an. *»Es scheint nur die Hälfte aller Rebenmeister hier zu sein. Wir wissen, daß es über sechzig von ihnen gibt.«*

Dean erntete auf diese Bemerkung wütendes Zischen und Schnauben. Synya mußte für Ruhe sorgen. Als es wieder still und nur noch das Heulen des Windes zu hören war, sagte Synya: *»Von den Rebenmeistern sind alle hier.«*

Dean sah den Dicken an. »Red, sie sagt, daß alle da sind. Es gibt nicht mehr.«

Miklynn rieb sich das Kinn und trat mit dem rechten Fuß in den Schnee. »Folgen diese Vögel der Sonne oder dem Eis?«

Dean wandte sich an die Gruppe. *Wie viele von euch folgen Kadnu?«*

»Wir alle folgen Kadnu«, schnarrte Shadig. *»Täten wir das nicht, würde uns das Eis vernichten.«* Shadig griff in den Schnee und warf eine Handvoll in die Luft, um seine Worte zu verdeutlichen.

»Red«, sagte Dean, an den Anführer gewandt, »die Leute hier sind die Rebenmeister von dieser Seite des bewohnbaren Gürtels. Von der anderen Seite ist keiner da.«

Miklynn nickte. »Gaum hat für seine Problemprognose wohl kaum mehr als zehn Minuten gebraucht.«

Dean zuckte die Achseln. »Soll ich sie fragen, warum die anderen fehlen?«

Der Dicke winkte den langen Schlanken herbei. »Parks, glaubst, du, daß den Vögeln hier die Bevölkerung auf der anderen Seite bekannt ist?«

Parks trat vor den Dicken und sah Dean an. »Frag sie nach einer Legende, die von einem vermißten Volk handelt.«

Dean fragte Synya: *»Erzählt ihr euch Geschichten über ein vermißtes Volk?«*

Synyas Kopf schnellte zurück, als habe ihr jemand einen Schlag versetzt. *»Die Verlorenen. Dean, sprichst du von den Verlorenen?«* Dean drehte sich um und nickte Parks zu, dann wandte er sich wieder an Synya.

»Synya, wo sind die Verlorenen?«

Synya hielt eine Klauenhand in Kadnus Licht. *»Das wissen wir nicht. Kadnu will uns nicht zu ihnen hinführen.«*

Dean hob die Brauen und sah Miklynn an. »Red, sie scheinen von den anderen nichts zu wissen. Die Suche nach den ›Verlorenen‹ ist Teil ihres Glaubens.«

Miklynn stampfte eine Weile im Kreis umher, blieb schließlich stehen und stach mit dem Finger auf Assirs Brust ein. »Du wirst die Leute hier auf eine Vergnügungsreise mitnehmen und sie so weit entfernen, bis ihnen klar wird, daß ihre Sonne nur ein Stern unter vielen ist.«

Assir stöhnte. »Red, das dauert Tage ...«

»Vorher machst du Station auf dem Mutterschiff, nimmst noch einen Dolmetscher mit und sammelst ein paar der Verlorenen auf. Klar?«

Assir nickte. »Jawohl.«

»Und wenn du auf dem Mutterschiff bist, schick uns ein Vermessungsteam runter, damit wir die Daten von Gaum noch mal überprüfen können.«

»Was?«

Der Dicke stemmte die Fäuste in die Hüften. »Wenn Gaum, dieser Idiot, die halbe Population des Planeten übersieht, ist seinen seismischen Daten auch nicht zu trauen. Oder? Bevor ich achthundert Rotationsbeschleuniger in die Felsen installiere, will ich sichergehen, daß uns der Planet nicht auseinanderbricht. Und jetzt setz dich in Bewegung!«

Assir zuckte die Achseln, drehte sich um und marschierte auf die Maschine zu. Mit der Rechten winkte er die Rebenmeister zu sich. Dean blickte auf die Gruppe und sagte: *»Ihr müßt ihm ins Schiff folgen. Es passiert euch nichts.«*

Synya bemerkte, daß alle Rebenmeister ihre Augen auf sie gerichtet hatten. *»Der Besucher will euch etwas zeigen ... etwas, das ihr kennenlernen müßt. Shadig, Neest und ich haben es schon gesehen.«*

Morah starrte eine Weile auf den Schnee; dann wandte er sich an Synya. *»Kommst du nicht mit uns. Was wir sehen sollen, ist doch gut, oder?«*

Synya schüttelte die Mähne. *»Ob es gut ist oder nicht, kann ich nicht beurteilen. Ich habe es einmal gesehen, und das reicht.«* Die Rebenmeister ließen Synya nicht aus den Augen. *»Ich bin die Älteste und befehle euch zu gehen! Das ist der Grund, warum ich euch hergerufen habe. Ihr müßt es sehen!«*

Shadig warf einen Blick auf das Schiff und sah dann Synya an. *»Wir werden gehen. Ich ... ich muß es noch einmal sehen.«* Er drehte sich um und ging auf die Maschine zu. Neest blickte ihm nach, wandte sich an Synya und nickte. Auch Neest ging los, gefolgt von den anderen.

Synya blieb allein zurück. *»Willst du sie nicht begleiten?«* fragte Dean.

»Nein!« Synya warf die langen Arme durch die eisige Luft. *»Auf das, was meine Augen einmal gesehen haben, kann ich mich verlassen.«*

Miklynn trat auf Synya zu. Die beiden musterten sich. Sie war ihm an Größe und Kraft überlegen; doch der Dicke brachte ihr eine schreckliche Zukunft. Er wandte sich an Dean. »Was redet ihr?«

Dean zuckte die Achseln. »Sie hat schon gesehen, was das Terraform-Korps macht, und verzichtet auf eine zweite Vorführung.«

Der Dicke sah Synya an. »Frag sie, wohin sie jetzt gehen will!«

»Synya, wohin gehst du?«

Synya hob das Gesicht in Kadnus Licht und streckte eine Klauenhand aus. *»Ich gehe meine Reben pflegen.«* Sie senkte den Arm und blickte auf die zurückgebliebene Menschengruppe. *»Wie wird der da genannt?«* fragte sie und zeigte auf den langen Schlanken.

»Er heißt Parks«, antwortete Dean. *»Er ist unser ...«* Dean schien nach passenden Worten zu suchen. *»Parks berät uns in ...«* Dean blickte Parks an. »Mit den Worten, die Gaums Dolmetscher in den Computer gefüttert hat, kann ich ihr nicht erklären, was ein Sozialingenieur ist.«

Der mit dem Namen Parks sah Dean an und schüttelte den Kopf. »Ich kenne die Sprache nicht.«

»Dann hilf mir mit einer Umschreibung ... mit irgendwelchen anderen Wörtern.«

Parks kratzte sich am Kinn und meinte achselzuckend: »Glaube, Sitten, historische Trends, Organisation ...?«

Dean unterbrach ihn mit einer Handbewegung und wandte sich an Synya. *»Parks berät uns in Glaubensfragen, in Traditionen und Ritualen ...«*

Synyda warf ihre Mähne zurück. *»Dann ist Parks euer Zeichenleser?«*

Dean schüttelte den Kopf und richtete sich wieder an Parks. »Sie versteht nicht. Sie glaubt, du bist ein ›Zeichenleser‹. Das ist ihre Bezeichnung für Arzt, Wahrsager, Priester und so weiter.«

Der mit Namen Parks schien innerlich zu lachen, aber seine Augen blieben ernst. »Damit kommen wir der

Wahrheit schon sehr nahe, Dean. Früher bin ich Kaplan gewesen. Also, sag ihr, ich sei ein Zeichenleser.«

Dean zog die Stirn kraus und sah den Dicken an. Miklynn winkte ungeduldig mit der Hand ab. »Ist mir egal, was ihr ihnen erzählt.«

Dean spitzte die Lippen und sprach zu Synya: *»Der Mann namens Parks ist unser Zeichenleser.«*

Synya trat vor Parks und musterte dessen Gesicht. *»Er hat die Augen eines Zeichenlesers. Seltsame Augen. Aber die eines Zeichenlesers.«*

Dean wandte sich an Parks. »Du hast die Inspektion bestanden ...«

Synya sprang zurück, als ein Piepen aus dem Wanst des Dicken tönte. Der Dicke zog einen schwarzen Gegenstand unter den Kleidern hervor und sprach hinein. »Was ist?«

»Miklynn, wir sind fertig. Kommen dein Clowns jetzt?« Synya erkannte die verzerrte Stimme desjenigen, der Assir genannt wurde.

Der Dicke drückte einen Knopf und sagte: »Augenblick.« Dann sagte er zu Dean: »Seid ihr mit eurem Palaver fertig?«

Parks schüttelte den Kopf. »Warte, Red!«

»Worauf?«

Parks rieb sich das Kinn, sah Synya an und richtete dann den Blick auf Miklynn. »Hör zu! Gaum hat alles durcheinandergebracht. Wir sollten die Daten der Sozialstruktur noch einmal überprüfen.«

Der Dicke schien verärgert zu sein. »Parks, mir ist egal, ob sie mit 'ner Gabel umzugehen wissen oder nicht ... und selbst wenn sie nie was von 'ner Gabel gehört hätten, wär mir das egal. Ich will nur so schnell wie möglich den Auftrag erledigt wissen.«

Parks trat auf den Dicken zu und bohrte ihm einen Finger in die Brust. »Na schön; und wenn sie sich weigern, den Ort zu räumen? Was ist, wenn sie sich nicht freiwillig auf die Transporter verladen lassen? Nach allem, was wir von Gaum wissen, ist nicht auszuschließen, daß die Leute hier einen Krieg gegen uns führen könnten.«

Der Dicke blickte auf den Finger, der auf seine Brust einstach. »Liegt dir was an deinem Finger?« Parks zog die Hand zurück und verschränkte die Arme. Miklynn sah zuerst auf Synya, dann auf Dean und sprach dann in den Gegenstand, den er in der Hand hielt. »Assir, wirf drei Rucksäcke raus und laß uns Zeit, ein paar Dinge zu regeln. Es dauert nicht lange.« Der Gegenstand klickte, und der Dicke schob ihn zurück unter den Gürtel, der seinen Bauch umspannte. Während Parks zur Maschine lief, um die Rucksäcke zu holen, blickte der Dicke Dean an und zeigte mit dem Finger auf Synya. »Sag ihr, wir kommen mit.«

Dean wandte sich an Synya. »*Der Dicke fragt, ob wir deine Leute treffen können.*«

Synya sah von Dean zu Miklynn. »*Wird der Zeichenleser mit Namen Parks auch mitkommen?*«

»*Ja. Es ist sein Wunsch, deine Leute kennenzulernen.*«

Synya richtete ihre Augen wieder auf Dean. »*Dann ist es recht. Euer Zeichenleser mag feststellen, was ist, und entscheiden, was sein wird.*«

Dean sah Miklynn an. »Sie ist einverstanden.« Dean zeigte mit dem Daumen auf das Schiff. »Warum die Rucksäcke? Warum nehmen wir nicht einen Wagen?«

Der Dicke entgegnete: »Sieh dir deine Füße an!«

»Was ist damit?«

»Damit bewegt man sich hier, Schwachkopf. Wenn wir mit dem Wagen angedonnert kommen, werden wir den ganzen Stamm verscheuchen.«

Dean flatterte mit den Augenlidern und neigte den Kopf zur Seite. »So zartbesaitet kenn ich dich gar nicht.«

»Willst du, daß ich dir die Lippen aufreiße?«

Parks kam zurück. Während die Menschen die Rucksäcke überschnallten, schaute Synya in Kadnus Licht.

Du Feuerball; bist du jetzt, da ich weiß, woraus du bestehst, kein Gott mehr? Sie senkte den Blick in den Schnee, denn sie kannte die Antwort, weigerte sich aber, sie anzuerkennen.

»Auf geht's!«

Synya sah Dean an. *»Wir sind fertig, Synya.«*

Sie ging auf den Schneehaufen zu, strich den Schnee von der Zuflucht, rollte die Weinborke zusammen, band sie mit einem gewebten Band aus weichen Fasern zusammen und schlang das Bündel auf den Rücken. Sie sah die drei Menschen an, wandte sich in Richtung Kadnu und marschierte los.

Synya eilte mit zügigen Schritten Kadnu entgegen; die drei Menschen versuchten, halb gehend, halb laufend, ihr zu folgen. Jedesmal wenn sie über die Schulter blickte, sah sie, daß Dean und Parks ein Stück weiter zurückgefallen waren. Nur der Dicke hielt Schritt. Synya beschleunigte das Tempo und trabte los. Als sie sich wieder umschaute, hatten Dean und Parks den Anschluß längst verloren. Aber der Dicke war ihr auf den Fersen geblieben. Mit hochrotem Gesicht und kurzen, trommelnden Schritten stapfte er durch den dünner werdenden Schnee.

Synya runzelte die Stirn, drehte sich wieder dem Licht zu und rannte los, als jagten die Eisräuber hinter ihr her. Sie lief, bis ihr die kalte Luft in die Lunge stach. Sie verlangsamte das Tempo, blieb schließlich stehen und sah sich um. Wenige Schritte hinter ihr stand keuchend und mit schweißüberströmtem Gesicht der Dicke. Die anderen waren nicht mehr zu sehen. »Was ...« Der Dicke rang nach Luft. »Was ist los ... du lahme Alte? Geht's nicht ... schneller?«

Synya verzog das Gesicht und sprach in Zisch- und Klicklauten: *»Deine Beine sind nicht fürs Laufen gemacht. Aber meine. Warum versuchst du, das Gegenteil zu beweisen?«*

Der Dicke wies mit der Hand auf die rechte Kopfseite. »Ich ... versteh dein Kauderwelsch nicht.« Dann zeigte er auf Kadnu. »Wenn du wieder kannst, laß uns weiterlaufen!«

Synya deutete auf ihr Gesicht und in die entgegengesetzte Richtung. *»Wir sollten auf Parks und Dean warten. Unsere Spuren hat der Wind bald zugeweht.«*

Der Dicke nickte. »Parks ... Dean.« Er zeigte in den Schnee. »Auf sie warten?«

Synya nickte und sah verwundert, wie der Dicke, steif wie ein Stock, in den Schnee fiel und einen Augenblick später eingeschlafen zu sein schien. Synya, immer noch schwer atmend, hockte sich neben den Menschen. *Ich beneide dich darum, daß du schlafen kannst, Dicker. Ich finde keine Ruhe mehr.* Synya sah am weißen Horizont zwei dunkle Flecken auftauchen. Sie schaute ihnen entgegen, bis sie sicher sein konnte, daß es keine Eisräuber, sondern die zurückhängenden Menschen waren. Dann blickte sie auf den Dicken und rüttelte ihn mit der Klauenhand. Seine Augen blieben geschlossen. *»Du darfst nicht schlafen im Schnee. Du mußt dich vor der Kälte und den Eisräubern in acht nehmen.«*

Der Dicke rührte sich nicht. Nur seine Brust ging auf und ab. Synya nahm ihre zusammengerollte Zuflucht vom Rücken und sorgte für einen Unterschlupf. Als sie fertig war, nahm sie darin Platz und beobachtete den Dicken, bis die beiden anderen angekommen waren. Parks warf seinen Rucksack in den Schnee und stürzte an die Seite von Miklynn, während Dean vor Synyas Hütte in die Knie ging. *»Synya, was ist passiert?«*

»Der Dicke und ich sind zu schnell für euch gewesen. Wir haben beschlossen, hier auf euch zu warten.« Synya schaute in den Schnee und dann zu Dean hinauf. *»Warum kann der Dicke mithalten, du und der Zeichenleser aber nicht?«*

Dean blickte über die Schulter. »Parks, wie geht's ihm?«

Parks stand auf, nahm den Rucksack und öffnete ihn.

»Er ist völlig unterkühlt. Wir müssen dafür sorgen, daß er sich aufwärmt.«

Dean wandte sich an Synya. *»Der Dicke will uns zeigen, daß er besser ist als der Zeichenleser und ich.«* Dean kicherte. *»Gut, daß du ihn nicht noch mehr herausgefordert hast. Er ist so verbissen.«*

Synya musterte mit krauser Stirn Deans kleine Zähne und schleckte mit der Zunge über die eigenen langen Hauer. *»Der Dicke hätte das Nachsehen.«*

Dean stand auf und nahm seinen Rucksack vom Rükken. *»Nein, Synya. Miklynn würde wahrscheinlich gewinnen ... und wenn er sich die Zähne an dir ausbeißen würde.«*

Synya beobachtete Parks und Dean beim Aufbau des Zelts, in das sie den Dicken legten. Dann rollte sie sich in ihrem Unterschlupf zusammen, lauschte auf bedrohliche Geräusche und döste. Wieder leckte sie mit der Zunge über die spitzen Zähne und versuchte, sich den Dicken mit ihrem Gebiß vorzustellen.

Wahrscheinlich habe ich den, der sich Dean nennt, nicht richtig verstanden. Sie seufzte. *Worte sind oft so rätselhaft.*

Synya wurde aufgeschreckt von einem Geräusch, das ihre Instinkte nicht kannten. Sie drehte die gespitzten Ohren, bis ihr schließlich klar wurde, daß es sich um den merkwürdigen Klang der Menschenstimmen handelte. Um sicher zu gehen, kroch sie aus der Hütte, strich um das Lager herum, schnupperte in der Luft und kehrte in ihren Unterschlupf zurück. Dort rollte sie sich wieder zusammen und ließ sich von den weichen Stimmen einlullen.

»Red, du bist der größte Esel, den ich je getroffen habe.«

»Paß auf, daß du nicht mit meiner Rechten zusammentriffst, Parks.«

»Sag du's ihm, Dean!«

»Ja, Dean. Sag's mir!«

»Ich bin nicht kompetent.«

»Was soll das denn heißen?«

»Ich weiß nicht, wie viele Esel Parks getroffen hat. Aber ich glaube, du bist zumindest einer der größten.«

»Du kleiner Rotzlöffel. Ich sollte dir ... Parks, geht's dir noch nicht gut? Was betatschst du mein Bein?«

»Wenn das Blut nicht gleich wieder zu zirkulieren anfängt, kannst du dich von deinen Stummelbeinchen verabschieden.«

»Dafür sorgt schon der Schnaps.«

»Und meine Massage. Warum versuchst du nicht einfach zu schlafen?«

»Das hättest du wohl gern. An mir rumzuspielen, während ich schlafe.«

»Dean, gib ihm noch einen Schuß! Ich kann ihn nicht mehr hören.«

»Ich warne dich, Dean. Wenn du mir noch was von dem Zeugs spritzt ... du verdammter ... lausiger ...« Der Dicke verstummte.

»Wie ist seine Temperatur?« Die Stimme dessen, der Parks genannt wurde, schien besorgt zu sein.

»Ziemlich hoch. Leg ihm die Heizdecke über! Ich denke, es geht ihm bald wieder besser.« Synya hörte das Rascheln eines Tuchs und dann die Stimme von Dean. »Ich schieb die erste Wache.«

»Gut. Leih mir deinen Sprach-Chip, Dean.«

»Warum?«

»Ich muß den Zeichenleser spielen. Vielleicht hilft's, wenn ich die Sprache verstehe. Keine Sorge, der Chip ist für mich verträglich.«

»Und wenn schon; die Sprache kann man nicht in ein paar Stunden lernen. Ich habe vier ganze Tage dafür gebraucht.«

»Ich lerne, was ich kann ... wenn ich die Gelegenheit dazu habe.«

Synya döste; mit wachen Ohren.

... Der mit dem Namen Gaum hatte auf den großen Ball gedeutet, der von der Dunkelheit geschluckt zu werden schien. Synya blickte mit Schrecken auf das dünne Band zwischen Licht und Finsternis – den Lebensfaden, inmitten der Wüste aus todbringendem Eis und Feuer. Als das Schiff den großen Ball umkreiste, sah Synya die schiefe Eiskappe, die näher an Kadnu heranreichte als die äußersten Reben. Darunter erstreckte sich ein riesiger Ozean, an dessen Rand, da wo wieder Land zu sehen war, das Wasser dampfte. Der mit dem Namen Gaum hatte gesagt, daß das Eis, das Wasser und die Wüste die Weinleute von jenem Teil der Welt trennten, wo man, statt Kadnu zu folgen, vor ihm fliehen muß. Aber der mit dem Namen Gaum hatte nichts über die Verlorenen gesagt ...

Sie schlug die Augen auf, als sie Schritte im Schnee hörte. Durch den offenen Teil der Hütte sah sie den Dicken in Kadnus Licht stehen. Er langte mit der Rechten an den Hals, zog die grüne Haut auseinander, griff darunter und brachte einen Stengel zum Vorschein. Dann legte er Feuer an den Stengel, der zu glühen anfing, als der Dicke daran zog. Der Qualm, der aus seinem Mund trat, wurde vom Wind übers Eis zu Kadnu getragen.

Synya kroch aus der Hütte, ging auf Miklynn zu und kauerte sich neben ihm in den Schnee. Sie zeigte mit der Klauenhand auf den Stengel. *»Was ist das, Dicker?«*

Miklynn nahm das Ding aus dem Mund und sah Synya an. »Endlich aufgestanden? Ich dachte, du würdest überhaupt nicht mehr aufstehen.« Sie berührte mit der Klaue den rauchenden Stengel. Der Dicke verstand. »Zigarre. Das ist eine Zigarre.«

Synya runzelte die Stirn. »Tschi ... gharr ... äh?«

Der Dicke zuckte die Achseln. »Fast.« Er riß die Haut auf, holte einen zweiten Stengel heraus und bot ihn Synya an. »Willst du eine?«

Synya nahm das Ding vorsichtig in die Hand. Es war weich; eine Rolle aus Blättern. Sie hielt es unter die Nase. Der bittersüße Geruch verblüffte sie. Dann steckte sie ein Ende in den Mund und deutete auf die Spitze. Der Dicke zeigte beim Lachen seine Zähne, ließ eine Flamme in der Hand entstehen und hielt sie unter die Spitze. Synya zog an der Zigarre, wie sie es beim Dicken gesehen hatte und kostete den würzigen Rauch. Sie öffnete die Lippen und ließ ihn vom Eiswind fortwehen. Die Mähne wippte, als sie dem Dicken zunickte.

»Die brennenden Blätter schmecken gut.«

Der Dicke schien zu verstehen, zog die Haut wieder zusammen und paffte weiter an seinem Stengel. Synya genoß die Zigarre und schaute in Kadnus Licht.

»Zum Donnerwetter!« Der mit dem Namen Dean rief: »Parks! Red bringt ihr das Rauchen bei.«

Synya blickte über die Schulter und sah Dean neben dem Zelt stehen, aus dem nun auch Parks gekrochen kam. Sie hob die Klauenhand und nahm mit eleganter Bewegung die Zigarre aus dem Mund. *»Dean, deine Stimme klingt besorgt.«*

Parks stand auf, warf dem Dicken einen Blick zu und schüttelte den Kopf. »Komm, Dean; hilf mir das Zelt abbauen!«

»Sollen wir sie rauchen lassen? Was ist, wenn ihr Reds Kraut nicht bekommt?«

Synya steckte die Zigarre wieder zwischen die dicken Lippen und paffte. Parks drehte sich dem Zelt zu. »Es scheint ihr zu gefallen. Laß uns das Zelt abbauen.« Während Dean und Parks das Zelt zusammenlegten, schaute Synya versonnen dem Rauch nach, den der Wind auf Kadnu zuwehte. Sie wandte sich an den Dikken und sagte: »Tschi-gharr.«

Der Dicke nickte und paffte. »Davon kriegst du Haare auf der Brust.« Er sah Synya an, musterte das dichte Fell auf ihrer Brust, zuckte die Achseln und schaute wieder in Kadnus Licht.

Ein paar Minuten später kamen Dean und Parks an ihre Seite. Sie trugen ihre Rucksäcke. Dean hielt dem Dicken den dritten Rucksack entgegen. »Red, fühlst du dich stark genug, das Ding zu tragen? Ansonsten werden Parks und ich uns abwechseln.«

Synya sah Wut im Gesicht des Dicken aufkommen, als er den Rucksack aus Deans Hand riß. »Wenn der Auftrag erledigt ist, werf ich euch zwei Großmäuler so tief ins Loch, daß ihr vergeßt, wie die Sonne aussieht.«

Der Dicke schnallte den Rucksack auf den Rücken. Synya wandte sich an Dean und nahm die Zigarre aus dem Mund. *»Ist der Dicke böse auf dich?«*

Dean schüttelte den Kopf. *»So ist er immer.«* Dean schaute in Kadnus Licht und dann wieder auf Synya, die an der Zigarre paffte. *»Könntest du diesmal ein bißchen langsamer marschieren, Synya?«*

»Hat der Dicke darum gebeten?«

Dean warf Miklynn einen finsteren Blick zu. *»Nein. Wir, der Zeichenleser und ich, bitten darum.«*

Synya nickte. *»Dir und dem Zeichenleser zum Gefallen werde ich langsamer gehen.«*

Dean sprach Miklynn an. »Red, wir werden dafür sorgen, daß es nicht so schnell geht.«

Der Dicke hob die Brauen. »Oh, hat Synya erkannt, daß ihr nicht mithalten könnt?«

Dean seufzte und schüttelte den Kopf. »Ich habe sie darum gebeten.«

Der Dicke nickte, grinste, ohne die Zigarre aus dem Mund zu nehmen, und blickte wieder ins Licht von Kadnu. Er klopfte Synya auf den Rücken und wies mit dem Daumen auf Parks und Dean. »Wir sollten wirklich mit den beiden ein Nachsehen haben. Sie sind nicht gut in Form.« Synya nickte. Gemeinsam marschierten sie dem Licht entgegen.

Dean sagte zu Parks: »Verdammt! Dieser Red macht mich verrückt. Wir müssen aufpassen, daß er sich nicht kaputt rennt.« Sie folgten in gemächlichem Tempo Synya und Miklynn.

Parks rückte den Rucksack zurecht. »Ein Glück, daß der Wind von hinten bläst.«

»Warum?«

»Die Zigarren.«

Dean nickte und ging schweigend neben Parks durch den Schnee.

Am Ende der Wanderung lugte der helle Rand von Kadnu über den Horizont und warf lange Schatten hinter die geometrisch angelegten Erdhaufen, in denen die losen Wurzeln von Ashah, dem Wein Synyas, verscharrt lagen. Während des Marsches waren noch größere Haufen zu sehen gewesen, und Synya hatte ihren Begleitern deren Bedeutung erklärt: mit den Wurzelenden wurden auch die Toten begraben. Sie brachte dem Zeichenleser mit Hilfe von Deans Übersetzung bei, wie an der Gestalt der Haufen die jeweiligen Toten wiederzuerkennen waren. Die Drei kamen bei Nogda vorbei, dem alten Zeichenleser, der für die vierte Wachsphase verkümmerte Wurzeln vorausgesagt hatte, und am Grab von Synyas Vater Garif, der von einem Eisräuber getötet worden war, sowie an vielen anderen Gräbern.

Als sich Synya in ihren Unterschlupf zurückzog, lauschte sie wieder den Gesprächen der Menschen. Dean und Parks übten die Sprache der Weinleute. Der fremde Zeichenleser hatte schon viel gelernt, doch es fiel ihm schwer, die Wörter richtig auszusprechen. Der Dicke redete im Singsang der Menschen dazwischen.

»Ihr zischt und schnalzt jetzt schon seit Stunden. Hört endlich auf, damit ich schlafen kann!« Die Sprachübungen hatten ein Ende. Es war eine Weile still; dann meldete sich die Stimme des Dicken. »Dean, hast du den Sprach-Chip dabei?«

»Was?« Der mit dem Namen Dean schien überrascht zu sein.

»Den Sprach-Chip, du Schwachkopf. Weißt du, was das ist ...?«

»Ich dachte, du hättest genug von all dem Grunzen und Krächzen. Was willst du mit dem Chip?«

»Wenn ich will, daß du den Grund erfährst, werde ich dir eine Erklärung geben. Fürs erste begnüge dich mit dem Hinweis, daß ich der Dame demnächst wie ein richtiger Gentleman eine Zigarre anbieten will.«

»Ich glaube nicht, daß dir der Chip ein Wort für Zigarre nennen kann, höchstens eine Umschreibung wie ›stinkendes Kraut‹.«

»Gib mir den Chip, Dean! Und wenn ich was Gescheites von dir hören will, nehm ich deinen Kopf in die Mangel und quetsch es aus den Ohren raus.«

Synya hörte ein Rascheln im Zelt, dann war es wieder still, bis schließlich Dean das Wort ergriff. »Parks, worüber will er wohl mit Synya reden?«

»Vielleicht hat er sich verliebt. Red steht auf Buckel und Klauen, weißt du?«

Dean lachte. »Du machst den Trauzeugen?«

»Von wegen.« Parks kicherte. »Die Affäre kann nicht lange dauern. Sie ist zu gut für ihn.«

Synya schlief unter dem Singsang der Menschen ein; die Ohren blieben wach.

Nach drei weiteren Marschetappen kam Kadnu voll in Sicht. Was an Schnee noch übriggeblieben war, lag versteckt im Schatten der Erdhügel. Dean und Parks machten sich daran, das Zelt aufzuschlagen, als Wolken durch Kadnus Gesicht zogen und Nieselregen brachten. Synya baute ihren Unterschlupf zu Ende und ging dann zu dem Dicken, der abseits auf dem Boden hockte. Sie sah, daß er eine Handvoll Erde aufgescharrt hatte, die er nun durch die Finger rieseln ließ, während sein Blick auf den Horizont gerichtet war. Synya hockte sich neben Miklynn.

»Worüber denkst du nach, Dicker?«

Miklynn zog die Stirn kraus und sah Synya an. *»Ich heiße Miklynn.«* Er hatte schon viel von der Sprache der Weinleute gelernt.« *»Nenn mich nicht Dicker.«*

Synya ließ sich auf ihr Gesäß fallen und musterte den

Menschen. Die Anrede schien ihm nicht gefallen zu haben. »*Miklynn.*«

»*Ja.*«

»*Warum gräbst du in der Erde?*«

Der Dicke wies mit einer weiten Armbewegung auf den Horizont. »*Schau, Synya. Wie flach. Da sind überhaupt keine* ... Berge ... *hohe Haufen, so wie auf vielen anderen Welten. Der Boden hier ist gut und locker.*« Er hielt einen kleinen, flachen Gegenstand in der Hand. »*Das ist der größte Stein, den ich gefunden habe. Hat der Besucher Gaum euch erklärt, was* Ackerbau *ist?*«

Synya nickte und brachte damit die Mähne zum Wippen. »*Das ist Pflanzen, Ernten und vieles mehr.*« Sie griff mit den Klauen in die weiche Erdkrume.

»*Synya, wenn wir hier unseren Auftrag erledigt haben, wird auf dieser Welt Ackerbau betrieben. Der Boden hier ist so gut, daß er fast von Pol zu Pol bebaut werden kann. Verstehst du?*«

Synya seufzte. »*Gaum hat uns das schon erklärt und wundersame Eisbilder gezeigt.*«

Miklynn betrachtete den Horizont und häufelte wieder Erde in die Hand. »*Synya, stell dir vor, was das hier für ein Farmland abgibt.*«

Sie kratzte mit den Klauen über den Boden und sagte: »*Das habe ich mir schon oft vorgestellt. Seit langem denke ich an nichts anderes.*«

Miklynn stand auf; seine Augen waren immer noch auf den Horizont gerichtet. »*Synya, versteh mich nicht falsch. Hier muß einiges verändert werden, ob wir das wollen oder nicht. Auf dieser Welt wird Gemüse und Getreide produziert, viele verschiedene Früchte angebaut werden, die für andere Welten bestimmt sind.*«

Mit einer Klaue rührte sie in den Erdkrumen, die auf der Handfläche lagen. »*Ihr seid gekommen, um uns das anzutun?*«

Der Dicke blickte auf sie hinab. Seine Lider waren runzlig. »*Was meinst du mit ›antun‹?*«

»Werden deine Leute an der Veränderung unserer Welt gewinnen?«

Der Dicke verrenkte die Schultern. *»Ja. Aber auch ihr könnt dabei gewinnen. Deshalb haben ...* die Bosse, die großen Unternehmer ... *deshalb haben andere eine Menge ...«* Der Dicke schüttelte den Kopf. »Ihr habt keine Wörter für Geld und Investition.« Er rieb sich das Kinn. *»Deshalb haben andere großen Einsatz geleistet. Wir alle, deine Leute und meine, werden viel daran gewinnen.«* Der Dicke nickte. *»Wie gesagt, ob wir das wollen oder nicht, es muß sich alles ändern.«*

Synya schlenkerte die Krumen von der Klauenhand und stand auf. *»Ich habe darüber nachgedacht, Miklynn.«* Sie schaute auf Kadnu, der tief über dem Horizont hing. Ihm wäre dann nicht länger zu folgen; er reiste zu schnell – nein, umgekehrt: der Ball kreiste zu schnell um Kadnu herum. Das Eis mußte schmelzen, die Kälte warm werden und die Hitze abkühlen. Es gab keinen Grund, Kadnu länger zu folgen. Die Weinleute mochten ihren endlosen Weg abbrechen.

Synya schüttelte ihre Mähne. *»Ich ... ich habe darüber nachgedacht, Miklynn, und ich bin dankbar, daß mein Tod früher kommt als die Veränderung.«* Sie drehte sich um und ging in ihre Zuflucht. Miklynn sah ihr nach, bis sie hinter der Borkenwand verschwunden war.

Synya lag eingerollt in ihrem Unterschlupf, lauschte dem einlullenden Singsang der Menschen und versuchte zu schlafen. Die Gedanken an Kadnu flogen zu schnell über ihren Horizont, um ihnen folgen zu können. Deshalb vertrieb sie diese Gedanken und konzentrierte sich auf das Gespräch der Menschen im Zelt nebenan.

»Dean?«

»Ja, Red?«

»Wer war der Dolmetscher von Gaum?«

»Keffer. Sheena Keffer. Ich kenn sie nicht. Warum?«

Der Dicke schwieg eine Weile. »Ich habe mit Synya darüber gesprochen, daß die Rotationsgeschwindigkeit ihres Planeten zunimmt, und darüber, wie das Land hier bebaut werden könnte ... glücklich schien sie nicht gerade gewesen zu sein. Glaubst du, daß Keffer was vermasselt haben könnte?«

»Vermasselt, inwiefern?«

Der Dicke ließ mit der Antwort auf sich warten. »Synya hat mir zu verstehen gegeben, daß sie mit dem Wandel nichts zu tun haben und lieber sterben will.«

»Keffer hatte die Aufgabe zu übersetzen. Ich weiß nicht, was sie verkehrt gemacht haben könnte.«

»Warum haben die drei Rebenmeister, mit denen gesprochen worden ist, ihren Leuten nichts gesagt? Gaum muß ihnen doch klar gemacht haben, wo's lang geht.«

Parks lachte. »Nein, Red. Versetz dich in Synyas Lage. Ihr Universum reicht auf seinem Weg bis ins Unendliche. Das Licht auf diesem Weg kommt von Kadnu, ihrem Gott. Kadnu führt sie an, indem er die Ranken, von denen die Leute leben, an jeweils anderen Orten wachsen läßt. Er gibt Wasser, Wärme und ist immer da. Synyas Gott hat sein Volk noch nie im Stich gelassen.«

Dean meinte: »Das kann man nicht von allen Göttern sagen, denen wir begegnet sind.«

»Na und? Das Korps hat Synya die Wahrheit über den Weg ihres Volkes gezeigt und deutlich gemacht, daß wir die Felswüste hier in einen Garten verwandeln.«

»Einen Garten?« Parks schwieg lange. Als er wieder sprach, klang seine Stimme sehr verändert.

»Red, als Synya und die beiden anderen von Gaum mit auf die große Reise genommen wurden, ist ihnen nicht bloß gezeigt worden, daß Nikolaus und der Osterhase Legendengestalten sind. Ihnen ist ihr Gottesbegriff von Kadnu um die Ohren gehauen worden. Alles, was sie bis dahin für wahr gehalten haben, wurde mit einem

Mal über den Haufen geworfen, ins All gekippt. Ihr ganzes Weltbild ist zerstört worden, Red, und du wunderst dich, warum ein paar Pflüge und Kunstdünger keinen Ersatz leisten können.«

Der Dicke lachte. »Sieh dich nur vor, Parks. Das Korps wird dir sonst wieder den Kaplanskragen umlegen.«

»Warum hältst du nicht einfach dein Maul?«

Der Dicke war eine Weile ruhig. »Dean, ist unserem Prediger eine Laus über die Leber gelaufen?«

»Laß gut sein, Red! Wir sollten jetzt schlafen.«

Es wurde still im Zelt der Menschen. Sehr viel später kam der Dicke herausgekrochen und schulterte den Rucksack. Er blieb eine Weile stehen, schaute auf Kadnu und marschierte dann dem Licht entgegen. Synya blickte ihm nach und schlief dabei wieder ein. In dieser Gegend gab es keine Eisräuber mehr. Dem Dicken drohte keine Gefahr.

Als es Zeit wurde, wieder aufzubrechen, war Miklynn immer noch nicht zurückgekehrt. Synya und die beiden Menschen packten ihre Sachen zusammen und marschierten los in Richtung Kadnu, der immer höher über dem Horizont aufragte. Dean unterhielt sich mit Parks im Singsang der Menschen. Synya unterbrach sie: *»Wir sprechen alle die Sprache der Weinleute. Wollt ihr mir etwas verheimlichen?«*

Parks schüttelte den Kopf. *»Wir haben gerade über Miklynn gesprochen, und Dean fragt, ob wir uns Sorgen um ihn machen müssen.«*

Synya blickte ins Gesicht dessen, der Dean genannt wurde. *»Und? Müßt ihr euch Sorgen machen?«*

»Nein«, antwortete Parks. *»Miklynn macht, was er will.«*

Synya nickte. *»Dann scheint er wirklich keine Angst zu haben.«*

Parks betrachtete den Boden, über den er wanderte. Er blickte zu Kadnu auf und schaute wieder auf den Boden. *»Angst haben wir alle, Synya. Selbst Miklynn. Auch du. Hab ich nicht recht?«*

Schweigend gingen sie weiter. Als sie sich dem Ort näherten, wo grüne Blätter zwischen braunem Gras wuchsen, wandte sich Synya an Parks.

»Du hast mich nach meinen Ängsten gefragt, Zeichenleser. Was mir Angst macht, kommt von den Menschen. Bevor der mit dem Namen Gaum gekommen ist, folgten wir Kadnu und pflegten Ashah, unseren Wein, der seinerseits Kadnu folgte.«

Parks runzelte die Stirn. *»Fürchtest du deinen Gott nicht?«*

»Pah!« Synya fuhr mit den Klauen durchs Gras. *»Gaum hat uns gezeigt, daß ›Gott‹ nichts als Feuer ist. Wir kochen auf Feuer. Das Feuer dient uns; wir dienen nicht dem Feuer. Was sollen wir denn fürchten, Zeichenleser?«*

Parks nickte und musterte Synya. *»Hast du Kadnu gefürchtet, bevor Gaum gekommen ist?«*

Synya dachte zurück. *»Nein ... nein, Zeichenleser. Keiner hat sich vor Kadnu gefürchtet. Sein Licht hat uns den Weg gewiesen. Es nährte und wässerte Ashah, wärmte unsere Geburten und sah uns beim Tanzen zu. Ein solches Licht ist nicht zu fürchten; im Gegenteil ...«* Synya schluckte und unterdrückte ein Wimmern. *»So war es, bevor Gaum gekommen ist.«*

Parks nickte, schaute hinauf auf Kadnu und betrachtete dann die frisch aufgeworfenen Hügel. *»Synya, was bedeutete der Tod für die Weinleute, bevor Gaum hier war?«*

»Im Tod dienten wir Ashah, um dann unter den Verlorenen wiedergeboren zu werden.« Sie wies mit der Klauenhand auf einen nahen Haufen. *»Nun, was ist das wohl? Begraben neben einer Wurzel? Das Ende des Lebens?«*

Der mit dem Namen Dean zupfte an Parks Arm und zeigte auf den Horizont. »Sieh mal!« Dean wandte sich an Synya. *»Was ist das?«*

Synya verengte die Lider und blinzelte zum Horizont.

Direkt unter Kadnu zeichnete sich eine Wulst auf glatter Oberfläche ab. *»Das ist Ashah. Der Wein, den mein Volk hegt.«*

Synya blickte vom Licht zurück auf die Schneefelder, die sie hinter sich gelassen hatten. Geometrisch angelegte Hügel reichten bis an den Horizont. Der Himmel darüber war tief blau. Kadnus Licht überstrahlte die hellsten seiner Funken.

»Für meine Augen, Zeichenleser, ist alles beim alten geblieben.« Sie grub die Klauen in ihre Brust. *»Aber hier ... hier drinnen ... ist nichts mehr, wie es war. Zeichenleser, woher rührt der Schmerz, den ich im Innern fühle? Sag es!«*

Parks musterte Synya und senkte den Blick, als sie ihn ansah. Aber sie bemerkte, daß seine Augen feucht waren. *»Ich weiß nichts darauf zu sagen, Synya. Ich kenne den Schmerz selber ... sehr gut sogar.«*

Die drei marschierten weiter, immer auf Kadnu zu. Plötzlich blieb Dean stehen. Synya sah, daß er mit zusammengekniffenen Brauen Parks nachblickte. *»Dean, was sehe ich da in deinem Gesicht? Ist es Wut?«*

Dean wandte sich Synya zu und schüttelte den Kopf. *»Nein, Synya. Zweifel ... Verwirrung.«* Der mit dem Namen Dean schaute dem anderen hinterher. *»Wir Menschen wissen nicht viel ... voneinander.«*

Dean folgte Parks. Synya ließ die Augen von einem zum anderen wandern. Dann streckte sie die Arme aus, spreizte die Klauen und brüllte den beiden nach: *»Du kennst den Schmerz, Zeichenleser! Ist das, was du uns bringst, diesen Schmerz wert? Sag es mir!«*

Parks ging weiter, ohne sich umzudrehen oder zu antworten.

Kurz vor dem Rand von Ashah, dem Wein des Volkes von Synya, machten sie Rast. Dean stellte das Zelt auf, während Parks mit überkreuzten Beinen auf dem Boden hockte und die Arbeit der Weinleute beobachtete. Mit ihren scharfen Klauen schälten sie fingerdicke Fasern aus der Pflanzenrinde. Andere gruben das fleischige Mark der Stämme heraus.

Die Rindenstreifen wurden weitergereicht und von anderen in Bahnen auf dem Boden ausgebreitet, auf die eine weitere Gruppe das geerntete Ashah-Mark verteilte. Synya stand bei den Arbeitern und sprach mit ihnen. Später kehrte sie zu den beiden Menschen zurück und hockte sich neben Parks. In den Händen hielt sie ein Stück von der Ernte, brach eine kleine Portion ab und reichte sie Parks. Er roch daran, biß hinein und kaute.

»Das ist gut, Synya ... süß. Aber verdirbt es nicht? Wie haltet ihr die Nahrung frisch?«

Synya fuhr mit den Klauen durch die Luft und sprach mit vollem Mund: *»Es ist noch kalt in dieser Gegend. Die herausgeschnittenen Teile überkrusten schnell und sind so für den Transport geschützt.«*

Parks nickte. *»Das Weinwasser verdunstet in der Luft.«* Er fühlte den klebrigen Saft an den Fingern. Dann deutete er auf die ausgelegten Rindenbahnen, auf die das Mark geschichtet wurde. *»Jetzt weiß ich, woraus eure Hütten gebaut sind. Aber die Hütte dahinten ... warum ist sie so groß?«*

»Der Dicke wollte es so«, antwortete Synya.

Dean kam zu ihnen und setzte sich ins kurze, grüne Gras. »Hat sie gesagt, daß Miklynn hier war?«

Parks nickte und zeigte auf die Arbeiter. *»Miklynn hat ihnen befohlen, die Hütte zu bauen.«* Er wandte sich an Synya. *»Haben deine Leute gesagt, welchen Zweck der Bau hat?«*

Synya schüttelte die Mähne und gab Dean ein Stück Mark. Dean biß hinein und hob die Brauen. *»Sehr gut.«*

»Das ist das Fleisch von Ashah. Natürlich ist es gut.«

Dean nickte und sah Parks an. *»Was hat Miklynn vor?«*

»Ich weiß nicht. Synya, haben deine Leute gesagt, wohin der Dicke gegangen ist?«

»In Richtung Kadnu. Mehr wissen sie auch nicht. Sie haben mir viele Fragen über den Dicken gestellt. Viele Fragen.«

Parks lächelte. *»Und was hast du geantwortet?«*

»Daß du der Zeichenleser der Menschen bist und ihnen bald Auskunft geben wirst.«

Parks stöhnte und warf einen Blick auf Dean. Dean schüttelte nur den Kopf. Parks schaute zurück zu Ashah und den Arbeitern. *»Eins werde ich mit Sicherheit nie können: Auskunft über Miklynn geben.«* Er sah Synya an. *»Ist euer Zeichenleser hier?«*

Synya zeigte auf einen der Arbeiter, die hoch oben auf dem großen Weinstock standen. *»Volyan. Mein Enkel. Er ist einer unserer sieben Zeichenleser.«*

Dean legte die Hand vors Gesicht, das rot angelaufen war. Synya musterte ihn mit gefurchter Stirn. *»Geht es dir nicht gut, Dean?«*

Dean nickte, lachte und schnappte nach Luft. *»Ich kann es kaum erwarten, Miklynn zu erzählen, daß er mit einer Großmutter um die Wette gelaufen ist.«*

Synya warf die Mähne zurück. *»Ich bin nicht nur Großmutter.«* Dean horchte auf, und Synya fuhr fort: *»Volyans Kinder sind alle vermählt und von Kadnu mit Kindern gesegnet. Die wiederum sind inzwischen erwachsen, vermählt und ...«*

Dean ließ sich rücklings ins Gras fallen und lachte lauthals. Synya wandte sich an Parks, um den Grund zu erfragen. Doch auch der Zeichenleser konnte kaum genug Luft zum Lachen holen.

Später kam Volyan zu Synya und den beiden Menschen, die im Zelt beieinandersaßen. Seine Mähne war grau und mit braunen Strähnen durchzogen. Er zeigte auf Parks. *»Welchen Zweck hat die große Hütte, die uns der Dicke nach seinen merkwürdigen Plänen hat bauen lassen?«*

Parks schüttelte den Kopf. *»Das weiß ich nicht.«*

Volyan deutete auf Parks Gürtel. *»Ich weiß, daß du auf Wunsch mit dem Dicken sprechen kannst. Ich habe gesehen, wie er so ein Ding gebraucht hat, um mit Wesen in einem gro-*

ßen Schiff zu sprechen, das hoch oben in Kadnus Licht schwebt.«

Parks zog den Kommunikator aus dem Gürtel, drehte ihn vor Volyans Augen hin und her und steckte das Ding wieder zurück. *»Wenn Miklynn mit mir sprechen will, ruft er mich.«*

Dean nahm seinen eigenen Kommunikator zur Hand. »Wenn du ihn nicht fragst, tue ich's. Ich will auch wissen, was das alles zu bedeuten hat.« Dean drückte auf einen Knopf; einmal, zweimal.

»Was ist?« Synya erkannte die Stimme von Miklynn.

»Red, wir sind am Rand von Ashah. Was läßt du die Leute hier tun?«

»Ich hab mich in dir wohl doch geirrt. Du bist so dumm, wie du aussiehst.« Deans Gesicht wurde rot. Das Ding redete weiter: »Ist Volyan da?« Dean gab den Kommunikator an Volyan weiter und zeigte auf eine kleine Silberplatte. *»Da mußt du reinsprechen.«*

»Miklynn? Hier ist Volyan.«

»Hast du noch das, was ich zurückgelassen habe?«

Volyan nickte. *»Ja.«*

»Gib es Synya.« Der kleine Kasten blieb eine Weile still. Dann meldete sich wieder Miklynns Stimme. »Dean?«

Dean nahm das Kästchen aus Volyans Hand. »Ja, Red?«

»Ruf mich demnächst nur, wenn es wirklich wichtig ist, verstanden? Dein Rufsignal hat den Leuten, mit denen ich mich unterhalte, vor Angst fast die Luft weggenommen. Miklynn, Ende.«

Dean sah Parks an, zuckte die Achseln und blickte zurück auf Volyan, der Synya gerade eine Zigarre reichte. »Es ist nicht zu fassen!«

Synya steckte das Mundstück zwischen die Lippen und bat Volyan um Feuer. Als Volyan das Zelt verließ, nickte Synya Parks zu und sprach, ohne die Zigarre aus dem Mund zu nehmen. *»Der Dicke hat an mich gedacht.«*

Parks verzog das Gesicht. *»Ja, Synya, Miklynn ist ein richtiger ... Schatz.«*

»Was bedeutet das letzte Wort, Zeichenleser?«

Parks seufzte. *»Es bezeichnet eine Person, die höflich ist und ... liebenswert.«* Hilfesuchend wandte er sich darauf an Dean. »Du bist doch der Sprachexperte. Sag du's ihr!«

Dean massierte das Kinn und lächelte. »Es ist wohl kaum meine Aufgabe, deine rätselhaften Personenbeschreibungen zu entschlüsseln, Zeichenleser.«

Der mit dem Namen Parks gab heftige Menschenlaute von sich, tippte gerade mit dem Zeigefinger an die Stirn, als Volyan mit einem Weinblatt ins Zelt kam. Er hockte sich vor Synya auf den Boden und öffnete das Blatt, in das ein glühendes Kohlestück eingewickelt war. Synya senkte das Zigarrenende auf die Glut und sog und füllte das Zelt mit bittersüßem Rauch. Auf den Vorschlag des Zeichenlesers hin gingen alle nach draußen, um die Unterhaltung fortzusetzen.

Sie setzten sich vor das Zelt ins Gras, die Gesichter einander zugewandt. Volyan legte das Blatt mit der Kohle auf den Boden. Dean beugte sich vor und nahm es in die Hand. *»Parks, die Hitze der Kohle ist durch das Blatt kaum zu spüren.«*

Parks nahm das Blatt von Dean entgegen, betastete es und nickte. Synya sagte: *»Am Wachsende des Weins müssen wir uns mit diesen Blättern vor der Hitze Kadnus schützen.«*

Volyan musterte die beiden Menschen. Dann schaute er eine Weile Synya an und richtete schließlich den Blick auf die Kohle. Während die Menschen der Arbeit an den Reben zusahen und Synya an der Zigarre paffte, wurde Volyans Miene immer ernster. Er wandte sich an Synya.

»Synya, zuerst der Dicke, dann die beiden anderen hier. Kästchen, die sprechen, riesige Schiffe in der Luft, und du läßt einen Stengel qualmen. Meine Zeichenleseraugen sehen kei-

nen Sinn. Ich glaube, es wird Veränderungen geben, weiß aber nicht, was sie bedeuten.«

Synya nahm die Zigarre aus dem Mund und ließ den Kopf mit geschlossenen Augen hängen. *»Fast hätte ich alles vergessen; jetzt werde ich wieder erinnert.«*

Sie warf die Zigarre fort, daß die Glut sprühend auf dem Boden landete. *»Ja, es wird Veränderungen geben, Volyan ... viele Veränderungen.«* Sie sah Parks an und nickte. *»Das ist der Zeichenleser der Menschen. Er kann dir alles erklären.«* Sie schüttelte die Mähne. *»Ich kann es nicht.«*

Parks rupfte einen Grashalm aus dem Boden und zupfte ihn auseinander. *»Was könnte ich ihm erklären, Synya? Keiner von euch, weder du noch Shadig oder Neest, war in der Lage, den Leuten hier zu sagen, was niemand glauben will.«*

Volyan musterte den Zeichenleser. Dann sagte er, an Synya gewandt: *»Ich sehe, daß ihr beide Kummer habt. Synya, nach dem was ich bisher erfahren habe, bin ich bereit, das Unglaubliche zu hören.«* Er streckte eine Klauenhand aus und legte sie auf Synyas Arm. *»Du bist meine Großmutter und Meisterin der Reben. Ich vertraue dir. Wenn du sagst, daß der mit dem Namen Parks die Wahrheit spricht, werde ich es glauben.«*

Synya blieb lange Zeit still. Dann nickte sie Parks zu. *»Sag Volyan, was den anderen Rebenmeistern gezeigt worden ist.«*

Parks fuhr mit der Zunge über die Lippen und wandte sich an Dean. *»Geh und hol einen der Wetterballons aus dem Zelt!«* Dean stand auf. Parks schaute Volyan an. *»Den Meistern eurer Reben ist gezeigt worden, daß Kadnu ein großer Ball aus brennender Luft ist. Sie wurden auf eine lange Reise geführt, weit weg von Kadnu. Dabei hat man ihnen gezeigt, daß ... Kadnu nur einer unter Tausenden von brennenden Bällen ist, von denen ihr sagt, sie seien Kadnus Funken.«*

Dean kam zurück und reichte Parks einen kleinen Behälter. Volyan sah zuerst Synya, dann Parks an. *»Das* *war noch nicht alles, Zeichenleser. Ich sehe, daß du mir noch mehr zu sagen hast.«*

Parks nickte. »*Ja, Volyan, da ist noch mehr.*« Parks öffnete den Behälter. Ein weißes Gewebe quoll über den Rand hervor und blähte sich auf zu einem runden Ball. Eine Hälfte des Balls wurde von Kadnus Licht beschienen; die andere lag im Schatten. Parks zeigte auf den Ball.

»*Was ihr den Endlosen Pfad nennt, sieht in Wirklichkeit so aus. Es kreist im All um Kadnu herum.*«

Volyan blickte hilfesuchend auf Synya. Wieder auf den Ball starrend, sagte er: »*Und ... hast du mir noch mehr zu sagen?*«

Parks deutete auf die Linie zwischen Licht und Schatten. »*Hier leben die Weinleute; das ist die Stelle, wo wir jetzt sind. Der Ball ... wir nennen ihn* Planet ... *bewegt sich sehr langsam. So etwa.*« Er hielt eine Fingerspitze auf den Ball und drehte ihn, bis sie von der Schattenhälfte eingeholt wurde. »*Das ist der Grund, weshalb die Weinleute ihr Ashah nach jeder Wachsphase wechseln müssen.*« Er wanderte mit dem Finger zurück an die Grenze zwischen Licht und Schatten.

Volyan stand auf, schaute in Kadnus Licht, drehte sich in die entgegengesetzte Richtung und blickte auf den Horizont. Dann sah er Synya an. »*Großmutter ...*«

Synya nickte mit fest geschlossenen Augen. »*Es ist ... es ist wahr. Und ... da ist noch etwas, das du hören mußt.*«

Volyan blieb stehen und schaute verblüfft von der Großmutter auf den Menschen mit dem Ball in der Hand. Er hockte sich zu Boden und grub die Klauen in die Schenkel. »*Parks.*«

Parks scheute Volyans Blick. »*Ja?*«

»*Wenn das alles wahr ist ... und Synya sagt, daß es wahr ist, und ich glaube ihr ... wenn der Pfad also ein Ball ist ... was ist mit den Verlorenen? Werden wir Gott nie erreichen und die Verlorenen nie treffen?*«

»*Schau auf die andere Hälfte des Balls, Volyan.*«

Volyan stand auf und trat an Deans Seite. Parks hielt den Ball in Rotation. »*Deine Leute müssen Kadnu folgen, so wie ich es dir gezeigt habe. Auf der anderen Seite lebt auch ein Volk; aber das muß vor Kadnu fliehen. Es folgt dem Eis. Ich glaube, es ist das Volk der Verlorenen.*«

Volyan schlug mit den Klauen nach dem Ball, der mit lautem Knall zerplatzte.

»*Das ... was du da sagst ...*« Er sah Synya an. »*Das kann nicht wahr sein! Großmutter, das kann nicht wahr sein!*«

Synya stand auf. Schmerz und Wut verzerrten ihre Stimme. »*Du siehst keine Lüge in mir. Es ist wahr. Ich habe es mit eigenen Augen gesehen. Aber da ist noch mehr, Volyan. Noch mehr. Die Menschen haben große Maschinen, die sie hierher bringen wollen. Sie sollen dafür sorgen, daß sich unser Ball schneller dreht. So schnell, daß unsere besten Läufer nicht mehr Schritt halten können mit Kadnu. Der Ball wird sich so schnell drehen, daß das Eis schmilzt und die heiße Wüste kühlt.*« Sie streckte die Arme aus. »*Der ganze Ball wird sein wie dieses Land hier.*«

Volyan ging in die Hocke und kratzte durchs Gras. »*Großmutter, warum tut man uns das an?*«

Synya hockte sich neben ihn. »*Es sollen viele Dinge hier wachsen. Mehr, als wir verbrauchen können. Dann kommen große Schiffe, um die Früchte wegzuschaffen, wofür wir Blätter bekommen. Mit den Blättern können wir andere zu uns holen, die Hütten aus Stein bauen und uns vieles beibringen. Wir werden ... wohlhabend sein.*«

Volyan schaukelte auf den Füßen hin und her und kratzte über die Schenkel, bis die stachelige Haut aufsprang. »*Ich verstehe, Großmutter. Ich verstehe. Aber was sollen unsere Leute tun, wenn der Ball so schnell dreht, daß niemand mehr Kadnu folgen kann, doch nicht schnell genug, um das Eis zu schmelzen?*«

Synya wandte sich an Parks. »*Sag es ihm, Zeichenleser!*«

Parks hatte die Ellbogen auf die Knie gestützt und das

Gesicht in den Händen vergraben. Er schüttelte den Kopf. Dean sah Synya an, sprach aber zu Volyan. »*Die Bevölkerung wird vom Planeten entfernt, bis die richtige Drehgeschwindigkeit erreicht worden ist und die Luftmassen an die neuen Temperaturen angepaßt sind. Jetzt strömt der Wind immer von der kalten Seite zur warmen hin, wo sie erhitzt wird, um schließlich wieder zur Schattenseite zurückzukehren. In der Mitte zwischen der kalten und warmen Hälfte steht die Luft still. Wenn die Drehgeschwindigkeit erhöht wird, liegen die kältesten Stellen ... oben und unten. Die Luftströmung ändert sich. Der Wind wird von oben und unten kommen, zur Mitte hin wehen, wo es am wärmsten ist, und wieder zurückkehren. Dabei können heftige Stürme entstehen ...*«

»*Aaaah!*« Volyan preßte die Hände an die Ohren. Dann ließ er die Arme fallen und sah Synya an. »*Seit wann weißt du Bescheid?*«

»*Seit siebenundzwanzig Wachsphasen.*«

Volyan starrte ins Gras. »*Wie hast du das schreckliche Wissen so lange für dich behalten können?*« Er wandte sich an Dean. »*Wie lange werden wir von hier weg sein?*«

Dean rechnete. »*Siebzig oder achtzig Wachsphasen.*« Er zuckte die Achseln. »*Vielleicht mehr. Das hängt von vielen Dingen ab.*«

Volyan sah Synya an. »*Du wirst tot sein und brauchst das alles nicht zu erleben.*«

Synya nickte und blickte auf Dean. »*Unser Ashah. Was wird daraus? Was wird aus dem Wein der anderen?*«

Dean zuckte die Achseln und schüttelte den Kopf. Parks hob das Gesicht von den Händen und sah Synya an.

»*Es wird alles verkümmern.*«

Synya musterte das Gesicht des Zeichenlesers. Auf der Haut waren feuchte Spuren zu sehen. »*Parks, ist es möglich, daß es doch nicht so weit kommt?*«

Parks platzte fast vor Lachen. »*Nicht, solange der Dicke die Sache in der Hand hat, Synya. Miklynn wird dafür sorgen, daß alles nach Plan läuft. Er hat keine andere Wahl.«*

Synya lag zusammengerollt in ihrer Hütte. Sie wälzte sich auf die andere Seite. Der Singsang der Menschen konnte sie diesmal nicht einlullen.

»Dean, ich kenne Miklynn schon sehr lange. Er mag seinen Job nicht. Aber er hat einen Auftrag bekommen und wird ihn ausführen.«

»Wenn er den Job nicht mag ...«

»Was ihn daran stört, ist die Tatsache, daß es sich bei seiner Arbeit nur um Routinesachen handelt. Skrupel kennt er nicht. Die Leute hier sind ihm so egal wie die Pflanzen, die hier wachsen.«

»Parks, und was ist, wenn die Leute nicht gehen wollen? Was kann Red dagegen tun?«

Der mit dem Namen Parks blieb eine Weile still. »Dean, du mußt übergeschnappt sein, wenn du vorhast, Red in den Rücken zu fallen.« Und nach längerem Schweigen, fügte er hinzu: »Was hast du vor?«

»Wie wär's, wenn wir Red als Ketzer denunzieren?«

Parks lachte. »Und die Rebenmeister? Synya zum Beispiel?«

»Wir können sagen, daß sie getäuscht worden sind, aber all die Lügen längst durchschaut haben. Denk an Volyans Reaktion. Wem wird man wohl glauben?«

Nach langem Schweigen sagte Parks: »Da seh ich zwei Probleme, Dean. Zum einen wären wir Teil der Verschwörung. Zum anderen: Hast du dir mal die Klauen genauer angesehen? Außerdem würden wir Red in Gefahr bringen.« Parks seufzte. »Wie dem auch sei, das Terraform-Korps kann die Bevölkerung mit Gewalt evakuieren und sich dabei auf die Verordnungen zur Befriedung wilder Planeten berufen.«

»Parks ... wir können da doch nicht mitmachen.«

»Natürlich können wir. Und das werden wir auch. Wirf mal bei Gelegenheit einen Blick in deinen Heranziehungsbescheid.« Synya hörte Bewegungen im Zelt der Menschen. »So, und jetzt will ich schlafen, Dean.«

Nach einer Weile tauchte der mit dem Namen Dean aus dem Zelt auf und wanderte, weg von Kadnu, auf den Horizont zu. Synyas scharfe Ohren hörten das Piepen des Sprechkastens und die Stimme von Dean.

»Hier ist Dean. Ich will mit Arango sprechen.«

Nach längerer Pause meldete sich eine fremde Stimme. »Arango hier. Was ist los, Dean? Wieso wählst du diese Frequenz?«

»Wieso nicht? Die hab ich nun mal gewählt, klar?«

»Geht's dir nicht gut, Dean?«

»Ich will wissen, welche Koordinaten der Satellit auf der anderen Seite hat.«

Der Kasten blieb eine Weile stumm. Dann war die fremde Stimme wieder zu hören. »Das hab ich vor vierzig Stunden schon Red durchgegeben.«

»Dann kannst du mir's ja auch noch mal sagen. Parks und ich haben Miklynn seit über vierzig Stunden nicht mehr gesehen.«

»Na gut. Zeichnest du auf?«

»Ja.«

»Ich übermittle.« Synya hörte eine Folge von Schnarr- und Pieplauten über die Dauer eines kurzen Atemzugs. »Das wär's. Willst du mir jetzt erklären, was du auf dieser Frequenz machst? Euer Team ist für Kanal acht vorgesehen.«

»Ich wollte die anderen nicht aufwecken.«

»Aha. Ich glaube eher, daß Red nicht dahinterkommen soll.«

»Mag sein, Arango. Mag sein.«

»Ich hoffe für dich, daß er wirklich nicht dahinterkommt. Arango, Ende.«

Synya hörte das Klicken des Sprechkastens, und plötzlich meldete sich eine Stimme, die dem menschlichen Singsang ähnlich klang, aber völlig ausdruckslos und unbeseelt zu sein schien. Sie schlief für kurze Zeit ein, und als sie wieder erwachte, war die flache Stimme immer noch zu hören.

Synya schaute in den Schatten, den Kadnu hinter Ashah warf. Er war um ein winziges Stück weitergewandert. Bald würde Parks aufwachen. Der mit dem Namen Dean hatte die ganze Zeit über der Stimme des sprechenden Kastens zugehört. Sie lauschte noch eine Weile dem flachen Singsang, dann vernahm sie ein Klicken, gefolgt von einer Reihe von Schnarr- und Pieptönen. Für kurze Zeit war nur der Wind zu hören, der vom Eis hereinblies, bis Deans Schritte auf dem weichen Boden auszumachen waren. Er schien sich noch weiter von Kadnus Licht zu entfernen. Dann hörte sie, wie er stehenblieb und mit sich selbst redete.

»Verdammt. Oh, verdammt noch mal.« Eine Zeitlang rührte er sich nicht vom Fleck. Plötzlich brüllte er: »Parks!« Er wartete einen Moment lang und brüllte noch einmal. »Parks!«

Synya sah den anderen Menschen aus dem Zelt kriechen und das Oberteil der grünen Haut zuziehen. »Dean?« Parks schaute auf das Feld und schirmte mit der Hand Kadnus Licht ab. »Dean, wo steckst du?«

»Hier hinten.«

Parks drehte sich um und blickte ins Dunkle. »Was ist los?«

»Komm her!« Parks ging los. »Volyan liegt hier. Er ist tot.«

Synya stand zwischen Dean und Parks und sah in die ausgehobene Grube, aus der eine von Ashah abgetrennte Wurzel herausragte. Auf dem Grund der Grube lag, zwischen Zweigen eingerollt, Volyan, der Zeichenleser, den Hals mit eigenen Klauen aufgerissen. Der mit dem Namen Parks wandte sich an Synya.

»Es tut mir weh, Synya. Glaub mir.«

Synya starrte auf den Leichnam ihres Enkels, ging in

die Hocke und fing an, mit der Hand Erde in die Grube zu schieben. Zuerst standen die beiden Menschen bewegungslos daneben, dann traten sie mit den Stiefeln Erde ins Loch. Synya hielt inne und blickte von einem zum anderen.

»Nicht mit den Füßen. Ihr müßt die Hände dafür gebrauchen.« Die Menschen knieten sich neben sie und schoben die Erde mit den Händen in die Grube. Synya wunderte sich über die Nässe in den Gesichtern der beiden.

Als sie fertig waren, und die Erde über dem Wurzelende aufgehäuft und geglättet war, sammelte Synya ein paar Borkenstücke zusammen, preßte sie in den kleinen Hügel und sprach dabei:

»Volyan, Zeichenleser und Sohn meines Sohnes; mögest du im Tod den Verlorenen dienen, so wie du im Leben Ashah und seinem Volk gedient hast.« Synya hatte die Borkenstücke nach einem Muster in den Hügel gedrückt. Sie schaute auf die drei waagerechten Linien. *»Wirst du ihnen dienen, Volyan? Wirst du jemals wieder von Kadnu beschienen werden?«* Sie schüttelte die Mähne. *»Wer weiß?«*

Der mit dem Namen Dean zeigte auf das Muster am Grab. *»Synya, was bedeutet das?«*

Synya schaute auf das Zeichen. *»Das ist der Name meines Enkels Volyan.«*

Dean nickte. *»Ich wünschte, wir hätten ihm nichts gesagt. Mir ist, als hätten Parks und ich ihn umgebracht.«*

Synya wandte sich ab vom Grab und ging auf Kadnus Licht zu. *»Ohne meine Bestätigung hätte er euch nicht geglaubt. Wir sind gleich in Volyans Tod … gleich vor der Wahrheit.«*

Die beiden Menschen sahen einander an; dann folgten sie ihr.

Der Eiswind blies ihnen in den Rücken und brachte Regen, als sie am Weinvolk vorbeikamen, das Fleisch aus Ashah herausschnitt. Eine Gruppe war immer noch mit dem Bauprojekt des Dicken beschäftigt. Die Menschen betrachteten das Ding, das Miklynn den Weinleuten zu bauen aufgetragen hatte, konnten aber den Zweck des ganzen nicht erkennen. Auch diejenigen, die daran arbeiteten, schienen nichts über den Zweck zu wissen.

Synya hatte sie gefragt, warum sie auf Anordnung eines Fremden so schwer schufteten. Zur Antwort war ihr gesagt worden, daß der Dicke eine Art an sich habe, die keine Einwände zuließe, und daß er gesagt habe, Synya werde bei ihrer Ankunft befehlen, den Bau zu vollenden.

Die mit den Namen Parks und Dean hatten Synyas Gesicht beobachtet, als sie für eine lange Zeit nachdachte und schließlich ihre Leute anwies, den Plan des Dicken auszuführen. Danach setzten die drei ihren Weg in Richtung Kadnu fort.

Sie marschierten schweigend, ohne die mit Nahrung beladenen Träger zu beachten, die Weinfleisch zu anderen brachten, die ihrerseits die Pfleger des riesigen Weinstocks damit belieferten. Parks musterte die knotigen, verdrehten Wurzelausleger, die von dem massigen Ashahkörper über den Boden rankten. Der Pfad, dem sie folgten, verlief längs der krummen Wurzeln oder unter großen, geschwungenen Wurzelbrücken hindurch.

Ashah trug Blätter nur an den Wurzelzweigen, und Parks sah Stellen, von denen Blätter abgeerntet worden waren. Als sie die große Narbe erreichten, die den Ashah-Leib umringte und die Wachstumsgrenze markierte, verlor das Laub seine Dichte. Synya bog vom Hauptweg auf einen Nebenpfad ab und folgte einem der großen Wurzelzweige, von denen kleinere Wurzeln herabhingen. Parks sah die von Klauenhand gezogenen Kanäle, die die Wurzeln bewässerten und von kleinen Tümpeln gespeist wurden. Große und kleine Hütten lagen längs des Zweiges, aber keine von ihnen war bewohnt. Parks hob die Stimme, um das Geräusch von Wind und Regen zu übertönen:

»Wohin führst du uns, Synya?«

Synya schüttelte die Regentropfen von der Mähne, blieb stehen und sah Parks an. *»Ich muß meinem Sohn Royah von Volyans Tod berichten.«* Sie zeigte auf eine Gruppe von Hütten am Ende des Zweigs. *»Es ist nicht weit.«*

Mit eingezogenen Schultern ging Dean in dichtem Regen auf die Hütten zu. Parks und Synya folgten. Synya warf einen Blick auf Parks und sah dann auf die Hütten. *»In deinem Gesicht steht eine Frage, Zeichenleser.«*

Parks nickte. *»Du kennst dich aus.«*

»Du willst wissen, warum ich meinen Leuten angeordnet habe, den Bau des Dicken zu vollenden.«

Parks nickte wieder. *»Ja. Miklynn und der Rest von uns ist hier, um all das zu verändern, woran ihr hängt. Und das unterstützt du noch. Warum?«*

Synya ging eine Weile schweigend weiter. *»Zeichenleser, wer weiß, ob die Zukunft, die ihr uns bringt, nicht besser ist als das, was wir jetzt besitzen? Ich kenne die Zukunft nicht. Aber der Dicke scheint sie zu kennen.«*

Sie schüttelte wieder das Wasser aus der Mähne. *»Ich muß dem Dicken vertrauen, egal, welchen Zweck er mit dem Bau verfolgt. Ich vertraue darauf, daß es der Dicke meinem Volk recht macht.«*

Parks biß sich auf die Lippen und sah Synya an. *»Wie kannst du so sicher sein?«*

»Sicherheit gibt es nicht, Zeichenleser. Das haben mir deine Leute bewiesen. Was wir für sicher halten, hat sich als Täuschung herausgestellt. Was bleibt, ist Vertrauen.« Sie schaute Parks ins Gesicht. *»Die Miene des Dicken verrät mir, daß er seine Aufgabe nicht gern tut.«*

Parks lachte und wischte den Regen mit dem Handschuh von der Stirn. *»Dir bleibt nichts verborgen, Synya.«* Dann wurde sein Gesicht wieder ernst. *»Aber du weißt nichts von seinen Motiven.«*

»Nenn sie mir doch, Zeichenleser! Sag mir, wie der Dicke ist.«

Parks suchte nach Worten. »*Jeder von uns, die hier gelandet sind, gehört zu einer Gruppe ... zu einem Volk, das vieles verändern will ... ganze ...*«

»Planeten.«

Parks nickte lächelnd. »*Ja, so ist es.*«

Synya senkte den Blick auf den lehmigen Pfad. Deans Stiefelabdrücke hatten sich mit Wasser gefüllt. »*So ein* Planet *ist auch der Endlose Pfad. Ihr wollt daraus einen besseren Ort machen.*«

Parks nickte. »*Es gibt verschiedene Etappen bei der Veränderung eines* Planeten. *Die erste heißt* Störfallprognose. *Jeder* Planet *ist ein Rätsel, das gelöst werden muß, bevor eine Veränderung in Gang gesetzt werden kann.*«

Synya blickte auf in den grauen Himmel. »*Dafür hat der mit dem Namen Gaum gesorgt.*«

»*Ja.*« Parks sah Synya an. »*Er hat eine Sonderaufgabe, die dem Prozeß vorangeht, den wir* Terraformen *nennen, und das ist die Veränderung eines* Planeten.«

»*Eine Sonderaufgabe, wie wir sie an Zeichenleser, Wassersucher und Kanalgräber übertragen?*«

Parks nickte. »*Diejenigen, die die* Planeten *verändern, richten sich bei ihrer Arbeit nach den Vorgaben der* Störfallprognostiker.«

Synya schüttelte wieder Wasser aus der Mähne. »*Aber was tut der Dicke?*«

»*Er, Dean und ich sind ausgebildete* Störfallprognostiker. *Der Dicke ist der Anführer unserer Gruppe.*«

Synya blieb stehen und hielt Parks mit der Klauenhand zurück. »*Warum seid ihr dann hier, wo doch Gaum schon die ... Rätsel gelöst hat?*«

Parks verzog das Gesicht. »*Wir sind zur Strafe hier. Der Dicke hat sich bei seinen Vorgesetzten unbeliebt gemacht.*«

Synya sperrte die Augen weit auf. »*Der Dicke hat Vorgesetzte?*«

Parks zuckte die Achseln. »*Ja. Aber er richtet sich nicht nach ihnen. Deshalb sind sie verärgert und haben ihn zur Strafe hierhergeschickt.*«

Synya musterte das Gesicht von Parks. *»Findest du die erste Aufgabe aufregender als das eigentliche Verändern?«*

»Synya, unsere Arbeit ist eine Herausforderung. Wir sind schwache Wesen und können uns nur auf unseren Verstand und die Instrumente verlassen. Damit werden wir auf fremde Planeten *geschleudert, wo es Feuer regnet, wo riesige Wassermassen unseren Verstand ertränken können, oder wo uns fliegende und kriechende Ungeheuer bedrohen.«*

Synya drehte sich um und folgte Deans Fußspuren. *»Und der Dicke nährt sich von der Gefahr; aber er verhungert ...«* – sie deutete auf ihre Brust – *»... im Innern, wenn seine Aufgabe erledigt und die Gefahr gebannt ist.«*

Parks nickte. *»Ja, er wird seine Aufgabe erledigen. So schnell wie möglich. Nur um damit fertig zu werden. Daher rührt die Verärgerung, die du in seinem Gesicht gelesen hast.«* Parks schüttelte den Kopf. *»Er kann das, was hier passiert, nicht aufhalten; selbst wenn er wollte.«*

Synya blickte auf den schlammigen Pfad. Ein winziges braunes Wesen huschte ins Gras. *»Deshalb rätst du mir, dem Dicken nicht zu vertrauen?«*

Parks schloß die Augen und nickte. *»Ja.«*

Schweigend gingen die beiden weiter. Nach einer Weile sagte Synya: *»Zeichenleser, ich glaube, du irrst dich. Ich bin mir zwar selber nicht im klaren, glaube aber, daß du dich irrst. Doch eins erklär mir bitte.«*

»Was denn, Synya?«

»Du sprichst über den Dicken so, als dürfe ich ihm nicht trauen. Ich konnte oft zuhören, wenn ihr euch in eurer Sprache unterhalten habt. Deine Stimme klang immer verärgert und voller Vorwurf gegen den Dicken.« Synya schaute Parks an. *»Und trotzdem scheint es, als würdest du den, der sich Miklynn nennt, sehr lieben.«*

Parks musterte Synyas Gesicht. Dann richtete er den Blick wieder auf den Pfad. *»Ja.«*

»Woher kommt das, Zeichenleser?«

Parks schüttelte im Weitergehen den Kopf. Synya spürte den Kampf, den der Mensch im Innern mit sich austrug. Der mit dem Namen Parks wurde langsamer und blieb schließlich stehen. Sein Blick war immer noch auf den Pfad gerichtet.

»Synya, ich habe selber einmal einen solchen Moment durchgemacht, der Volyan zum Verhängnis geworden ist. Die Einzelheiten sind unwichtig. Mein Gott war tot; er hatte nie gelebt. Alles, was ich über das Universum und über meinen Platz darin wußte, war mit einem Mal zerschlagen ... Ich glaube, es wäre mir ähnlich ergangen wie Volyan. Aber dann kam Miklynn dazu. Er hat mir Planeten *gezeigt, auf denen ich mich selbst beweisen konnte. Er zwang mich, einen neuen Platz im Universum zu finden, einen neuen Sinn. Ja, ich liebe ihn.«*

»An was also glaubst du, Zeichenleser?«

Parks senkte den Blick. *»An mich ... ein wenig. Vor allem aber an Miklynn.«*

Synya warf den Kopf zurück. *»Willst du damit sagen, daß der Dicke ein Gott ist?«*

Parks lachte und schüttelte gleichzeitig den Kopf. Vom Lachen wurden seine Augen feucht. *»Nein, Synya. Miklynn ist kein Gott.«*

»Aber du glaubst an ihn?« Synya beobachtete Parks, der sich wieder über den Pfad in Bewegung setzte. Sie blieb stehen und rief gegen das Rauschen des Regens an. *»Du vertraust ihm und rätst mir, ihm nicht zu vertrauen?«*

Parks blieb stehen und drehte sich nach Synya um. *»Ich glaube nicht, daß er immer recht hat. Trotzdem kann er jederzeit über mein Leben verfügen. Ich schulde es ihm. Aber er hat nicht immer recht.«*

Synya schaute dem Zeichenleser nach. Verwirrt ging sie ihm nach.

Nachdem die Weinpfleger in ihre Hütten zurückgekehrt waren, nahmen Synya und die beiden Menschen in der großen Zuflucht von Royah, Synyas Sohn, auf Heukissen Platz. Royah hatte aus glühender Kohle und getrockneter Rinde ein Feuer gemacht. Feierlicher Grund dafür war der langerwartete Besuch seiner Mutter. Royahs Enkelin, ihr Mann und deren Kind bereiteten sich für den Aufbruch vor. Sie wollten Kadnu entgegenziehen. Vidnya, das Kind, sollte mit Ashahs neuem Wuchs groß und über der Pflege des Wuchses grau werden, um dann, wenn der Eiswind kommen würde, selber in der Lage zu sein, das Volk von Ashah zu führen.

Es wurde warm in der Hütte. Die Menschen zogen die fellbekränzte Haut von den Köpfen, streiften die Hülle ab, in der sie steckten, und legten die dünnere Innenhaut offen. Während das Fell der beiden Weinleute trocknete, bemerkte Synya einen seltsamen Geruch und schaute den an, der Dean genannt wurde. Er verzog die Miene und wandte sich an Parks. »Kumpel, du bist langsam reif für 'ne Grundreinigung.«

Parks zog am Oberteil der grünen Haut und schnüffelte daran. »Hmmm.« Er beugte sich zu Dean und schnüffelte an ihm. »Ich will nicht wissen, wer von uns beiden mehr stinkt.«

Synya nickte Parks zu. *»Zeichenleser, was ist das für ein Gestank? Und warum sprecht ihr in eurem Singsang?«*

Parks lächelte. *»Wir wollen dir nichts verheimlichen«*, sagte er und zeigte auf Dean. *»Für uns beide ist es Zeit, das ... das Wasserritual auszuführen.«*

Synyas Augen wurden groß. *»Was ist das für ein Ritual?«*

Parks massierte sich das Kinn. *»Wir müssen unsere Körper mit Wasser abspülen.«*

»Bist du verrückt, Parks?« Dean wies mit der Hand durch die Öffnung der Hütte. »Weißt du, wie kalt das Wasser ist?«

Parks zog die Stirn kraus und wandte sich wieder an Synya. *»Der mit dem Namen Dean will nicht, daß wir mit Fremden über unser Ritual sprechen. Ich werde ihm klarzumachen versuchen, daß ihr verständnisvolle Freunde seid.«* Er sah Dean in die Augen. »Dean, wir stinken schon genug; dabei wird's gleich noch wärmer werden. Was meinst du, wie die Luft hier sein wird, wenn der Rest der Truppe aufkreuzt?«

Der mit dem Namen Dean grinste dem menschlichen Zeichenleser zu und schaute dann zu Synya und Royah hinüber. »*Synya, Royah ... ich sehe meinen Fehler ein. Ist hier irgendwo ein Wasserloch, wo ich mein Ritual ausführen kann, ohne Ashah und sein Volk zu beleidigen?*«

Royahs Miene zeigte Verärgerung. »*Ihr wollt euren Körper in Wasser tauchen, von dem Ashah und die Leute trinken?*«

Dean fuhr mit der Zunge über die Lippen und versuchte eine andere Formulierung. »*Es muß doch Tümpel geben, aus denen weder Ashah noch die Leute getränkt werden.*«

Royah wehrte mit der Klauenhand ab. »*Ich sehe nicht ein, daß Wasser vergiftet wird für ein Ritual, mit dem sowohl Kadnu als auch Ashah nichts zu tun haben.*« Dann beugte er sich vor, um ein weiteres Argument vorzutragen, kehrte aber an seinen Platz zurück, rümpfte angeekelt die Nase und gab einen merkwürdigen Laut von sich. Er schüttelte den Kopf. »*Welchen Zweck hat das Ritual?*«

Dean grinste. »*Es befreit uns von üblem Geruch.*«

Synya legte ihre Rechte auf Royahs Schulter. »*Mein Sohn, mir scheint, das Ritual ist wichtig.*«

Royah nickte. »*Bei Kadnu, das stimmt.*« Er wies mit der Hand auf die Rückseite der Hütte. »*Hinter dem Wurzelende ... weit hinter dem Wurzelende sind Tümpel. Sucht euch einen davon aus und markiert ihn gut.*«

Parks und Dean standen auf und nahmen die Rucksäcke zur Hand. Parks wandte sich an Royah. »*Wie sollen wir den Tümpel markieren?*«

Synya zeichnete ein X auf den Lehmboden der Hütte und sah Parks an. »*Nehmt zwei Borkenstreifen mit und steckt sie aufrecht und nach diesem Zeichen in den Boden.*«

Dean blickte auf das X und fragte: »*Was bedeutet das Zeichen?*«

Royah legte die Klauenhand vor den Mund und blies über das Haar seiner breiten Brust. Synya winkte ab. *»Das ist nicht wichtig. Aber wenn die Weinleute das Zeichen sehen, werden sie einen großen Bogen um den Tümpel machen.«*

Dean runzelte die Stirn und schlug einen Ton an, der dem des Dicken sehr ähnlich war. *»Was bedeutet das Zeichen?«*

Synya legte die Klauenhände in den Schoß. *»Es gibt winzige Würmer, die so klein sind, daß man sie bloß daran erkennt, wie sie Wasser braun färben. Sie schaden Ashah und lassen seine Wurzeln absterben. Wenn wir von diesem Wasser trinken, schmerzt der Bauch, und unser Kot wird dünn.«*

Dean sah Parks an. »Verseuchtes Wasser. Lieber bleib ich hier und verpeste die Luft.«

Parks stieß Dean nach draußen. »Ich kann den Gestank selber nicht mehr aushalten. Gehen wir!« Parks winkte Synya zu und folgte Dean.

Synya hörte die Stiefel der beiden durch den Schlamm waten und wartete eine Weile. Dann drehte sie sich Royah zu. *»Hast du von Volyan gehört?«*

Royah nickte. *»Bist du deshalb gekommen?«*

»Ja.«

Royah sah Synya an. *»Volyan dient jetzt Ashah und den Verlorenen. Ich wünsche es ihm gleichzutun, wenn meine Zeit gekommen ist.«* Er schaute ins Feuer und atmete tief durch. *»Die Luft wird besser.«* Er sah wieder die Mutter an. *»Ist er von der Rebe gestürzt oder auf der Suche nach Zeichen von Eisräubern angefallen worden?«*

Synya wich seinem Blick aus und starrte ins Feuer. *»Volyan hat sein eigenes Wurzelbett gegraben und sich selbst den Tod zugefügt. Die mit den Namen Parks und Dean und ich, deine Mutter, haben die Grube zugeschüttet und den Hügel markiert.«*

Royah sperrte die Augen weit auf. *»Volyan ... war er krank im Kopf?«*

»Nein.«

Royah stierte in die Flammen. *»Die fremden Wesen, die bei dir sind ... haben die etwas damit zu tun?«*

Synya wischte mit der Klauenhand übers Gesicht. *»Ein wenig, aber sie haben Volyan nicht umgebracht. Sie sind mit einem schrecklichen Wissen zu uns gekommen. Volyan wählte den Tod, um nicht mit diesem Wissen weiterleben zu müssen.«*

Royah schaute durch die Öffnung nach draußen. Der Regen nahm ab. Bald würden die Wolken von Kadnus Gesicht verziehen und Platz machen für seine warmen Strahlen. *»Synya?«*

»Ja, mein Sohn?«

»Hast du auch dieses Wissen, das Volyan in den Tod getrieben hat?«

Synya nickte. *»Ja. Ich trage es seit langem mit mir herum.«*

Royah sah der Mutter in die Augen. *»Und trotzdem wählst du das Leben?«*

Synya schüttelte die Mähne. *»Royah, ich habe den Tod nicht gewählt.«*

»Ich sehe keinen Unterschied.«

Synya schloß die Augen. *»Da ist aber ein Unterschied, auch wenn ich ihn dir nicht erklären kann.«*

Royah blieb lange still. *»Ich muß glauben, was du sagst. Du bist die Rebenmeisterin.«*

»Royah, vertraust du mir?«

Royah sah die Mutter verwundert an. *»Du bist die Rebenmeisterin. Was für seltsame Fragen du stellst.«*

Synya streckte die Hand aus und wies mit den Klauen auf die Brust. *»Vertraust du mir? Glaubst du, daß ich immer recht habe?«*

Royah starrte ins Feuer und legte ein Stück Borke in die Flammen. Dann senkte er den Blick zu Boden. *»Ich weiß nicht, wie ich deine Frage beantworten soll.«*

»Ehrlich und wahr.«

»Rebenmeister machen Fehler. Sie sind keine Götter, Sy-

nya. Du bist kein Gott.« Er hob den Blick und schaute ins Feuer. *»Du hast vor vier Wachsphasen einen Fehler gemacht, als du mit dem Zeichenleser darüber gestritten hast, wo Ashah verwurzelt werden sollte, um dem Licht entgegenwachsen zu können. Erst nach weiteren drei Wachsphasen hast du den Fehler wieder gut gemacht.«* Royah blickte zu Boden. *»Auch andere Rebenmeister machen Fehler.«* Er richtete die Augen auf Synya. *»Deine Frage ist schwer zu beantworten.«*

Synya nickte. *»Trotzdem will ich die Antwort wissen.«*

Royah führte die Hände an den Kopf und schlug sie dann unter dem Kinn zusammen. *»Ja, ich vertraue dir. Du machst zwar Fehler, aber ich glaube, daß du immer recht hast.«* Er streckte die Arme aus. *»Wenn ich das Vertrauen nicht hätte, müßte ich deine Stellung anzweifeln und selber Rebenmeister werden, denn dann würde ich mich überlegen fühlen, was das Wissen über Ashah, Kadnu und unser Volk angeht.«* Er schüttelte die Mähne. *»Aber das ist nicht der Fall. Ich glaube, daß du immer recht hast, weil du mir an Wissen überlegen bist.«*

Synya verbarg mit der Hand die Augen. *»Und das, obwohl du weißt, daß ich Fehler mache.«*

Royah nickte. *»Ich habe keine andere Wahl. Ich muß dir zutrauen, immer recht zu haben.«* Er schüttelte die Mähne. *»Synya, du stellst merkwürdige Fragen. Die Antworten tun mir weh. Warum fragst du so?«*

»Weil ich selber vor der Frage stehe, ob ich vertrauen kann.«

»Einem der beiden Fremden?« Royah wies mit der Hand nach draußen.

»Nein. Dem, der vor uns hier war.«

»Meinst du den Dicken, der den Arbeitern befohlen hat, diese seltsame Hütte zu bauen?«

Synya nickte. *»Hast du ihn gesehen?«*

»Nein. Aber ich habe von seinen Anweisungen gehört.« Er wischte mit der Hand übers Gesicht. *»Synya, werde ich von dem Wissen erfahren, das Volyan nicht ertragen konnte?«*

»Nein.«

Royah nickte. Dann sah er Synya in die Augen. *»Sorgst du dich, daß dein Vertrauen in den Dicken ein Fehler sein könnte? Synya, traust du dir selber? Glaubst du, immer recht zu haben?«*

Synya schaute mit starrem Blick ins Feuer. *»Im Stellen schwerer Fragen bist du mir weit überlegen, Royah.«*

Die beiden lauschten schweigend dem knisternden Feuer, während die beiden Fremden weit hinter dem Wurzelende über das kalte Wasser fluchten und darin herumplanschten.

Synya – die Älteste und Meisterin der Reben – stand vorm Feuer und hielt das Kleinkind Vidnya in den Armen. Royah, flankiert von den Eltern des Kindes Ahrmin und Dathroh, hockte in einem Kreis, der aus Freunden und Verwandten bestand. In einer dritten Gruppe, die den äußeren Kreis bildete, waren Dean und Parks. Sie beobachteten ein Ritual, das dem Kleinkind und dem neuen Wuchs gewidmet war.

Der Säugling hatte zwar dichtes Fell, aber keine Klauen oder spitze Reißzähne. Synya hielt mit ausgestreckten Armen Vidnya dem Feuer entgegen. *»Vidnya, betrachte die Flammen, spüre die Wärme. Präg sie dir ein und liebe sie, denn sie sind Teil von Kadnus Natur. Schaue das Licht, denn Kadnu wird dich führen, solange du lebst, um Ashahs Neubeginn zu pflegen.«*

Einer aus dem ersten Kreis nahm einen Beutel zur Hand, der aus zusammengeklebten Weinblättern bestand. Er öffnete ihn und brachte einen kleinen Schneehaufen zum Vorschein. Er strich den Haufen glatt. Synya drehte sich vom Feuer weg und legte das kleine Kind auf das kalte, weiche Bett aus Eiskristallen. Es wimmerte, als es die Kälte spürte.

»Vidnya, betrachte das Weiß und spüre die Kälte. Fürchte sie und nimm dich in acht, denn sie bringen Eis und Tod.« Nun deckte Synya mit der Klauenhand die Augen des Säuglings zu. *»Sieh die Finsternis, denn mit ihr endet der*

Wuchs, für den du sorgst. Wenn Ashah gediehen ist, sein Volk genährt und ihm Obdach gegeben hat, wird deine Pflicht wie auch dein Leben zu Ende sein, und dein Körper wird ein Teil von Ashah werden, um Ashah wachsen zu lassen für die, die in der Finsternis wandern.«

Synya hob den Säugling vom Schneebett auf, hielt ihn in die Höhe und übergab ihn der Mutter. Dann gab es lärmenden Beifall von allen, die in der großen Hütte versammelt waren. Es wurden Stücke von Weinfleisch hereingebracht. Synya zog sich von der Kreismitte zurück, während andere sich daran machten, das Festessen zu kochen. Sie durchquerte den ersten und zweiten Kreis und hockte sich zu dem, der Parks genannt wurde. Er sah sie neugierig und mit freundlicher Miene an. Sie sprach mit verhaltener Stimme, daß nur die Menschen sie hören konnten.

»Zeichenleser, findest du unser Ritual primitiv ... kindisch?«

Der mit dem Namen Parks schüttelte langsam den Kopf. *»Nein, Synya, es war bewundernswert in Form, Bedeutung und Zweck.«* Der Zeichenleser beobachtete die Vorgänge in der Mitte des Raums: die mit den Essensvorbereitungen Beschäftigten und diejenigen, die das Kind streichelten und den Eltern Glück wünschten. Er hatte den Rücken an die Hüttenwand gelehnt und schien von der Szene wie gebannt zu sein.

Synya sah an Parks vorbei auf den, der Dean genannt wurde. Er saß mit überkreuzten Beinen auf dem Boden, die Ellbogen auf die Knie gestemmt. Wut stand ihm ins Gesicht geschrieben. Auch er beobachtete die Vorgänge in der Hütte. Synya fuhr mit der Zunge über die Lippen. *»Und du, Dean? Wie findest du unser sinnloses Ritual?«*

Dean wandte sich mit abrupter Bewegung Synya zu. *»Es ist nicht sinnlos!«* flüsterte er heiser und stand auf. *»Es ist wahr!«* Er ging an Parks und Synya vorbei dem Ausgang zu.

Synya sah ihn verschwinden und gaffte verblüfft auf

den Ausgang. Dann musterte sie Parks, der ebenso überrascht zu sein schien. »*Was hat er damit gemeint, Zeichenleser?*«

Parks stierte stumm durch die Öffnung nach draußen, zog die Stirn kraus und schüttelte den Kopf. »*Ich weiß es nicht, Synya.*« Parks stand auf und wandte sich dem Ausgang zu.

Synya legte eine Hand auf den Arm des Zeichenlesers. »*Parks, hat der mit dem Namen Dean einen Gott oder Götter?*«

Parks schüttelte den Kopf. »*Nein.*«

»*Was kann er dann gemeint haben, als er sagte, daß unser Ritual wahr sei?*«

Parks deutete mit ausgestreckter Hand auf den Ausgang. »*Laß uns herausfinden, was er gemeint hat.*« Der Zeichenleser bückte sich, hob die beiden Rucksäcke auf und verließ die Hütte. Synya nahm ihre Borkenrolle zur Hand und folgte, nachdem sie ihrem Sohn Lebewohl gesagt hatte.

Nach kurzer Wegstrecke holten Parks und Synya den mit dem Namen Dean ein. Er saß auf einem gekrümmten Wurzelzweig und warf den Sprechkasten von einer Hand in die andere. Seine Miene war immer noch voller Wut. Dean warf den beiden einen Blick zu und schaute zurück auf den Kasten. Nach einer Weile richtete er ein paar Worte im Singsang der menschlichen Sprache an den Zeichenleser. »Red antwortet nicht, genausowenig wie die Fähre und das Kommandoschiff.«

Der mit dem Namen Parks zog nun seinen Sprechkasten aus dem Gürtel. »Red?« Er wartete. »Red, wo, zum Teufel, steckst du?« Er wartete wieder, schüttelte den Kopf und bewegte einen Schalter am Sprechkasten. »Arango? Hier ist Parks. Antworte!« Der menschliche Zeichenleser musterte den Kasten; dann lächelte er. »Arango, ich bin bereit zu glauben, daß einer unserer Kommunikatoren nicht funktioniert. Aber daß gleich zwei kaputt sind, ist kaum möglich, und wenn du jetzt nicht sofort antwortest, werde ich Red ein paar Sachen über dich und eine gewisse Julia auf die Nase binden.«

Nach einer Weile fing der Kasten zu sprechen an. »Hier ist Arango, du Schwein. Red hat den Funkverkehr streng verboten, und du kannst von Glück reden, wenn er nicht mithört.«

Parks dachte nach. Dann hielt er den Sprechkasten an den Mund. »Wo ist Red, und was geht eigentlich hier vor?«

»Red ist am heißen Rand des Weingebiets, in dem ihr zur Zeit seid. Und was da vorgeht, weiß ich selber nicht.« Aus dem Kasten kamen knisternde Geräusche. »Die Gruppe, die mit Assir unterwegs ist, kommt bald zurück. Red hat Assir aufgefordert, in seiner Nähe zu landen.«

Der mit dem Namen Parks runzelte die Stirn. »Danke, Arango. Ich hab's nicht so gemeint ... von mir erfährt Red nichts über Julia.«

»Geh zum Teufel, Parks! Arango, Ende.« Der Kasten wurde stumm.

Synya sah, wie Dean den Partner mit hochgezogenen Brauen anblickte. »Soll das heißen, Arango und Julia ...«

»Behalt's für dich, Dean!« Parks warf einen Blick auf Synya und richtete dann die Augen auf Dean. *»Synya und ich wollen wissen, was du eben zu dem Ritual gemeint hast.«*

Dean steckte den Sprechkasten hinter den Gürtel und starrte auf den Schlamm vor seinen Füßen. *»Es ist wahr. All das, was Synya während der Feier gesagt hat, ist wahr.«*

Synya ging vor Dean in die Hocke. *»Was soll das heißen?«* Sie legte die Klauenhand auf den Boden. *»Wir sitzen auf einer großen Kugel, die durch das Nichts treibt. Kadnu ist ein Ball aus brennender Luft. Und die Verlorenen wandern auf der anderen Seite umher. Wie können wir den Verlorenen dienen? Wie kann Vidnya in Kadnus Licht baden ...«*

»Schau!« Dean beugte sich vor und malte einen großen Kreis auf den feuchten Boden. Rechts davon zog er einen zweiten, kleineren Kreis mit strahlenförmigen Strichen. *»Das soll Kadnu sein.«* Er fuhr mit dem Finger zurück auf den ersten Kreis und markierte ein kleines Segment am oberen sowie eins am unteren Scheitelpunkt. Am oberen Rand zeichnete er einen Pfeil ein, der von Kadnu wegwies.

»Das ist die Richtung, in die der Planet *kreist.«* Unter diesem Pfeil zog er einen zweiten, kleineren Pfeil, der auf Kadnu hinwies. *»Das ist die Richtung, in die Ashah wächst.«* Dann zeigte Dean auf das dunkle Ende des Segments. *»Das ist der Abschnitt, wo Ashah das Weinvolk ernährt, das heißt da, wo die Wurzelenden und Zweige abgeschnitten werden.«* Er sah Synya an. *»Und an dieser Stelle, bei den abgetrennten Wurzeln, liegt Volyan begraben.«*

Synya studierte die Zeichnung und nickte. *»Aber dann kommt das Eis, Dean.«*

Der mit dem Namen Dean nickte und zeigte auf den von Kadnu abgewandten Halbkreis. *»Volyans Grab ist tief, und während sich der* Planet *dreht, kommen sowohl er und die Wurzelenden unter dem Eis zu liegen. Aber inzwischen wird Volyan ...«* Dean suchte nach Worten. *»Volyan wird Teil der Wurzeln geworden sein und sie am Leben halten.«* Deans Finger folgte dem Kreis auf der Eisseite, bis er das untere Segment erreichte. *»Hier sind die Verlorenen.«*

Vom Scheitelpunkt aus zog er einen kleinen Pfeil weg von Kadnu. *»Das ist die Richtung, die sie wandern müssen, um der Todeshitze zu entrinnen, die sie verfolgt.«* Er bewegte den Finger an die Stelle, wo für die Verlorenen die Licht- und Schattengrenze lag. *»Und hier wird Volyan als Wurzelteil von Ashah wieder aus dem Boden hervorspringen. Die Rebenmeister dort werden die Sprossen pflegen und zusammenwachsen lassen, damit wieder ein großer Weinkörper entsteht.«* Deans Finger fuhr über das untere Segment in Richtung Kadnu.

»Im warmen Bereich werden die fetten Wurzelknollen abge-

schnitten und als Nahrung verteilt. Die Verlorenen pflegen ihr Ashah genauso wie dein Volk, Synya.« Dean richtete sich auf und verschränkte die Arme. »*Wenn einer von den Verlorenen stirbt, wird auch er bei den abgetrennten Wurzelenden begraben.«* Er faltete die Arme auseinander und zeigte auf den Halbkreis, der Kadnu zugewandt war. »*In der Hitze, die tief ins Grab hineinreicht ... verändern sich die Wurzeln und die Körper der Toten. Sie zerfallen und werden eins mit dem Boden.«*

Synya schüttelte die Mähne. »*Das macht für mich keinen Sinn.«*

Der mit dem Namen Dean fuhr mit dem Finger über die heiße Seite, bis er an den Wachstumsrand von Ashah anlangte. »*Wonach suchen eure Zeichenleser an dieser Stelle, Synya? Wonach?«*

Synya schaute auf die Zeichnung. »*Sie untersuchen den Boden mit den Augen, den Krallen und der Zunge. Dann markieren sie die Orte, an denen Ashahs Wurzeln vergraben werden sollen; wo das Wasser hingeschafft werden muß.«*

Dean nickte. »*Die Zeichenleser suchen nach den alten Gräbern der Verlorenen, nach fruchtbarem Boden. Die Verlorenen werden dann, wie Volyan, Teil des neuen Ashah.«*

Synya stand auf, schaute hinüber zu dem großen Körper von Ashah, der den Horizont umspannte und blickte hinauf zu Kadnu. Dann musterte sie wieder die Zeichnung zu ihren Füßen. »*Und sie werden Ashah und den Verlorenen dienen, wie Ashah ihnen gedient hat. Sie werden ein Teil von Ashah sein, und Ashah wird ein Teil von ihnen sein, auf immer bestrahlt von Kadnus Licht.«*

Der mit dem Namen Dean sah Synya an. »*Weißt du, wie die Verlorenen dein Volk nennen?«*

»*Wissen sie denn von uns?«*

Dean nickte. »*Zuerst kannten sie euch nur aus den Legenden. Dann sind deren Rebenmeister über euch informiert worden. Auch sie haben die Reise unternommen und das gesehen, was euch gezeigt worden ist.«*

»*Wie nennen sie uns?«*

Dean senkte den Blick. »*In deren Sprache werdet ihr ›die Verlorenen‹ genannt.*« Dean sah den menschlichen Zeichenleser an. »Arango hat mir die Informationen über die andere Seite durchgegeben, bevor sich Volyan umgebracht hat.«

Parks sah Synya an. Ihr Blick war auf den Wein gerichtet. »*Es ist wahr. Trotz allem, was wir gesehen haben, ist es wahr. Kadnus Licht wird auf Volyan strahlen, wie auf alle unsere Toten, für immer.*«

Parks verwischte die Zeichnung mit dem Stiefel. »*Es ist wahr, solange Ashah und die anderen Weinstöcke wachsen.*« Er warf Dean einen Rucksack zu und schulterte den eigenen. »*Aber Synya, du vergißt, daß wir hier sind, um den Wein zu zerstören. Wir werden euch reich machen, von den vielen Wundern der verschiedenen Welten unterrichten, und Arbeit und Vergnügen geben. Im Austausch müßt ihr ... verleugnen, was ihr für wahr haltet. Ihr müßt euren Gott sterben lassen.*«

Dean stand auf und schnallte den Rucksack fest. Dann wandte er sich an Parks. »Was hast du jetzt vor?«

Parks schüttelte den Kopf und blickte auf den Weinstock. »Ich weiß nicht. Warum hat Red den Funkverkehr verboten?« Der Zeichenleser überlegte und nahm dann den Sprechkasten in die Hand. Er drückte mehrere Male auf einen Knopf und sagte: »Red. Hier ist Parks. Antworte!« Der Kasten blieb stumm. Parks versuchte es noch mal.

»Red, ich laß es bei dir piepen, bis du antwortest.« Keine Reaktion. Parks hielt das Gerät dicht an den Mund. »Red, soll ich Arango ein paar Dinge über eine gewisse Julia verraten?«

Der Kasten knisterte; dann erkannte Synya die Stimme des Dicken. »Parks, du Saukerl, du wirst verdammt doof aussehen, wenn ich dich erst auf links gezogen habe. Es herrscht Funkstille, klar?«

»Warum?«

»Willst du mich nerven, Parks? Funkstille anzuordnen, wär nicht gerade sinnvoll, wenn ich dir gleich anschließend über Funk flüstern würde, warum ich nicht hören will, was du mir zu sagen hast ... und alle anderen kriegen's mit.« Der Kasten blieb eine Weile still. Dann: »Wo steckt ihr, du und Dean?«

Parks hielt den Apparat wieder an den Mund. »Wir sind auf einem Pfad unmittelbar hinter dem ersten Wuchs.«

»Ich will, daß ihr so schnell wie möglich ans heiße Ende kommt. Ist Synya noch bei euch?«

»Ja.« Parks schwieg einen Augenblick lang. »Volyan ist tot.«

Aus dem Kasten knisterte es wieder. »Einer von euch beiden hat ihm wohl den großen Hals stopfen müssen, stimmt's? Laß mich mit Synya sprechen.«

Parks reichte Synya den Kasten und zeigte auf die kleine Silberplatte. *»Der Dicke will mit dir reden. Sprich da rein!«*

Synya nahm das Gerät. *»Miklynn?«*

»Synya, es tut mir schrecklich leid zu hören, was mit Volyan passiert ist. Glaub mir.«

Sie warf einen Blick auf Kadnu und wandte sich dann wieder dem Kasten zu. *»Ich glaube dir.«* Nach kurzer Pause sagte sie: *»Miklynn, wir haben sehr viel gelernt, seit du uns verlassen hast, und ich muß mit dir darüber sprechen.«*

»Nicht über den Kasten, Synya. Ich kann mir denken, was du gelernt hast, und werde mich darum kümmern. Aber keiner darf über Funk reden. Hast du verstanden?«

Synya nickte mit der Mähne. *»Ich verstehe.«*

»Vertraust du mir, Synya?«

Sie sah Parks an und entdeckte Schmerz und Zweifel in seiner Miene. Das gleiche las sie im Gesicht dessen, der Dean genannt wurde. Der kleine Kasten in ihrer Hand schien sehr schwer geworden zu sein. *»Miklynn ...«*

»Ja, Synya?«

»Miklynn, ich vertraue dir.« Sie gab den Kasten zurück an den menschlichen Zeichenleser.

Parks hob ihn an den Mund. »Gibt es noch etwas, Red?«

»Ja. Schafft ihr Gurken es, für die nächsten dreißig, vierzig Stunden eure Klappe zu halten und meine Befehle auszuführen?«

Parks lächelte. »Willst du mir auch die Vertrauensfrage stellen, Dicker?«

»Ich werd's dir dick hinter die Löffel geben. Also was ist? Wollt ihr gehorchen oder nicht?«

Parks sah Dean an. Der mit dem Namen Dean schaute zu Boden, zuckte die Achseln, sah dann den Zeichenleser an und nickte kurz. Parks sprach in den Kasten. »Na gut, Red. Wir treffen dich am heißen Ende.« Er steckte den Sprechkasten hinter den Gürtel.

Synya musterte das Gesicht des Zeichenlesers. *»Hat der Dicke dich gefragt, ob du ihm vertraust?«*

»Ja.« Parks nickte. *»Mit anderen Worten.«*

»Und? Vertraust du ihm? Ich erinnere mich an das, was du mir über das Vertrauen gesagt hast.«

Parks sah Synya an, dann richtete er seinen Blick auf den Wein. *»Für dieses eine Mal werde ich ihm noch vertrauen.«* Er schüttelte den Kopf. *»Ich hab keine andere Wahl.«*

Der Eiswind blies, aber der Himmel blieb wolkenfrei, als Synya und die mit den Namen Dean und Parks auf den Hauptpfad zurückkehrten und die Richtung der Träger einschlugen. Den Weinleuten, die sie unterwegs trafen, schenkten sie kaum Beachtung. Von einer Wachstumsnarbe zur anderen, die den Körper Ashahs umringten, wurden die Ranken dünner und das Gras höher. Bei der siebenundzwanzigsten Narbe hatten die Ausleger nur noch die Dicke einer Armspanne. Kadnu stand hoch. Die drei bauten ihre Zelte im Schatten eines aufragenden Rankenknotens auf. Die Leute, die den siebenundzwanzigsten Wuchs pflegten, waren von mittlerem Alter, und Synya beobachtete sie bei der Arbeit und beim Spiel. Gleichzeitig lauschte sie auf den Singsang, der aus dem Zelt der Menschen zu vernehmen war.

»Parks, wie, glaubst du, wird Red die Leute von dem Felsen hier runterschaffen?«

Es folgte eine lange Pause. »Ich weiß nicht. Vielleicht kommt er zu einer anderen Antwort.«

»Wie meinst du das?« Der mit dem Namen Dean schnaubte. »Mit den Zahlen, die wir haben, läßt sich abschätzen, daß es sechs oder sieben Jahre dauern wird, den Planeten in Schwung zu bringen, und dann braucht's noch mal, ich weiß nicht wie lange, bis sich die Luftmassen formiert haben. Anschließend müßte die Bevölkerung zurückgebracht, als Farmer ausgebildet und auf neue Sozialstrukturen festgelegt werden.«

Der mit dem Namen Parks lachte. »Das wird Red nicht gefallen. Aber er hat einen Ruf zu verteidigen. Red schafft jeden Planeten und wird ein kleines Ackerbauunternehmen nicht verpatzen.«

Synya hörte das Piepen des Sprechkastens und erkannte die Stimme Assirs, der die Rebenmeister mit auf die Reise genommen hatte. »Red?«

Sie hörte den Dicken über denselben Kasten antworten. »Was ist?«

»Willst du die Daten erfahren, die wir von den Felsrollern bekommen haben?«

»Assir, ich habe völlige Funkstille angeordnet. Ist dir das nicht von der Fähre durchgegeben worden?«

»Ja, aber ich dachte ...«

»Hör auf mit der Angeberei, Assir! Wenn ich noch vor deiner Landung die Daten zu erfahren wünsche, melde ich mich. Setz die Kiste so bald wie möglich in der Nähe des heißen Endes auf! Aber nicht zu nahe. Rund tausend Meter nördlich des Gewächses, klar?«

»Verstanden. Assir, Ende.«

Synya lauschte, aber der Dicke antwortete nicht. Statt dessen hörte sie, wie sich die beiden Menschen zum

Schlafen zurechtlegten. Sie blieben lange Zeit still. Dann flüsterte der mit dem Namen Dean: »Wo würdest du Red auf einer Mitleidsskala von eins bis zehn unterbringen?«

»Außerhalb der Skala.« Der mit dem Namen Parks schwieg eine Weile. Dann: »Aber ich weiß nicht, ob jenseits der eins oder jenseits der zehn.«

»Red ist nicht gerade rührselig.«

»Zumindest nicht nach außen hin.«

»Was meinst du damit, Parks?«

»Was weißt du schon über Red, über mich oder auch über dich? Ich bin länger mit Red zusammen als irgendein anderer aus unserer Gruppe, und ich weiß, daß ich kaum etwas über ihn weiß. Zugegeben, nach außen gibt er sich stur und kompromißlos. Aber du erinnerst dich wohl, wieviel Ärger er uns schon vom Hals gehalten hat. Er ist clever, hat Mumm und ist uns, seiner Gruppe gegenüber loyal. Außerdem hängt er an seinem Job. Ich schätze, daß er auch seiner Arbeit gegenüber loyal ist. Aber was er im Innern fühlt, weiß keiner, wahrscheinlich nicht mal er selber.«

Eine der Weinpflegerinnen kam unweit von Synyas Unterschlupf in Sicht. Sie schirmte das Licht von Kadnu mit der Hand ab und suchte Synya. Synya winkte ihr zu, und sie lief durch das Gras auf die Öffnung des Unterschlupfes zu. *»Synya, Rebenmeisterin.«*

Synya musterte ihr Gesicht. *»Dein Name?«*

»Mein Name ist Tuneh, Rebenmeisterin.« Tuneh warf einen kurzen Blick auf das Zelt der Menschen. *»Diese seltsamen Wesen, die dem Dicken folgen, der vor ihnen hiergewesen ist ... Es wird viel geredet.«*

Synya wandte sich von ihr ab und rollte sich zusammen. *»Es wird immer viel geredet.«*

»Was haben die Fremden mit uns vor, Rebenmeisterin?«

Synya rückte sich in eine bequemere Lage. *»Von diesen Dingen wird nicht mehr gesprochen.«* Synya hörte die Weinpflegerin mit kurzen Schritten weggehen. Der

Dicke hatte verboten, in den Kasten zu sprechen. Synya nickte im Halbschlaf. Schweigen schien auch ihr ratsam zu sein, mit oder ohne Kasten.

Der Himmel war klar, aber der Wind blies von hinten, als Synya und die beiden Menschen die siebenundzwanzigste Gewächsnarbe hinter sich ließen und Kadnu folgten. Die Menschen hatten ihre dicke, äußere Haut abgelegt und trugen nur noch die dünnere Innenhaut. Sie näherten sich dem vierunddreißigsten Wuchs. Die Samenkapseln auf den langen Grashalmen waren prall und voller Insekten, die darauf warteten, daß die Kapseln aufbrachen, um mit dem Samen in Richtung Kadnu zu fliegen. Kleine Wesen mit braunem Fell wieselten durchs Gras und jagten Insekten.

Die hellgrüne Innenhaut der Menschen zeigte dunkle Feuchtigkeitsflecken, die immer größer wurden, je näher sie der jüngsten Gewächszone entgegenliefen, vorbei an aufgeplatzten Samenkapseln, die der Wind leerte. Die Weinpfleger wurden jünger und trugen Mützen aus den Blättern Ashahs gegen die Hitze. Am Rand der neununddreißigsten Gewächszone trugen die Pfleger sowohl Mützen als auch Capes aus Blättern. Synya und die beiden Menschen hatten ähnliche Kostüme angelegt.

Beim vierundvierzigsten Wuchs rankten die Reben, die nun kaum dicker waren als Deans Bein, auf kahlem und von Samen bedecktem Boden, über dem Kadnus Hitze flirrte. Der Atem der Menschen wurde kürzer und flacher. Sie blieben stehen, um den in Blätter gehüllten Pflegern zuzusehen, deren Kinder abseits eine Art Ritual ausübten. Der mit dem Namen Parks wandte sich an Synya und fragte kurzatmig: *»Synya, was machen die Kinder da … und das in dieser Hitze?«*

Synya verengte die Augen zu Schlitzen und blinzelte gegen das Licht, um das Treiben der Pfleger zu beobachten. Sie blieb stehen, drehte sich um und schüttelte den blättergekrönten Kopf. *»Das Ritual ist mir unbekannt, Zeichenleser.«*

Dean runzelte die Stirn. *»Es sieht so aus ...«* Dean schüttelte den Kopf. Aber dann nickte er, als er eine Rauchwolke von einem der mit Blättern bekleideten Wesen aufsteigen sah. *»Sie spielen ein Spiel, das wir* Baseball *nennen.«*

Parks runzelte die Stirn, dann schloß er die Augen, und sein Körper fing zu zittern an. Synya schüttelte den Kopf und blickte zurück auf die Weinpfleger. Auch sie sah nun den Rauch von einem der in Blätter gehüllten Wesen aufsteigen. Das Wesen war vornübergebeugt und blinzelte über den Kopf eines hockenden Pflegers hinweg. Vor ihnen stand ein dritter, der einen schweren Knüppel in den Händen hielt. Alle drei schauten auf einen vierten Pfleger, der die Arme durch die Luft wirbelte und aus dieser Bewegung heraus einen runden Gegenstand den dreien entgegenschleuderte. Der mit dem schweren Knüppel schlug nach dem Gegenstand, verfehlte ihn aber. Derjenige, der hinter dem Schläger stand, fing ihn auf. Das Wesen, von dem der Qualm aufstieg, richtete sich auf und winkte mit der Hand ab. »Du bist draußen!«

Der Verlierer warf den Knüppel zu Boden und überließ einem anderen seinen Platz. Synya ging auf die Gruppe zu. Parks und Dean folgten. Der Rauchende drehte sich um, als er die Schritte hörte, winkte einen der Pfleger an seinen Platz, wandte sich Synya zu und kam ihr auf halbem Weg entgegen. *»Schön, dich zu sehen, Synya.«* Dann sah er die beiden anderen an. »Höchste Zeit, daß ihr Idioten euch sehen laßt. Was habt ihr gemacht? Einen Vergnügungsspaziergang?«

Synya fuhr mit der Zunge über die Reißzähne. *»Miklynn, wir sind da.«* Sie zeigte mit der Klauenhand auf die Pfleger. *»Wie nennst du das, was die da treiben?«*

Der Dicke schaute zu den Spielern hinüber und verzog die Lippen rund um die Zigarre zu einem Grinsen.

»Sie sind gut, nicht wahr? Melyah kann mit seinen Klauen dem Ball einen phantastischen Dreh geben.« Er sah die beiden Menschen an und deutete mit dem Daumen auf die Spieler. »Ich mußte mir bis zu eurem Eintreffen die Zeit vertreiben.«

Der mit dem Namen Parks musterte die Spieler und richtete den Blick wieder auf den Dicken. »Hat deine Truppe einen Namen?«

Der Dicke nickte. »Miklynns Feuerbälle. Erstes Team der Liga vom Endlosen Pfad.« Er sah Synya an. *»Wir sollten die Sprache der Weinleute sprechen.«* Und an Parks gewandt: *»Die Pfleger der anderen Weinstöcke werden das Spiel von den Feuerbällen lernen. Ist das so schwer zu verstehen?«*

Parks seufzte und schaute auf Synya. *»Der Dicke will uns ein paar Dinge klarmachen, wie und wann es ihm paßt.«*

Der Dicke grinste und blickte hinauf in den Himmel. *»Synya, ich warte auf den, der Assir genannt wird und mit den anderen bald hierher zurückkehrt.«* Er warf wieder einen Blick auf die Spieler. *»Die Weinleute werden den Endlosen Pfad nicht verlassen müssen.«*

Synya und die beiden Menschen starrten den Dicken an, der wieder hinauf in den Himmel sah. »Aha!« Er lief plötzlich los und ruderte mit den Armen. *»Komm, Synya. Parks, Dean, beeilt euch! Da kommen sie.«* Gemeinsam rannten sie in Richtung des kleinen Fleckens, der schnell größer wurde und sich als das Shuttle entpuppte, das die Gruppe der Rebenmeister ins All getragen hatte. Die Maschine landete auf ihren fünf Beinen. Der Dicke bremste den Lauf ab, als die Unterseite des Schiffs geöffnet wurde und die Rebenmeister entließ. Er wandte sich an Parks. »Fallt mir jetzt nicht in den Rükken. Kapiert?«

Parks bemerkte, daß weder die Feuerbälle noch deren Zuschauer mitgelaufen waren. »Was hast du vor, Miklynn?«

Synya sah, wie der Dicke ungeduldig mit der Hand abwinkte. Sie blickte zurück auf das Schiff und sah sie: lange, dünne Wesen, ähnlich der Leute aus ihrem Volk, aber ohne Reißzähne und mit kurzen stummeligen Nägeln da, wo Klauen hätten sein sollen. Ihr Pelz war dunkelgrau, dicht und glänzend. Synya langte mit der Hand an die Schulter des Dicken.

»Miklynn ... sind das die Verlorenen?«

Miklynn nickte und trat in den Schatten des Raumschiffs. Die Rebenmeister unterhielten sich lautstark mit den Verlorenen. Aber weder von Trost noch von Freude war die Rede. Ein großer, dunkler Mensch – der mit dem Namen Assir – löste sich von der Gruppe und ging auf den Dicken zu. »Red, da sind sie. Mit der Seismik gibt's keine Probleme. Die Kruste hier ist so dick wie dein Schädel.« Er warf einen Rucksack auf den Boden. »Das Zeug, das du wolltest, ist da drin.«

Miklynn ging in die Knie, öffnete den Sack und schaute hinein. Dann machte er ihn wieder zu, stand auf und rief: *»Seid still!«* Der Dicke wandte sich an den, der Assir genannt wurde. »Sprechen alle das hiesige Kauderwelsch?«

Assir nickte. »Jeder ist auf die Sprache des anderen eingestellt worden.«

Der Dicke nickte kurz und drehte sich der Gruppe zu. *»Ruhe!«* Als es still geworden war, musterte Miklynn das Gesicht jedes einzelnen und hob dann die Stimme. *»Der mit dem Namen Gaum hat einen schrecklichen Fehler gemacht.«* Einige der Rebenmeister tauschten geflüsterte Kommentare aus, schwiegen aber bald wieder. *»Dieser Ort, den ihr den Endlosen Pfad nennt, braucht keine Veränderung. Er soll so bleiben, wie er immer war. Wir werden euch verlassen ...«*

Parks packte Miklynns Arm und wirbelte den Dicken herum. »Was, zum Teufel, redest du da?«

Der Dicke riß sich los. »Versuch das noch mal, Parks, und ich mach Kleinholz aus dir!«

»Haben wir die Leute hier denn nicht schon genug zum Narren gehalten, Red? Warum sagst du ihnen ...«

Der Dicke zeigte dem mit dem Namen Parks die Innenseite der Hand. »Jetzt halt endlich dein Maul! Ich brauch dich später, kann aber nichts mit dir anfangen, wenn ich dir vorher die Zähne einschlagen muß.« Der Dicke warf einen Blick auf die mit den Namen Dean und Assir. »Wollt ihr Hohlköpfe während der nächsten sechs bis acht Jahre den Felsen hier beackern oder lieber euren eigenen Angelegenheiten nachgehen?«

Assir spitzte die Lippen und senkte den Kopf zur Seite. »Wenn ich richtig gehört habe, will Red Miklynn tatsächlich seinen Job hinwerfen. Das Korps wird dich vor die Tür stellen, und zwar so schnell, daß ...«

»Wer sagt denn was von hinwerfen?« Der Dicke schaute nun wieder auf die unruhig gewordene Gruppe der Rebenmeister. *»Ich muß mich mit meinen Begleitern beraten. Bitte versteht und nehmt meine Entschuldigung an.«*

Er wandte sich Assir zu. »Na gut, Flachkopf, du bist der Wissenschaftsoffizier. Hast du jemals einen Planeten gesehen, der ein so perfektes ökologisches Gleichgewicht hat wie dieser hier?«

»Nein, aber ...«

Der Dicke sah Parks an. »Ist die Bevölkerung gesund, zufrieden?«

»Soweit ich weiß ja, aber ...«

Der Dicke schaute auf den mit dem Namen Dean. »Nenn mir das Wort der Weinleute für Kriminalität, ihre Wörter für Krieg, Vergewaltigung, Diebstahl oder Korruption.«

Dean zuckte die Achseln. »Sie haben keine Entsprechungen.«

»Und warum nicht, du Schwachkopf? Weil sie solche Wörter nicht brauchen.« Der Dicke sah in die Gesichter der Runde. »Der Planet hat ein Terraformen nicht nötig. Das sieht doch jeder Esel auf den ersten Blick. Die Erde sollte mal in so guter Verfassung sein ...«

Der mit dem Namen Parks lachte und nickte dem Dicken zu. »Mach weiter so, Red!« sagte er und lachte wieder. Assir und Dean sahen Parks an und fingen gleichzeitig zu sprechen an.

Der Dicke bat sich Ruhe aus. »Parks, sag du's ihnen!«

Parks grinste und wandte sich Assir und Dean zu. »Red will uns hier rausziehen. Unser Job ist erledigt.« Parks nickte, als Assir den Mund öffnete, um zu sprechen. »Sicher, es wird viel Wirbel geben, aber Red kann bestimmt gute Argumente vortragen und klarmachen, daß die Vorschriften zur Kultivierung wilder Planeten in diesem Fall nicht greifen. Die Bevölkerung ist weise, beherrscht eine gesprochene und geschriebene Sprache. Denkt nur an die Zeichen auf den Hügeln. Und außerdem wird das Volk vernünftig regiert, zwar nur von einer Sonne und ein paar Ranken, aber immerhin besser als die meisten anderen Völker.«

Assir sah den Dicken an. »Red, der Quadrant hat eine Menge Geld in das Projekt gesteckt, so viel, daß sich deine Argumente dagegen winzig ausnehmen. Damit wirst du nicht die achthundert Rotationsbeschleuniger aufhalten, die auf dem Weg hierher sind.«

Der Dicke massierte das Kinn. »Mag sein. Aber ich finde, du solltest die seismographischen Daten noch mal gründlich überprüfen. Mir schwant, daß die Kruste doch nicht stabil genug ist. Nach neuen Berechnungen werden die Rotationsbeschleuniger an die fünfzehn bis zwanzig Jahre brauchen, um den Planeten anzukurbeln.«

Assir grinste den Dicken an. »Ich soll also ein bißchen nachhelfen. Na schön, da ließen sich bestimmt ein paar Rechenfehler aufdecken.« Er nickte. »Und damit kann das Projekt abgehakt werden.«

Der Dicke verschränkte die Arme. »Wenn wir wieder oben sind, schicken wir die Rotationsbeschleuniger in andere Operationsgebiete.« Er blickte noch einmal in die Runde. »Sind wir uns einig?« Die mit den Namen Dean, Parks und Assir nickten. Der Dicke wandte sich der Gruppe der Rebenmeister zu. *»Es bleibt bei dem, was ich gesagt habe. Gaum hat einen Fehler gemacht. Wir werden aufbrechen, und für euch wird alles so sein wir früher.«*

Einer der Rebenmeister trat auf den Dicken zu. Es war Morah; seine Augen funkelten wild, die Klauen waren ausgestreckt. *»Ihr kommt hierher und nehmt uns den Glauben an unseren Gott! Ihr zeigt uns, daß der Pfad im Kreis verläuft. Ihr habt Kadnu zerstört und behauptet, daß alles wie früher sein wird?«* Die Rebenmeister ließen ein dumpfes Knurren vernehmen. Sie rückten auf die Menschen zu.

Der Dicke warf einen Blick über die Schulter. »Parks, es wird Zeit.«

Parks ging ein paar Schritte vor, blieb stehen und hob die Hände. *»Ruhe!«* Das Knurren ließ nach. *»Ich will, daß Ruhe ist!«* Es wurde still. Parks ließ die Arme sinken und fuhr mit gedämpfter Stimme fort.

»Wir haben euren Gott nicht zerstört. Sein Licht strahlt wie eh und je. Ashah und die anderen Weinstöcke werden auch weiter Kadnu folgen. Der Wein wird euch ernähren und kleiden und vor Hitze und Kälte schützen. Auch die Gewächse der grauen Weinleute werden weiterhin ausschlagen. Der Gott wird ihnen folgen, das Eis für sie schmelzen und ihnen wie früher helfen. Wenn ihr sterbt, wird euer Körper ein Teil des Weins werden, und so dient ein jeder den Verlorenen. Wir haben euren Gott nicht zerstört.«

Parks schaute einen Moment lang auf den Boden; dann sah er den Dicken an, zog die Stirn kraus, schüttelte lächelnd den Kopf und wandte sich wieder den Rebenmeistern zu.

»Denkt an den Endlosen Pfad. Wir haben ihn nicht versperrt, denn was ist endloser als ein Kreis?« Parks zeigte auf Ashah. *»Am Stamm des Gewächses haben wir euch ein Gebäude errichten lassen, das so aussieht wie eine große Hütte ohne Türen. Geht alle dorthin und schaut es euch an. Wenn*

man es umdreht, wird ein Boot *daraus. Es schwimmt auf dem Wasser. Lernt zuerst, wie solche* Boote *gebaut werden. Schiebt sie dann über das Eis, laßt Kadnu links von euch scheinen und durchquert das Gebiet des letzten Weins. Dann kommt ihr ans Wasser. Auf den* Booten *könnt ihr die Welt der grauen Weinleute erreichen.*

Diese Welt könnt ihr durchqueren, und wenn euch Kadnu immer zur Linken steht, gelangt ihr wieder an Wasser, das euch an diesen Ort hier zurückführt. Der Pfad ist keine Täuschung; wir haben euch gezeigt, daß er in Wirklichkeit besteht. Ihr könnt euch selber davon überzeugen. Wir haben euren Gott nicht zerstört, sondern gezeigt, daß er wahr ist, indem wir euch an einen Ort geführt haben, wo ihr sein Gesicht habt sehen können.«

Morah ließ die Arme sinken und schüttelte die Mähne. *»Uns ist gezeigt worden, daß Gott ... ein Ball ist ... aus brennender Luft.«*

Ein seltsamer Ausdruck trat in das Gesicht desjenigen, der Parks genannt wurde. Er schien voller Schmerz und gleichzeitig wütend zu sein. *»Euer Gott gibt euch alles, was ihr habt. Er hilft euch und läßt niemanden im Stich. Und jetzt gefällt es euch nicht, daß es ihn wirklich gibt?«* Parks sah in die Augen der Rebenmeister von beiden Seiten des Endlosen Pfads. Seine Stimme wurde wieder ruhiger. *»Euer Gott wird euch auch weiter helfen, wenn ihr nicht zu viel von ihm verlangt. Zu sein und doch wieder nicht zu sein, ist zu viel.«*

Synya saß im Schatten ihrer Zuflucht und paffte an einem der Qualmstengel. Der Dicke hatte ihr ein ganzes Kistchen überlassen. Sie genoß den bittersüßen Rauch und beobachtete Miklynns Feuerbälle beim Training. Die Rebenmeister waren schon vor langer Zeit gegangen, um sich das *Boot* anzusehen und, mit Kadnu zur Linken, die lange Reise anzutreten. Zuvor hatten sie noch verweilt und das Spiel der Feuerbälle studiert, aber der Dicke und seine Begleiter waren schon längst in ihr Schiff zurückgekehrt, bevor die Rebenmeister das Spiel erlernt hatten.

Synya blickte auf die zweite Kiste, die der Dicke ihr geschenkt hatte. Sie war aus grünem Metall und an den Ecken rund. Der Dicke hatte ihr erklärt, mit dieser zweiten Kiste umzugehen. *»Synya, wir und die Rebenmeister haben eine Entscheidung für diesen* Planeten *getroffen. Keiner von uns weiß, ob sich diese Entscheidung für alle Zeit bewähren wird.«* Die mit den Namen Parks und Dean hatten zugesehen, als der Dicke die Kiste öffnete. Im Innern lag eine Silberplatte, aus dessen Mitte ein schwarzer Stift herausragte. *»Wenn die Rebenmeister irgendwann einmal ihre Meinung ändern sollten, brauchst du, Synya, nur diesen schwarzen Stift zu entfernen. Dann wird ein Signal zu uns geschickt, und jemand wird antworten. Wenn du all das willst, was wir dem Planeten bringen können, entferne den schwarzen Stift.«*

Synya öffnete die Kiste und schaute auf den schwarzen Stift. Der Dicke hatte gesagt, daß die Kiste noch nach unzähligen Wachsphasen funktionieren würde. Rebenmeister in ferner Zukunft wären in der Lage, das Signal auszuschicken, das die Menschen herbeirufen und den Endlosen Pfad in Ackerland verwandeln würde. Synya nahm den Gegenstand in die Hand, den ihr der mit dem Namen Dean gegeben hatte, als der Dicke schon ins Schiff zurückgekehrt war. Auch dieser Gegenstand bestand aus Metall, war aber an seinem breiten Ende gerippt und bildete ein flaches Blatt an der Spitze des engen Schafts, der vom gerippten Ende ausging. Parks hatte zugeschaut, während Dean das Ding erklärte.

»Synya, die Kiste, die dir der Dicke gegeben hat, ist alt und wird nicht für immer funktionieren.« Dann hatte er ihr den länglichen Gegenstand gegeben. *»Aber paß auf, daß du dieses Ding hier – wir nennen es* Schraubenzieher *– nicht in einen der beiden Schlitze steckst und sie auf diese Weise verdrehst.«* Er demonstrierte, was sie nicht tun sollte. *»Sonst*

öffnet sich die Platte, und das Innere würde beschädigt werden. Wenn das passiert, wird der Apparat kein Signal mehr zu uns schicken können.«

Synya steckte die Spitze in einen der beiden Schlitze und dachte an Parks, als sie den Schraubenzieher drehte. Was hatte er zu Dean gesagt, als beide zum Schiff zurückgingen? Im Singsang der Menschen klang es so: »Ich bin nicht sicher, Dean, glaube aber, daß du mit deinem Geschenk einen neuen Fetischkult ausgelöst hast.«

Parks hatte sich noch einmal umgedreht. *»Synya, es tut mir leid um Volyan.«*

Sie hatte geantwortet. *»Er ist nun eins mit Ashah. Trauere nicht. Du hast uns doch selber den Beweis erbracht.«*

Als Synya die zweite Schraube von der Kiste entfernt hatte, erinnerte sie sich an das Gesicht des Zeichenlesers. *»Ja, wir haben den Beweis erbracht.«* Er hatte eine Weile geschwiegen und einen Blick aufs Schiff geworfen. *»Wir müssen gehen.«*

Synya hatte den Kummer in seiner Stimme gehört und gerufen. *»Zeichenleser, dein Gott ist tot, aber meiner ist unzerstörbar. Mach Kadnu zu deinem Gott!«*

Der mit dem Namen Parks hatte gelächelt. Synya dachte über seine Antwort nach, als sie den Deckel des Kastens öffnete. *»Ich wünschte, ich könnte das.«* Er hatte zu Kadnu hinaufgeschaut und das göttliche Licht auf sein Gesicht fallen lassen. *»Aber ich habe zu viel gesehen, zu viel erfahren.«* Er hatte sie angesehen und gesagt: *»Außerdem, wer sollte sonst auf den Dicken aufpassen?«* Dann war er gegangen.

Synya trug den Kasten in Kadnus Licht, um besser sehen zu können, was hinter der silbernen Platte verborgen lag. Da waren kleine Teile in fröhlichen Farben und dünne Fasern und Tupfer aus Gold.

»Rebenmeisterin?«

Synya blickte auf und sah eins der Kinder, die das Baseballspiel übten. *»Ja? Dein Name?«*

»Ich werde Chiveh genannt, Rebenmeisterin.« Das Kind

deutete mit der Klauenhand auf die Kiste. *»Kannst du mir sagen, was da drin ist? Es sieht so hübsch aus.«*

Synya dachte einen Moment lang nach; dann hielt sie die Kiste dem Kind entgegen.

»Lang hinein, nimm dir eine Handvoll raus, Chiveh, und wir werden sehen!«

Originaltitel: »Catch the Sun«

Aus dem Amerikanischen übersetzt von Ronald M. Hahn

Im Rahmen unserer Zeitwahrnehmung gehen wir mit Korallen um, als wären sie Gestein. Rein vom Verstand her wissen wir natürlich, daß Korallen lebendig sind. Als ich einst vor Okinawa tauchte, kam ich an einem dieser kleinen roten Sauger vorbei und zog mir eine böse Schnittwunde zu, der Wochen brauchte, um zu heilen. Schneidet man sich an einem Stück toter Koralle, so heilt die Wunde normal. Doch lebendige Koralle hingegen versucht uns etwas zu sagen. Da ich dabei war, in diesem von Haien verseuchten Gewässern eine Menge Blut zu verlieren, brachte ich den bewußten Augenblick freilich nicht damit zu, über den speziellen Versuch nachzudenken, mit dem Geschöpfe dieser Art nach etwas greifen, um zu kommunizieren. Ehrlich gesagt, ich habe wahrscheinlich ein paar Schwimmrekorde gebrochen, um schnellstens wieder an Land zu kommen. Haie sind sehr inspirierend. Man sollte sie bei der Olympiade einsetzen.

Schließlich heilte der Schnitt, und ich wurde aus dem Militärdienst entlassen. Ich kann aber trotzdem nicht behaupten, einen großen Teil meines wachen zivilen Lebens damit verbracht zu haben, über Korallen nachzudenken. Bei Mineralien-Ausstellungen habe ich zwar einige der wunderschönen Dinge bewundert, die aus Korallen hergestellt werden, aber nun sah ich die kleinen Geschöpfe wieder als Mineralien – als Gestein – an.

Wußten Sie, daß verschiedene Korallenarten miteinander Krieg führen? Ich hatte keine Ahnung davon, doch dann sah ich einen Dokumentarfilm der National Geographic *über dieses Thema im Fernsehen. Ich hatte angenommen, daß Korallen nur herumhocken, sich langsam klonen und ›Blubb‹ oder ›Gluck‹ oder etwas in dieser Richtung machen, aber wenn sie wachsen, wachsen sie manchmal ineinander hinein. Die* National Geographic-*Sendung zeigte einen ihrer Kämpfe in Zeitrafferaufnahmen. Dabei ging es ganz schön schlimm zu.*

Es stimmt: Manche Ideen kommen mir beim Fernsehen. Deswegen kann ich, wenn ich den ganzen Tag auf dem Sofa gelegen und meine Augen sich an der Glotze festgesaugt haben, mit gutem Gewissen auf die Frage, wie ich den Tag ver-

bracht habe, ehrlich antworten: ›Mit Arbeit‹. Obwohl ich weiß, daß ich nicht lüge, habe ich doch das Gefühl, *es zu tun. Ich arbeite daran. Wie Emerson schon sagte: ›Groß zu sein, bedeutet mißverstanden zu werden‹. Ich weiß nicht, welchen Unsinn Ralph gerade trieb, als ihm der Spruch einfiel.*

Jedenfalls sah ich mir den Krieg der Korallen auf der Glotze an. Daß ein Kampf dieser Art direkt vor den Augen eines Menschen stattfinden konnte, der sich dieses Wettstreits völlig unbewußt war, ließ mich darüber nachsinnen, wie man Ereignisse wahrnimmt und welche Schlüsse man aus der Geschwindigkeit zieht, in der die beobachteten Ereignisse stattfinden. Steinerne Haustierchen sind ein Witz. Die Charaktere der folgenden Geschichte lachen freilich nicht.

Adagio

was das
bleib stehen
warum
signal nach rechts
gehorcht oder sterbt
warum

Tobias saß auf der roten Steingrabmarkierung und schaute zu, wie Forrest die Felsen mit dem tragbaren Stromgenerator folterte, den er aus dem Laderaum geholt hatte. Jedenfalls nannte Madame Prominent Forrests Spiel so. Madame Prominent war davon überzeugt, daß Forrest geistesgestört war.

Tobias hob seine schmutzige Hand und rieb sich die Augen. Teufel noch mal, Madame Prominent hatte sie doch selbst nicht alle. Deswegen nannte man sie auch Madame Prominent. Man hatte sie mit diesem provisorischen Etikett versehen, damit die anderen einen Namen für sie hatten, bis die Frau endlich dahinterkam, wer, zum Teufel, sie eigentlich war. Sie waren ausnahmslos Abgewiesene. Die Passagiere. Er nickte. Und die Mannschaft auch.

Tobias ließ die Hand sinken, und sein Blick schweifte herum, bis er auf den Überresten des Schiffes haften blieb. Er konnte Madame Prominents verfilzte schwarze Haarlocken hoch oben auf dem Wrack sehen. So wie es ihre Art war, beobachtete sie Forrest schweigend beim Spielen. Es war durchaus möglich, daß Madame Prominent Forrest irgendwann umbrachte. Es war Tobias wurscht. Irgendwo unter ihr bearbeitete Cage in dem verdrehten Metall wahrscheinlich nervös den Computer. Cage schien der Tod immer noch wichtig zu sein. Der Zustand seiner Nerven war eine direkte Folge der Tatsache, daß Madame Prominent regelmäßig irgendwo hockte, wo er sie nicht sehen konnte, ihn anstarrte, und ihr Messer an einem der toten roten Steine wetzte.

Die getrocknete, aufgebrochene Kruste, die sich nach dem letzten Regen auf dem roten Staub gebildet hatte, war schon fast verschwunden. Der geringe Wind, die Gesteinsbewegung und die Füße der Menschen hatten sie erodiert. Und es war schon lange her, seit es geregnet hatte.

Im Staub ertönten die Geräusche von Schritten. Tillson. Die Schritte hielten an.

»Tobias, ist es möglich, daß Gott uns dies angetan hat, damit wir eine Herausforderung haben, an der wir unsere Tugenden prüfen können?«

Tobias drehte sich nach links und schaute zu dem Kaplan hinauf. Tillson war wieder nackt. »Schieb's dir in den Arsch, Howard!«

Kaplan Howard Tillson reagierte mit einem ernsten Nicken auf die Antwort, die er erhalten hatte. »Natürlich hast du recht. Du bist sehr klug, Tobias. Sehr klug.« Der Kaplan drehte sich um und stolperte den Weg zum Grabhügel hinunter, sein schlaffer Hintern wippte bei jedem Schritt.

Tobias sann erneut über die Tatsache nach, daß Tillson einen Frauenarsch hatte. Ein anderes Faktum, über das nachzudenken sich lohnte, war, daß die Retter immer anrückten, bevor Tillsons Arsch noch schöner aussah. Tobias brüllte den Hügel hinab, dem wippenden Arsch hinterher: »Tillson, zieh dir was an!«

Der Kaplan blieb stehen, wandte sich um, schaute zu Tobias herauf und nickte. »Natürlich hast du recht. Du hast immer recht, Tobias.«

Tobias legte die Hände auf seine Knie, hievte sich vom Boden hoch und staubte die Sitzfläche seiner Fliegerkombination ab. Der feine rote Staub des planetaren Todes, aufgewirbelt durch seine Bewegung, hing wie ein übler Geruch in der Luft. Tobias drehte sich um und schaute zur Grabmarkierung hinunter. Es war ein glatter roter Stein, der genauso aussah wie die von Mikizu und Sheen. Für Grabmarkierungen hatten sie nur rote Steine verwendet. Sie laufen wenigstens nicht weg.

Der graue Stein, den Tobias ursprünglich dazu verwendet hatte, Osborns Grab zu markieren, war nun mehrere Meter den Abhang hinunter. Forrest behauptete, er liefe wie ein Weltmeister. Der graue Stein hatte fünf planetare Monate gebraucht, um die kurze Strecke zurückzulegen. Graue Steine, weiße Steine, grüne Steine, schwarze Steine. Sie gab es in der roten Landschaft überall. Und sie waren lebendig. Die Roten bewegten sich nicht. Sie waren tot.

Tobias stolperte den Abhang hinunter, betrat seinen privaten Unterstand und ließ sich auf die Koje fallen. Er schloß die Augen und dachte an die toten roten Grabmarkierungen.

Sheen war tot. Eine Passagierin. Sie hatte nie herausgefunden, was sie getan hatte, um den Platz, den sie im Universum ausfüllte, zu rechtfertigen. Osborn war tot. Mikizu war tot. Mikizu war kein Verlust. Wenn er nicht gewesen wäre, wären sie gar nicht erst gestrandet. Aber Osborn. Tobias wünschte sich, Osborn wäre noch am

Leben. Er würde wissen, was zu tun war. Aber Osborn hatte sich ja als Held aufspielen müssen ...

Er hatte zwischen den spuckenden Blitzen der Notlampen gesessen und zugeschaut, wie Osborns Augen ausliefen. Der Chefingenieur saß in den Trümmern der Technischen Abteilung und inhalierte Vakuum. Sein Hosenboden war eine Lache aus Urin und Blut; die Flüssigkeit seiner Augäpfel lief über seine Wangen nach unten.

Osborn hatte jede Menge Zeit gehabt, den Raumanzug anzuziehen. Der Hüllenschaden hinter der Technischen Abteilung hatte lediglich zu einem Druckabfall aus dem betreffenden Abschnitt geführt. Der Rest des Schiffes verlor nur deswegen Druck, weil die Rahmen verbogen und damit die Dichtungen der Schotts undicht waren. Das Schiff brauchte mehrere Minuten, um den Kabinendruck zu verlieren. Aber Osborn hatte Schalter umlegen, Tasten drücken und Knöpfe drehen wollen. Die anderen verdankten ihm möglicherweise das Leben. Welch ein Arschloch!

»Tobias?« Der Helmkopfhörer meldete sich. Mikizu, der Pilot. Es war seine Stimme. »Technische Abteilung? Osborn? Tobias?«

Tobias antwortete. »Was?«

»Osborn?«

»Osborn ist tot.«

Pause. »Tobias, ich muß wissen, wie die Energiesituation aussieht.«

Tobias warf einen Blick durch die Sichtscheibe des Anzugs auf die Überreste der Schaltkonsole. »Ich kann mir nicht helfen, Mikizu, aber ich habe das Gefühl, daß du genauso viel über die Lage weißt wie ich.«

»Das Brückenkontrollbord ist hinüber.«

»Und wie.« Tobias lehnte sich gegen das Schott, sah Osborn an und schloß die Augen. »Und wir hier hinten werden auch bald tot sein.«

»Ich brauche Energie, wenn wir landen wollen.«
»Hat's noch einen Sinn?«
»Forrest sagt ja.«
Forrest. Der Zweite Pilot. Ein rechter Hundesohn, aber ziemlich helle. Tobias schüttelte den Kopf, um wieder klar denken zu können. Er brauchte Zeit, um sich von seiner Wut zu trennen. »Haupt- und Hilfsaggregate sind hin. Was es auch gewesen ist, das durch die Bordwand fegte – es hat den Antrieb mitgenommen. Das, was noch da ist, könnte man nicht mal mehr als Schrott verkaufen.«
Wieder eine Pause. »Was ist mit den Treibstoffzellen?«
»Sind in Ordnung. Osborn hat die Leitungen abgedichtet, bevor zuviel entwichen ist. – Was hat Forrest denn vor?«
Forrests Stimme drang in seinen Helm. »Wir können eine Landung ohne Motoren versuchen. Der Computer sagt, wenn du die Steuerdüsen in Ordnung bringen kannst, Tobias, haben wir eine Chance, durch die Atmosphäre zu kommen.«
»Wie groß ist die Chance?«
Forrest lachte. »Frag lieber nicht!« Er verfiel in Schweigen. »Aber wenn wir eine Landung versuchen, ist die Chance größer, als wenn wir versuchen, hier oben am Leben zu bleiben. Kannst du etwas in Ordnung bringen?«
Tobias sah sich in der Technischen Abteilung um, überschlug die Möglichkeit, das hinzukriegen, was unter allen Umständen notwendig war, und sah eigentlich nur Desaster und Tod. Er mußte einen Haufen Kabel verlegen. Er würde über die Batterien arbeiten müssen. Und ein paar Rohre verlegen, ganz zu schweigen vom Justieren der Steuerdüsen, damit sie den Treibstoff des Hauptantriebs verwenden konnten. Er hatte wirklich keine Ahnung, ob es klappen würde. Und da war noch etwas: Die Eintrittshitze würde achtern voll durchschla-

gen. Dann wurde aus der Technischen Abteilung ein Hochofen.

»Forrest, ich kann zwar versuchen, die Steuerdüsen hinzukriegen, aber wir müssen irgend etwas gegen die Löcher in der Hülle unternehmen.«

»Kümmere dich um die Düsen. Wenn du soweit bist, helfe ich dir bei den Löchern. Wir können uns von irgendwoher Platten holen.«

Tobias stieß sich ab und arbeitete sich auf den Abschnitt hinter der Technischen Abteilung zu. Und Kabel verlegte er sowieso am liebsten in einem Raumanzug. Es war so ähnlich wie die Reparatur einer Armbanduhr mit Boxhandschuhen. Die fehlende Schwerkraft machte die Sache erst richtig spannend. Tobias schlug auf den Schalter, die Schleuse schwang ein Stück auf und verkeilte sich. Er machte sich den Rest des Weges mit dem Fuß frei. Dann stand er in der Luke und blickte in die Finsternis des Maschinenraums.

Das einzige Licht drang durch die Löcher in der Bordwand. Einige der Lichtpünktchen waren Sterne. Die meisten waren zu hell, um Sterne zu sein: Sie waren die Überbleibsel der zerbröckelten Planeten, die den Oiden-Gürtel im Orbit einer Sonne namens Mantchee bildeten.

Die Crews der Handelsschiffe mögen den Oiden-Gürtel nicht; sie fahren nie dorthin. Die Gewerkschaft hatte es sogar in den Manteltarif aufgenommen. Asteroiden, Planetoiden und Paranoide. Tobias hatte noch einen Sticker, auf dem ›Nie wieder zu den Oiden‹ stand.

Aber man hatte ein paar Passagiere und Bauteile an Bord nehmen und an seltsamen und wundervollen Orten abliefern müssen, und sie hatten einen Piloten, der mehr Wert auf Abkürzungen legte als Tobias auf minimale Sicherheit oder Tarifverträge. Tobias hatte sich eins geschworen: Falls es ihm und dem Piloten gelang, die Landung zu überleben, würde seine erste Handlung auf dem Planeten darin bestehen, Mikizu zu ermorden.

Aber eins nach dem anderen.

Tobias kehrte um, griff sich Osborn und verlagerte die Leiche des Chefingenieurs aus der rasch frierenden Lache, die seinen Hintern am Deck festklebte. Tobias schleifte die Leiche zur Luke und stieß sie auf das große Loch zu, das sich zu seinen Füßen auftat.

Die steife Gestalt machte einen Purzelbaum auf das Loch zu und kam zuckend zu einem Halt. Tobias zog die Lampe aus seinem Gürtel und richtete sie auf den Träger an der Öffnung. Osborns Hinterkopf war aufgespießt worden, er hatte sich am gezackten Rand des Loches verfangen. Ein dicker Metallsplitter ragte aus seinem linken Auge hervor.

Irgend eines Tages werden die Genies schon darauf kommen, wie man auch in einem Raumanzug kotzen kann. Irgendwann. Er wandte sich ab.

das ding
wird uns dienen
wenn wir ihm gehorchen.
wie wird es dienen
gehorcht
das ding
wird schmerz
und tod aufhalten
das ding
hat uns schmerz und tod
gebracht
und doch
schmerz und tod
gehorcht
jetzt will
das ding, daß wir
töten.
gehorcht

»Forrest foltert die Felsen immer noch.«

Es war die Stimme von Madame Prominent. Tobias vergrub das Gesicht noch tiefer im Kissen. »Wenn Sie nicht abhauen, reiße ich Ihnen die Wirbelsäule raus und erwürge Sie damit!«

Keine Schritte, die sich fortbewegten. Er konnte den verletzten Blick der Frau auf seinem Rücken spüren. Der dürftige Unterstand erstrahlte beinahe in Trotz. Tobias vertrieb seine Alpträume und rollte sich über die Koje. »Verschwinden Sie, Lady! Suchen Sie sich ein Hobby! Spielen Sie mit ihrem Hintern! Tun Sie irgend etwas! Sie können alles machen, was Sie wollen, nur gehen Sie Forrest nicht auf den Geist! Ich finde vierzigjährige Kinder nicht im geringsten amüsant!«

»Ich gehe Forrest gar nicht auf den Geist, Tobias. Ich mache nur eine Meldung. Einer Ihrer Männer foltert die Steine. Die Steine sind Lebewesen.«

»Lady, zunächst mal sind es nicht *meine* Männer. Wenn hier überhaupt jemand das Kommando hat, dann ist es Forrest. Zweitens sind mir die Steine wurscht. Sie kümmern mich nicht die Bohne. Mein einziges Problem ist es, so lange geistig gesund zu bleiben, bis jemand unser Signal auffängt. Rettung, Lady. Denken Sie an die Rettung!«

»Niemand wird das Signal auffangen, Tobias. Das hat Forrest doch gesagt. Es dringt nicht durch die Strahlung ...«

»Das wissen Sie doch gar nicht. Und Forrest weiß es auch nicht genau. Es gibt eine Chance.«

Sie starrte ihn einen Moment lang an; sie sah beinahe geistig gesund aus, dann nickte sie dem Eingang der Hütte zu. »Was werden Sie in Hinsicht auf Forrest unternehmen?«

Tobias drehte ihr den Rücken zu und vergrub das Gesicht wieder im Kissen. »Gar nichts.«

Endlich marschierte sie ab.

Das Bojensignal würde durchkommen. Es mußte

durchkommen. Dann kam Tobias ein eigenartiger Gedanke. Er hatte das Gefühl, daß er etwas für den Erfolg der Funkboje hätte *tun* müssen. Es war eine Frage der Moral. Ganze Generationen von Menschen wären der Meinung gewesen, er hätte sich darum kümmern müssen, ob das Signal nun durchkam oder nicht. Doch das Komische war, daß es ihn gar nicht kümmerte, ob es aufgefangen wurde oder nicht.

bald
ist es dunkel
bald
töten wir
es ist
der wunsch
des dings

Die Sonne namens Mantchee hing halbverborgen hinter dem Horizont. Tobias betrat den Hauptunterstand; der rote Schein des einwöchigen Sonnenuntergangs tauchte das Innere der Kuppel in Blut. Sie saßen alle um den niedrigen Tisch herum. Madame Prominent beobachtete – wie üblich – Forrest. Forrest führte eine Konversation mit seinen privaten Gedanken, während Tillson mit sich rang, wahrscheinlich weil ihm das unvertraute Gefühl, Kleider zu tragen, Unbehagen bereitete. Nelson Cage war konzentriert mit einem Wicklungsdiagramm beschäftigt; die Symbole und Probleme ihrer Beziehungen waren für ihn ebenso unterhaltsam wie die Felsen für Forrest.

Als Tobias ein Rationspack aus dem Spender zog, hörte er, wie Cage die anderen ansprach. »Ich habe den Computer an die Arbeit gekriegt.«

Tillson: »Gott mag keine Computer.«

Madame Prominent: »Womit wollen Sie die Zeit jetzt totschlagen, Cage?«

Forrest: »Mach ihn wieder kaputt, Cage! Mach den Computer kaputt, und reparier ihn dann noch mal!«

Cages Gesicht wurde rot. »Ich weiß nicht, was mit euch los ist. Nach fünf Monaten harter Arbeit habe ich es geschafft, das Ding wieder ...«

Forrest beugte sich vor und legte einen Finger auf seine Lippen. »Pssst.« Er ließ den Finger sinken und lächelte. »Das kümmert doch keinen. Es kümmert keinen.«

Tobias ließ sich auf den Stuhl rechts von Forrests nieder, nippte an seinem nach Säure schmeckenden Heißgetränk und kaute seinen Nutririegel, als Cage sich zurücklehnte und seine Stimme hart wurde. »Wir können den Computer dazu benutzen ...«

»Wofür?« Tobias schüttelte den Kopf und biß von seinem Nutririegel ab. »Abgesehen von der Rettung haben wir alle Probleme gelöst. Wir haben Sauerstoff, Wasser und Rationen, und die Temperatur ist auch erträglich. Das einzige, woran es bei uns mangelt, sind Geduld und geistige Gesundheit. Hast du ein paar Spiele, die man auf dem verdammten Ding spielen kann? Wir könnten ein bißchen Unterhaltung gebrauchen.«

Cage schnaubte und lehnte sich zurück. »Spiele«, wiederholte er angewidert. Er schaute Madame Prominent an. »Wenigstens weiß ich jetzt, wer Sie sind.«

Madame Prominent wandte den Blick für den Bruchteil einer Sekunde von Forrest ab. Als sie die Bewachung des Kieselforschers wieder aufnahm, erwiderte sie: »Cage, Sie haben nicht den geringsten Hinweis, wer ich bin.«

Cage grinste schadenfroh. »Barbara Striker. *Doktor* Barbara Striker. Ich habe es geschafft, die Passagierliste zu rekonstruieren. Darin steht, daß Sie Dr. Barbara Striker sind, eine Biologin, die am Kolonisationsprojekt Dison-System mitgearbeitet hat. Man hat Sie des Amtes enthoben, weil Sie nicht richtig ticken.«

»Worte.« Madame Prominent wandte Cage langsam das Gesicht zu. »Ich werde den Computer auch benutzen.«

»Das werden Sie nicht! Ich bin noch nicht fertig mit der Reparatur.«

Madame Prominent grinste, als sie aufstand und aus der Kuppel trat – sie wollte offenbar zum Wrack und zum Computer gehen. Cage beugte sich vor. »Tobias, du mußt was unternehmen!«

Forrest kicherte und schüttelte den Kopf. »Reg dich ab! Laß sie doch mit dem Maschinchen spielen. Es ist doch besser, als wenn sie einem ständig wie ein Geier über die Schulter guckt.«

»Und was ist, wenn sie ihn kaputtmacht?«

»Dann kannst du ihn wieder reparieren. So wichtig ist er doch auch nicht.«

Cage stand abrupt auf und ging schnellen Schrittes hinaus. Forrest kicherte erneut. »Cage geht zum Schiff, um Madame Prominent die gesetzliche Seite der Angelegenheit zu erklären.«

»Yeah, und wenn sie ihr Messer zieht, kommt er mit einem nassen Zwickel wieder zurück.« Tobias deutete mit dem Daumen zur Tür. »Wie kommt's, daß du nicht draußen bist und mit den Steinen spielst?«

Forrest schloß die Augen. »Die Dinge sind arrangiert.«

»Was meinst du damit?«

»Ich habe da draußen gewisse Dinge initiiert. Ich bringe ihnen bei, wie man dient. Wenn es wieder hell wird, wirst du sehen können, wie meine Untertanen geantwortet haben.«

Untertanen.

Tobias verzehrte den Rest seines Nutririegels und warf die Verpackung auf den Kunststoffboden. Wenn Forrest Gott spielen möchte, dann macht er wenigstens keinen großen Lärm. Aber sie sind alle verrückt, dachte er. Jeder einzelne von ihnen. – Ich auch?

Aus dem Wrack kam ein Schrei, und kurz darauf sah man Cage, wie er seinen Arm hielt und auf seinen Unterstand zulief. Forrest nickte, er hatte die Augen noch immer geschlossen. »Es sieht so aus, als wären sie übereingekommen, daß auch Madame Prominent den Computer benutzen darf.« Er öffnete ein Auge und sah Tobias an. »Stimmt es wirklich, daß du auf Mikizus Grab geschifft hast?«

Tobias trank sein Getränk und stellte die Tasse auf den Tisch. Er lehnte sich zurück, faltete die Hände über dem Bauch und schaute zu, wie Mantchee ein Stückchen weiter hinter dem Horizont verschwand.

»Jedesmal, wenn ich dran vorbeikomme.«

jetzt
töten wir
die nicht-grünen
sollen wissen
warum wir töten
sagt ihnen
sie sollen
das ding fragen

Die Dunkelheit kam.

Tobias wälzte sich unter seiner Thermaldecke und bemühte sich zu schlafen, was natürlich sinnlos war, angesichts der Tatsache, daß er völlig ausgeschlafen war. Er war seit Stunden ausgeschlafen. Vielleicht sogar seit Tagen – den Vierundzwanzig-Stunden-Phasen, die man auf einem Planeten Tage nannte, dessen Erinnerung ziemlich stark verblaßt war. Er war auf diesem Planeten gewesen, in einer Zeit, als Jugend noch existiert hatte. Und Ideale, Träume, umfassende Pläne. Die Aufregungen der Schule und der Ausbildung.

– die absolute Mittelmäßigkeit des Weltraums. Die Monotonie. Alles war darauf reduziert, die Triebwerke zweitklassiger Schiffe am Laufen zu halten und sich kaputtzuhusten – im Austausch für einen Gehaltsscheck und eine Rente, die er, wie er glaubte, gar nicht mehr erleben würde. Er konnte es gar nicht zurückkriegen, was er ... –

»Zum Teufel damit!« Vor langer Zeit hatte Tobias die Fähigkeit verloren, sich mit sich selbst zu unterhalten.

Er setzte sich hin. Er trug noch immer den schmutzigen Bordanzug. Er schlüpfte in seine eisigen Stiefel. Der Geruch seines eigenen Leibes hing wie ein Fluch an ihm. Die Oiden gaben sicher genug Licht ab, daß er die Stelle erreichen konnte, wo der Fluß oberirdisch verlief – falls er ein Bad nehmen wollte. Er zitterte bei der Vorstellung. Was, zum Henker ... Jeder wurde von seinem eigenen Schiß-Schatten verfolgt.

Tobias trat hinaus; die Thermaldecke hing immer noch um seine Schultern. Die Oiden standen hell am nächtlichen Himmel. Vielleicht konnten sie den Computer benutzen, um die Oiden zu vermessen. Da draußen gab es einen Haufen Schutt, alles in der gleichen Laufbahn. Irgendeines schönen Tages klatschte vielleicht einer dieser dreihundert Kilometer durchmessenden Felsklumpen mitten in ihr Lager hinein. Er spuckte auf den Boden. »Selbst wenn wir es wüßten, was könnten wir dagegen tun?«

Im Schiffswrack war ein Licht. Tobias richtete seine Schritte in diese Richtung. Jetzt, wo der Computer repariert war, gab es vielleicht etwas zu lesen; etwas, das außerhalb seiner privaten Gedanken lag; etwas, womit er seine Neuronen beschäftigen konnte. Die anderen Unterstände waren dunkel. Der Hauptunterstand zeigte zwar ein Licht, aber im Innern der Kuppel hielt sich niemand auf. Die offene Frachtschleuse im Schiffsbauch leuchtete in einem matten Rot. Wer sich auch jetzt im Schiff aufhielt, Cage konnte es nicht sein. Der Computermann hatte eine Moral, wenn es darum ging, die Schiffsbatterien zu sparen. Cage würde nie eine Lampe anlassen, die niemand brauchte. Als käme es darauf an. Die Batterien würden länger leben als sie alle.

Tobias trat in den Laderaum und arbeitete sich durch das Wirrwarr der geöffneten Container und ihrer verstreuten Inhalte. Das meiste von diesem Zeug war für eine Niedrigbudget-Bewertungsmission auf einem nebulösen Planeten bestimmt gewesen, der irgendwo da draußen war. Alles, was man brauchte, um alles Wissenswerte über einen Planeten zu erfahren, damit man ihn dann versauen konnte. Im Laderaum hatten sie auch die Unterstände und Rationen gefunden.

Vorn, in der Frachtschleuse, brannte über einem Stapel eigenartiger Ausrüstungsgegenstände, die Tobias noch nie zuvor gesehen hatte, ein weiteres Licht. Kam wahrscheinlich aus der Fracht. Von dem Stapel aus verliefen Kabel durch das Mannschaftsquartier zum Cockpit. Tobias ging in den Korridor, der zum Mannschaftsquartier führte, sein Geist überschlug das allzu Offensichtliche, als er die leicht geneigte Ebene zum Cockpit hinaufstapfte. Wenn eine komplette Mannschaft an Bord gewesen wäre, vielleicht. Wenn Mikizu seine und die Fähigkeiten des Schiffes nicht überschätzt hätte, vielleicht. Wenn sie der Firmenpolitik gefolgt und von den Oiden weggeblieben wären, vielleicht. Wenn sie nicht von ihrer Route abgerufen worden wären, um die Passagiere an Bord zu nehmen, vielleicht. Vielleicht. Wenn ein Ende auf diesem trostlosen Felsklotz nicht ein passendes Ende für ein trostloses Leben war.

Wenn.

Tobias hörte keinen Ton vor sich – nur das beinahe unhörbare Winseln des Energiekonverters. Er blieb an der Luke zum Cockpit stehen und blickte hinein. Madame Prominent drehte ihm den Rücken zu. Sie saß zurückgelehnt da und beobachtete – fast wie in Hypnose – die Muster, die sich auf dem Bildschirm zeigten. Alle paar Sekunden verwandelte sich das Bild in Zahlenkolonnen, dann wieder zu Mustern.

Er betrat das Cockpit. »He, Lady, was machen Sie da?«

Sie wirbelte herum, die spitze Klinge war in ihrer Hand. Als Tobias erstarrte, zeigte sich ein Grinsen auf ihrem Gesicht. »Sie sollten sich nicht so an mich heranschleichen, Tobias. Beinahe wären Sie als Eunuch in Rente gegangen.« Sie ließ das Messer sinken. »Was wollen Sie hier?«

Den Blick immer noch auf das Messer gerichtet, arbeitete Tobias sich zur stoßgedämpften Sitzbank vor und nahm Platz. »Ich konnte nicht mehr schlafen. Ich dachte, Cages Maschinchen hätte vielleicht etwas Lesestoff für mich.«

Sie verdeckte den über der Tastatur befindlichen Schirm mit dem Rücken. »Dieses Terminal ist beschäftigt.«

»Sind denn noch andere Stationen angeschlossen?«

Sie antwortete nicht. Tobias beobachtete sie eine Weile, dann richtete er seine Aufmerksamkeit auf den Bildschirm. »Hat das etwas mit dem Zeug zu tun, das Sie im Frachtraum angeschlossen haben?«

Sie nickte in Bildschirmrichtung. »Das da sind die Gedankenmuster eines grünen Steins. Ich habe einen von den Kleinen in der Sensorkammer. Wenn ich die Hauptsensoren anschließen kann, bin ich dazu in der Lage, jeden Stein in Sichtweite zu empfangen.« Sie nahm den Blick vom Bildschirm und musterte Tobias mit einem haßerfüllten Funkeln. »Sie haben sich geweigert, etwas gegen Forrest zu unternehmen. Jetzt nehme ich die Sache selbst in die Hand.«

Tobias lehnte sich auf der Sitzbank zurück und schüttelte den Kopf. »Sie sind wirklich vorsichtig, Madame Prominent. Wenn Sie so weitermachen, gehören Sie bald wirklich zu den Irren.« Er deutete mit einem Kopfnicken auf den Schirm. »Wenn Sie erst einmal sämtliche Daten haben, was können Sie dann damit anfangen?«

»Kommunizieren, Tobias. Kommunizieren.«

»Sich mit den Steinen unterhalten? Mensch, wenn sie so schnell reden wie sie sich bewegen, sind Sie eine alte Frau, bevor sie Ihr ›Hallo‹ auch nur erwidern. Und selbst wenn Sie sich mit ihnen verständigen können ... Was soll's?«

»Es scheint, sie begreifen und kommunizieren schneller, als sie sich bewegen.« Sie blickte auf den Schirm. »Forrest tut den Steinen schreckliche Dinge an. Ich habe ihn beobachtet. Er hat einige der Steine auf einer primitiven Schmerz-Glück-Ebene in Armeen aufgeteilt. Und er zwingt sie in Situationen, in denen sie einander bekämpfen müssen ...«

»Bekämpfen?« Tobias brach in ein Gelächter aus. »Das muß das Aktionsereignis des Jahrhunderts sein. Teufel, Lady, ich bin jetzt ebenso lange hier wie Sie, aber ich sehe nicht, daß dort draußen ein Krieg stattfindet.«

»Und doch findet er statt. Wenn ich erst einmal mit den Steinen kommunizieren kann, bringe ich ihnen bei, wie sie Forrest bekämpfen können.«

Tobias warf einen Blick auf den zweiten Cockpit-Terminal und kam zu dem Schluß, daß Lesen im gleichen Abteil mit Madame Prominent und ihrem Katzendolch nicht gerade das Erstrebenswerteste in Sachen Entspannung war. In der Technischen Abteilung gab es noch ein Terminal, doch bisher – seit er und Forrest die Überreste Osborns aus der Abteilung geholt hatten – war es den dort hausenden Gespenstern gelungen, ihn fernzuhalten. Tobias fühlte sich plötzlich sehr müde. Vielleicht war er sogar müde genug, um zu schlafen. Er stand auf und bahnte sich langsam einen Weg aus dem Schiff.

Als er im mattroten Licht vor der Frachtluke stand, bemerkte er einen der weißen Felsen. Er war abgerundet und hatte ungefähr das Aussehen eines Kissens. Er war schon immer da gewesen ...

Nein, dachte Tobias. Er ist jetzt näher an der Luke. Als wir gelandet sind, war er weiter weg. Er schüttelte den Kopf. Noch ein Rekrut für Madame Prominents Befreiungsfront. Als er zu seinem Unterstand wanderte, murmelte er leise: »Meldet euch jetzt freiwillig. Damit ihr später nicht Schlangestehen müßt.«

Als er am Hauptunterstand vorbeikam, warf er einen Blick hinein und erstarrte. Er sah Tillsons nackten Leib von einem Stück Frachtleine an der Mittelstütze der Kuppel herunterhängen.

Tobias trat ein und ließ sich auf einen Stuhl sinken. Ein Gefühl absoluter Verlassenheit machte sich in seiner Seele breit. Um was geht es eigentlich hier? Um was geht es überhaupt im Leben?

»Ist diese Art der Unterhaltung nicht ein bißchen makaber, Tobias?« sagte Forrests Stimme. Er stand im Türrahmen. Forrest deutete mit einem Kopfnicken auf die Leiche. »Sieh es dir nur an! Der Mann war völlig inkompetent. Sieh dir mal an, wie er die Schlinge plaziert hat; direkt um den Hals!«

Tobias schloß die Augen und lehnte den Kopf gegen die Rückenlehne des Stuhls. »Es scheint, er hat das getan, wozu er bestimmt war.«

»Sicher. Aber Old Tillson muß ziemlichen Mambo getanzt haben, bevor er starb. Sein Genick ist nicht gebrochen, Tobias. Er hat getanzt. Er hat eine ganze Weile getanzt.«

»Ich schätze, Tillson war auch nicht gerade ein Henkertyp.«

Forrest ließ ein schnaubendes Lachen hören. »Von einem Kaplan hatte er auch nicht viel. Eigentlich hatte er nicht viel von gar nichts.«

Hinter Forrest wurden Geräusche laut. Er wandte sich um. Cage drückte sich an ihm vorbei; er blieb stehen, als die Leiche in sein Blickfeld kam. »Um Gottes willen ...« Er sah zuerst Forrest an, und dann Tobias, der auf seinem Stuhl saß. »Um Gottes willen, schneidet ihn doch ab!« Er trat auf die Leiche zu.

Forrest musterte Tillsons stillen Körper. »Wäre es nicht amüsant, ihn für Madame Prominent hier hängenzulassen? Stellt euch vor, wir würden hier sitzen und unsere Ration futtern, als wäre gar nichts passiert, und sie käme rein. Was würde sie wohl tun?«

Cage richtete einen umgestürzten Stuhl neben der hängenden Leiche auf. »Faß doch mal einer mit an!«

Tobias stand auf und ging zur Tür. Er blieb neben Forrest stehen. »Hilf ihm! Hilf ihm, du Hundesohn, oder ich bring dich um!«

Ein Anflug von Erheiterung huschte über Forrests Züge, als er zu Cage hinüberging und ihm half, die Leiche herunterzuholen.

Draußen, als er sich schnell vom Lager entfernte, spürte Tobias, wie eine wütende Übelkeit sich anschickte, seine Kontrollmauer zu durchbrechen. Er lief in die Dunkelheit hinein.

warum
muß ich sterben
frage
das ding
ich habe
das ding gefragt
keine antwort
die wege
des dinges
sind rätselhaft
stirb

Der zweite Erdtag im neuen Sonnenaufgang.

Tobias stand am Grabhügel neben Tillsons Grabmarkierung und starrte auf die langen Schatten, die von den Felsen dort unten geworfen wurden. Einer der Schatten bewegte sich. Tobias' Blick wanderte an dem Schatten entlang, bis er seinen Ursprung ausmachte. Der Schatten gehörte zu Forrest, der sich zwischen den Felsen fortbewegte.

Tobias hockte sich hin, lehnte seine Unterarme auf die Knie und faltete die Hände. Eigenartig, daß niemand danach gefragt hatte, ob Tillsons Selbstmord überhaupt ein Selbstmord gewesen war. Man hatte die Leiche abgeschnitten, vergraben und nie wieder erwähnt.

Tillson war nicht mehr bei Verstand gewesen, das stand außer Frage. Sein Unterstand war voll mit unzusammenhängenden Kritzeleien gewesen. Hauptsächlich mit theologischen Korinthenkackereien; die verschachtelte, ewig währende Rechtfertigung der Existenz ihres Autors. Sie hatten aber auch gelegentliche Augenblicke offensichtlicher Klarheit gezeigt. Augenblicke relativer Klarheit. Alles war natürlich relativ.

Die meisten von Tillsons klaren Momenten in seinen Papieren waren übervoll vom Schmerz und der Qual eines Menschen, der merkt, daß er den Verstand verliert. Fragmente seiner Notizen belästigten Tobias' Verstand jetzt noch.

... Forrest hat erklärt, daß jeder Fels eine kleine Gemeinschaft dieser Lebewesen ist. Eine Gemeinschaft von Einzelwesen, die aufgrund ihrer physikalischen Beschaffenheit und ihres gemeinsamen Nervensystems gehalten sind, zum Wohle der Gemeinschaft zu handeln – ungefähr so, wie die Zellen eines menschlichen Körpers. Dann kann man also jeden Stein als Individuum ansehen. Die Farbe des Steins hat allein genetische Ursachen und weist sonst keinen tieferen Sinn auf. Die Steine können nur das wahrnehmen, was sich wenigstens für das Äquivalent neun irdischer Tage unbeweglich verhält ...

... Er teilt Schmerz und Tod auf die Steine aus, je nachdem, ob sie in Übereinstimmung mit den Signalen gehandelt haben, die er ihnen gibt. Es muß schrecklich für diese Wesen sein, wenn Signale, die urplötzlich aus dem Nichts kommen, grauenhafte Konsequenzen nach sich ziehen, wenn sie ungehorsam waren. Die Lebewesen müssen annehmen, daß irgendwelche Geister sie regieren – schreckliche Götter.

... Forrest lehrt sie den Unterschied zwischen Gut und Böse. Das, was er ihnen signalisiert, ist GUT; ihm nicht zu gehorchen, ist BÖSE. Vor Forrest hatten diese Kreaturen keine Vorstellung von Gut und Böse. Sie müssen das Grauen für die Existenzgründe seiner Moralgebote blind anerkennen.

Ich frage mich, ob die Steine die Ethik so lange überleben werden, wie die Menschen es getan haben.

... Soeben hat Forrest mir etwas gezeigt. Einen grünen Kiesel, so groß wie eine Blaubeere. Es scheint, daß mehrere Steine in einer gemeinsamen Aktion eine Plattform gebaut und den Kiesel auf ihr plaziert haben. Dann haben sie die Plattform verlassen. Es muß sie viele Wochen gekostet haben. Aber jetzt haben wir ihn: den gewissenhafte Zehnten für ihren Gott. Sie haben einen Altar gebaut und einen der ihren darauf plaziert. Ein Geschenk. Eine Jungfrau, die man in den Vulkan werfen wird. Ein Lamm, das in einem Tempel verblutet. Die Steine haben gelernt, wie man ein Opfer darbringt.

Ich bin Schmutz.

Es gab keine Möglichkeit, wie man herausfinden konnte, wann genau der Kaplan sich nach dem Schreiben dieser Worte aufgehängt hatte. Oder ermordet worden war, erinnerte Tobias sich.

Ich bin Schmutz.

Tobias sah auf Tillsons Grabmarkierung hinab. »Dies ist nicht gerade der richtige Ort, um über ein ganzes Leben zu urteilen, Howard.«

Von unten kam ein freudiger Ausruf. Tobias wandte den Kopf und sah Forrest zwischen den Felsen herlaufen. Und die Felsen, zwischen denen er lief, hatten nur zwei Farben: Grün und Rot. Sonst gab es überall eine ziemlich ausgeglichene Mischung aus Weiß, Grün, Grau und Schwarz – und den Roten, Toten. Doch in Forrests kleiner Gemeinschaft waren die einzigen Geschöpfe, die noch lebten, die Grünen. Die Grünen hatten in Übereinstimmung mit dem Wunsch ihres Gottes alle Nicht-Grünen getötet. Es hatte tatsächlich ein Krieg stattgefunden.

Tobias streckte die Hand aus und hob einen kleinen weißen Stein auf. Das Entsetzen, die heftigen Gemütsbewegungen, die in diesen langsamen Kreaturen existieren mußten. Der Schmerz jener, die Forrest einen der ihren opferten. Ohne den Schmerz des Verlustes wäre es kein Opfer. Und Schmerz konnte nicht ohne irgendeine Form der Liebe existieren.

Was war mit dem kleinen grünen Kiesel? Dem Opfergegenstand? Wenn die anderen genug Zeit gehabt hatten, sich von der Plattform zu entfernen, dann auch der Kiesel. Er war grün gewesen. Lebendig. Und was er vor sich gesehen hatte, war das plötzliche Verschwinden in das Grauen des Unbekannten gewesen. Trotzdem hatte er dort gehockt, hatte auf Forrest gewartet ...

Courage?

Tobias fühlte sich plötzlich schuldig, weil er den weißen Stein festhielt. Er wollte ihn genau dort absetzen, wo er ihn aufgehoben hatte, aber er konnte sich nicht mehr daran erinnern, welche seiner Seiten oben gelegen hatte. Er blieb stehen und fragte sich, wie es sich anfühlte, wenn man plötzlich selbst auf dem Kopf stand.

Er ging zum Schiff zurück und achtete sorgfältig darauf, wohin er trat.

die grünen
töten die unseren
warum
die grauen
müssen die
grünen töten
wie
das ding
dient den grünen
warum
das ding
wird den grauen
dienen
wie
wenn die grauen
dem ding
gehorchen

Tobias saß auf der stoßgedämpften Sitzbank und beobachtete Madame Prominent abwechselnd beim Drücken von Knöpfen und dem Lesen der Notizen, die sie in ihrer rechten Brusttasche auf Zetteln aufbewahrte. Die Sensoren, die er über dem Cockpit installiert hatte, schienen zwar zu funktionieren, aber er hatte keine Ahnung, was sie taten.

»Da.« Sie deutete auf den unverständlichen Zahlensalat auf dem Bildschirm. »Das ist der Schlüssel. Es dauert nicht mehr lange, dann können wir mit ihnen reden.«

»Forrest kann es jetzt schon.«

»Unsere Methode ist viel schneller. Wir brauchen sie nicht zu prügeln und dann darauf zu warten, bis sie verstanden haben, was wir damit meinen. Wir kommunizieren direkt.« Sie sah Tobias an. »Haben Sie die tragbaren Einheiten gefunden?«

Tobias deutete mit dem Kopf auf den rückwärtigen Teil des Cockpits, wo zwei schwere braune Metallbehälter standen. »Wozu brauchen wir sie?«

Sie wandte sich wieder dem Schirm zu. »Sobald Forrest kapiert, was wir hier machen, haut er den Computer zu Klump. Aber wenn wir die Daten erst mal herausgemolken und durch dieses Ding haben laufen lassen, brauchen wir ihn nicht mehr. Ich überspiele die Übersetzungscodes auf die tragbaren Einheiten, dann können wir sie benutzen. Ich hoffe, daß sie noch funktionieren.«

»Sie sehen unbeschädigt aus.« Tobias warf noch einen Blick auf die Einheiten und spürte, wie er sich auf seinem Sitzplatz krümmte. Madame Prominents Verwendung des Wortes ›wir‹ verschaffte ihm mehr als nur leicht unbehagliche Gefühle. Schließlich hatte sie nicht alle Tassen im Schrank.

»Warum bringen wir Forrest nicht einfach um und belassen es dabei?«

»Wir sind doch keine Mörder, Tobias. Wir sind die

Guten.« Tobias warf einen Blick auf das Messer, das auf ihrem Schoß ruhte, und hob eine Augenbraue. Sie nickte und langte zur Tastatur. »Verstecken Sie die Dämpfanzüge und die tragbaren Einheiten. Ich probier schon mal aus, ob es geht und was dann passiert.«

die grauen
suchen auch
die signale
des dinges
das ding
dient den grünen
wir haben gehorcht
trotzdem
suchen die grauen
die signale
das ding
wird
die grünen nicht betrügen

Das Ding wird euch betrügen.

wer gibt signal

Die Wahrheit.

wir gehorchen
dem ding
das ding
betrügt uns nicht

Das Ding wird euch betrügen.

wer gibt signal

Die Wahrheit.

was ist wahrheit

Ich.

dient die wahrheit
den grünen

Die Wahrheit dient der Wahrheit. Wollen die Grünen der Wahrheit dienen?

die grünen
dienen
dem ding

Die Grauen dienen dem Ding. Die Wahrheit ist stärker. Dient mir.

... wahrheit
was haben wir getan
was haben wir getan

Die Lady hatte recht gehabt, daß Forrest sich um den Computer kümmern würde. Als sie Rationen in die Kuppel geschleppt hatten, hatte er das Ding zerstört. Kurz danach wanderte Cage in die Ferne hinaus, die hinter dem Schiff lag. Tobias war den Fußspuren des Mannes durch die rote Asche gefolgt, durch endlose Felsen herum, bis er an eine bodenlose Kluft gekommen war. Es war eine Öffnung, die so aussah, als hätten echte Götter den Boden der Ebene mit einer gewaltigen Rasierklinge vernarbt. Die Spuren gingen bis an den Rand, und das war alles.

Leb wohl, Cage!

Vom Eingang seiner Kuppel aus beobachtete Tobias, wie Forrest seine Untertanen am Ende eines neuen einwöchigen Sonnenuntergangs im sterbenden Licht studierte. Er saß auf einem großen roten Stein. Er war von nichts anderem als roten Felsen umgeben. Alle waren recht lebendig.

Tobias kicherte, als er an seiner Ration kaute. Forrests neue Armee war – ebenso wie seine ursprüngliche Streitmacht – zur Unbeweglichkeit erstarrt. Sie würde nicht kämpfen. Madame Prominent hatte den Grünen den Befehl gegeben, den Grauen von der Wahrheit zu erzählen. Die Botschaft hatte sich sogar bei den Weißen und Schwarzen verbreitet. Wenn man nicht kämpft, braucht man auch nicht zu sterben.

das ding
tötet uns wenn wir
nicht gehorchen

Dann müßt ihr das Ding bekämpfen, nicht euch selbst.

wie kann man
das ding bekämpfen

Stellt euch tot!

Tobias lachte laut. Stellt euch tot! Werdet rot! Eine einfache Aufgabe für die Felsen. Sie erforderte nicht mehr als das Opfer eines jeden einzelnen Steinoberflächenwesens. Die Oberfläche stirbt, aber innen drin leben sie. Und das Wachstum findet nach unten statt.

Tobias sah, wie sich Forrests Kopf langsam in seine Richtung drehte. Der kleine Mann musterte ihn eingehend, sein Gesicht war so ausdruckslos wie das Gestein. Dann rief er: »Tobias!« Er hob den Stromgenerator hoch. »Tobias, was ist, wenn ich sie alle umbringe? Was ist, wenn ich einfach von Stein zu Stein gehe und jedem einen kleinen Stoß gebe?«

»Dann könntest du nur noch mit deinem Pimmelchen spielen, Forrest. Dann wäre dein Spiel zu Ende.«

Forrest senkte seinen Stab und grinste. »Du hast dich auf die falsche Seite geschlagen, Tobias.«

Tobias lachte und kehrte in die Kuppel zurück. Er aß seinen Nutririegel auf, warf die Verpackung auf den Boden und ließ sich auf einen Stuhl sinken, von dem aus er den Türrahmen sehen konnte. Er hatte sich angewöhnt, im Sitzen – und in dieser Position – zu schlafen. Wenn jemand hinter einem her ist, ist Paranoia eine durchaus angebrachte Denkweise.

Er warf einen Blick auf die Position Mantchees und runzelte die Stirn. Madame Prominent wollte ihn treffen und ihm die neue Sequenz erklären, die sie hervorrufen würde. Sie hatte ermittelt, daß die Felsen über die Fähigkeit verfügten, ihre Abfallprodukte in Form eines stark ätzenden Dunstes auszuscheiden. Es würde die Felsen nicht töten. Ihre Fähigkeit, sich alles, was sie brauchten, aus der Atmosphäre zu holen, würde nicht berührt werden. Kreaturen, die Lungen hatten, würden jedoch sterben. Die Dämpfanzüge und Atemgeräte, die sie auf die Seite gebracht hatten, ließen nur Forrest übrig, die Säure zu inhalieren. Das einzige wirkliche Problem bestand darin, die Felsen davon zu überzeugen, daß sie es tun mußten. Madame Prominent mutmaßte aus irgendeinem Grund, daß sie eventuell in einer Wolke ihrer eigenen Scheiße umherwanderten.

Der Türrahmen verdunkelte sich. Es war Forrest, und er hatte etwas in der Hand. Er hockte sich auf der Schwelle nieder.

»Du weißt, Tobias, daß es in meinem Leben sehr oft Situationen gegeben hat, in denen ich glaubte, ich hätte meine Schäfchen im Trockenen. Momente, in denen ich glaubte, ich stünde an der Spitze. Es hat nicht immer gestimmt.«

Tobias zog einen zweiten Stuhl mit der Stiefelspitze heran, schlug die Beine übereinander und legte die Knöchel auf ihn. »Willkommen im Club.«

Forrest sah auf das herunter, was er in den Händen hielt. »Für dich stimmt es aber eventuell nicht.«

»Hör nur auf, mit den Felsen herumzupfuschen, Forrest, dann ist alles vorbei.«

Forrest schaute auf und grinste. »Glaubst du?« Er legte das, was er in den Händen hielt, auf den Boden, zertrat es mit dem Fuß und richtete sich auf, als das Geräusch des scharfen Knackens durch den Raum wehte, der sie trennte. Tobias fing es mit der linken Hand auf, als Forrest sich umdrehte und hinausging.

Er brauchte eine Weile, aber er erkannte den Gegenstand. Es war der Griff von Madame Prominents Messer.

es signalisiert wie die wahrheit
einverstanden
doch signalisiert es seltsam
wahrheit signalisierst du

Die Wahrheit ist tot.

wahrheit kann nicht sterben

Ruft die Wahrheit.

wir rufen die wahrheit
wahrheit siehe unser signal
wahrheit

Die Wahrheit sieht euer Signal nicht. Die Wahrheit ist tot.

wem dienen wir jetzt

Ihr kennt mich.

das ding
das ding
müssen wir wieder töten und sterben um zu dienen

Ihr kennt mich.

wir kennen dich

Im Licht der Oiden hatte er sie zwischen dem Berg aus roten Steinen hinter dem Schiff gefunden, auf dem Weg zu Cages Kluft. Dort hatte sie die Hälfte ihrer Ausrüstung versteckt. Ihr Dämpfanzug war aufgeschlitzt, ihr Atemgerät zerbrochen. Ihre tragbare Kommunikationseinheit verschwunden. Sie war tot. Tobias löschte seine Lampe und wandte sich um. Forrest mußte einige Zeit darauf verwendet haben, Madame Prominents Körper zu verstümmeln.

Hatte Forrest den anderen Anzug und die Kommunikationseinheit gefunden? Tobias schaute zum sanft silbernen Glanz des Schiffes zurück. Zum Teufel damit! Sollte Forrest doch sein verdammtes Spiel mit den Steinen spielen, wenn er es unbedingt wollte. Was ging es ihn an? Er konnte sich an seine Rationen halten, Forrest aus dem Weg gehen und auf Rettung warten. Wie einfach.

Tobias drehte sich um, hockte sich neben der Leiche auf beide Knie und begann damit, rote Asche über sie zu verteilen. »Du dämliches Weibsstück. Du blödes, durchgedrehtes Weibsstück.«

was müssen wir zur buße tun

Da ist noch einer. Tötet ihn.

um zu töten was wir nicht sehen können
wie

Findet einen Weg.

Am Rande eines neuen Sonnenaufgangs. Tobias blickte durch das Kuppelfenster auf das Rosa des langsamen Morgengrauens. Wie lange war es her, seit er Forrest zum letzten Mal gesehen hatte? Damals, als er Madame Prominents Messer zerbrochen hatte. Er runzelte die Stirn. War erst eine Nacht vergangen, oder waren es zwei? Oder drei?

Er nippte an seinem dampfenden Getränk, senkte die Tasse und schaute sie an. Irgendwo auf der Erde lebte ein Mensch mit einem akademischen Grad in Ernährungsfragen, der nie im Leben einen Schritt aus seiner/ihrer umweltkontrollierten Stadt herausgetan hatte.

Dieser Mensch hatte das Überlebens-Heißgetränk N-669 erfunden. Sehr wahrscheinlich hatte dieser Mensch das Überlebens-Heißgetränk N-669 selbst nie gekostet. Gelegentlich stellte Tobias sich vor, diesen Menschen aufzuspüren, ihm einen Trichter in den Schlund zu rammen und zehn bis zwölf Liter Überlebens-Heißgetränk N-669 in ihn hineinzuspritzen.

Ein Geräusch.

Er blickte langsam hoch und wandte sich um.

Das Geräusch hatte wie eine Mischung aus einem Stöhnen und einem Knarren geklungen. Er sah sich in der Kuppel um. Kein Problem, das er hätte ausmachen können. Er wandte sich dem Türrahmen zu. Als er einen Schritt auf ihn zumachte, fiel die Hälfte der Kuppel neben ihm zu Boden und warf ihn gegen die Wand der unbeschädigten Hälfte.

Wieder ein Krachen. Und noch eins.

Tobias schüttelte den Kopf, öffnete die Augen und musterte in blankem Grauen den offenen Himmel, als eine zehn Meter hohe Felsensäule schaukelte und auf ihn zufiel. Er rappelte sich auf und sprang in den Steinschutt, um ihr zu entrinnen. Ein betäubendes Brüllen und eine erstickende Staubwolke hüllten ihn ein.

Die Geräusche erstarben, der Staub setzte sich. Tobias öffnete die Augen und riskierte einen Blick auf die Umgebung. Die Kuppel bestand nur noch aus dem Schutt-Durcheinander eingestürzter Felsensäulen. Er rappelte sich auf und kletterte auf Felsen und Schutt, bis er die höchste Stelle erreichte. Von seinem Standort abgesehen war die Landschaft unverändert. Die langen Schatten des Morgens deuteten von dem kleinen Tupfer der Sonne Mantchee fort, die sich über dem Horizont zeigte.

»Forrest!« Forrest war nirgendwo zu sehen. »Forrest!«

Tobias holte mehrmals tief Luft und sah sich dann die Trümmer seiner Kuppel an. Ohne den Spender würden die Rationen, die er aus dem Schutt retten konnte, nur für ein paar Tage reichen – Erdtage, auch das noch. Ohne den Spender ... Er sah die leere Tasse an, die er immer noch in der Hand hielt. Leb wohl, Überlebens-Heißgetränk N-669. Im Frachtraum des Schiffes gab es keine Spender und Rationen mehr. Der Apparat, der das Grundwasser anzapfte, war mit dem Spender zusammen zerschmettert worden.

Tobias sammelte die paar Nutririegel ein, die er finden und erreichen konnte. Schon jetzt plante sein Verstand, was er tun würde, wenn er einen Ausfall machte und seinen tragbaren Kommunikator und den Kommandoposten aufstellte. Es gab immer noch Madame Prominents Trick mit dem ätzenden Dunst. Tobias fragte sich nicht, wie es ihm gelingen sollte, die Steine dazu zu bewegen. Es *mußte* ihm gelingen. Aber zuerst mußte er sich um Nahrung, Wasser und ein Dach über dem Kopf bemühen. Zeit. Er würde Zeit brauchen. Aber Zeit hatte er ja im Überfluß. Während der Arbeit murmelte er leise vor sich hin.

»Ich kriege dich, Forrest! Du mieser Hundesohn. Ich kriege dich schon!«

wir haben die wahrheit gefunden
ist die wahrheit tot
die wahrheit ist tot
ein seltsames geschöpf, die wahrheit
weich und aus nahrung gemacht
was ist mit dem anderen
von dem das ding will
daß wir es töten
wir kennen es nicht
ein paar zum anfang des neuen lichts
signal eines anderen, da, tief unter der oberfläche
tot
im hügel sind zwei die erschienen als
das ding zuerst erschien
sie sind tot

es sind vier
da ist noch das ding
das ding verändert sich
jetzt ist es anders
was bedeutet die veränderung
unbekannt –
da ist ein signal

Forrest. Forrest. Antwortet, falls ihr Forrest vernehmt.

wer gibt signal

Ich suche den, der das Ding genannt wird.

die wahrheit ist tot
du bist nicht das ding
wer
bist du der andere

Ich bin Gott. Wo ist das Ding?

wer ist gott

Ich bin Gott. Gott beherrscht alles.

bist du wie die wahrheit oder wie das ding

Nein. Ich bin mächtiger.

selbst wir können das ding sehen
wenn du das ding nicht sehen kannst,
haben wir mehr macht als gott

Dient Gott, oder ihr werdet leiden.

das ding gibt uns schon das
was du uns bietest, gott
wir dienen dem ding

Ihr müßt mir dienen.

Kommuniziert. Ich bin stärker als das Ding. Antwortet. Antwortet. Antwortet!

Von der Spitze des Grabhügels aus überblickte Tobias die Ergebnisse seiner Bemühungen. Er stand im Mittelpunkt eines kreisförmigen Geheges aus roten Felsen, ein Dreieckteil der Kuppel diente ihm als Dach. Im Innern lagen ein paar Kissen aus der Kuppel und eine Schalttafel, die er aus dem Schiff geholt hatte. Die Schalttafel kontrollierte die Phalanx der mit Trümmerteilen getarnten Sprengladungen, die seine Stellung auf dem Hügel umgaben. Falls Forrest oder einer seiner Jünger zu ihm kommen wollten, würden sie die passende Kombination brauchen.

Neben den Kissen lag ein weiterer Sprengladungsstapel. Die Ladungen waren mit einstellbaren Zeitzündern versehen. Sie dienten für den Fall, daß Forrest seinen Steinen befahl, mal wieder kippende Säule zu spielen. Der Dämpfanzug und das Atemgerät befanden sich noch in ihrem Behälter – für den Fall, daß Tobias es schaffte, ein paar Felsen dazu zu bewegen, die Sache auf seine Weise zu sehen. Neben dem Dämpfanzug lagen seine Wasserbehälter (er hatte sie vom Fluß hierhergeschleppt) und sein Nutririegelvorrat. Außer den Riegeln war es ihm gelungen, vier Container des Pulvers zu bergen, aus dem der Spender das leckere alte Überlebens-Heißgetränk N-669 gemacht hatte. Vitamine, Minerale und alte Unterwäsche. Er fragte sich, wie das N-669 wohl kalt schmeckte.

Neben den Rationen, auf der anderen Seite der Kissen, stand der tragbare Kommunikator. Tobias biß auf die Innenhaut seiner Unterlippe. Was hatten die Felsen gemeint, als sie gesagt hatten, sie könnten Forrest ›sehen‹?

Er lehnte die Unterarme auf den Rand des roten Walls und ließ den Blick über das Gebiet hinter dem Grabhügel schweifen. Forrest war nirgendwo zu sehen. Nicht mal ein Fußabdruck. Und um Forrest zu sehen, mußte *Das Ding* stofflich an einem Ort verbleiben – für den größten Teil von neun Erdtagen. Tobias blickte weiter nach rechts und nahm eine andere Position ein, bis er das Lager überblickte. Die Unterstände standen jetzt lange genug da, um sie wahrzunehmen. Und die Gräber. Das Schiff.

Er musterte eindringlich das Schiffswrack. Für die Felsen war es plötzlich aus dem Nichts gekommen. Gewaltig, glänzend. Silbern. Eine Farbe, die die Steine nie zuvor gesehen hatten. Und dann hatten sie allmählich Signale empfangen. Gewisse Handlungen in bezug auf die Signale brachten den Tod. Andere Handlungen brachten ihn nicht. Sie lernten die Buße des Ungehorsams. Gut und Böse waren gekommen, sie blieben hier. Und alles hatte angefangen, als das Schiff aufgetaucht war.

Tobias nickte, setzte sich auf seine Kissen und schaltete den tragbaren Kommunikator ein. »Oh, Forrest, alter Junge. Jetzt wirst du was erleben.«

wer gibt signal

Gott.

wir dienen dem ding

Ich habe das Ding gefunden. Wenn ich das Ding töte, werdet ihr mir dann dienen?

wir sehen das ding
das ding sieht jetzt, was wir denken.

Ich sehe, was ihr denkt. Werdet ihr mir dienen?

wir sehen das ding

Ich werde das Ding töten und euch erscheinen. Dann werdet ihr mir dienen.

wir warten

Der Richtungsanzeiger der tragbaren Einheit sowie eine schnelle Bewegung versetzten ihn in die Lage, die Position zweier Felsen, mit denen er kommuniziert hatte, trigonometrisch zu messen. Nachdem Tobias sie markiert hatte, brauchte er nur Minuten, um das Schiff zu präparieren. Ferngesteuerte Sprengladungen neben den halbvollen Treibstoffzellen. Tobias durchsuchte das Mannschaftsquartier und den Frachtraum schnell nach allem ab, was er vielleicht noch brauchen konnte. Er fand ein dreirädriges motorisiertes ›Muli‹. Er setzte das Fahrzeug unter Strom und fuhr im Laderaum um den Wirrwarr herum, bis er draußen war, neben den markierten Felsen. Er schob die Muli-Gabeln unter den ersten Felsen und dann unter den nächsten. Als die Felsen gesichert waren, fuhr er sie auf die Spitze des Grabhügels und stellte sie dort ab, wo sie sowohl das Schiff als auch das Innere seines Bunkers sehen konnten. Die Verschiebung der Felsen würde seine Demonstration zwar ein bißchen verzögern, aber im Freien war er zu verletzlich.

Als seine Vorbereitungen beendet waren, setzte er sich hin und wartete. Wenn er an der gleichen Stelle blieb, in der gleichen Position, und nur kurz zu Mikizu hinüberging, um auf sein Grab zu schiffen, mußten ihn die Felsen, kurz nachdem sie das Schiff wahrgenommen hatten, ebenfalls sehen. Das einzige Problem war die Langeweile. Aber es gab andere Unterhaltung. Er mußte wachsam bleiben, auf einen plötzlichen Angriff Forrests vorbereitet sein. Darauf und auf die Stimmen, die er allmählich hörte.

Es gehörte einfach dazu, wenn man verrückt wurde, fiel ihm ein. Dennoch wünschte er sich, die Stimmen wären laut genug gewesen, um sie zu verstehen. Wer weiß? Vielleicht hatte sein Wahnsinn ihm etwas Interessantes mitzuteilen.

Tobias lehnte sich zurück und sah die beiden grünen Felsen an, die er zu überzeugen versuchte. Ihm kam plötzlich ein Gedanke, und er fing an zu lachen. »Redet doch mal darüber, wie schwer ihr es habt!«

Als er sich wieder beruhigt hatte, wartete er.

wer gibt signal

Gott. Ich habe euch bewegt.

deine macht ist groß

Seht ihr das Ding?

wir sehen das ding

Seht ihr mich?

wir sehen dich, gott
du bist sehr klein
das ding ist viel größer

Meine Macht ist größer.

das ding hat uns bewegt, ohne daß wir es gesehen haben
was du getan hast ist nicht mehr

Werdet ihr mir aus gutem Glauben dienen, oder muß ich das Ding töten?

du mußt das ding töten

Mantchee bewegte sich langsam in Richtung Sonnenuntergang, aber er hatte noch genug Zeit. Tobias drückte den Fernzünder und beobachtete, wie das Schiff in einer wogenden Masse aus Licht und Ton verschwand. Wie schade, dachte er, als er zusah, wie die Hitze die Flammen trug, und schwarzer Rauch hoch in den schimmernd roten Abendhimmel stieg. Es ist zu schade, daß es so schnell passiert. Wenn die Felsen es sehen könnten, würde der flammende Tod des Dings sie beeindrucken.

Er setzte sich zurück, um zu warten. Es würde für die Felsen weitere neun Tage dauern, bis sie sahen, daß das Ding vernichtet war.

Der tragbare Kommunikator erzeugte seltsam summende Geräusche. Tobias warf einen Blick auf die Schaltkontrollen im Innern des Behälters. Das einzige Bild auf dem Schirm oberhalb der winzigen Tastatur war eine instruierende Linie: Funktion umschalten auf normalen Empfang.

Er tat, wie geheißen, fuhr erschrocken nach hinten und zog die Hände zurück, als wären sie verbrannt. Ein wütendes, tiefes Schnarren kam aus dem Lautsprecher der Einheit.

»Tobias! Tobias, dafür bist du dran! Hörst du mich?«

Nachdem er sein Erstaunen überwunden hatte, grinste Tobias. »Stimmt was nicht, Forrest?«

»Das Schiff! Warum hast du das Schiff gesprengt?«

»Ich dachte, du wüßtest es, altes Ding. Soll ich eine schöne heiße Tasse N-669 aufsetzen, wenn du wieder anrufst? Übrigens, altes Ding, was ißt du eigentlich dieser Tage so?«

Der Kommunikator schwieg. Tobias lachte, als er den Funktionsselektor wieder auf den Felskanal drehte.

Die Zeit kam ihm gar nicht lange vor.

Die neun Tage.

Die Stimmen sorgten für Unterhaltung.

Aber sie waren immer noch gedämpft; so weit entfernt.

Aber manchmal schienen sie zu singen.

Besonders gegen Ende. Eigenartige Lieder.

Forrest kreuzte niemals auf.

Es ist Zeit, sich zu entscheiden.

das ding bringt uns schmerz und tod
gott, was bringst du uns

Das Gute.

gott, wir werden dir dienen

Werdet ihr jetzt auch an mich glauben?

gott, wir werden an dich glauben

Sagt es den anderen. Alle müssen Gott dienen.

gott, wir werden es den anderen sagen

Paßt sich die Zeitwahrnehmung an den örtlichen Zeitrahmen an? Tobias dachte über diese Idee nach, als er den mühevollen Weg zum Fluß ging. Der Tag schien nicht genug Zeit zu haben, um alles zu erledigen. Wasser heranschleppen; Essen; mit den Felsen reden und einen Versuch zu starten, ihnen die Sache mit dem ätzenden Dunst begreiflich zu machen.

Er war zurückgegangen und hatte Madame Prominents Leiche ausgegraben – in der Hoffnung, in ihrer Kleidung einen Hinweis zu finden. Sie mußte doch irgendeine Vorstellung gehabt haben, wie man die Felsen dazu bewegen konnte, den Dunst auszustoßen. Aber ihre Brusttasche war leer. Wenn überhaupt jemand ihre Aufzeichnungen hatte, dann Forrest.

Aber es war das Gefühl der toten Brust hinter der Tasche gewesen, die Tobias' Aufmerksamkeit erregt hatte. Hart. Unnachgiebig. Er hatte sie freigelegt und festgestellt, daß sie aus grauem Gestein bestand. Ihr ganzer Körper war durch das Grau ersetzt worden. Als er wieder am Grabhügel gewesen war, hatte er einen Teil der Leiche Sheens freigelegt. Sie war durch Grau und Grün ersetzt worden. Er hatte sich nicht die Mühe gemacht, Mikizu und Osborn auszugraben. Was die Felsen auch taten, sie taten es nur mit den Toten. Das kümmerte ihn nicht. Noch nicht.

Tobias kam an das Ufer des Flusses und ließ seine Container hinab. Der Fluß war ausgetrocknet. Er kletterte zum Ufer hinab und grub die rissige Oberfläche mit den Händen um. Trocken.

Er setzte sich auf die Fersen, sein Blick ruhte auf den fernen Bergen. Von dort kommt das Wasser, dachte er. Und dort ist auch Forrest. Dort hat er es umgeleitet.

»Und dort werde ich dich umbringen.«

Helligkeit und Dunkelheit. Tage. Allem Anschein nach war schon soviel Zeit vergangen, daß er im Grunde hätte vergessen müssen, was er vorhatte. Und manchmal vergaß er es auch.

Tobias sicherte den tragbaren Kommunikator am Beifahrersitz des Mulis. Im winzigen Frachtraum des Fahrzeugs befanden sich die restlichen Rationen, die Wasserbehälter, sein Dämpfanzug, das Atemgerät und sein Bombenvorrat. Er schaute zu den beiden grünen Felsen zurück, die ihm Gesellschaft geleistet hatten …

Er sah den Kommunikator an. Er hatte eine Datums- und Zeitanzeiger-Funktion. Er wußte nicht, welcher Tag war. Deswegen wußte er auch nicht, seit wann er es nicht mehr wußte. Aus irgendeinem Grund war es ihm wichtig, dies zu wissen.

Er öffnete die Einheit, schaltete sie ein und schob den Funktionsselektor auf Datum/Zeit. Die Zahlen waren unlesbar; ein Geschmiere aus Blitzen. Als seien die Angaben im Zeitraffer aufgezeichnet worden und liefen mit normaler Geschwindigkeit ab.

Die Reflektion seines Bildes auf dem Schirm zeigte das Gesicht eines alten Mannes.

gott

»Was?« Tobias schaute auf und sah sich um. Er sah erneut auf den Kommunikator. Der Funktionsselektor stand immer noch auf Datum/Zeit. Schon wieder die Stimmen?

gott

Er sah wieder die beiden grünen Felsen an. »Was?«

nimm mich mit

»Warum?«

es gibt einen neuen
noch mächtigeren als das ding

Der Felsen rechts von ihm. Tobias wußte zwar nicht, wieso, aber er wußte, daß er derjenige war, der mit ihm redete. Bin ich so langsam geworden, fragte er sich, oder haben die Felsen letztendlich einen schnelleren Gang eingelegt? Oder habe ich ihn jetzt doch verloren? Meinen Verstand?

gott bringt mich

»Warum?«

ich kann dir helfen

»Wobei helfen?«

ich kann dir beim kampf gegen luzifer helfen

Also nannte Forrest sich Luzifer. Tobias lehnte sich gegen den Muli und schaute zu den Bergen hinüber. Er nickte. »Klar. Du kannst mitkommen.«

Und er sah, wie der Fels sich bewegte.

Er schien über den roten Staub zu fließen wie ein mit Wasser gefüllter Ballon. Helligkeit und Finsternis. Sich rasend schnell verändernde Schatten. Zeit. Wieder Licht, dann Dunkelheit. Licht. Der Felsen befand sich neben dem Muli.

Tobias beobachtete, wie Mantchee über den Himmel streifte und bemerkte, daß er nicht mehr im Tages- oder Nacht-, sondern im Halblicht stand. So schnell, fragte er sich, oder bin ich nur so langsam geworden?

»Siehst du das, was ich sehe?«

ich weiß nicht, was gott sieht

Tobias streckte den Arm aus, um sich auf den Fahrersitz zu ziehen. Der Haltegriff, an dem er sich festhielt, rutschte ihm aus der Hand. Das Metall des Mulis war zerfressen, korrodiert; zerrissen wie ein Spitzenhöschen. Die Vorräte, der Dämpfanzug, die Wasserbehälter – alles Staub.

Er stand nackt da, ein grauer Film lag auf seiner Haut. Er sank neben dem grünen Felsen zu Boden. »Ich schaffe es nicht. Bin zu müde. Zu alt.«

wir werden dich tragen

Tobias beobachtete, wie die Landschaft sich bewegte. Grüne, graue, schwarze und weiße Kugeln flossen um die roten herum. Schnelle Formenflüsse. Er spürte, wie er hochgehoben und getragen wurde. Am Himmel war Mantchee ein gleichförmiger Riegel aus gelbem Licht, davor ein mattes Rosa.

Als er weggetragen wurde, auf dem weichen, wogenden Strom des Lebens schwebte, kam ihm sehr oft der Anflug eines Gedankens: Was würde er tun, wenn er Forrest begegnete. Mein Verstand, sagte er sich, ist auf dem Weg, mich zu verlassen. Aber Forrest muß ebenso alt sein, wenn er noch am Leben ist.

Er war in den Bergen. Er konnte sich nicht aufrichten, um sich umzusehen. Die Felsen hoben sich unter seinem Kopf und seinen Schultern.

»Forrest!«

Es gab keine Antwort – abgesehen von dem stechenden Schmerz in seinem ganzen Körper. Tobias beobachtete, wie seine Haut sich schälte und schwarz wurde. Sie kräuselte sich hinweg, um die darunter befindlichen Knochen freizulegen. Die Säure. Forrest hatte sie gelehrt, Säure abzusondern.

»Ich kann nicht gegen ihn kämpfen. Ich sterbe.«

gott muß leben
und wie luzifer werden

»Ich bin Gott. Das Gute kann nicht wie Luzifer werden. Ich bin das Gute.«

luzifer sagt, er ist das BÖSE
ist gott weniger mächtig als luzifer?

»Ich kann meine Absichten nicht ändern.«

ändere nicht deine Absichten
werde wie luzifer

Der Faden eines Gedanken sprach. Luzifer hatte keinen Schutz vor der Säure. Was ist dann aus Luzifer geworden? Was muß ich werden, um zu leben?

»Ich habe Angst.«

gott
du willst, daß wir an dich glauben
vertraue auf uns
werde wie luzifer

Es war nicht genug Gewebe da, um Luft durch Stimmbänder zu zwingen, die nicht mehr existierten. Sein Gedanke war seine Antwort. *Na schön. Ich werde so werden wie Luzifer.*

Er stand auf, schob sich über den Hügelkamm; seine Reichweite war größer als die Ebene unter seinen Beinen. Hinter den Hügeln schielte ihn ein massiver Kopf an. Das Gesicht war Fäulnis, Korruption, Boshaftigkeit.

»Du bist Gott«, zischte es.

»Luzifer.«

Ein Leuchten durchdrang Tobias' Herz. Keine ziellose Wanderung mehr, keine hoffnungslose Existenz mehr. Glück, aus einem Ziel geboren. Ein Riese zu sein, der Riesen bekämpft. Er streckte seine gewaltigen Arme aus und legte die Finger um die Kehle des abscheulichen Ungeheuers.

Als sie kamen, um das schwache, verstümmelte Signal aus dem Oiden-Gürtel zu untersuchen, lokalisierten sie die Boje schnell. Sie stammte von einem kommerziellen Frachtertyp, der seit mehr als einem Jahrhundert nicht mehr verwendet wurde. Von dem Schiff, seinen Passagieren und der Mannschaft gab es nur eine einzige Spur: Eine eigenartige Statue – zwei nackte männliche Menschen im tödlichen Zweikampf standen auf den Leichen von vier weiteren Menschen, und die Skulptur war von einer Mauer aus roten Ziegeln umgeben.

Die einheimische Lebensform informierte sie, der Titel der Statue sei ›Gleichgewicht‹.

Aus dem Amerikanischen übersetzt von Ronald M. Hahn

Und jetzt endlich zur Idee für die Geschichte ›Wo kriegen Sie Ihre Ideen her?‹. Sie kam von einem Interviewer, der mir diese Frage stellte. Nachdem ich die Story geschrieben hatte, ließ ich sie etwa einen Monat auf dem Schreibtisch liegen, denn ich wußte einfach nicht, wem ich sie schicken sollte. Also schickte ich sie an George, weil ich mir dachte, er könne vielleicht was zum Lachen brauchen. Er hat sie gekauft.

Ich nehme an, die Moral dieser Geschichte – ebenso wie die Moral dieser ganzen Sammlung – besteht darin, daß Ideen von überallher kommen. Das Geheimnis des Schreibens besteht nicht darin, daß man Ideen hat. Jeder Mensch auf diesem Planeten sitzt in einem Meer von Ideen. Der Trick besteht darin, diese Tatsache zu erkennen.

Woher haben Sie diese Ideen?

Als Fred den schmutzigen Geschirrstapel sah, den Margie zurückgelassen hatte, seufzte er, doch dann zuckte er die Achseln und band sich die mit rosafarbenen Rüschen verzierte Küchenschürze um. *Fordan verfluchte die Scharen der schleimtriefenden Kreaturen, als er die mächtigen Arme schwang und seinen Schild anlegte. »Mysor, die böse Meereshexe, wird diesen Tag noch bereuen«, schwor er sich.*

Fred schob die Teller von der Ablage ins Spülbecken, verpaßte ihnen einen Spritzer Spülmittel und drehte den Heißwasserhahn auf. *Mit einem Wirbeln seiner mächtigen Klinge jagte Fordan die Schleimkreaturen in den Schaum hinein – in das Blut Ajax', seines treuen Freundes, der unter den Wellen verschwunden war. Das Kampfblut pochte in seinen Adern, als er die Wasser des kochend heißen Wasserfalls auf den Feind losließ.*

Fred langte in das schaumige Seifenwasser hinein, nahm einen Teller, wischte ihn mit dem Spültuch ab und stellte ihn zum Trocknen in den Ständer. *»Har!« Fordan warf sich in die Schlacht und kämpfte mit bloßen Händen, als eine der Schleimkreaturen Anstalten machte, wieder* *an Bord zu klettern. Mit einem Lächeln auf seinen Kriegerlippen, zerschmetterte Fordan der Kreatur das Rückgrat und warf sie ans Ufer.*

Fred wischte sich die Stirn mit dem linken Ärmel ab und bemerkte das kleine Hackbeil, das noch auf dem Hackbrett lag. Er schüttelte den Kopf und nahm es an sich. Dickes, geronnenes Fett bedeckt die Klinge. Fred riß ein Papierhandtuch ab, reinigte sie und warf das Beil in die Spüle. *Die Kreaturen kämpften gut. Als er sie zum Deckaufbau getrieben hatte, ließ Fordan seine Axt kreisen und trieb sie ins Wasser zurück. Er sagte ein inniges Lebewohl zu seiner treuen Klinge, wischte die daran haftenden Gedärme an seinem gewölbten Brustkorb ab und schleuderte sie in den Schaum. Die Schreie einer sterbenden Kreatur rissen am Gefüge der schrecklichen Nacht.*

Billy kam rein; er hatte ein schlechtes Gewissen, weil er in die Glotze geschaut hatte, während sein Vater die Küche saubermachte. »Brauchst du Hilfe, Paps?« *Thor vertrieb die Dämonen aus seinem Herzen. Er kämpfte sich an Deck, um sich dem Grauen zu stellen und baute sich neben seinem Vater auf. »Ich bin es, Thor, dein Sohn. Ich werde an deiner Seite bleiben, Vater!«*

Fred neigte den Kopf und deutete auf den Geschirrständer. »Klar, Junge. Schnapp dir ein Abtrockentuch!« *Fordan wandte sich um und sah, wie sein Sohn fest auf dem blutüberströmten Deck stand. »Aye, aye, mein Sohn. Setz die Segel, dann schlagen wir den Feind gemeinsam!«*